MENTIROSAS Y ENCANTADORAS

KAREN M. McMANUS

MENTIROSAS Y ENCANTADORAS

Traducción de Victoria Simó

ALFAGUARA

Papel certificado por el Forest Stewardship Council®

Título original: *Such Charming Liars*

Primera edición: septiembre de 2024

© 2024, Karen M. McManus
© 2024, Penguin Random House Grupo Editorial, S. A. U.
Travessera de Gràcia, 47-49. 08021 Barcelona
© 2024, Victoria Simó Perales, por la traducción

Printed in Spain – Impreso en España

ISBN: 978-84-19688-59-0
Depósito legal: B-10.313-2024

Compuesto en Punktokomo S. L.
Impreso en Rodesa
Villatuerta (Navarra)

AL 88590

Para Jay, Julie, Luis Fernando y April

CAPÍTULO 1
KAT

—¿A la señorita le gustaría ver algo con una perla?

—Me encantaría —respondo.

La voz que empleo no es la mía. Es una que Gem llama «tirando a pija» y que pretende sugerir una infancia en internados ingleses interrumpida por una mudanza a Nueva Inglaterra que casi (pero no del todo) ha borrado mi acento. Es mucho que expresar en tres palabras de nada y dudo que lo haya clavado, pero el dependiente sonríe con amabilidad.

—Cumplir dieciséis es todo un acontecimiento —dice.

Tiene muchísima razón y por eso pasé mi cumple en el jacuzzi de mi amiga Hannah con Nick Sheridan y una botella de tequila. Pero ahora no procede compartir este recuerdo, así que esbozo una sonrisa recatada mientras Gem dice:

—Un día especial para mi niña especial.

El acento de Gem es impecable. Habla igual que una presentadora de la BBC y parece una abuela sacada de *Downton Abbey* en versión siglo veintiuno. Casi no la he reconocido cuando ha venido a buscarme y, durante el trayecto al Prudential Center de Back Bay, no podía parar de mirar de reojo su transformación. Ha escondido su pelo encrespado, color gris acero, en un estiloso moño plateado. Se ha vestido de punta en blanco, con un elegante traje azul que no desentonaría en una boda real, y ha hecho magia con el maquillaje, que ha transformado su piel correosa en unos rasgos suaves y delicados.

Tampoco yo me reconozco cuando me echo un vistazo en el espejo que hay detrás del mostrador. Para empezar, soy rubia platino y llevo un conjunto de blusa y falda que parece caro, aunque estoy segura de que no lo es. Las gafas de pasta que no necesito son tan chulas que podría convertirlas en un complemento permanente de mi colección. Gem y yo estamos haciendo *cosplay* del tipo de gente que entra majestuosamente en Bennington & Main para celebrar los cumpleaños con joyería cara, y lo estamos petando.

—¿Algo así? —pregunta el empleado a la vez que nos muestra una delicada sortija de oro rosado con una única perla gris. Es exactamente el tipo de anillo que le compraría una abuela rica y permisiva a su nieta, y aunque Gem no es ninguna de esas cosas da su aprobación con un asentimiento regio.

—Pruébatela, Sophie —dice.

Deslizo la joya en mi dedo índice derecho y extiendo la mano para admirar el brillo sutil. No es para nada mi estilo, pero sí perfecto para Sophie Hicks-Hartwell. Es el nombre que he escogido para meterme en el papel, no solo porque también suena tirando a pijo, sino porque así se llama la chica a la que le robaron la identidad de Instagram en una retorcida historia de crónica negra que devoré hace poco en mi pódcast favorito. Una pequeña broma privada que ni siquiera Gem ha pillado.

—Es muy bonita —digo—. ¿Qué te parece, abuelita?

—Muy mona —asiente ella, que la escudriña por sus bifocales—. Pero me parece poca cosa.

La frase alerta al dependiente, que lleva un identificador con el nombre de BERNARD, de que ha llegado el momento de enseñarnos sortijas más grandes y mejores. Los ojos de Gem resbalan sobre ellas como cámaras duales mientras anota mentalmente cada detalle de los lujosos diseños y los almacena para trabajos futuros. Puede que Gem esté rozando los setenta, pero tiene una memoria mil veces mejor que la mía. «Fotográfica», dice mi madre.

—¿Quieres que miremos algo con un diamante? —pregunta.

Tengo «ya te digo» en la punta de la lengua, pero esa sería la respuesta de Kat. Sophie nunca diría eso.

—¿En serio? ¿Podemos?

Sonrío con afectación mientras Bernard saca otra bandeja.

—Parece que tu abuela tiene ganas de darte un capricho —dice, y a sus ojos asoma el destello de una comisión más sustanciosa.

Por primera vez noto en la barriga el retortijón de la culpa. Cuando Gem me propuso esta salida, dije que sí encantada, porque Bennington & Main representa lo peor del pequeño negocio: la clásica tienda de toda la vida que un odioso criptomillonario arrebató a sus dueños para transformarla en una copia de Tiffany. El nuevo CEO contrató a una diseñadora emergente con el encargo de poner al día eso que llamó el estilo «trasnochado» de la empresa y luego, una vez que las ventas despegaron, la despidió.

Vamos, que Bennington & Main es el perfecto objetivo para el negocio más reciente de Gem: vender falsificaciones prácticamente perfectas de joyas de diseño icónicas. Los clientes consiguen lo que quieren a precios de plata y circonita, y una empresa turbia se devalúa. Todos ganan, si por ganar entiendes que un criptoabusón pierda. Que es como lo entiendo yo.

Pero Bernard no tiene la culpa de nada. Le estamos haciendo perder el tiempo mientras Gem estudia el último diseño de Bennington & Main y toma nota mental de los pequeños detalles que no se ven en la página web.

—Exquisito —murmura a la vez que levanta un anillo de diamantes de estilo guirnalda. Está confeccionado con tal perfección que parece una escultura para el dedo. Sé, gracias a nuestro espionaje en línea, que la sortija que está sosteniendo Gem cuesta más de veinte mil dólares: está fuera del alcance incluso de Sophie.

A pesar de todo, me inclino hacia la sortija e imagino cómo sería poseer algo tan hermoso. Saludar a una amiga o arrastrar el dedo por el móvil mientras destella en mi mano como si tal cosa. He visto muchísimas joyas de lujo a lo largo de mi vida, muchas más de lo que sería normal en alguien que (a) tiene dieciséis años y (b) está en la ruina, pero esto… Esto es lo más.

—Y demasiado para ti —añade con una sonrisa pícara. Y aunque está representando un papel, sus palabras escuecen. «Demasiado para ti». A veces tengo la sensación de que eso se aplica a todo lo que en teoría debería tener una chica de mi edad—. A lo mejor cuando cumplas veintiuno.

—Se lo guardaremos hasta entonces —bromea Bernard, y ya es oficial; me siento una guarra. Quiero salir de esta tienda y, más importante, de la cabecita consentida de Sophie. Gem ha tenido tiempo de sobra, ¿no? Pero cuando intento que me mire, sigue enfrascada en el anillo de guirnalda.

—Abuelita, me parece que… No he almorzado y estoy un poco mareada. —Me separo del mostrador al mismo tiempo que me froto la sien—. ¿Podemos ir a comer algo?

—Te daré un poco de agua —se ofrece Bernard con aire solícito. Le hace señas a alguien y, antes de que me dé cuenta, otro empleado vestido de negro me ha puesto en la mano un botellín de Evian. Desenrosco el tapón y bebo un trago mientras Gem se vuelve por fin a mirarme. Al instante se transforma en la viva imagen de una abuela preocupada.

—Sophie, cariño, pues claro que sí —me dice—. Deberíamos haber ido a tomar algo antes de entrar. Nunca desayunas suficiente. Muchas gracias —añade en dirección a Bernard a la vez que le devuelve la sortija—. Ha sido usted muy amable. Volveremos en cuanto hayamos comido.

—Naturalmente. ¿Quiere que les separe algo? —pregunta.

Me gustaría suavizar el golpe de que vayamos a esfumarnos de su vida tan pronto como abandonemos la tienda, así que le digo:

—Me ha gustado mucho el primero que me he probado. El de la perla.

El anillo más pequeño y barato.

Bernard sonríe complacido como el máquina que es.

—Una magnífica elección —responde mientras yo apuro el agua de un trago con unos modales nada propios de Sophie—. Que disfruten de la comida.

El otro empleado se acerca a llevarse la botella vacía y la despacha con discreción.

Gem y yo recorremos el trecho de mullida moqueta que nos separa de las relucientes puertas plateadas. El guardia de seguridad nos cede el paso con una inclinación de cabeza y una sonrisa.

—Que pasen buena tarde, señoras —nos desea.

—Usted también —decimos al unísono mientras cruzamos la entrada.

Una vez que la puerta se cierra y hemos vuelto al vestíbulo del centro comercial, suelto un suspiro de alivio. No porque estuviéramos haciendo algo malo —aunque, vale, hablando con propiedad estábamos haciendo algo malo, o lo habríamos hecho si la empresa no fuera tan chunga—, sino porque ha sido la primera vez que Gem me ha pedido que la ayudara. Puede que Gem Hayes no sea mi abuela en realidad, pero es lo más parecido que tendré nunca. No sé cómo habría sido mi vida si mi madre no la hubiera conocido hace doce años, pero tengo una cosa muy clara: habría sido un asco.

Por eso, cuando estrecho el brazo de Gem para pegarme a ella y le digo con la voz nasal de Sophie: «Te quiero mucho, abuelita», parece que esté hablando en broma, pero va en serio.

Pero solo se lo puedo decir así. Gem es, como ella dice, «una vieja dura como el acero». Si lo intentara en circunstancias normales, pondría los ojos en blanco o me mandaría a paseo.

Gem responde con una risita nerviosa que no se parece en nada a su risotada habitual.

—Y yo a ti, queridísima Sophie. —Espera a que estemos bajando por la escalera mecánica, ya lejos del mogollón, para añadir con su voz normal—. Bueno, ¿tienes hambre o qué? ¿Quieres que vayamos a la zona de restaurantes?

—No, no hace falta —le digo. Me trago una sonrisa cuando me imagino a Gem con ese traje distinguido y las perlas comiendo en el Panda Express—. Puedo esperar a llegar a casa.

Gem insiste en invitarme a un café de una cafetería itinerante que está especializada en moca, y tomo sorbos del aterciopelado brebaje mientras nos encaminamos al exterior. Hace un día radiante de finales de junio y sigo de buen humor, aunque me empiezan a doler los pies. Gem ha tenido que aparcar a seis manzanas de distancia para encontrar una plaza con parquímetro y los zapatos de Sophie no están diseñados para estas caminatas.

Casi hemos llegado al coche de Gem cuando el día se tuerce. De golpe y porrazo, mientras estamos caminando tranquilamente, Gem me empuja con una fuerza tremenda y yo me estampo de bruces contra la acera tirando el café moca por todas partes. A Gem la ha empujado un tío que ha aparecido de la nada para robarle el bolso. Le pega un tirón, pero no se lo puede quitar porque ella tiene aferrada el asa con todas sus fuerzas.

Jadeando, me incorporo hasta sentarme. No me llega el aire a los pulmones y me arden las rodillas por la fricción de la acera. Gem y el aspirante a ladrón siguen forcejeando por el bolso con gestos que mi cerebro aturdido compara con el típico juego de estirar la cuerda, pero a cámara lenta.

—Suelta, vieja bruja, o te rajo —gruñe.

Me da un vuelco el corazón. ¿Lleva un cuchillo?

He conseguido acuclillarme cuando Gem suelta el bolso… solo para poder abalanzarse hacia sus ojos con las uñas extendidas como garras. El hombre chilla de sorpresa y dolor mientras ella lo araña, hasta que por fin le fallan las rodillas y suelta el bolso. Yo lo recupero al mismo tiempo que me pongo de pie, pero al cabo de un instante me lo arrancan de las manos de un tirón. Ha sido Gem, que lo usa para golpear al tío en la cabeza y derribarlo.

Gem me devuelve el bolso de inmediato y saca las llaves del bolsillo de su traje.

—Abre el coche, Kat, por favor —dice a la vez que me lanza las llaves. Consigo atraparlas al vuelo y presiono el remoto del llavero mientras ella patea, con fuerza, la cabeza del hombre caído con sus letales tacones—. Ni se te ocurra levantarte —gruñe Gem. Milagrosamente (o puede que no, porque ella da un miedo que te mueres ahora mismo), el hombre obedece.

Yo me desplomo en el asiento del copiloto y cierro la puerta. Me late el corazón tan aprisa que juraría que se salta latidos. Luego espero un minuto entero a que Gem se siente detrás del volante. Tan pronto como cierra la puerta, echo el seguro.

—Mierda —digo sin aliento al mismo tiempo que alargo el cuello para ver si el ladrón se dispone a seguirnos—. ¿Eso ha sido…? ¿De verdad ha pasado?

—Ha escogido a la viejecita equivocada, ¿eh? —responde ella a la vez que arranca el motor y emprende la marcha sin molestarse en mirar por encima del hombro. Suena un claxon estridente mientras añade—: ¿Te encuentras bien? Tienes las rodillas destrozadas.

—Estoy perfectamente —le digo y saco unos pañuelos de la guantera para limpiarme la sangre. El papel se me pega a las rodillas y se rompe cuando lo retiro, lo que empeora el aspecto de las heridas. Todavía tengo un nudo de miedo en la garganta, pero me lo trago e intento imitar el tono tranquilo de Gem—. Solo me he quedado un momento sin aliento. ¿Cómo estás tú?

Gem es la mujer más dura que conozco y asiste a clases de autodefensa desde hace décadas, pero igualmente. Si alguien me hubiera preguntado cuánto iba a tardar en dejar fuera de combate a un hombre adulto, habría jurado que más de un minuto.

—Mañana lo notaré —dice a la vez que hace un movimiento circular con el hombro—. Pero no tanto como él. Menudo cabrón. Y te ha tirado la bebida.

Miro la blusa estropeada y me trago una carcajada. Diría «me alegro», pero no sé si a Gem le parece tan horrible como a mí el estilismo de la mojigata Sophie Pilgrim. En vez de eso, le digo:

—Menuda pelea por un bolso que no vale nada.

—¿Que no vale nada? —pregunta fingiendo indignación—. ¿Cómo te atreves?

El bolso de Gem es una broma recurrente para todo el mundo que la conoce. Sea cual sea —el de tipo bolso habitual o este rancio de abuela que nunca había visto—, siempre lo lleva repleto hasta el borde de tantos trastos que no podría meter una billetera ni aunque quisiera. Algo que nunca se le ocurriría, porque Gem se guarda las cosas importantes en el bolsillo.

—Necesito todas y cada una de las cosas que llevo aquí dentro.

—Si tú lo dices…

Sonrío con desgana antes de recostarme contra el asiento. Ahora que la adrenalina empieza a bajarme, me noto agotada.

—Además, no iba a dejar que tu buen trabajo se desperdiciara —añade.

—¿Mi qué? —pregunto.

Gem me mira con una sonrisilla burlona.

—Busca en el lateral —dice.

—En el lateral de…

Echo un vistazo por el coche y entonces caigo en la cuenta de que todavía tengo su bolso en el regazo. Cuando le doy la vuelta, me fijo en el bolsillo abierto del lado izquierdo. Hundo los dedos y noto un objeto pequeño y duro: algo con texturas y de una suavidad imposible al mismo tiempo. De repente, tengo el presentimiento de que sé muy bien lo que es incluso antes de sacarlo.

No me he equivocado. Es el anillo de diamantes tipo guirnalda de Bennington & Main, que destella al sol de la tarde con el brillo de toda una galaxia.

CAPÍTULO 2
KAT

Solo he visto a mi madre realmente furiosa dos veces en mi vida.

La primera fue hace cuatro años, cuando su ex (o, como ella dice, esa escoria disfrazada de hombre que es Luke Rooney) le pidió amistad en Facebook después de ocho años sin dar señales de vida. Luke fue la primera persona con la que salió mi madre, si se puede expresar así, después de dejar al monstruo de mi padre. También fue la última, porque ese romance tan breve y desafortunado la convenció de que su gusto en cuestión de hombres nunca le traería nada bueno.

Y la segunda es ahora, con Gem.

—¿Que te has llevado a Kat a hacer qué?

—Tranquilízate, Jamie —dice Gem. Es la viva imagen de la calma excepto por la tensión de su mandíbula, que delata lo poco que le gusta que la interroguen. Pocas personas aparte de mi madre se atreven a hacerlo—. Ha estado genial.

Tendría que haberme guardado la sonrisa, porque Jamie me asesina con la mirada cuando la ve.

—Borra esa expresión de tu cara —me espeta antes de volverse hacia Gem—. ¿Lo dices en serio? No debería «estar genial». No debería participar en esto. ¡En nada de esto!

Al decir «esto» agita los brazos por la oficina de Gem, que está dividida en dos. La parte delantera es un despacho aseado y bien

17

aprovechado con un cartel que dice IMPECABLE en el centro de una de las paredes forradas de madera. «Impecable» es el negocio de limpieza que tiene Gem desde hace un par de décadas, aunque el nombre (y la dirección) cambia con frecuencia. Mi madre empezó a trabajar para ella como empleada de limpieza cuando yo tenía cuatro años y fue ascendiendo poco a poco hasta convertirse en la contable del negocio. Jamie asiste a clases nocturnas ahora y le faltan pocos créditos para sacarse el título de técnico contable.

Pero esa es la parte delantera. Con «esto» mi madre también se refiere a la sala trasera, que alberga la otra mitad del negocio. Contiene mesas alargadas repletas de objetos de lujo como bolsos, dispositivos electrónicos y prendas de diseño, aunque lo que más abunda son las joyas. Algunas están fabricadas aquí mismo, como las falsificaciones de Gem, pero la mayoría no. La mayoría son robadas, porque Impecable y todas sus réplicas no son sino tapaderas del negocio más rentable de Gem: el robo de joyas.

Tampoco se llama Gem en realidad: no sé cuál es su verdadero nombre. Pero Gem es un apodo muy obvio que adoptó mucho antes de que la conociera.

—Mucho cuidado, Jamie —le advierte Gem en tono cortante—. Esto te da de comer. Y a Kat.

Jamie respira para tranquilizarse. Siempre he llamado a mi madre por el nombre de pila: solamente me lleva dieciocho años y durante buena parte de mi infancia parecía más una hermana mayor agobiada que una mamá. O una canguro que hacía lo que podía mientras contaba los segundos hasta que volvieran los padres.

—Ya lo sé, Gem —responde en un tono más controlado. Frunce la nariz, un gesto que realza la nube de pecas que tiene, y que yo he heredado. Lleva la melena oscura recogida de cualquier manera, exactamente igual que yo ahora que me he librado de la peluca rubia. A menudo nos toman por hermanas, sobre todo cuando se pone las prendas que conserva desde hace más de diez años. Si Jamie hubiera sabido que hoy iba a discutir con Gem, seguramente habría elegido otro conjunto en vez de las mallas raídas y la vieja sudadera de Perry el Ornitorrinco que lleva puestas—. Y te lo agradezco. Ya sé que cuidas de Kat. Pero pensaba que solo sería una etapa. Las falsificaciones empiezan a venderse muy bien y...

—Y solo nos proporcionan una pequeña parte de todo lo que necesitamos —la interrumpe Gem—. Por el amor de Dios, Jamie, ya lo sabes. Llevas los libros. Pagamos los materiales, pagamos la estructura y están llegando chicas nuevas. ¿Les digo que no tenemos nada para ellas? ¿Y si te hubiera dicho eso a ti hace doce años en Las Vegas? ¿Dónde estarías ahora?

Me aferro al borde de la mesa en la que estoy sentada mientras Jamie recula como si Gem acabara de pegarle un bofetón. Las Vegas. Es el punto más débil y bochornoso de mi madre y Gem casi nunca lo toca. Por lo general, el nombre de la ciudad basta para que Jamie se rinda en cualquier discusión.

Pero esta vez no. Sacude la cabeza para librarse del gesto de dolor y dice:

—Kat tiene dieciséis años.

—Y estoy aquí —intervengo con un gesto de saludo—. ¿Puedo decir algo?

Por lo que parece, no, porque Jamie continúa.

—No lo voy a permitir. Nunca lo hemos hablado y si lo hubiéramos hecho...

—Vale, muy bien, Jamie, te lo voy a explicar —la interrumpe Gem—. No he ido a Bennington & Main con la idea de robar la sortija. Solo quería echarle otro vistazo, compararla con la réplica. Que, por cierto, es perfecta. Resulta que la llevaba encima y Kat los ha distraído en el momento más oportuno. Ya sé que no era tu intención —añade levantando una mano para evitar que haga algún comentario—. Pero lo has hecho. Así que he reaccionado como lo haría cualquier persona con un mínimo de cerebro y he aprovechado la situación.

Jamie guarda silencio unos segundos mientras su mirada salta entre las dos. Luego dice:

—¿Resulta que la llevabas encima?

—¿Hum? —pregunta Gem.

—La sortija falsa. ¿Ha sido una coincidencia? ¿No un plan?

La voz de Gem desciende unos cuantos grados.

—Es lo que te acabo de decir, ¿no?

Se miran a los ojos y a mí me entran palpitaciones. Estos puntos muertos entre Jamie y Gem son cada vez más frecuentes y me inundan de un terror vago que no soy capaz de explicarme. Entiendo la postura de mi madre: yo también tengo pesadillas de vez en cuando en las que la policía se lleva a Jamie o noto algún pinchazo de culpa y vergüenza por cómo paga nuestro piso, la ropa y la comida.

Pero no sé cómo habríamos salido adelante de no ser por ella.

Y Gem es cuidadosa y estratégica con sus objetivos: para ella es un motivo de orgullo no robar nunca a nadie que realmente pueda salir perjudicado. O que se lo haya ganado de manera genuina, alega. Lo único que hace es recoger las migajas de los saqueadores corporativos del planeta.

—No me ha importado —salto a la vez que me levanto de la mesa—. Ayudarte, quiero decir.

La expresión de Gem se suaviza, pero antes de que ella diga nada más Jamie me aferra del brazo y me arrastra de un tirón hacia la puerta.

—Espera detrás —me ordena entre dientes—. Ahora.

—¿En serio? ¿Estáis hablando de mí y no puedo estar aquí?

Protesto mientras me sigue empujando.

—Tenemos que hablar de otras cosas también —replica Jamie antes de obligarme a cruzar la puerta y cerrarla.

Vaya, tengo un mal presentimiento.

¿Qué ha querido decir? ¿Qué he querido decir yo? Creo que he sido sincera al decir que no me ha importado ayudar a Gem, aunque por otro lado… ¿qué pasa con el pobre infeliz de Bernard? No quiero que se meta en un lío. Por no hablar de que Gem y yo no hemos sido precisamente discretas en Bennington & Main. Pegábamos tanto el cante que casi parecíamos un par de monigotes. Íbamos disfrazadas, es verdad, pero ¿de qué servirá eso si detectan la falsificación y alguien revisa las cámaras de seguridad?

De haber sabido lo que estábamos haciendo, me habría esforzado más en evitarlas.

—Ya están otra vez, ¿eh?

Me vuelvo de golpe al oír la voz, pero me relajo cuando veo a la hija de Gem, Morgan, que está sentada en el escritorio de cara a una pantalla. Morgan tiene más o menos la misma edad que mi madre y, como Gem siempre ha tratado a Jamie igual que a una hija, mi madre y Morgan son prácticamente gemelas. Rivalidad fraterna incluida, sobre todo desde que Gem ha empezado a mostrar cierto favoritismo por Jamie.

—Sí —respondo al mismo tiempo que me desplomo en la silla de enfrente y me doy media vuelta.

—¿Tiene algo que ver con eso de que vayas vestida como una…? —Morgan estira el cuello para verme mejor—. ¿Cómo describir ese conjunto?

—¿Cómo una adolescente reprimida recién salida de un colegio de monjas? —sugiero.

—Si era lo que pretendías, lo has clavado, Kat.

—No soy Kat. Soy Sophie Hicks-Hartwell.

Morgan esboza una sonrisilla irónica.

—No me digas.

Es raro. Cuando Gem me pidió que escogiera un nombre («cualquiera», me dijo agitando la mano como si fuera un genio concediendo un deseo), estuve a punto de decir «Kylie Burke». No tengo claro por qué me dio por ahí: es un nombre que nunca pronuncio en voz alta. En el fondo siempre me he preguntado si Gem sabrá algo de aquella niña perdida en el tiempo. Que Gem me llevara hoy por primera vez a hacer un trabajito me ha parecido una señal de que a lo mejor ya podíamos hablar de esas cosas. Pero al final no me he atrevido. Incluso estando con Gem, en la que confío más que en nadie sin contar a Jamie, es más seguro ser Sophie.

O Kat.

—¿Y cómo se las ha apañado hoy Sophie? —quiere saber Morgan.

Cuando le cuento lo demás, estalla en carcajadas.

—No tiene gracia —musito todavía nerviosa por la expresión de Jamie cuando me ha empujado por la puerta. Mi madre es una de esas personas que tienden a dejarse llevar: en nuestro pequeño hogar de dos, suelo ser yo la que decide cuándo comer, qué mirar en la tele y si alimentamos a los gatos callejeros que solemos atraer (siempre sí). El destello de pura determinación que he visto en ella justo antes de que me cerrara la puerta en las narices era nuevo.

—Pues en parte sí. Jamie y tú sois las chicas Gilmore metidas a delincuentes.

Una sonrisa baila en mis labios a mi pesar cuando le digo:

—Una y no más, te lo aseguro.

—¿Tan fea ha sido la discusión?

—Gem ha mencionado Las Vegas.

—Uf, mierda. —Morgan está tan horrorizada como cabe esperar—. Esto va en serio. —Me escudriña por encima de la pantalla y añade—. ¿Cómo es que a ti no te afecta tanto como a Jamie?

—Yo tenía cuatro años —digo—. Casi no me acuerdo de nada. Y las cosas de las que sí me acuerdo tampoco dan tanto miedo.

Quizá porque no estaba sola: mi recuerdo más claro de aquel fin de semana es haber aferrado la mano del hijo de Luke Rooney, un niño de cinco años, tanto rato y con tantas ganas que llegué a considerarla una extensión de la mía. «Os tuvimos que separar por la fuerza», decía siempre Gem.

Morgan se encoge de hombros. El gesto es exagerado, como lo son todos sus movimientos: los hombros prácticamente le alcanzan las orejas. Es corredora, alta y fibrosa, con un pelo corto que se arregla ella misma y una manga de elaborados tatuajes en un brazo.

—Hazte la dura si quieres, pero pasar seis horas perdida en Las Vegas debió de ser aterrador.

A veces pienso que debo de recordarlo mal y que vagar por esa ciudad siendo una niña de preescolar sin la supervisión de un adulto fue una experiencia peor de lo que quiero reconocer. Pero, por más que hurgue en mi memoria, no encuentro nada demasiado horrible. Seguramente porque a los cuatro años ya había pasado por cosas mucho peores.

Nunca hurgo en mi memoria buscando ese otro recuerdo. Jamás.

—El bufé del hotel me ayudó a estar tranquila —digo desdeñando el tema con un gesto de la mano—. Me puse morada de postres aquel día. —Luego, antes de que Morgan pueda preguntar nada más, levanto la barbilla hacia el ordenador y pregunto—. ¿En qué estás trabajando?

Su expresión se oscurece, pero no me cuenta nada.

—En lo de siempre —responde—. Apoyo técnico.

Ese es el papel oficial de Morgan en Impecable. Extraoficialmente está especializada en desplumar a los ultrarricos y casi siempre se le da de miedo. Pero se rumorea que la pifió en el último golpe, tanto que Gem lleva desde entonces de un humor de perros. Aunque ni siquiera Jamie conoce los detalles y está claro que Morgan no me los va a revelar.

Capto la insinuación de que no va a soltar prenda y saco el teléfono para revisar los mensajes. Tengo unos cuantos: en cuestión de amistades, Boston es una de las mejores ciudades en las que he vivido. Sea lo que sea lo que hizo Morgan, espero que no la cagara tanto como para que Impecable tenga que volver a mudarse.

Estoy a punto de responder a un mensaje de mi amiga Hannah cuando Jamie entra en el despacho por fin. Sola y con aspecto derrotado.

Morgan se reclina contra el respaldo y pregunta:

—¿Qué tal ha ido ahí dentro?

—Se acabó —suelta Jamie sin más.

Morgan y yo nos miramos confusas.

—¿La conversación? —intento aclarar.

—Sí. Pero lo otro también. Todo. —Salta a la vista que Morgan y yo seguimos a cuadros, así que hace un gesto con el brazo que abarca todo el despacho y continúa—: Impecable y lo que venga después. Trabajar aquí, hacer faenas para Gem. O sea… todo.

—Un momento —digo. El susto revolotea en mi barriga mientras Morgan se queda con la boca abierta—. ¿Has dejado el trabajo? ¿Porque he ayudado a Gem una sola vez?

—Sí y no —responde Jamie, que se estira con fuerza la sudadera—. Lo he dejado, pero no por ti. El negocio de la trastienda…

ya no me convence. Hace un tiempo que no me convence. Esta conversación no es nueva. Solo se ha… acelerado.

«Lo ha hecho por mí». Pero no quiere decirlo. Me late el corazón a toda pastilla y noto un ahogo en el pecho que recuerda mucho al pánico. «¿Y ahora qué vamos a hacer?».

Los pensamientos de Morgan parecen discurrir en la misma longitud de onda, aunque no está tan ansiosa. Señala a Jamie con el boli y pregunta:

—Y si has dejado el negocio… ¿qué piensas hacer para ganarte la vida, exactamente?

—Gem me va a ayudar —dice Jamie—. Conoce a una persona de una inmobiliaria de Cambridge, una inmobiliaria legal, que está buscando un ayudante de contable. Me ha prometido que les dará buenas referencias.

Yo me limito a mirarla. Objetivamente tiene sentido: es el tipo de empleo con el que Jamie lleva años soñando. Por eso se está dejando la piel en la escuela nocturna. Y es un alivio que Jamie no haya mandado a Gem a paseo sin tener pensado un plan.

Pero trabajar para Gem significa estar siempre protegidas. Significa vivir en un barrio en el que, siendo sincera, nosotras somos lo peor que le puede pasar a alguien. Un sitio seguro, donde puedes dejar el pasado atrás porque aquí nunca vendrá a buscarte.

—¿En serio? ¿Así de fácil? —Morgan parece casi celosa—. ¿Decides dejarlo y de repente tienes un trabajo de nueve a cinco con… qué? ¿Seguridad social y toda la pesca?

—No es tan sencillo —protesta Jamie.

Algo del tono que ha usado me pone la piel de gallina. Morgan se endereza en la silla y dice:

—Ah, así que estamos hablando de un pequeño toma y daca, ¿eh? ¿Qué tienes que hacer?

—Nada del otro mundo —dice Jamie con un tono de falsa despreocupación que grita a los cuatro vientos «es algo muy, pero que muy gordo»—. Solo una faena más.

Morgan tamborilea con el boli contra el escritorio y pregunta:

—¿Cuál?

—El conjunto residencial Sutherland —contesta Jamie—. En agosto.

El nombre no me suena de nada, pero Morgan frunce el ceño y dice:

—Un momento, ¿en serio? Sutherland es mi contacto. La última noticia que tengo es que se canceló.

—¿Qué es? —quiero saber.

Jamie no me hace caso y deja la mirada clavada en Morgan.

—No, por lo que me ha dicho Gem —responde.

Morgan resopla.

—Habría sido un detalle que me lo hubiera dicho.

Ninguna de las dos me mira y mi paciencia está tan cerca de agotarse que hago chasquear los dedos delante de la una y de la otra.

—¡Hola! ¿Os acordáis de mí? Sigo en la habitación. Y no me estoy enterando de nada. ¿Qué es el conjunto residencial Sutherland?

Morgan señala a mi madre imitando una pistola con los dedos. Dobla el índice como si apretara un gatillo.

—El conjunto residencial Sutherland —dice— es la despedida triunfal de tu madre.

CAPÍTULO 3
LIAM

Nada más entrar en el restaurante comprendo que he cometido un error.

No sé gran cosa sobre el ambiente nocturno en Portland, en parte porque solo llevo seis meses viviendo en Maine, pero sobre todo porque, si salgo, voy al Five Guys. En internet, Leonardo's parecía un sitio muy normal. Un local de los de antes sin pijadas: la clase de restaurante que viene a decir «no esperes demasiado de esta cita». Y tan barato que si alguien pidiera, pongamos, una sola copa de vino mientras espera a la pareja en cuestión, no tendría que pagar un pastón.

Pero la realidad es distinta. Esto es todo madera oscura, flores blancas y guirnaldas de lucecitas. El aire acondicionado está a la temperatura perfecta para una noche calurosa de principios de julio. De fondo suena música clásica, tranquila, y en una pequeña placa de bronce de la pared se puede leer LOS MEJORES LOCALES DE PORTLAND: LOS RESTAURANTES MÁS ROMÁNTICOS.

Como si me hubieran leído la mente, una pareja de chicos pasa sonriente por mi lado, de la mano, los dos vestidos con americanas chulas y camisas de buena confección. Además del puño que me estruja el estómago, me asalta una punzada de nostalgia. No digo que siga echando de menos a mi novio, Ben, pero, en general, la vida era mucho más sencilla cuando estaba con él.

—Bienvenido a Leonardo's —me grita la anfitriona desde el estrado—. ¿Le puedo ayudar?

Es joven y guapa, con una coleta alta y una sonrisa radiante que me agobia aún más, no sé por qué. Esto parecía buena idea desde el portátil de mi padre, pero empiezo a lamentar a tope todas las decisiones que me han traído hasta aquí esta noche.

Aunque no tanto como lamento lo que yo no he decidido. Hay cosas que no se pueden cambiar, pero esto… Esto al menos parecía algo seguro.

—¿Se ha perdido? —me pregunta la anfitriona con amabilidad.

«No lo sabes tú bien».

Me guardo la respuesta sincera junto con el impulso de salir por piernas y digo:

—No, es que este sitio no es como esperaba.

Ella sonríe.

—Espectacular, ¿verdad? Los dueños nuevos lo han renovado de arriba abajo.

«Deberían actualizar la página web, ya puestos», pienso, pero me limito a decir:

—Sí, está genial. He reservado mesa a nombre de Luke.

No es mi nombre y al decirlo me siento como si mordiera un limón, pero ella no se da cuenta o quizá es demasiado educada para reaccionar.

—Ah, claro, la otra persona ha llegado hace un rato. Por aquí. —Coge un par de cartas y me guía por el restaurante a la vez que me pregunta por encima del hombro—: ¿Ha quedado con su madre para cenar?

«Tierra, trágame. Trágame ahora y acabemos de una vez».

—Mmmfff —mascullo con la esperanza de que mi respuesta sea lo bastante ambigua como para que no piense nada raro cuando lleguemos a la mesa. Aunque ¿a quién quiero engañar? Pues claro que va a pensar algo raro.

La anfitriona se abre paso por la zona de las mesas hasta que llega a una ocupada por una sola persona: una mujer morena y atractiva de treinta y muchos, que lleva un vestido azul marino y un montón de pulseras de plata. Se llama Rebecca Kent y, según su perfil de Amor Ante Todo, «va a dar una última oportunidad a los ligues online».

Tremendo error, Rebecca. Gigante.

Noto un retortijón en la tripa cuando nos detenemos junto a su mesa y ella levanta la vista con una expresión educada pero recelosa.

—¡Ha llegado Luke! —dice la anfitriona en tono alegre al mismo tiempo que hace un aspaviento estilo «tachán» que ojalá se hubiera ahorrado.

Rebecca parpadea descolocada. Salta a la vista que no soy la persona con la que ha quedado y sin embargo… me parezco a esa persona hasta extremos inquietantes. Como si lo hubieran metido en una máquina del tiempo y hubiera retrocedido veinticinco años.

—Yo, esto… ¿Perdón? —dice—. Me parece que no la he oído bien. ¿Qué ha dicho?

—Luke está aquí —repite la anfitriona con menos seguridad.

Rebecca frunce el ceño.

—Debe de haber algún…

—Tardaremos un rato en mirar la carta —intervengo antes de que pueda acabar la frase con «error». Arranco las cartas de la mano de la anfitriona y me siento en la silla que hay enfrente de Rebecca con una sonrisa compungida—. Hola —añado en tono apocado—. ¿Qué tal?

Rebecca se limita a observarme en silencio.

Ni siquiera puedo mirar a la anfitriona cuando retrocede murmurando:

—Que disfruten de la comida.

Dejo las cartas en la mesa con cuidado de no volcar la vela votiva que parpadea entre los dos. Luego cojo el vaso lleno de agua que hay a mi derecha y me bebo la mitad mientras Rebecca, sin dejar de mirarme, aferra el tallo de su copa de vino.

—¿Quién eres? —pregunta.

—Liam Rooney. El hijo de Luke —digo.

—¿El hijo de Luke? —repite—. Pero no tienes…

—¿Cinco años? No, ya hace tiempo que no.

Tomo otro sorbo de agua, pero no me sirve de nada. Tengo la garganta seca como el esparto.

—¿Tienes un hermano pequeño o…?

—No. Soy hijo único.

Rebecca ladea la cabeza y casi puedo ver sus engranajes mentales en funcionamiento mientras compara al chico de diecisiete años que tiene delante con la foto del niño de preescolar que Luke compartió con ella mientras chateaban en Amor Ante Todo.

Y con el propio Luke. El parecido es sorprendente: tengo el pelo castaño y lacio de Luke, sus mismos ojos azul intenso y una sonrisa risueña que sugiere que estoy a punto de compartir un gran secreto. Mi padre y yo tenemos el tipo de rostro que llama la atención y él le saca todo el partido que puede.

—¿Y eso del…?

—¿El cáncer? No tengo. Nunca lo he tenido. No me están tratando en el Hospital Infantil de Boston. No existe ninguna operación experimental que me salvaría la vida si el seguro la cubriera. —Me bebo el resto del agua antes de añadir lo que he venido a decir—. Así que no hace falta que le dé a mi padre dinero para eso.

—No me ha pedido… —empieza a decir Rebecca y luego aprieta los labios durante unos segundos—. Entiendo. Me estás diciendo que me lo pedirá.

—Se dedica a eso —respondo.

Cuando era más joven, de vez en cuando me preguntaba cómo se las arreglaba mi padre para pagar las facturas si, que yo supiera, nunca había tenido un empleo de verdad. Pero en aquel entonces me daba igual. Mi madre se divorció de Luke cuando yo era muy pequeño y se negó a permitir más visitas después de que mi padre me llevara a Las Vegas un fin de semana que le tocaba conmigo, se casara con una mujer que acababa de conocer y nos perdiera seis horas a mí y a la hija de cuatro años de su reciente esposa.

No luchó para seguir viéndome, así que mi madre y yo vivimos una vida feliz sin Luke durante más de una década en Maryland.

De vez en cuando mi padre contactaba con ella para pedirle dinero, pero ella siempre borraba los emails con un despreocupado «ni en sueños». Para mí, Luke era como un personaje ficticio: el padre descarriado que me legó su aspecto y nada más.

Entonces, hace seis meses, mi madre murió en un accidente de coche y todo mi mundo se vino abajo.

Antes de eso no sabía lo que era el dolor. Nunca había perdido a nadie tan importante y no me imaginaba un futuro sin mi persona favorita. Pasé un tiempo medio ido y me sentía tan desgraciado que apenas me importó cuando un juez le dio a Luke mi custodia.

Nunca le he preguntado por qué accedió a ocuparse de mí y hace poco he empezado a pensar que lo hizo porque negarse le habría obligado a pasar demasiado tiempo en los juzgados.

—¿Cuánto tiempo llevo escribiéndome contigo? —pregunta Rebecca en un tono mordaz.

—Solo desde la invitación a cenar —respondo.

Di con el perfil de Luke por casualidad, cuando mi teléfono se quedó sin batería y cogí su portátil para echar un vistazo al tiempo. Él no había cerrado la aplicación, y la ventana de Amor Ante Todo seguía abierta. Cuando vi que era una página para ligar estuve a punto de rajarme, porque lo último que me apetecía era asomarme a la vida amorosa de mi padre. Pero entonces la vi: una foto mía en edad preescolar, en todo mi mellado esplendor. «No sé qué haría si le perdiera», le había escrito Luke a otra mujer —pre Rebecca— y tuve que leer la conversación de principio a fin varias veces antes de comprender que me estaba usando como cebo.

Tardé un poquitín en reaccionar. Dos meses después de mudarme con Luke, el embotamiento sustituyó al dolor. Me había acostumbrado a ir sonámbulo por la vida. Llevaba tanto tiempo anestesiado que me costó reconocer la descarga de emoción ardiente que estaba recorriendo mi cuerpo.

Y entonces caí en la cuenta. Estaba furioso.

Me sentó bien volver a sentir algo, aunque solo fuera rabia por saber que mi padre era un cabrón y un impostor. Así que decidí tomar medidas.

Pero puede que subestimara el factor incomodidad.

—Vaya, me siento una completa idiota —dice Rebecca, que deja en la mesa la copa de vino—. Me gustaría pensar que no le habría dado dinero, pero… no lo sé. Es muy convincente. —Asiento, y ella añade—: Entiendo que ya lo ha hecho antes.

—Unas cuantas veces.

Que yo sepa.

—Debería estar en la cárcel —dice Rebecca con amargura.

«Podrías denunciarlo». En parte he venido para pronunciar esas palabras, para sugerirle que finja que esta noche no ha existido y siga escribiéndose con Luke. Que le dé cuerda suficiente para que se ahorque. Yo no entiendo de esas cosas, pero esto debe de ser superilegal, ¿no? Que se pudra en la cárcel mientras yo convenzo al hermano de mi madre, mi tío Jack, de que se marche un poco antes de su misión con Médicos Sin Fronteras y vuelva a casa.

Pero ahora que estoy aquí, las palabras se me atascan en la garganta. No es por lealtad a mi padre, pero hay… algo. «Él me dio lo mejor de sí mismo —decía mi madre cada vez que sus amigas ponían verde a Luke—. Gracias a él tengo a Liam, así que merece un poco de cancha». No sé qué querría ella que hiciera en estas circunstancias, y antes de que pueda decidirme Rebecca empieza a recoger sus cosas.

—Supongo que debería darte las gracias —dice. No parece agradecida y lo entiendo perfectamente. Seguro que está pensando «de tal palo, tal astilla». Pero entonces su expresión se suaviza una pizca y añade—: Me voy a marchar a casa, pero ¿quieres que te pida algo para llevar?

No, por favor. No puedo dejar que me invite y me muero por largarme de aquí.

—Estoy servido, gracias. Y… lo lamento.

—No tienes nada que lamentar —me tranquiliza Rebecca a la vez que se pone de pie—, aparte del desdichado accidente que te endilgó un padre como Luke Rooney al nacer. —Guarda silencio un momento antes de añadir—. ¿Cómo has dicho que te llamabas? ¿Liam es tu verdadero nombre?

—Sí —respondo.

—Bueno, Liam, te deseo toda la suerte del mundo —se despide Rebecca. Saca un billetero del bolso y extrae un billete de veinte dólares que deja sobre la mesa, junto a la copa de vino—. Presiento que la vas a necesitar.

CAPÍTULO 4
LIAM

Me acuerdo mucho de Las Vegas.

Tenía cinco años y recuerdo que el ruido y las luces intensas me intimidaban. Recuerdo que me caía bien Jamie Quinn, la mujer que conocimos en la piscina. Recuerdo al imitador de Elvis que los casó a ella y a Luke, y al fotógrafo aburrido que después le tendió a Jamie un par de fotos familiares hechas con Polaroid. Ella se guardó una en el bolso y la otra me la dio a mí. Todavía la tengo; es la única foto que tengo con Luke que no he tirado a la basura en un momento u otro.

Recuerdo la habitación del hotel y que nos dieron un montón de mantas y almohadas a la hija de Jamie, Kat, y a mí para que hiciéramos un fuerte en el baño. Me parece que dormimos allí.

No recuerdo por qué Jamie nos dejó solos con Luke al día siguiente, pero sí el momento en que Luke decidió marcharse también.

—Cuida de tu hermana —dijo antes de coger sus gafas de sol y taparse con ellas esos ojos enrojecidos—. Vuelvo enseguida.

Recuerdo haberle dicho «no es mi hermana», pero se lo dije a una puerta cerrada.

El tiempo no significa gran cosa cuando tienes cinco años, pero Luke no «volvió enseguida», para nada. Yo estaba aburrido, así que puse la tele y pasamos un rato mirando dibujos animados. Entonces apareció un programa que nunca había visto llamado

El arenero encantado y Kat se alejó del televisor como si estuviera en llamas.

—Odio ese programa —dijo, y antes de que yo me diera cuenta, Kat se había marchado de la habitación. No se me ocurrió nada más que seguirla. Y una vez que estuvimos en el pasillo… seguimos andando.

Todavía no me puedo creer que pasáramos tanto rato deambulando por ahí. Supongo que la gente se imaginó que nuestros padres venían detrás o quizá les dio bastante igual. Recuerdo que al principio fue divertido, sobre todo porque había mogollón de comida gratis para coger. Pero en cuanto salimos del hotel, que era lo que yo conocía, y me perdí, empecé a asustarme. Cogí a Kat de la mano y no se la solté ni cuando noté que se me dormían los dedos.

Llegó un momento en que estábamos tan agotados que nos acurrucamos debajo del mostrador desierto de un hotel de mala muerte y nos quedamos dormidos allí mismo. Cuando desperté, completamente desorientado, había una mujer de pelo gris arrodillada a nuestro lado, y yo seguía aferrando la mano de Kat como si mi vida dependiera de ello. La mujer llevaba una especie de delantal encima de la ropa y su rostro me pareció tirando a severo pero no malvado.

—Vaya, hola —dijo—. ¿Qué hacéis vosotros dos aquí?

Una vez que todo el mundo se reunió, Jamie le dijo a Luke que iba a rellenar los papeles del divorcio. Cogió a Kat y se marchó con la mujer de pelo gris, y nunca más volví a verlas.

Mis pasos se vuelven más lentos a medida que me acerco al edificio de apartamentos estilo loft en el que vivimos y veo que las luces de la cocina están encendidas. Las he apagado antes de salir y eso significa que Luke ha vuelto temprano de donde sea que haya ido. Normalmente sé que no lo voy a ver si me acuesto antes de medianoche.

¿Lo sabe? Puede que haya visto el mensaje de confirmación de Rebecca en la papelera de Amor Ante Todo y haya deducido que me he hecho pasar por él. Sin embargo, ¿qué podría decir?

«No metas las narices en mi estafa, cotilla de mierda. ¿Cómo crees que nos podemos permitir este apartamento?».

Es un apartamento mucho más chulo de lo que merecemos, eso está claro. Tiene los techos altos y grandes ventanas, acentuados por una pared de ladrillos y tuberías vistas. Está repleto de pinturas de estilo impresionista que en teoría son obra de Luke, aunque yo tengo mis dudas. Nunca le he visto pintar nada y lo creo muy capaz de habérselas comprado a un pintor arruinado por una miseria para poder decir que son suyas.

Mientras subo oigo una risa de mujer y me paro en seco. Está… Ay, mierda, está con un ligue, ¿verdad? Eso es nuevo; Luke nunca trae a nadie a casa. Un hijo adolescente con una salud de hierro lo delataría sin remedio.

Una sonrisa lúgubre bailotea en mis labios cuando apuro el paso por el descansillo. Habría sido chulo que la primera chispa de energía que noto en meses procediera de alguna de las cosas que me gustaban antes —jugar al lacrosse o tener amigos— y no de estropearle las estafas a mi padre. Pero dicen que a buen hambre no hay pan duro, así que, ya puestos, por qué no machacarle el jueguecito dos veces la misma noche.

Abro la puerta principal y veo a Luke —soy incapaz de llamarlo «papá»— recostado contra la encimera de la cocina con un vaso en la mano. Lleva el pelo castaño despeinado con desenfado y viste su uniforme habitual: camisa de algodón entallada y vaqueros. Habla con una mujer vestida de negro que está de espaldas a mí, y cuando Luke encuentra mi mirada pienso que se va a quedar helado. En vez de eso, sonríe con una alegría tan inesperada que miro por encima del hombro por si hay alguien detrás de mí.

—¡Liam! ¡Colega! —exclama—. Justo a tiempo.

¿Colega? Ni siquiera sé cómo tomármelo.

—¡Ah, hola! —La mujer se vuelve a mirarme con una sonrisa radiante. Al principio solo veo su collar: de resplandecientes diamantes, tan enormes que tienen que ser falsos. Entonces me fijo en que literalmente le estoy mirando el escote, así que levanto los ojos para buscar los suyos. Son de un tono castaño claro, como los de mi madre, y estoy a punto de gritarle «¡Huye!» cuando me estrecha la mano—. Justo estábamos hablando de ti.

—¿Ah, sí? —pregunto—. ¿Y soy… lo que esperabas?

—Tal como Luke te ha descrito —asiente en tono cariñoso, y ahora sí que no entiendo nada. ¿No pensaba que tenía cinco años? ¿O que me estaba muriendo?—. Soy Annalise. Perdona que haya irrumpido así en tu casa, pero estaba deseando ver el estudio.

«¿El estudio?». Echo un vistazo al apartamento de concepto abierto y descubro que hay muchos más cuadros sin terminar que cuando me he marchado. ¿Luke se propone venderle alguno? ¿Qué valor pueden tener? Sin duda no tanto como un tratamiento experimental para el cáncer, a menos que sea un falso pintor mejor de lo que yo pensaba.

—El pobre Liam ya está harto de vivir entre los cachivaches de su padre —dice Luke, y nadie ha dicho nunca mayor verdad. Pero él agacha la cabeza con modestia, como si en realidad quisiera decir: «No se le puede pedir a un niño que reconozca la genialidad, ¿verdad?».

—Es maravilloso conocerte, Liam —dice Annalise—. Aunque ojalá fuera en mejores circunstancias.

No tengo claro a qué se refiere hasta que añade:

—Lamento mucho lo de tu madre. Perdí a la mía en un accidente hace unos años y sé que cuesta muchísimo superarlo. Era la persona que más quería en el mundo y todavía la echo de menos a diario. Seguro que tú también añoras a la tuya.

«Por Dios». No estaba preparado para que el ligue de mi padre me desgarrase este corazón que lleva meses aletargado y de pronto no puedo respirar. Quiero volver a estar anestesiado… o rabioso. La rabia estaba bien. Me hacía sentir que tenía un objetivo.

—Desde luego que sí —responde Luke en tono quedo, y eso basta para devolverme el equilibrio, porque me entran ganas de atizarle un puñetazo. Ni siquiera sabe cómo me siento, porque nunca hablamos de mi madre. No hablo de ella con nadie excepto con mi tío Jack y normalmente lo hacemos por mensaje de texto. Me envía fotos de cuando mi madre y él eran niños y yo le envío algunas de cuando lo era yo: mi madre y yo en partidos de lacrosse, disfrazados la noche de Halloween, haciendo muecas porque sí. Un rastro digital de recuerdos que, no sé por qué, duele menos que tratar de expresar en palabras el vacío dejado en nuestras vidas por su muerte.

Annalise me aprieta el brazo con cariño y pregunta:

—¿Te puedo abrazar?

Sin esperar respuesta, me envuelve en un abrazo de aroma floral. Es una pizca agobiante y muy incómodo. No he abrazado a nadie desde el funeral de mi madre y me parece que ya no sé hacerlo. ¿Dónde tengo que poner los brazos? ¿Por qué me siento como si llevara una barra de acero en la columna vertebral que me mantiene tieso hasta el dolor? Ver a Luke por encima del hombro de Annalise sonriendo como el gato de Cheshire todavía lo empeora más si cabe. Por alguna razón, es exactamente lo que quiere.

—Gracias —digo al mismo tiempo que me zafo de sus brazos—. Te lo agradezco mucho.

Annalise me da unas palmaditas en la mejilla.

—Espero que te estés adaptando a Maine lo mejor que cabe esperar. Los inviernos son brutales, como ya habrás comprobado, pero los veranos son maravillosos.

—Sí. En realidad, hum… está bien de momento.

No me salen las palabras, pero da igual, porque Annalise es una de esas personas con facilidad de palabra que te guían con elegancia de un tema al siguiente. Hablamos de cómo fue cambiar de instituto en el segundo semestre del penúltimo año, la clase de pregunta básica que Luke nunca se ha molestado en formular. Me pregunta por el lacrosse, por el que obviamente se ha tomado la molestia de indagar, y me anima a presentarme a las pruebas para el equipo del instituto cuando empiece el último curso. Luego pregunta si he conocido a algún chico majo y es una conversación muy breve, porque nadie me ha interesado desde que Ben me dejó hace casi un año.

Luke se pasa todo el tiempo sonriendo con orgullo. De vez en cuando inserta esos comentarios bobos pero cariñosos de un papá, como «¡eso le digo yo siempre!» o «¡este chico!, ¿qué voy a hacer con él, eh?». Todo esto me despista tanto que empieza a dolerme la cabeza.

Por fin Annalise echa un vistazo al reloj del microondas.

—¡Madre mía, es mucho más tarde de lo que pensaba! —dice con una pequeña carcajada—. Será mejor que me vaya. Pero ha sido muy agradable charlar contigo, Liam. Espero que volvamos a vernos pronto.

—Yo también —consigo responder.

—Qué noche tan divertida, ¿eh? —dice Luke en su papel de Papá Enrollado al tiempo que se frota las manos.

—Y te avisaré para el cumpleaños de mi padre el mes que viene —le promete Annalise—. El conjunto residencial te va a encantar. Es precioso en verano, rebosante de inspiración.

Él sonríe de oreja a oreja.

—Perfecto. Te acompaño al coche.

Se marchan y yo paso los siguientes cinco minutos dando vueltas por el apartamento y masajeándome las sienes mientras intento no pensar en el daño que le puedo haber hecho a Annalise al seguirle la corriente a Luke. Aunque… en realidad no he representado un papel, ¿verdad? He sido sincero durante toda la conversación, porque nada de lo que Luke le ha contado de mí era mentira.

Ha usado mi verdadero nombre. Mi verdadera edad. ¿Eso qué significa?

Y entonces oigo que Luke sube la escalera haciendo mucho ruido y silbando. Cuando abre la puerta, su cara sigue mostrando la misma sonrisa radiante que tenía cuando Annalise estaba aquí.

—Es genial, ¿verdad?

Está… Un momento. ¿De verdad a mi padre le gusta Annalise? ¿En serio?

—Sí —respondo con cautela—. ¿Dónde la has conocido?

—En la inauguración de una galería del centro —dice Luke. Coge una botella de bourbon que hay en la encimera y se llena el vaso hasta el borde—. Ya sabes que me gusta estar pendiente de la escena artística. —No lo sé, pero está claro que no espera respuesta, porque sigue hablando—. Entré y bam: ahí estaba. Me quedé sin aliento.

—Ya —es mi respuesta. Está claro que hay más, porque Annalise no es para nada el tipo que le gusta a mi padre. Es mayor, para empezar, y más bien tipo mamá.

—Annalise es una gran mecenas de artistas, obviamente —continúa Luke—. Todos los Sutherland lo son. —Mi cara debe de reflejar la perplejidad que experimento, porque añade—: Vamos, has estado en la sección Sutherland del Museo de Arte de Portland, ¿no?

—No. —Estoy a punto de recordarle que él no es un artista en realidad, pero el apellido Sutherland capta mi atención. No conozco el museo, pero sí la empresa inmobiliaria. Están por todas partes en el centro de Portland—. Espera, ¿los de las Torres Sutherland? ¿Y la plaza Sutherland y...?

—Los mismos —asiente Luke, tomando un buen trago de bourbon. Hace chasquear los labios de un modo infinitamente desconcertante y añade—: Te voy a decir una cosa, Liam, Annalise es una mujer extraordinaria. Extraordinaria.

Extraordinariamente rica, quiere decir.

—¿Qué le vas a hacer? —le suelto antes de que pueda ordenar mis pensamientos lo suficiente como para formularle una pregunta que sí pueda responder.

Por suerte todavía sigue en modo de Papá Enrollado, porque no capta el tono acusatorio de mi voz. O le da igual. Solo esboza una sonrisa soñadora y dice:

—Me voy a casar con ella.

CAPÍTULO 5
KAT

La prenostalgia es una cosa muy rara.

Ayer estaba en la trastienda de Gem, hablando de telerrealidad con algunas de las chicas que vienen por aquí, como siempre: una tarde de principios de agosto que no se diferenciaba en nada de tantas otras tardes laborables. Pero hoy, justo antes de que Jamie me lleve a casa de mi amiga Hannah para que pase allí el fin de semana y luego se marche al conjunto residencial Sutherland, en Maine, tengo la sensación de estar viendo este espacio que tan bien conozco a través de una lente color sepia.

No ayuda que apenas sean las seis y media de la mañana y la sala esté vacía. Jamie está en la parte delantera con Gem, preparando todo lo que necesita para el fin de semana, y Morgan ha salido a comprobar los líquidos de nuestro viejo SUV Honda, así que estoy sola aquí dentro por primera vez en mi vida. Como nadie ocupa las sillas que hay alrededor de las mesas alargadas, el despacho trasero tiene un aspecto polvoriento, abandonado y, para mi cerebro agotado, más bien siniestro.

He tenido más de un mes para acostumbrarme a que la única vida que puedo recordar está a punto de cambiar, pero no es suficiente, para nada.

—*Memory, all alone in the moonlight* —canturrea una voz desafinada a mi espalda.

El sonido es tan inesperado en el silencio matutino que ahogo un grito involuntario. Cuando me vuelvo a mirar con el pulso acelerado, veo a Gem con un termo de acero inoxidable extragrande en las manos y el pelo gris recogido en un moño bajo. En su cara hay lo más parecido a una sonrisa que es capaz de esbozar.

—Pareces un extra tristón de *Cats* —dice.

Espero a que los latidos de mi corazón se normalicen antes de preguntar:

—¿De qué?

—De *Cats*. El musical. No es posible que cante tan mal como para que no hayas reconocido «Memory». Es una de las canciones más icónicas de toda la historia de los musicales… —Pone los ojos en blanco al ver que no lo pillo—. Ay, por Dios, tu generación es culturalmente analfabeta. Si apartaras la vista de TikTok de vez en cuando… —No espera mi respuesta antes de añadir, con una pizca menos de sarcasmo—: Cualquiera diría que no vas a volver nunca.

—Ya —musito, frotándome los brazos desnudos.

Nada escapa al ojo de lince de Gem, incluido el hecho de que hace demasiado calor aquí para tener la piel de gallina.

—¿Y entonces qué te da miedo? —quiere saber. Como tardo en contestar, tuerce la cabeza y añade—: A Jamie no le va a pasar nada. Es un golpe fácil.

Asiento.

—Eso dice ella.

Mañana el magnate inmobiliario Ross Sutherland cumple ochenta años y lo va a celebrar con un fiestón de tres días en Bixby, Maine. Casi un centenar de personas trabajará en el evento y todos se alojarán en un complejo de apartamentos que hay enfrente del conjunto residencial de la familia. Gracias a un miembro insatisfecho del servicio de los Sutherland al que Morgan se ha estado trabajando durante un tiempo, Jamie ha conseguido la acreditación para unirse a ellos.

Gem sonríe con tristeza.

—Pero tú no te lo crees.

No puedo dejar que piense eso o el plan que he urdido para este fin de semana no funcionará.

—No, sí que me lo creo —le digo—. Es que es muy temprano, nada más. Todavía estoy medio dormida.

—Me lo imaginaba. Y por eso te he preparado esto. —Gem me enseña el termo—. Café solo extrafuerte con una cantidad nauseabunda de azúcar. Tal como te gusta.

—Gracias.

Noto un nudo raro en la garganta cuando lo acepto y por un momento pienso: «¿Y ahora nos abrazamos? Nunca nos hemos abrazado. ¿Deberíamos empezar a hacerlo?».

En ese momento Gem me sugiere por gestos que me marche y dice:

—Ve, sube al coche. Jamie acabará enseguida en el despacho. No tardará nada. Ve a divertirte a casa de Hannah.

Nada de abrazos, pues. Supongo que da igual.

—Vale —asiento, y me encamino a la puerta.

—¡Kat! Otra cosa —me paro y miro por encima del hombro a Gem, que está... ¿revolviéndose en el sitio? No le pega nada—. Jamie tenía razón en lo del anillo. Me pasé de la raya llevándote conmigo.

—No pasa nada... —empiezo, pero Gem levanta una mano.

—Déjame terminar. Me pasé de la raya, así que... cuando venda ese anillo, ingresaré el dinero en tu cuenta para la universidad, ¿te parece bien?

Pestañeo, demasiado sorprendida para decir nada excepto:

—No tengo una cuenta para la universidad.

—Bueno, pues ahora sí —replica Gem con brusquedad. Luego da media vuelta y abandona el despacho con brío cerrando la puerta al salir como si quisiera decir «pero nada de abrazos».

Salgo al callejón que hay detrás de Impecable medio empanada. El anillo seguramente se venderá por dos tercios de su valor en tienda y eso significa... trece mil dólares. ¿Jamie está enterada de esto? Es imposible, ¿no? Si ha aceptado este último trabajo ha sido para convertirnos a las dos, según lo ha expresado Jamie, en «ejemplos de respetabilidad». Mi madre ha pasado cada vez menos tiempo en Impecable estas últimas semanas y me ha animado a hacer lo mismo. Por mucho que Gem haya dicho «cualquiera diría que no vas a volver», empiezo a pensar que es eso lo que pretende mi madre. Como si pudiera pulsar un interruptor y borrar más de una década trabajando para una ladrona de joyas.

Estoy tan absorta en mis pensamientos que casi paso de largo junto al coche. Apenas consigo frenar en seco antes de chocar con Morgan, que está de pie junto al maletero con la mochila de Jamie en la mano. Se pega tal susto al verme que la deja caer.

—Por Dios, qué sigilosa —dice a la vez que recoge la mochila del suelo por una correa.

El bolsillo lateral está abierto y alargo la mano para cerrar la cremallera. No vaya a ser que perdamos uno de los tentempiés de Jamie antes de ponernos en marcha siquiera.

—¿Qué haces? —le pregunto a Morgan.

—Me aseguro de que la rueda de repuesto sigue debajo de vuestros trastos —responde, y tira la mochila de Jamie al maletero—. El camino a Bixby es largo, especialmente en esta trampa mortal.

Tiene toda la razón. El Honda de Jamie tiene casi tantos años como yo y eso de tener que mudarnos constantemente de un estado a otro implica gastar muchos neumáticos. Llevo cambiando ruedas desde que tenía doce años.

Mi madre aparece en el callejón. En una mano sostiene un estuche de piel muy fino. Se reúne con nosotras junto al maletero y lo guarda en el compartimento principal de la mochila antes de preguntarme:

—¿Lista?

—Lista —respondo en un tono animado, algo que, la verdad, debería haber alertado a mi madre de que estoy tramando algo. En circunstancias normales, le estaría suplicando que me dejara mirar el interior del estuche: el collar falso de rubíes que ha fabricado Gem y que es el protagonista de este fin de semana.

—Pues en marcha —dice Jamie—. Te mandaré un mensaje de texto cuando llegue, Morgan.

—Buena suerte —le desea ella. Vuelve adentro con los hombros encorvados, y yo me subo al coche y me abrocho el cinturón.

Jamie pone la marcha atrás y retrocede despacio para salir del callejón mientras yo toqueteo la radio hasta encontrar la emisora de noticias favorita de mi madre. Solo cuando nos hemos alejado unas cuantas calles de Impecable y estamos paradas en un semáforo, le digo lo que estoy pensando:

—Vale, un pequeño cambio de planes.

—¿Hum? —pregunta Jamie distraída, mientras ajusta la visera parasol.

—Hannah y yo tenemos pensado pasar el día en Splash Country, pero tiene que trabajar hasta las once —le digo—. ¿Me puedes dejar allí, en vez de llevarme a su casa? No quiero esperarla con el baboso de su hermano.

Jamie pestañea.

—¿Desde cuándo Josh es un baboso?

—Desde siempre —respondo a la vez que le pido perdón a Josh mentalmente por llamarlo algo que no es.

—Vale, bueno, no lo sabía. ¿Y dónde has dicho que te deje? ¿En Splash Country? —pregunta Jamie. Es un parque acuático de Portland, en el estado de Maine, a una hora y media de distancia—. ¿Sola? ¿Qué vas a hacer hasta que llegue Hannah?

—Bajar por los toboganes —digo—. Obvio.

—Me lo podrías haber dicho antes. —Jamie se muerde el labio—. Sabes que no me sobra mucho tiempo. La primera reunión del personal está convocada a las once.

—Está muy cerca de la autopista —le digo cuando el semáforo cambia—. No tardarás ni quince minutos en ir y volver.

—Uf, vale —suspira—. Muy bien.

Tal como sabía que haría.

CAPÍTULO 6
KAT

—¿Un regaliz rojo? —le pregunto a Jamie, agitándole la tira en las narices.

—Ya sabes que no puedo —me dice sin despegar los ojos de la carretera.

—Sí que puedes. Lo que pasa es que no quieres.

Jamie está en pleno furor antiazúcar. Eso, sumado a que no puede comer gluten por motivos de salud, implica que mis tentempiés no tienen nada que ver con los suyos.

—¿Me pasas un paquete de garbanzos tostados? —pide.

—Puaj —le digo, aunque ya sé que eso no ayuda. De todas formas me doy media vuelta y, alargando el brazo para llegar al asiento trasero, palpo el interior de las bolsas buscando el aperitivo favorito de mi madre. Dedico dos minutos a rebuscar sin suerte y me doy por vencida. Me desabrocho el cinturón antes de estirar el cuerpo un poco más para pescar la mochila del maletero. En el bolsillo lateral encuentro una fiambrera de plástico. Le pego una sacudida experimental—. ¿No quieres un puñado de granola? —le propongo.

—No, la tomo para desayunar.

—Todavía es la hora del desayuno.

—No quiero quedarme sin nada.

Discutir con ella es inútil. Mi madre es una persona de costumbres fijas, muy fijas. Lleva años comiendo granola casera para

45

desayunar y tenemos que ser fieles a la tradición. Jamie siente una necesidad imperiosa de controlar las pequeñas cosas de la vida y, aunque le tomo el pelo con eso, entiendo de dónde le viene.

Devuelvo la fiambrera al bolsillo lateral y, después de rebuscar un poco por la mochila, saco el primer envase de comida que encuentro.

—¿Qué te parecen unas migas de tofu?

—Eso sí.

Abro la bolsa y se la tiendo.

—Que te aproveche. Si es posible.

Se termina la mitad de la bolsa antes de inclinarse hacia delante para mirar el móvil, que muestra Google Maps en el soporte del salpicadero.

—La próxima salida es Splash Country —dice.

«Allá vamos».

—Ya, bueno, verás… —empiezo—. En realidad Hannah y yo no vamos a pasar el día allí.

—¿Qué? —Mi madre despega el pie del acelerador y el coche que tenemos detrás cambia de carril para adelantarnos a toda pastilla—. ¿Qué me estás contando? Kat, ahora no tengo tiempo de llevarte otra vez a…

—Ya lo sé. Y tampoco podrías, porque Hannah no está en casa. Se ha marchado a Nantucket con su familia a pasar el fin de semana.

—Katrina Quinn —dice Jamie en su tono más amenazador—. ¿De qué va esto?

—De que te acompaño.

—Serás… —Jamie suelta un gruñido—. Nooooo. ¿Cómo se te ocurre? ¡Tú no puedes estar allí!

—¿Por qué? —pregunto—. ¿Porque no es seguro?

—¡Pues claro que es seguro! Pero en teoría yo no soy yo este fin de semana. ¡Estoy trabajando! No puedo presentarme allí con una niña.

—Tampoco es que yo tenga ganas de ir a la fiesta de cumpleaños de un viejo —digo—. Me quedaré en los apartamentos para empleados todo el fin de semana. Dijiste que están fuera del conjunto, ¿no? Y que cada miembro del personal tiene su apartamento. Nadie me verá.

—Pero ¿por qué? —pregunta Jamie con voz chillona.

—Porque tú y yo tenemos que estar juntas —respondo—. Siempre.

Bueno, a veces nos separamos, y ese es el problema. Pasan cosas malas cuando no estamos juntas. Y no hablo solo de Las Vegas sino de algo más importante: nuestra vida preVegas. Cuando ella era Ashley Burke y yo era Kylie.

Los comienzos de mi madre en la vida no fueron fáciles. Sus padres murieron de sobredosis antes de que cumpliera ocho años y la dejaron con una tía abuela que no tenía ni la más remota idea de cómo criar una niña. La mujer hizo lo que pudo durante casi diez años, hasta que murió un mes antes de que Jamie cumpliera diecisiete. Mi madre se escapó para no tener que pasar un año en un hogar de acogida. Y entonces, antes de que tuviera tiempo de averiguar en qué consiste ser adulta, supo que iba a ser mamá. Con alguien que no tenía las más mínimas ganas de ser padre.

Guardo muy pocos recuerdos de mis primeros años y los que conservo se han refugiado en el rincón más profundo y oscuro de mi mente. Cada vez que amenazan con salir a la superficie, los aplasto para que se queden donde están.

Como ahora. La sensación es casi física: un empujón fuerte, rápido. Están ahí. Ya no.

Jamie se recuesta contra el respaldo lanzando un bufido de frustración.

—Pues claro que sí. Pero esto es distinto. Este fin de semana es importante y necesito estar concentrada.

—Yo no te distraeré —le digo mientras pasamos zumbando junto a la salida de Splash Country—. Y a lo mejor te puedo ayudar. Repasaremos la lista de lo que tienes que hacer para que no te olvides de nada. ¿Por qué no empiezas por hablarme de los Sutherland?

Un par de horas más tarde, lo sé todo sobre Ross Sutherland, que, por lo que me ha contado Jamie, ya no es tan milmillonario como antes por culpa de una mala decisión comercial.

—Pobre —digo mientras rebusco por la bolsa con la esperanza de encontrar un regaliz perdido—. ¿Y se puede permitir esa fiesta?

—Uf, a duras penas —replica Jamie con sorna. Al parecer me ha perdonado, de momento—. Seguro que solo son pérdidas sobre el papel. Lo recuperará en cuanto suba la bolsa o en cuanto suba el mercado inmobiliario o cualquier otro mercado en el que inviertan los Ross Sutherland del mundo. Dudo mucho que hayan tenido que apretarse el cinturón.

—Debe de ser guay —digo, recordando el delicado peso de la guirnalda de diamantes en mi dedo. Para los Sutherland, comprar algo así debe de ser el equivalente a comprar una bolsa de regalices en mi caso: un pequeño temblor en el radar financiero—. ¿Y sus hijos también son asquerosamente ricos?

—Pues claro que sí, son sus hijos —responde Jamie—. Pero ninguno ha hecho nada por sí mismo, profesionalmente. No trabajan, aparte de los típicos empleos chollo que solo encuentran los ricos. Por lo que parece, en la vida personal están encallados. Dos se han divorciado y dos no se han casado.

—No pasa nada por estar soltero —protesto. Jamie debería saberlo mejor que nadie.

—Pues claro que no —dice ella—. Pero es curioso, porque Ross Sutherland siguió casado con su amor de infancia hasta que ella se murió hace unos años. Fue un golpe muy duro para todos y esta es la primera fiesta familiar que celebran en el conjunto residencial en una buena temporada.

Pasamos junto a una señal en la que se lee BIXBY, 8 kilómetros. Eso significa que nos estamos acercando a nuestro destino: un pueblecito encajado entre colinas que linda con un parque nacional.

—¿Por qué lo llaman «el conjunto residencial»? —pregunto—. ¿Porque está vallado?

—En parte —dice Jamie—. Pero también porque es enorme. Más de ochenta hectáreas, y no todo está vallado. La mansión de

Ross Sutherland es el edificio principal, claro, pero los cuatro hijos tienen casas también. Las llaman «cabañas», aunque son enormes. Además hay oficinas y una zona de entretenimiento, un campo de golf y pistas de tenis, dos cocheras para la colección de coches de Ross y un montón de cosas más que ahora no recuerdo. Ah, y un viñedo, me parece. Pero no en funcionamiento.

—Qué raro, con lo trabajadores que son los hijos Sutherland, ¿no? —Mi comentario le arranca una risita a Jamie—. ¿Viven todos aquí todo el tiempo? ¿En plan familia feliz?

—No —dice Jamie—. Casi todos están instalados en Nueva York y solo vienen al conjunto en verano. Excepto la hija pequeña de Ross, que pasa más o menos la mitad del tiempo en Bixby y la otra mitad en Portland: Annalise.

Su tono desciende media octava cuando pronuncia el nombre, señal de que está nerviosa.

—Annalise —repito—. ¿Es suyo el collar que vamos a robar?

—De «vamos», nada, Kat.

—Vale. ¿Es suyo el collar que vas a robar?

—Sí —reconoce Jamie. Se pone colorada cuando añade—: Es raro, porque el collar es precioso, pero tampoco tan caro. Al menos, no tanto comparado con otras joyas de la familia. A Ross le gusta coleccionar cosas y lo han criticado por comprar objetos que deberían estar expuestos en un museo. Aunque supongo que esas cosas están guardadas bajo llave y el collar… es más una joya para llevar. Pero un cliente de Gem no lo pudo comprar, porque Ross Sutherland hizo una puja más alta en una subasta, y se muere por tenerlo.

Me quedo pensando en eso un ratito. Se supone que lo de mañana por la noche será sencillo. Según el contacto de Morgan, las puertas de todas las cabañas tienen cerrojos de seguridad, pero en verano Annalise deja abiertas las ventanas y hay una que tiene una celosía debajo. Por lo visto los Sutherland no se molestan en guardar sus cosas en cajas fuertes cuando están en el conjunto, así que seguramente el collar estará en el vestidor de la mujer. Jamie no tiene que hacer nada más que salir de la fiesta sin que nadie la vea, escalar la celosía, dar el cambiazo y volver para seguir pasando bandejas de aperitivos. Pero nadie ha mencionado, al menos no a mí, el inmenso fallo de este plan.

—¿Y si lo lleva puesto? —pregunto.

—¿Hum?

—Annalise —aclaro—. ¿Y si se pone el collar de rubíes para ir a la fiesta y no puedes cambiarlo por la falsificación de Gem? O no lo ha traído consigo. Tiene otra casa, ¿no?

—¿Te crees que Gem dejaría eso al azar? —contesta Jamie—. El contacto de Morgan nos ha facilitado un inventario de todo lo que Annalise Sutherland se va a traer este fin de semana. El collar está en la lista, pero no tiene pensado ponérselo el sábado por la noche.

—¿Y si cambia de idea?

—No cambiará.

—¿Cómo lo sabes?

—Porque —me explica Jamie con un deje de impaciencia en la voz— el collar no le pega ni con cola con el vestido rojo coral que encargó especialmente para la fiesta de su padre.

—¿El vestido también está en el inventario? ¿Escribió una lista o…?

—¡Kat, ya está bien! —me corta mi madre—. Tú no tienes que saber nada. No eres una especie de… aprendiz en esta historia. Tú no te vas a dedicar a esto.

—¡Ya lo sé! —replico dolida—. No he dicho que quiera.

Puede que lo haya pensado alguna que otra vez, pero nunca he llegado a tener claro si me atrevería. Y supongo que ya nunca lo sabré.

—Perdona —suspira Jamie, que pone el intermitente para coger la salida de Bixby—. Estoy un poco nerviosa. Si te digo la verdad, no me hace ninguna gracia que hayamos estado espiando a una mujer que no ha hecho nada malo.

A mí tampoco.

—Pero el padre parece turbio —señalo—. Eso de que compre cosas que no debería tener… Y él compró el collar, así que… no pasa nada.

No tengo claro si estoy calcando la lógica a lo Robin Hood de Gem para acallar la conciencia de mi madre o la mía.

Jamie tarda un ratito en responder y cuando lo hace hay cautela en su voz.

—Sí que pasa. Lo entiendes, ¿no? Ojalá... Mira, le debo mucho a Gem y le estoy agradecida, pero he hecho cosas de las que no me siento orgullosa y me estoy esforzando mucho en...

—Ya lo sé —la interrumpo, y miro por la ventanilla para no tener que ver su expresión apesadumbrada. Bixby es precioso, un pueblo rodeado de montañas y de árboles inmensos. Cada uno de los tramos de la sinuosa carretera parece sacado de una postal, flanqueados por muretes de piedra y prados de flores silvestres que están más cuidados y llenos de color que muchos jardines. El cielo es de un azul radiante, salpicado de nubes de algodón, y aunque llevamos las ventanillas cerradas tengo la sensación de que el aire aquí es el más puro y más fresco que he respirado nunca.

«Esto es lo que se puede comprar con dinero», pienso.

En ese momento oímos una explosión y el coche empieza a dar bandazos. Se me escapa un grito cuando nos salimos del carril. Habría sido peligroso de no estar la carretera completamente desierta. Por suerte, Jamie recupera enseguida el control del volante y para el coche en el arcén.

—¿Qué ha sido eso? —pregunta sin aliento mientras lanza vistazos frenéticos a un lado y a otro. Pero, viendo cómo se ha inclinado la parte trasera del coche, yo ya lo sé.

Se nos ha pinchado una rueda. Otra vez.

CAPÍTULO 7
LIAM

Estoy empezando a pensar como Luke y me parece superdeprimente.

Ahora entiendo por qué le contó a Annalise la verdad sobre mí. Es una estrategia tan calculada como todo lo que hace mi padre. La madre de ella murió hace unos años en un accidente de barco y eso le inspiró un sentimiento de empatía instantáneo hacia mí, desde antes de conocerme. Y de admiración hacia ese tío tan legal que ha decidido dedicar la vida a apoyar y consolar a su hijo.

Luke no es así en realidad, pero da igual. Me ha utilizado para enredarla, otra vez. Pero no contaba con que yo lo deduciría.

Reconozco que espabilado sí que es, aunque él no opine lo mismo de mí, porque noto que empieza a captar de qué palo voy. Sabe que he estado enredando con sus contactos de Amor Ante Todo. Aunque no he quedado con nadie después de Rebecca, he ido cerrando discretamente los chats que tenía abiertos. «Ha sido genial hablar contigo, pero he empezado una relación exclusiva con otra persona», les escribo a todas las que han recibido mi foto de infancia. Intento no dejar rastro borrando mis mensajes y las respuestas que van llegando, pero no creo que las haya detectado todas. Además, seguro que Luke ha notado que su bandeja de entrada está vacía de repente, algo que no suele suceder.

Ahora estamos en una especie de tablas tácitas. Él ya no confía en mí y es evidente que le ha sentado fatal que me apuntara a su fin de semana con Annalise para conocer a la familia en el conjunto residencial de los Sutherland. Llevan saliendo todo el mes de julio. Luke ha sido impecable y ahora Annalise lo va a llevar a la fiesta que ha organizado su padre para celebrar que cumple ochenta años. Como últimamente lo único que me hace sentir bien es reventarle los planes a Luke, estoy decidido a acompañarlo.

La semana pasada me acoplé a una de sus cenas —en Leonardo's precisamente, ironías de la vida— y no paré de dar la chapa con las ganas que tenía de ver el conjunto Sutherland.

—Por lo que dices, parece una fantasía —le dije a Annalise.

—Sí que lo es —asintió ella. En tono cálido, pero no como diciendo «vente tú también».

Así que seguí presionando

—Un paraje único en el mundo, como los jardines de Giverny —insistí, cruzando los dedos para que el vídeo de cinco minutos que había mirado en YouTube sobre Claude Monet hubiera bastado para aprenderme la pronunciación del nombre—. A mí también me gusta pintar.

—¿Ah, sí? —preguntó encantada, y Luke entornó los ojos. *Spoiler:* no.

—A ver, acabo de empezar —dije con aire modesto—. No sé tanto como para enseñar mis cuadros, pero sueño con vivir del arte algún día.

—Primera noticia —soltó Luke entre dientes.

—Igual que tú —añadí con mi sonrisa más cándida.

A Annalise no le hizo falta oír nada más. Unió las manos y dijo:

—¡Oh, qué maravilla! No se hable más, Liam, te vienes con nosotros el próximo fin de semana.

—¿Seguro que no quieres tener la casa para ti solo, colega? —preguntó Luke—. Pensaba que habías hecho planes con la peña.

«La peña». Como si hubiera hecho algún amigo desde que vine a Maine.

—La verdad es que no —dije fingiendo un tono tristón—. Todo el mundo está de vacaciones.

—Es demasiado joven para pasar tres días solo, ¿no crees? —intervino Annalise con un matiz de reproche en la voz.

—Es muy responsable y cumplirá dieciocho... dentro de nada —dijo Luke después de un breve y fallido intento de recordar mi cumpleaños—. Además, me lo pediste, ¿no? ¿Pasar algún tiempo a tu aire?

No se lo he pedido. En otras circunstancias daría saltos de alegría, pero el que Luke intente mantenerme lejos de Bixby es suficiente para que me entren todavía más ganas.

—Sí, es que.... a veces me siento muy solo en el apartamento —dije bajando los ojos al suelo—. Procuro estar ocupado, pero...

Annalise no quiso oír nada más.

—Te vienes con nosotros —decidió—. Te va a encantar el conjunto y así mi sobrino Augustus tendrá compañía. También tiene diecisiete años y es el único adolescente de la familia. Se aburre muchísimo en esas fiestas.

—Lo pasaremos bien —le aseguré, aunque dudaba que alguien llamado Augustus Sutherland quisiera pasar el rato conmigo. Me invadió una satisfacción rápida, feroz por haber derrotado a Luke... hasta que caí en la cuenta de que lo había logrado comportándome exactamente como él.

Llevamos casi tres horas los dos solos en el coche, viajando de Portland a Bixby, y yo no dejo de darle vueltas a una idea desagradable y obsesiva: «¿En esto me he convertido?».

Últimamente no siento nada que no sea desprecio, y el único entretenimiento que tengo es meterme con mi padre e imitarlo, alternativamente. El numerito con Annalise me salió rodado y lo hice porque había decidido acoplarme a un fin de semana del que hace un año habría huido como de la peste. Porque hace un año habría tenido mogollón de cosas mejores que hacer.

Mi madre estaría horrorizada. Era optimista por naturaleza y siempre me animaba a pensar en positivo cuando lo estaba pasando mal por lo que fuera. «Piensa en una cosa que te haga sentir bien y concéntrate en eso. Siempre hay al menos una cosa buena».

Observo el perfil de Luke mientras conduce. Se parece tanto al mío que resulta inquietante. Estaría bien tener algo en común con él aparte de los pómulos.

—Así que te gusta mucho Annalise, ¿eh?

Prácticamente se lo tengo que chillar por encima de la música, que lleva puesta a todo volumen desde que hemos salido.

—Es una mujer estupenda —responde lacónico.

—¿Qué es lo que más te gusta de ella?

Me mira de reojo por debajo de las gafas de sol en plan «¿desde cuándo te interesa?», pero dice:

—Su generosidad.

No debería seguir preguntando, pero:

—¿Era eso lo que te gustaba de…?

No. Iba a decir «mamá», pero no puedo hacerlo. No puedo meterla en esto y en realidad no quiero oír su respuesta. Mi madre también era generosa, pero Luke no está hablando de la clase de persona que te daría la camisa que lleva puesta. Está hablando de la clase de persona que te puede pagar las facturas de Gucci o de la tienda de diseño en la que haya comprado esos pantalones demasiado ajustados que lleva puestos.

—¿Tu última novia? —termino.

Luke suelta un bufido suave.

—Annalise es única.

—¿Te hace ilusión conocer a su familia?

En este caso, mi curiosidad es auténtica. Por lo que he leído del padre de Annalise estas últimas dos semanas, es el típico tío listo que se ha hecho a sí mismo y seguramente ha conocido a un centenar de Lukes a lo largo de su vida.

—Qué bonito es esto, ¿verdad? —pregunta Luke. Estira el cuello a la vez que baja la música. Es un intento descarado de cambiar de tema y supongo que me da igual. Asomarme al cerebro de mi padre no es mi pasatiempo favorito.

—Sí, es genial —respondo mientras toma una curva cerrada de la serpenteante carretera.

—¿Qué tenemos aquí? —dice cuando salimos de la curva y vemos un coche a lo lejos. Está aparcado en el arcén y hay una mujer agachada junto a la rueda trasera. Reduciendo la marcha a paso de tortuga, Luke comenta—: Una damisela en apuros. Menos mal que hemos llegado.

¿Podría ser un punto positivo? ¿Que quiera ayudar a alguien, aunque sea en ese plan de caballero de la reluciente armadura que da tanta grima? O por parecer servicial. Sea como sea, al menos ha parado.

En ese momento la mujer extrae la rueda del soporte con la facilidad de una experta.

—Me parece que no está en apuros —comento mientras ella se vuelve a mirarnos.

La veo perfectamente a la brillante luz del sol y noto cómo se me desencaja la mandíbula cuando me fijo en sus facciones. No me jodas, conozco a esa persona. La conozco de la polaroid en la que aparece entre Luke y un imitador de Elvis con un vestido de verano azul y un raquítico ramo de flores mustias que parecen robadas de unos cuantos floreros en un restaurante barato. Porque lo eran. Luke las robó.

Es Jamie Quinn. Mi madrastra durante cuarenta y ocho horas en Las Vegas. Y está cambiando una rueda en el arcén de una carretera desierta de Bixby, Maine. Parpadeo unas cuantas veces, no vaya a ser un espejismo, pero todo sigue igual. Realmente es ella. ¡Qué fuerte!

—Tienes razón —dice Luke. Deduzco por el tono áspero de su voz que él también la ha reconocido—. No necesita nuestra ayuda.

Pisa el pedal y empieza a acelerar, disponiéndose a dejarlas atrás. Cuando Jamie se levanta para encaminarse al maletero, oigo la voz de mi madre clara como el cristal en mi mente.

«Sí, sí que la necesita».

Ni siquiera soy consciente de lo que estoy haciendo cuando agarro el freno de mano y estiro con todas mis fuerzas. El coche se detiene con un chirrido.

—¿Qué cojones? —me grita Luke mientras los dos rebotamos en los asientos—. Por Dios, Liam, ¿estás mal de la cabeza? ¿Por qué has hecho eso?

—Para asegurarme —le digo, ya desabrochándome el cinturón y abriendo la puerta, para que no tenga tiempo de soltar el freno y ponerse en marcha—. Por si acaso.

—No le pasa nada. Vuelve al coche —me ordena mi padre con furia—. ¡Liam! Lo digo en serio. Vuelve al coche. Ahora.

Me encamino al arcén sin hacerle ni caso. Ahora estoy mucho más cerca de Jamie, que me mira con expresión de incredulidad. Tan cerca como para darme cuenta de que esa no puede ser Jamie: es demasiado joven. Más o menos de mi edad, así que tiene que ser su hija, Kat. Que, o no ha visto la foto de Elvis, o no opina que me parezca tanto a Luke como dice todo el mundo, porque no veo en su cara ninguna señal de que me haya reconocido.

—Gracias por parar, pero no necesito ayuda —dice, y se aparta de la cara un mechón de pelo oscuro que se le ha salido de la coleta. Sus ojos castaños son tan claros y brillantes (y tan recelosos) como los recuerdo de la otra vez, hace doce años. Ya a los cuatro años tenía siempre una expresión como de estar esperando una mala noticia.

—Sí, ya me he dado cuenta —contesto.

Y me quedo callado, porque ¿qué más puedo decir? Esta situación es surrealista a más no poder. Luke toca el claxon con impaciencia, y veo a una mujer que se da la vuelta en el asiento del conductor del coche de Kat. ¿Esa es Jamie? ¿De verdad estamos celebrando una reunión de ex Las Vegas en un arcén? ¿Una reunión que nadie ha buscado excepto yo? Bueno, y el fantasma de la voz de mi madre, pero… Ay, Señor. Esto es absurdo. No podría ayudar a Kat ni aunque lo necesitara. No tengo ni idea de cómo se cambia una rueda.

—Termino en un segundo. No hagas esperar al conductor —dice Kat, que está usando las manos como visera. Lleva una camiseta blanca de tirantes y unos vaqueros desgastados con las rodillas sucias del polvo del suelo. Luke vuelve a tocar el claxon y ella me dedica una sonrisa de circunstancias—. Me parece que quiere ir tirando.

—Ya. Es que…

Tuerce la cabeza, esperando, y yo me encojo de hombros. Es que nada. Debería marcharme. Yo no soy nada de Kat ni de Jamie, y seguro que obligarlas a contactar otra vez con Luke Rooney es el peor favor que les podría hacer. Aunque sea un momento en plan «Hala, qué casualidad».

Levanto la mano de mala gana para hacer un gesto de despedida y entonces… pasan un montón de cosas al mismo tiempo. Oímos el chirrido de unos frenos cuando un camión dobla la curva, un camión que obviamente no esperaba encontrar a nadie parado en la carretera, porque se acerca a toda pastilla y tiene que pegar un volantazo para no chocar con el coche de Luke. Kat se vuelve a mirar de dónde procede el ruido y algo sale volando de la caja del camión directamente hacia ella.

De golpe y porrazo, es como si volviera a estar en la habitación de aquel hotel de Las Vegas, hace doce años, oyendo una orden que me siento obligado a cumplir, aunque sepa que es imposible.

«Cuida de tu hermana».

—¡Agáchate! —grito al mismo tiempo que salgo disparado hacia Kat.

Ella se tira al suelo con una rapidez espectacular antes de que el proyectil llegue a su altura. Y entonces algo me golpea la frente, estalla y una porquería viscosa y húmeda me resbala por la cara. Aunque he cerrado los ojos automáticamente antes del impacto, me entra líquido suficiente para que me escuezan. El corazón me late a toda pastilla, mi sien parece estar hinchándose por momentos y no puedo recuperar el aliento.

Mierda, esta porquería en los ojos duele mogollón. ¿Será ácido? Debe de ser ácido. Seguro que era un camión cargado de ácido que acaba de proyectar su carga tóxica directa a mis pupilas.

«Esto es culpa tuya, Liam —pienso mientras me arrodillo—. Te vas a quedar ciego porque no sabes meterte en tus asuntos».

—¡Oh, no! —grita Kat. Una mano me aferra el brazo—. Mierda estás sangrando. Hay que llevarte al hospital. Estás cubierto de sangre…

—No, no lo está.

Una voz tranquila se superpone a la de Kat y antes de que me dé cuenta me están limpiando la frente y las mejillas con una especie de trapo. Luego hace lo propio alrededor de los ojos.

—No es sangre —dice la mujer que me está ayudando. Me moja la cara con algo frío antes de añadir—: Este chico tan valiente acaba de salvarte de un tomate volador, Kat.

CAPÍTULO 8
KAT

Uf, menos mal. Me parece que este chico tan mono y tan patoso no se va a morir.

—Abre los ojos, te los voy a enjuagar —le avisa Jamie con dulzura.

Él, que tiene la cara llena de pulpa de tomate (no de sangre, ahora lo sé), la mira con los ojos entornados. Jamie le va echando gotitas de agua con cuidado y secándole la piel con la toalla que ha cogido de nuestro maletero, y poco a poco la expresión de terror desaparece de la cara del chico. Mi madre está ahora en su elemento: cuidar de los demás es algo que le sale de manera natural. En otra vida debió de ser una enfermera estupenda.

—Gracias —dice él con voz ronca a la vez que pestañea rabioso. Abre los ojos del todo, mira a un lado y a otro, y por fin suspira.

—Qué bonito es esto y qué bien lo veo todo.

—¿Crees que tiene una conmoción cerebral? —le pregunto a Jamie, que está enroscando el tapón de la botella.

Ahora que el sol no me deslumbra y que él ya no tiene tomate en la cara, veo bien al chico que está tumbado a mi lado, y es muy guapo. Tiene el pelo castaño, los ojos azules y unos hoyuelos en las mejillas que se le marcan aunque solo se le insinúe la sonrisa. Viste vaqueros, igual que yo, aunque hace demasiado calor para llevar pantalones largos, y una camiseta de un color verde desvaído en la que se lee: TOWSON LACROSSE.

A Jamie se le escapa una sonrisilla.

—Me parece que solo está…

Y entonces, cuando se da media vuelta otra vez hacia el desconocido, se queda helada.

—Ay, Dios mío —susurra a la vez que se sienta sobre los talones. Nunca he visto a mi madre tan alucinada: se ha quedado blanca y abre unos ojos inmensos mientras observa las facciones ahora limpias del chico—. Eres… Eres idéntico a… No es posible que seas…

Él carraspea y dice:

—No, bueno, lo siento. Sí que lo soy.

—¿Eres qué? —pregunto, mirándolos a los dos alternativamente.

Como no me contestan, me doy la vuelta para mirar al hombre que conduce el otro coche. Todavía no se ha bajado y lo único que veo desde aquí son unas gafas de sol enormes.

—¿Os conocemos? ¿A los dos? ¿A uno de los dos?

Jamie se comporta como si no me hubiera oído. Mira fijamente al chico, que se ha incorporado hasta quedarse sentado.

—¿Liam? —pregunta ella con suavidad, estrujando la toalla húmeda que ha usado para limpiarle la cara—. ¿De verdad eres tú?

El corazón me da un vuelco inmenso, muy despacio. ¿Liam? Conozco el nombre. Aunque nunca lo pronunciamos y, sobre todo, no pronunciamos ese otro nombre…

—No sé ni lo que digo. Pues claro que eres tú —continúa Jamie antes de que el chico tenga tiempo de contestar—. Eres idéntico a él.

—¿A quién? —pregunto. Aunque ya lo sé.

Como si estuviéramos ejecutando una especie de danza, los tres volvemos la cabeza hacia el coche aparcado y nos ponemos de pie con torpeza, uno tras otro, mientras la portezuela del coche se abre por fin.

—Hablando del rey de Roma… —dice Liam con un hilo de voz.

Nunca supe qué aspecto tenía Luke Rooney. Jamie no guardó ninguna foto de aquel fin de semana en Las Vegas y yo, por solidaridad, no lo he buscado en Google. Ni una vez. Algo que me parece un error imperdonable cuando lo veo bajarse del coche y subirse a la frente las gafas de sol, y descubro que es el vivo retrato del chico que tengo al lado, unas décadas mayor.

El puto Luke Rooney. Hace doce años, después de que Jamie dejara a mi padre y nosotras dos nos mudáramos a Nevada para volver a empezar, mi madre ganó cinco mil dólares con un Rasca y Gana. Lo interpretó como una señal de que su suerte había cambiado y ese mismo fin de semana fuimos a Las Vegas con la esperanza de sacar la entrada para una casa. En vez de eso lo perdió todo, bebió demasiado y se casó con el primer tío que conoció en la piscina del hotel. Al día siguiente, cuando fue a la farmacia a comprar paracetamol para la resaca, Luke se marchó y Liam y yo nos quedamos solos.

Jamie considera aquel horror de fin de semana el momento más vergonzoso de su vida, sobre todo porque piensa que tendría que haber sido más espabilada. Debería haber usado aquel dinero caído del cielo con más inteligencia, haber pensado en mí y haber sido capaz de detectar las señales de alarma, después de haber convivido con mi padre. Por desgracia, Luke era un mierda de estilo distinto.

—Qué raro, ¿eh? —dice Liam volviéndose a mirarme—. Los dos somos copias exactas de nuestros padres. Te he reconocido enseguida, aunque pensaba que tú eras Jamie.

Pronuncia el nombre de mi madre con mucha familiaridad, como si Jamie no le inspirase ni un poquitín del desprecio absoluto que yo siento por Luke.

—Tenías cinco años —digo—. ¿Cómo es posible que te acuerdes?

No es la pregunta más pertinente en esta situación, pero es la que se me ocurre mientras Luke Rooney —el puto Luke Rooney— se encamina hacia nosotros como si anduviera a una cámara infinitamente lenta. La chaqueta del traje se agita con la suave brisa, los brillantes zapatos hacen crujir la gravilla de la carretera y anda un poco raro por culpa de unos pantalones ridículamente ajustados.

En serio, ¿qué hombre adulto lleva pantalones tan ajustados?

—Por la foto de la boda. Con Elvis.

Lo miro parpadeando y Liam murmura:

—Ya, supongo que vosotras no la guardasteis. Lo entiendo. Es totalmente lógico.

—Jamie. Hola —dice Luke cuando casi ha llegado a nuestra altura. La carretera vuelve a estar desierta ahora que el camión cargado de tomates ha desaparecido. Jamie traga saliva, pero no dice nada: está mirando a Luke como si el tipo fuera un peligroso depredador que, con un poco de suerte, se marchará por donde ha venido si ella se queda muy quieta y muy callada—. ¡Menuda coincidencia! ¿Qué es de tu vida?

Nada de «¿cómo está mi hijo?». Ni «eh, Liam, ¿te ha hecho daño ese tomate asesino?».

—Liam está perfectamente, gracias —le suelto antes de que Jamie pueda responder.

—Y hola a ti también, Kat —dice Luke.

Es tan guapo que da escalofríos, con esa estructura facial típica de las fotos del «después» en las consultas de cirugía estética. Pero, no sé por qué, los mismos rasgos que en Liam transmiten franqueza y honestidad producen una sensación turbia en Luke.

—Ya veo que no has cambiado nada.

—Que te den, Luke Rooney —le suelto, y me quedo tan a gusto. No me había dado cuenta hasta este mismo instante de que llevaba años esperando para decírselo.

—Katrina —suspira Jamie, aunque prescinde del tono de reproche que suele ir asociado a mi nombre completo.

Mientras tanto, Luke se limpia las gafas con el bajo de la chaqueta y murmura como si lo hiciera para sus adentros:

—No, ni una pizca.

Jamie se lleva las manos a la cara, todavía pálida.

—Esto es surrealista —dice con los ojos yendo y viniendo de Liam a Luke—. Yo no… No estáis… ¿Qué hacéis aquí?

—Pasando un fin de semana en familia —responde Luke, que ha vuelto a esconder los ojos detrás de las gafas.

Habla con un tono de voz sonoro y seguro, pero yo capto la tensión que intenta camuflar. Está tan alterado como Jamie, solo que se le da mejor que a ella disimularlo.

—Os hemos visto ahí paradas y hemos pensado que a lo mejor necesitabais que os echáramos una mano, pero parece que lo tenéis todo controlado, así que... nos vamos ya, ¿te parece, Liam?

—¿Un fin de semana en familia en Bixby? —le pregunto con escepticismo—. ¿De verdad? Aquí no hay nada más que bosque y la finca de un millonario.

—Es que vamos a esa finca —dice Liam. Prácticamente al mismo tiempo, Luke le grita a su hijo reculando hacia su coche a toda prisa:

—¡Tenemos que irnos!

—¿Qué dices? ¿En serio? ¿Conocéis a los Sutherland?

Mientras yo interrogo a Liam, Jamie se sujeta las sienes con los dedos y murmura:

—Esto no está pasando. Esto no puede estar pasando.

Liam me mira a los ojos.

—Sí, Luke está medio saliendo con...

—Liam, te agradecería que no fueras contándole nuestra vida a la gente, y menos si son personas que apenas conocemos y a las que nunca vamos a volver a ver —dice Luke, todavía caminando hacia atrás.

—A mi madre sí que vas a volver a verla —le informo—. Jamie va a trabajar en la finca este fin de semana.

—Cállate la boca —susurra Jamie con rabia.

Luke frena en seco.

—Ah. —Tanto la expresión de su rostro como el tono de su voz son indescifrables. El hombre podría ser un maniquí plantado en mitad de la carretera—, vaya.

Y entonces nadie dice nada durante lo que parece una eternidad, hasta que Liam empieza a hacer unos ruidos muy raros, como si se estuviera ahogando. Tardo un momento en comprender que se está aguantando la risa y, cuando lo pillo, me contagio. Intento contener mis propias carcajadas y eso hace estallar a Liam, y al final estamos los dos sujetándonos la barriga e intentando no caernos al suelo de la risa.

—No tiene gracia —gruñe Luke.

Y sé que tiene razón (de hecho, seguramente es un drama, si tenemos en cuenta los motivos que han traído a Jamie aquí), pero su cara de mosqueo me hace reír todavía más, no sé por qué. Es una reacción de estrés y no puedo evitarlo.

—Mira, Luke. Tú y yo no nos conocemos de nada, ¿vale? —le dice Jamie en un tono bajo y apremiante mientras Liam y yo seguimos riendo a carcajadas—. Tú a lo tuyo y yo a lo mío, y guardemos las distancias, como si nunca nos hubiéramos visto.

—Por mí, perfecto —responde Luke a toda prisa—. Me parece genial.

—Muy bien —dice Jamie.

Yo he recuperado el control de mí misma cuando se vuelve a mirarme y añade:

—Voy a terminar de cambiar el neumático, Kat, y luego tiramos.

—Vale.

Me seco los ojos mientras ella se aleja con paso decidido. Espero que sepa que mi rápido asentimiento significa que me sabe fatal el capítulo «ataque de risa» del incidente este.

Luke gira sobre sus relucientes talones y echa a andar hacia su coche gritando por encima del hombro:

—¡Vamos, Liam!

El chico se frota la nuca y dice:

—Será mejor que vaya.

—Sí, yo también —asiento—. Buena suerte con, hum… —Hago gestos con la mano hacia Luke—. Ya sabes. Esa movida.

—La voy a necesitar —dice él en tono funesto.

Me doy media vuelta para seguir a Jamie, pero no he dado ni un paso cuando Liam añade en un susurro bien audible:

—Kat. Una cosa.

—¿Sí?

Sus ojos azules son mucho más amables que los de Luke. Se inclina hacia mí y dice:

—Soy «Liam Rooney» con cinco íes griegas en Instagram, por si alguna vez te apetece saludar.

CAPÍTULO 9
KAT

—Qué fuerte. —Tiro la bolsa al suelo al entrar en el apartamento en el que vamos a alojarnos este fin de semana—. ¿Todo esto para un puñado de trabajadores eventuales? ¡Es una pasada!

Giro sobre mí misma con los brazos en cruz, pero Jamie ni siquiera sonríe.

—No está mal —dice en tono seco antes de cerrar la puerta y sacar el teléfono.

Las habitaciones para empleados de los Sutherland están en un elegante edificio que hay enfrente de la entrada principal del conjunto residencial. Jamie dice que antes eran apartamentos, hasta que Ross Sutherland los compró para su uso personal. Estoy segura de que no le hacía ninguna gracia que un montón de inquilinos de clase media viviera a dos pasos de su finca.

A pesar de todo, una cosa tengo que reconocer: están muy bien cuidados. El patio de abajo parece recién pintado y también el interior del apartamento. Los techos son altos, hay vaporosas cortinas blancas en todas las ventanas y los suelos son de tarima pulida. Todo es moderno y está impecable, desde los muebles de madera clara hasta los sofisticados apliques. Hay una cocinita a la derecha de la puerta, una zona de estar a la izquierda y, más allá, un balcón con vistas a los bosques. El pequeño distribuidor que tengo delante da al dormitorio (con una cama individual, así que me tocará dormir en el sofá) y al baño, que tiene una ducha gigante equipada con gel, champú y acondicionador.

Cojo el champú y aspiro un delicioso aroma cítrico.

—Jamie, ¿conoces la marca Molton Brown? —grito—. ¿Es de lujo?

Como no me contesta, dejo el frasco en su sitio de mala gana y vuelvo a la zona de estar. Jamie se pasea frenética con el móvil pegado a la oreja.

—Venga, Gem, contesta —suplica en tono agobiado—. ¡Contesta!

—No te preocupes —la tranquilizo. Dejo sus aperitivos junto al fregadero. Puede que una imagen familiar la reconforte—. Luke no se va a acercar a ti.

—Da igual. Sabe quién soy. No me lo puedo creer. —Jamie está echando chispas y el volumen de su voz asciende según sus zancadas se alargan—. ¿Cómo es posible? ¿Por qué tengo la peor suerte del universo? Se suponía que esta vez era la definitiva. Lo tenía todo controlado y ahora… —Baja el teléfono y fulmina la pantalla con la mirada—. ¡No, no quiero dejar un mensaje!

Se desploma en una silla de la cocina y entierra la cara en las manos.

—¿Qué vas a hacer? —pregunto en tono cauto. El estuche de piel que contiene el collar falso de Gem está sobre la mesa y desabrocho el cierre mientras vigilo a Jamie por encima del hombro. No me presta atención, así que abro la tapa y miro el contenido. El oro y los rubíes destellan contra un fondo de terciopelo negro con tanta intensidad que cuesta creer que nada de eso sea auténtico.

—En teoría, tengo que estar en la finca para una reunión del personal dentro de media hora —dice Jamie con la voz amortiguada por sus manos—. Pero… no sé. Intentaré hablar con Morgan y esperaré a que Gem me llame.

—¿Le vas a decir que estoy aquí?

—Ay, madre, es verdad. Encima eso. —Los hombros de Jamie se hunden aún más de lo que ya estaban—. Pues… No sé. Puede que no. No hace falta echar más leña al fuego. —Levanta la cabeza y añade—: Necesito un ratito para tranquilizarme antes de hablar con ella. ¿Por qué no te vas a dar un paseo?

No sé qué hacer. El bosque que hay detrás de los apartamentos parece bonito y no me vendría mal estirar las piernas. Pero habíamos quedado en no separarnos y Jamie no está pensando a derechas si ya está infringiendo una de sus reglas: «nadie puede verte». Por otro lado, conozco a mi madre lo suficiente como para saber que le hace mucha falta pasar un ratito a solas.

—Vale —accedo—. No tardaré.

—No tengas prisa —dice Jamie en tono cansado.

Cojo las gafas de sol y el móvil, y cruzo la puerta. Apenas he avanzado dos pasos cuando se abre otra puerta allí cerca y yo me escondo a toda prisa en un hueco del rellano. Un hombre pelirrojo con el pelo peinado hacia atrás sale del apartamento de enfrente sosteniendo lo que parece una botella de whisky en una mano y un montón de vasos desechables en la otra. Se acerca a nuestra puerta y llama.

—¡Hola! —grita—. ¿Hay alguien ahí?

Jamie, como es de suponer, no contesta. Se me acelera el pulso al ver que el hombre vuelve a llamar. ¿Quién es ese tío? ¿Nos ha oído? ¿Será un amigo de Luke o…?

—¡Estoy ocupada! —grita Jamie después de la tercera llamada.

—¡Usted perdone! —dice el hombre en plan histriónico antes de encaminarse a la puerta de al lado con un giro de talones, para llamar también—. ¡Hola! ¿Hay alguien…?

La puerta se abre antes de que pueda terminar la frase y al otro lado aparece una mujer con el pelo corto. Observa al hombre pelirrojo con desconfianza mientras él dice:

—Hola. Soy Jermaine, de aquí enfrente. El comité de bienvenida oficioso.

—Vicky —se presenta ella. Pero suena como si en realidad le estuviera diciendo «Largo».

Impertérrito, Jermaine levanta la botella de whisky como para brindar.

—¿Te apetece una copa?

Vicky frunce el ceño.

—Son las diez y media de la mañana.

—El tiempo es una convención social —responde Jermaine con aire desenfadado.

Yo reculo por el rellano y bajo por la escalera, con cuidado de no hacer ruido. Una vez fuera, tomo un camino de aspecto transitado que se interna en el bosque de detrás del edificio, sin parar de darle vueltas a la cabeza. Jamie ha entrado en pánico, y con razón. La presencia de Luke Rooney en la finca de los Sutherland podría desbaratarlo todo. Y si Jamie se raja, ¿entonces qué? ¿Le dará Gem otra oportunidad o se enfadará al enterarse de que el golpe a cuya preparación ha dedicado tanto tiempo y esfuerzo se ha ido al traste?

La gran pregunta es qué hará Luke. ¿Qué ha venido a hacer aquí? Si pudiera averiguarlo, a lo mejor podría ofrecerle a Jamie la tranquilidad que necesita para seguir adelante. Yo no tengo ninguna duda de que Luke es turbio como el que más; seguro que tiene tan pocas ganas de revelar su relación con Jamie como ella. Es posible que podamos salvar el fin de semana a pesar de todo, pero no hay manera de estar seguras si no averiguamos qué se trae entre manos.

Saco el teléfono, entro en Instagram y en la barra de búsqueda escribo: «Liam Rooneyyyyy». Su perfil aparece al instante: es público y contiene unas cuantas fotos. La mayoría son de Liam con amigos de su edad y en unas pocas está con una mujer sonriente de mediana edad. Aunque son todas antiguas. La última se publicó hace ocho meses. Sea como sea, si me dijo el nombre, al menos debe de mirar las notificaciones, ¿no?

Pulso el botón de mensajes y escribo: «Hola».

CAPÍTULO 10
LIAM

—Se te da muy bien escuchar —le digo a Kat mientras paseamos por los prados de flores que hay en los alrededores del conjunto Sutherland.

Nunca habría pensado que este fin de semana acabaría paseando por el terreno de un milmillonario con mi hermanastra de Las Vegas, pero estar con ella me produce una extraña sensación de consuelo. Quizá porque estaba deseando contarle a alguien cómo es vivir con Luke, y es posible que Kat Quinn —aunque apenas nos conozcamos— sea la única persona del mundo capaz de entenderlo.

—Siento mucho lo de tu madre —dice hundiendo las manos en los bolsillos de sus vaqueros—. Debía de ser una persona estupenda.

—Lo era —asiento.

—¿Qué estarías haciendo ahora si aún vivieras con ella? —pregunta Kat—. ¿Cómo habríais pasado tu madre y tú un fin de semana tan bonito como este?

Me gusta su manera de preguntarlo, clara y directa. Así me resulta más fácil hablar de cómo era mi vida anterior.

—Seguramente estaríamos dándonos un festín de cangrejo —le digo.

Kat enarca las cejas con un ademán inquisitivo y yo añado:

—Es típico de los veranos en Maryland: compras mogollón de cangrejos, los llevas a una mesa de pícnic, los cubres de especias Old Bay y los abres con un martillo para cangrejos. Bueno, eso último es optativo. También puedes usar las manos.

Kat sonríe.

—Si alguna vez me invitas a un festín de esos, querré un martillo de esos.

—Eso está hecho. —Le pego un puntapié a una mata de hierba, preguntándome si tendré la oportunidad de volver a Maryland algún día no muy lejano, antes de añadir—: Seguramente me estaría preparando para ir a un campamento de lacrosse.

—Vaya —dice Kat señalando con un gesto mi camiseta—. Así que eso no es solo decorativo. ¿De verdad eres un tío duro que juega al lacrosse?

Pongo los ojos en blanco.

—Juego al lacrosse. En cuanto a lo de tío duro… ¿Te lo parezco?

—La verdad es que no —reconoce.

—¿Y tú? ¿Practicas algún deporte?

—A medias —responde Kat.

—¿Cómo se practica un deporte a medias?

—Bueno, me gusta correr —dice Kat—. A veces me apunto al equipo de atletismo del instituto, pero… Jamie y yo nos mudamos a menudo. Por trabajo y tal. Así que no siempre vale la pena apuntarme a un equipo.

—¿Es duro? —pregunto—. Eso de mudarse a menudo.

—No —responde Kat con indiferencia—. Estoy acostumbrada. —Mira alrededor y añade—: Esto es muy bonito. ¿Cómo es por dentro?

—Una cárcel. Pero chula —le digo, bromeando solo a medias.

Cuando hemos llegado, Luke ha tenido que decirle su nombre y enseñarle el carnet de conducir al guardia de seguridad de la puerta para que nos dejara cruzar los portalones por los que se accede a la zona principal: las casas de la familia, las oficinas y lo que Luke ha llamado «el complejo recreativo». Al momento me he imaginado un salón con videojuegos y una bolera, pero la realidad se parecía más a salones de baile y jardines. Tenía pensado salir por donde había entrado cuando le he dicho a Luke que me iba a correr un rato. Pero Annalise ha sacado una tarjeta y me ha dicho que el camino era mucho más bonito si salía por una puerta sin vigilancia que da a los prados.

«Con esto podrás entrar y salir —me ha dicho, y luego se ha vuelto hacia Luke para añadir—: Tendré que pedir otra para ti, mientras estés aquí».

He estado a punto de gritarle «no lo hagas», porque a Luke se le estaba haciendo la boca agua solo de pensarlo. Pero parecía un tipo de codicia distinto al habitual, como si le emocionara más formar parte del círculo de los Sutherland que ninguna otra cosa.

—Por mí me pueden encerrar ahí dentro cuando quieran —dice Kat. Se para de golpe y alarga el brazo—. Me parece que no queremos seguir por aquí.

Al principio no la entiendo, hasta que me doy cuenta de que no he prestado atención a lo diferentes que son los árboles que tenemos delante. Ahora solo vemos las copas, porque estamos en el borde de un barranco muy empinado. Avanzo unos pasos más para echar un vistazo y me entra vértigo al momento.

—Sabia decisión —digo mientras empezamos a retroceder.

Kat guarda silencio un ratito. Por fin pregunta en tono inseguro:

—Y... ¿Annalise sabe que Luke y Jamie estuvieron casados?

—Qué va —respondo—. Él nunca le contaría eso.

Kat se ajusta las enormes gafas de sol y eso me impide interpretar su expresión.

—¿Estás seguro? —insiste—. Porque a Jamie le hace mucha falta este empleo y necesita que su jefa piense que es una persona estable y de fiar. Si la cosa se complica con Luke...

—No se complicará —le aseguro—. En cuanto hemos subido al coche ha empezado a darme la chapa con que no podía decir nada. Te lo aseguro, que se casara y se divorciara en veinticuatro horas, y que perdiera a dos niños mientras tanto, no se ajusta a la imagen que quiere dar. Me mataría si supiera que estoy hablando contigo. Piensa que he salido a correr.

Kat respira aliviada y dice:

—Vale. Menos mal.

Es guay que se preocupe tanto por su madre.

—Luke ni siquiera quería parar para ayudaros con la rueda —le confieso—. Aunque tampoco os hacía falta.

—¿Y entonces por qué habéis parado? —se extraña Kat.

Titubeo, porque no tengo claro si me inspira tanta confianza como para contarle la verdad. Por otro lado, esta es la primera conversación desde hace meses en la que hago algo más que cubrir el expediente. Es un alivio tan grande sentirme otra vez normal que le digo:

—Te va a parecer raro.

—Genial —se anima Kat—. Me encantan las cosas raras.

—He pensado que era lo que mi madre querría —le digo—. He oído su voz en mi cabeza diciendo que necesitabas ayuda, así que... he tirado del freno de mano.

—No me parece raro, para nada —dice Kat—. Pienso que las personas se quedan con nosotros de maneras distintas después de morir. Es lo que habría hecho ella, ¿verdad? Aunque no llegué a conocerla, está claro que os parecíais mucho.

—Espero que sí —digo. Me cuesta un poco hablar, porque de repente tengo un nudo en la garganta—. Se preocupaba por ti, ¿sabes? No sabía si estarías bien después de lo que pasó en Las Vegas. Pasar tanto rato perdida... Yo estuve un tiempo muy mal. —Me da vergüenza entrar en detalles, pero ya había cumplido los doce cuando fui capaz de poner el pie en un hotel sin que me entrasen sudores fríos—. Nos preguntábamos si a ti te habría pasado lo mismo.

—No —dice Kat. Yo suelto un bufido de incredulidad y ella añade—: Ya sé que parece raro, pero para mí fue una especie de aventura. No tuve la sensación de estar... en peligro.

—Vaya, qué bien. Luke me dijo... —Entorno los ojos para protegerlos del sol, que asoma por detrás de una nube—. Aquel día en Las Vegas, antes de marcharse, me dijo: «Cuida de tu hermana». Y obviamente no eres mi hermana y normalmente no hago caso de nada de lo que dice Luke, pero... eso se me quedó grabado, no sé por qué.

—¿Por eso recibiste el tomatazo en mi lugar? —pregunta Kat en tono de broma.

Me froto la frente. Todavía me duele.

—Puede.

—Muchas gracias, por cierto.

—De nada.

—¿Sabes una cosa? Es curioso —dice con aire pensativo. Se sube las gafas a la frente y me mira un momento—. Desde un punto de vista objetivo, eres muy guapo. Pero no me inspiras la más mínima atracción.

—Vale —musito. Me siento medio insultado, aunque me alegro de oírlo—. Gracias por esa información que nadie te ha pedido.

—¿Tú te sientes atraído por mí?

Hala, es directa hasta extremos desconcertantes. Y no podría estar más desencaminada

—No —respondo—. Nada en absoluto.

—¿No lo dirás porque yo lo he dicho primero? —pregunta, dándome unas palmaditas de consuelo en el brazo—. Puedes decírmelo. No pasa nada.

No lo pilla, así que…

—Me gustan los chicos, Kat —le digo encogiéndome de hombros.

—Ah —dice—. Vale, bien, eso me da la razón. Aunque he pensado que eras muy mono en cuanto te he visto, también me has inspirado una sensación casi fraternal. Así que entiendo lo que dices. De una manera muy disfuncional, somos lo más parecido a un hermano que ninguno de los dos tendrá nunca, ¿verdad? —Me pega un toque en el hombro con el suyo—. A menos que Jamie deje de portarse como una monja o Luke consiga enredar a Annalise para que tenga hijos con él.

—Espero que no —exclamo con un estremecimiento.

—Esa especie de vínculo que nos une se creó cuando éramos muy pequeños, en una situación extrema y… puede que se quedara ahí —deduce Kat—. Tienes razón, es raro. Pero podría ser peor.

Compartimos una sonrisa, pero enseguida la interrumpe la voz de alguien que me llama a gritos.

—Mierda —dice Kat mirando a un lado y a otro con expresión aterrada—. ¿Ese es Luke?

Veo a lo lejos una figura que avanza hacia nosotros. Está lo bastante cerca como para que distinga que no es mi padre.

—No —contesto—. No tengo ni idea de quién es.

—¡Liam! —vuelve a gritar el chico. Se para y me saluda con la mano. Luego se rodea los labios con la mano y chilla—: Annalise me envía.

—Aaah. Vale. —Levanto una mano y él echa a andar hacia nosotros otra vez—. Debe de ser el sobrino de Annalise, Augustus —digo—. A ella se le ocurrió que…

—¿Augustus Sutherland? —pregunta Kat, que se pone de nuevo las gafas—. Tengo que irme. En teoría no estoy aquí, así que… No me conoces, ¿vale? Si te pregunta, soy una chica que ha salido a correr y que te has encontrado por casualidad.

La miro de arriba abajo mientras ella empieza a recular.

—¿Esperas que Augustus crea que has salido a correr en vaqueros? —pregunto.

—Bueno, pues piensa algo mejor —susurra Kat molesta—. Pero no pronuncies mi nombre. Ni el de Jamie, ni… nada, ¿vale? Prométemelo.

—Te lo prometo —le digo—. Tranquila. No voy a…

Pero antes de que acabe de hablar, ella ya ha salido corriendo hacia el lindero del bosque. Y es rápida: en pocos segundos ha desaparecido detrás de un promontorio.

—A mí también me ha gustado hablar contigo —murmuro para mis adentros.

Ni siquiera pretendo ser sarcástico. Ha sido agradable charlar con ella. Me siento más ligero, como si me hubieran quitado de encima una parte de la pesadumbre que arrastro desde hace meses. Puede que este fin de semana acabe siendo algo distinto a un frío ejercicio de boicoteo a mi padre. A lo mejor encuentro la manera de divertirme. Y Kat y yo hemos intercambiado los números de teléfono, así que… quién sabe. Boston no está tan lejos de Portland y yo nunca he estado allí. Si le apetece enseñarme la ciudad, tendría además algo que esperar con ilusión.

Corro hacia Augustus, que recorre el prado con parsimonia. Es alto y delgado, con una maraña de rizos dorados, y lleva una camisa blanca con pantalones blancos que le dan el aspecto del típico invitado a una boda en la playa. Cuando llega a mi altura, hace una mueca y dice:

—Acabo de hacer más ejercicio del que nadie debería hacer en un solo día. No me puedo creer que tú lo hayas hecho por gusto. Soy Augustus, por cierto.

Se humedece los labios y… Uf. Hoy me estoy librando de la apatía de muchas maneras distintas, porque el gesto me suscita casi demasiado interés. Aunque los chicos de su estilo no suelen ser mi tipo, los pómulos marcados y esos ojos penetrantes de color azul grisáceo me hipnotizan.

—La tía Annalise me ha pedido que comprobara que no te hubieras perdido corriendo por aquí —añade—. ¿A dónde ha ido tu amiga?

—¿Mi qué? —pregunto. Echo un vistazo por encima del hombro al sitio por el que ha desaparecido Kat—. Ah, ¿te refieres a esa chica? Estaba, hum, dando un paseo y nos hemos encontrado por casualidad.

«Piensa algo mejor», ha dicho Kat. Misión no cumplida.

Augustus enarca las cejas.

—La gente no sale a dar un paseo por los terrenos de los Sutherland —dice en tono ofendido—. ¿Es consciente de que esto es una propiedad privada?

—Supongo que no —respondo.

La chispa de atracción se esfuma y mi buen humor, ya muy frágil de por sí, se desploma ante la idea de pasar todo el fin de semana atrapado con este tío. No me voy a llevar bien con alguien que parece el resultado de buscar en Google «joven y rico», ni de coña.

Y entonces Augustus estalla en carcajadas.

—Joder, vaya cara que se te ha quedado. Era broma. Me importa una mierda. —Se sienta en el suelo, algo que seguramente equivale a condenar a muerte a ese conjunto inmaculado y añade—: Bienvenido a Bixby. ¿Ya has conocido al viejo?

Supongo que se refiere a Ross Sutherland.

—No he conocido a nadie. Solo a Annalise —digo.

—Mi tía favorita por un amplio margen —comenta Augustus. No lo tengo claro del todo, pero me parece que habla en serio.

—Es genial —asiento.

Augustus arranca un puñado de hierba.

—Por desgracia, a partir de ahí la decadencia es total —dice con ironía—. Mi tía Larissa es la más esnob de la familia, y eso tiene mérito. Te comerá la oreja si la dejas, y no deberías... A no ser que te guste hablar de lo mucho que cuesta encontrar un buen servicio hoy día...

Tira la última hoja de hierba con una mirada inquisitiva.

—Pues... no —contesto.

—El tío Parker es más soportable. Si no eres un inversor con tanta pasta en el bolsillo como para financiar uno de sus horribles proyectos comerciales, te dejará en paz.

Augustus tiene un acento interesante. Es estadounidense, eso seguro, pero nunca he conocido a nadie que hablara como él. Puede que sea el deje que tienen los chicos que estudian en colegios privados o puede que yo no esté acostumbrado a una manera de hablar tan formal. Sea como sea, me distrae, aunque no en el mal sentido.

Está esperando mi respuesta, pero no se me ocurre nada que no sea:

—Ah.

—Hagas lo que hagas, no juegues al póquer con él.

Parece el tipo de comentario que lleva asociado una anécdota, así que espero a que lo desarrolle. Como no lo hace, digo:

—No lo tenía pensado.

—Bien. Es posible que sobrevivas al fin de semana.

De momento Augustus solamente ha mencionado a sus tías y a su tío. La primera vez que Annalise me habló de él, me contó que sus padres están divorciados y que su madre está pasando el verano en Italia con su nuevo novio. «Supongo que Augustus vendrá en coche con su padre desde Nueva York, a menos que... —Se ruborizó una pizca antes de añadir—: A menos que Griffin no se encuentre bien».

Más tarde, cuando Luke y yo estábamos solos en casa, mi padre me contó que el padre de Augustus, Griffin, el mayor de los hermanos Sutherland, lleva entrando y saliendo de desintoxicación desde que murió su madre. «No encontrarse bien» es el código que emplea la familia para hablar de una recaída.

No tengo claro si es de mala educación preguntarle a Augustus si ha venido con su padre y antes de que me decida, él se lo salta.

—Mi abuelo es otra historia —continúa, estirando las piernas—. No soporto al viejo cascarrabias, pero es un lince, eso hay que reconocerlo. Sacará una radiografía de tu maldito cerebro en cuanto te dé la mano, y si encuentra algo que no le gusta lo usará contra ti de maneras que a los meros mortales ni se nos pasarían por la cabeza. —Usando la mano como visera, me mira y pregunta—: ¿Eso podría suponer un problema para ti, Liam?

—No —digo. Tengo que contenerme para no tragar saliva.

—¿Y para tu padre?

Me lo pienso. ¿Debería decirle la verdad? Puede que este sea el momento de velar por Annalise, pero... ahora también tengo que pensar en Kat y en Jamie. ¿Y si al poner en evidencia a Luke hago que Ross Sutherland indague en su pasado? Fijo que el padre de Annalise tiene mogollón de recursos al alcance de la mano y no sé qué documentos podrían quedar por ahí y...

Y estoy tardando demasiado en responder.

—No —respondo sin más.

Augustus hace una mueca burlona y estoy convencido de que ha notado que estoy mintiendo. Pero solo dice:

—Bueno, en ese caso, ninguno de los dos tiene nada por lo que preocuparse.

CAPÍTULO 11
KAT

Al principio siempre veo la arena.

Destella con la luz del sol, como si me invitara a jugar. Se extiende blandita y acogedora por debajo de los juguetes multicolores. Pero antes de que pueda coger una pala o un cubo, empieza a moverse. Hay algo escondido debajo que trata de salir. Emite siseos, sonidos apenados, susurros atormentados. Este arenal está encantado, pienso, y empiezo a retroceder.

Pero entonces empieza el llanto. Y los gritos. Y los trompazos. Quiero marcharme, pero no puedo. Estoy atrapada. Está oscuro y empiezo a gimotear. Y entonces...

—Ay, Dios mío —gime alguien con voz ronca antes de sufrir una arcada.

Me incorporo de golpe en el sofá, cubierta de sudor y completamente enredada con una manta fina y áspera. Tardo unos segundos en orientarme y comprender que estoy sana y salva. Estoy en Bixby, en el estado de Maine, y nadie grita. El ruido era...

Mi madre, que vomita hasta la primera papilla en el cuarto de baño.

—¿Jamie? —Aparto la manta y me pongo de pie con inseguridad. Siempre estoy mareada después de esas pesadillas. Llevaba tiempo sin tenerlas y casi me había atrevido a pensar que se habían terminado—. ¿Te encuentras bien?

Su única respuesta es otra arcada.

—Te traeré agua —le digo mientras corro a la cocina americana. El reloj del microondas marca las once de la mañana. No tenía pensado dormir tanto. Hay una cafetera llena en la encimera, intacta —preparada para mí, porque Jamie no bebe café—, y un tazón de cereales en el escurreplatos, al lado del fregadero. No sé cuánto rato lleva Jamie levantada, pero parece ser que ha empezado el día con normalidad.

Cuando le llevo el vaso de agua al baño, descubro que todavía lleva puesta la ropa con la que ha dormido: pantalón de chándal, camiseta y la sudadera de Perry el Ornitorrinco. La oscura melena le cuelga lacia por delante de la cara y cojo una banda elástica que hay junto al lavamanos para recogérsela.

—¿A qué hora empiezas a trabajar? —le pregunto.

—A mediodía —lloriquea.

Una hora. Nos las podemos arreglar, ¿no? Puede que solo necesite hidratarse.

—Toma —le digo acercándole el vaso a los labios—. Bebe un poco.

—No puedo —gime.

—Solo un sorbito —intento convencerla.

Por fin lo hace y consigue beber un par de sorbos más antes de negar con la cabeza cuando la animo a continuar.

—Métete en la cama —sugiero. Me agacho para que me pase un brazo por el hombro y ayudarla a ponerse de pie—. ¿Será algo que has comido?

—Solo he comido granola.

—¿Crees que tienes fiebre?

—No. No sé si es buena idea que me acueste —dice, agachando la cabeza—. Puede que me entren más ganas de vomitar.

—Uf, ya lo creo que es buena idea que te acuestes —respondo. Me estoy tambaleando un poco bajo su peso. Pierde fuerza con cada paso—. Te traeré un cubo.

La arrastro al dormitorio y la ayudo a meterse debajo del edredón antes de dejar una papelera junto a la cama. Luego regreso al baño, salpicado de vómito, busco los utensilios de limpieza debajo de la pila y lo dejo como los chorros del oro. Cuando termino me siento mugrienta, así que me doy una ducha muy larga que casi sirve para relajarme gracias al uso y abuso de los productos Molton Brown.

Cuando vuelvo al dormitorio envuelta en una mullida toalla blanca y con los dientes recién cepillados, son las once y media.

—¿Jamie? —le pregunto en voz baja.

No me contesta. Se ha dormido.

Me quedo allí plantada con las manos en las caderas, mirando el reloj de la cómoda y pidiéndole mentalmente que cuente hacia atrás. Anoche pensé que lo teníamos todo controlado. Jamie volvió a ponerse de los nervios cuando le dije que Luke está saliendo con la dueña del collar que en teoría tiene que robar, pero luego Gem llamó y le quitó importancia al asunto.

Jamie había puesto el altavoz para que pudiera escuchar en silencio su conversación. «No te preocupes. Puse al equipo a investigar a Luke en cuanto recibí tu mensaje —dijo Gem. "El equipo" es la abreviatura de Gem para su equipo de espías. Si hay una mota de polvo en una vida por lo demás inmaculada, la encuentran—. Digamos que tu ex ha tenido una vida interesante desde que os marchasteis cada uno por su cuenta. No se atreverá a agitar las aguas. Si lo intenta, lo aplastaremos».

—Vale —asintió Jamie con inseguridad, volviéndose un momento a mirarme. Estaba claro que tenía ganas de hablarle a Gem de la relación de Luke con Annalise, pero entonces habría tenido que explicarle cómo lo sabía y confesarle por tanto que yo estoy aquí, y de momento se las ha arreglado para obviarlo—. Pero qué pasa con, hum... No sé si deberíamos preocuparnos por la relación que pueda tener con la familia Sutherland...

—Cuanto más involucrado esté con los Sutherland, menos ganas tendrá de que su pasado salga a la luz —le aseguró Gem. Yo asentí, pues eso encajaba a la perfección con lo que me había dicho Liam.

Al final Jamie se tranquilizó. Mi madre estaba tan aliviada que casi dejé de sentirme culpable por haber sonsacado a Liam. Tampoco tuve que insistir demasiado; estaba deseando rajar. Pero todavía me remuerde la conciencia. El dulce Liam, el polo opuesto de Luke Rooney, que todavía piensa en mí como su hermana. No me considero una persona sentimental, pero eso me llegó al alma. Algún día se lo compensaré, pero lo que le dije es verdad. Realmente noto una conexión entre los dos y me gustaría que nos hubiéramos reencontrado en circunstancias mejores.

Es imposible que Jamie se recupere a tiempo para este primer turno. No es «el turno» —ese es el de la noche—, pero si no se presenta al almuerzo la despedirán de inmediato. No sé muy bien cómo funcionan estas cosas, pero dudo mucho que quienquiera que esté a cargo del personal pase por alto una ausencia en un fin de semana tan importante. Incluso podrían obligarla a volver a casa. Sea como sea, los planes que Gem ha preparado con tanto cuidado se irán al garete.

Estoy a punto de coger el teléfono para llamar y confesárselo todo —que estoy aquí, que Luke sale con la dueña del collar y que Jamie está enferma—, pero oigo su voz en mi cabeza tan clara como si estuviera aquí conmigo. «Siempre hace falta un plan B. ¿Cuál es tu plan B?».

A lo mejor puedo arreglarlo. Mucha gente toma a Jamie por una adolescente —incluso Liam ha comentado lo mucho que nos parecemos— y tenemos la misma talla. Puedo ponerme su uniforme, recogerme el pelo como ella lo llevaba ayer y…

Se me enciende una minibombilla y recojo mi bolso del suelo. Busco las gafas de Sophie, que siguen ahí desde la excursión a Bennington & Main con Gem. Son el toque final perfecto. Si alguien tiene la sensación de que estoy distinta, lo atribuirá a las gafas.

Será coser y cantar. Sé servir mesas; lo hice el verano pasado. Solo tengo que averiguar dónde hay que fichar y para eso solo tendré que seguir a la gente que salga de los apartamentos del personal.

Si me lo pienso demasiado encontraré motivos para no hacerlo, así que…

—Muy bien —le digo a la durmiente Jamie a la vez que dejo las gafas encima del tocador—. Puedo hacerlo. Es fácil. Tú descansa y ya cogerás el relevo esta noche.

Voy al baño, cojo el neceser de mi madre, vuelvo al dormitorio y me planto delante del tocador. Saco todo lo que usa Jamie cuando quiere parecer profesional: delineador líquido ultrafino, pintalabios *nude* y una capa demasiado gruesa de maquillaje. Me recojo el pelo en su típico moño desenfadado y me enfundo el uniforme de camarera que le dieron ayer. Aliso el cuello y me miro al espejo dándome el visto bueno.

—Perfecto —le digo a Jamie—. Si no supiera que no es verdad, pensaría que soy tú.

Jamie se mueve en la cama, pero no se despierta. Tengo el corazón en un puño cuando me pongo las gafas de Sophie. De nuevo me siento insegura. Este turno solo dura un par de horas, y espero que mi madre se pase todo el rato durmiendo, aunque ¿y si se despierta y sigue encontrándose igual de mal? Lo menos que puedo hacer es dejarle un vaso de agua y paracetamol.

Vuelvo a la cocina, lleno un vaso de agua y lo dejo en la mesilla de noche. Luego acabo de vaciar el neceser en el tocador. No hay ningún medicamento ahí dentro, así que saco la maleta de mi madre del dormitorio y descorro la cremallera. Como de costumbre, Jamie se ha traído demasiado equipaje. Ha venido preparada para cualquier protocolo de vestuario imaginable, aunque en teoría tiene que vestir de uniforme todo el fin de semana.

Y sin embargo se ha olvidado el paracetamol. A menos que lo haya guardado en la mochila. Que está… ¿dónde, exactamente?

Aunque el apartamento tiene pocos metros cuadrados, la búsqueda me ocupa un rato sorprendentemente largo. Solo cuando estoy a gatas en la sala de estar veo la mochila de Jamie escondida debajo del sofá.

—Muy bien —musito mientras la arrastro para extraerla—. Sigue el protocolo.

El falso collar de rubíes está dentro y la primera regla de Gem es «protege el producto».

Llevo la mochila al centro de la sala, donde llega la luz del sol, y empiezo a rebuscar en los bolsillos. Se me encoge el corazón cuando llego al último, demasiado pequeño para guardar un frasco. De todas formas hundo los dedos con la esperanza de encontrar los comprimidos en un formato de viaje, pero solamente noto algo duro y suave, cuya forma me resulta familiar.

No es posible que sea eso. ¿Verdad?

Cogiendo aire del susto, saco la sortija de guirnalda que robamos en Bennington & Main. El sol que entra a raudales por las ventanas arranca destellos a los diamantes y me siento como si un viejo amigo me saludara. No puedo evitarlo: me pruebo el anillo.

—¿Qué haces aquí? —le pregunto a la vez que extiendo la mano para admirar el brillo. ¿Hay una parte de este fin de semana que Jamie y Gem no me han contado? ¿Quizá un comprador para el anillo? Si Jamie se va a encargar de la venta, ¿significa eso que sabe que los beneficios irán a mi cuenta de ahorro para la universidad? ¿Le parece bien?

Todas son preguntas muy relevantes que ahora mismo no puedo responder. Si me quedo aquí más tiempo, llegaré tarde y todo esto no habrá servido para nada. Cojo el anillo para quitármelo del dedo, pero no pasa por el nudillo. Tiro con fuerza y…

No fastidies. Oh, no. No, no, no, no, no.

No me puedo quitar el anillo. «No me lo puedo quitar».

Es como si mi nudillo hubiera aumentado de repente al doble de su tamaño. Haga lo que haga, no consigo que el anillo pase por encima. Me chupo el dedo con la esperanza de que la saliva haga de lubricante, pero si tiene algún efecto es que el anillo me aprieta aún más.

—¡Vaya mierda! —gimo mientras intento contener el pánico que me asciende por el pecho. Un vistazo desesperado al reloj del microondas me confirma lo que ya sabía: tengo cero tiempo. Tendré que llevar el maldito anillo y cruzar los dedos para que nadie se fije en él.

Cojo el distintivo y la llave de Jamie de la mesa, corro a la puerta y salgo tan aprisa que por poco derribo a la mujer que está

84

de pie en el pasillo. Es nuestra vecina, Vicky, que viste un uniforme idéntico al mío y me mira con expresión avinagrada.

—Ah, hola —le digo sin aliento mientras cierro la puerta—. Perdona.

—¿Hay un incendio o qué? —me espeta con ese tono inexpresivo de quien no espera respuesta ni la desea.

Lástima que Jermaine no esté aquí, porque me parece que a Vicky le vendría bien ahora esa copa de la comisión de bienvenida. O tres copas. ¿Qué diría una camarera de verdad en una situación como esta?

—¿Tú también trabajas en este turno? —le pregunto mientras cierro la puerta con llave y luego me la guardo en el bolsillo.

—En las cocinas. Acabo de volver —dice. Su voz asciende medio tono cuando añade—: Virgen santa. Menudo pedrusco llevas ahí.

Ha clavado los ojillos oscuros en mi dedo índice derecho. Y yo que esperaba que nadie se fijara en el anillo… En menos de treinta segundos ha conseguido que Vicky abandone esa actitud de desprecio total a la vida y, aunque acabo de conocerla, me juego algo a que es un récord.

—Sí, yo, esto… Oye, me encantaría quedarme charlando, pero llego tarde —le digo, y salgo disparada hacia la escalera—. ¡Ya nos veremos!

Bajo deprisa y corriendo sin dejar de empujar el anillo hasta que consigo que los diamantes miren hacia abajo y solamente se vea la guirnalda de platino. Después me paro a respirar profundamente varias veces mientras miro el teléfono: 11.55. Perfecto. Llegaré al conjunto residencial a tiempo y todo irá bien.

Al fin y al cabo, ¿qué más podría salir mal?

CAPÍTULO 12
LIAM

En Bixby, Annalise tiene otro aspecto. Parece más joven, más feliz y mucho más relajada mientras nos acompaña a Luke y a mí por un pequeño sendero flanqueado de frondosos arbustos de lilas. Es la primera vez que la veo vestida con pantalón y zapatillas, aunque algo me dice que en Foot Locker no venden esas Nike nacaradas. Después de varios encuentros he deducido que a Annalise le gustan las joyas grandes, pero ahora solamente lleva una sencilla pulsera de dijes, de oro, que tintinea cuando nos llama por gestos.

—Venga, venga —dice, y une las manos cuando se para delante de una pequeña construcción de piedra—. ¡Estoy deseando que lo veáis!

—¿Ver qué? —pregunta Luke.

No tengo la sensación de que mi padre se sienta a sus anchas en Bixby. Parece incapaz de decidir qué atuendo es el más adecuado: ha dejado todas sus prendas de diseño tiradas en un sillón y esta mañana se había cambiado cuatro veces antes de que Annalise llamara a la puerta. Al final se ha decidido por la combinación más segura, camisa lisa y vaqueros, pero ni por esas se siente cómodo.

Yo tampoco, pero a mí no me importa. En mi caso, la intranquilidad supone un cambio casi agradable. Es como si lo que pueda pasar me importara lo suficiente como para implicarme en la vida.

Annalise sonríe.

—Bueno, ya sé que está siendo un fin de semana increíblemente ajetreado. No estáis en vuestro elemento y todavía tenéis que conocer a mucha gente. Y siento muchísimo que aún no hayáis podido saludar a mi padre. Quería habéroslo presentado anoche, pero uno de sus socios llegó temprano y están preocupados por una fusión que peligra, y…

—No pasa nada —la interrumpe Luke con una sonrisa tensa, como si no se hubiera pasado la mitad de la noche refunfuñando por eso sin dejar de pasearse por la habitación—. Es un hombre muy ocupado.

—Sí que lo es, tienes razón. Todos lo somos, pero tenemos que encontrar tiempo para la belleza y la reflexión y, lo que es más importante, para el arte. ¿No crees, Liam?

—Desde luego —digo.

Es un alivio estar solamente con ella. Anoche cenamos en su casa con Larissa, su hermana, que es tan horrible como me dijo Augustus. Se dedicó a soltar una queja tras otra, todas tan desfasadas que habría pensado que tenía delante a una humorista aficionada de no ser porque Annalise trataba de cambiar de tema con desesperación.

Se suponía que Augustus iba a venir también, pero no apareció.

—Augustus y Larissa no se llevan demasiado bien —me dijo Annalise por lo bajo, como si le preocupara que me lo tomara como algo personal, cosa que yo no hice. No demasiado.

Annalise respira hondo cuando rodea el pomo con la mano.

—Vale, muy bien —dice con la cara iluminada por la emoción—. Los dos sois artistas y tenéis una relación tan maravillosa que no se me ocurría una manera mejor de daros la bienvenida a Bixby que… ¡esta!

Abre la puerta de par en par y nos anima a entrar. Estamos en una pequeña sala inundada de luz gracias a una pared enteramente de cristal que da a un exuberante jardín rebosante de flores. El suelo es de losas grises y hay una mesa alargada contra la pared opuesta que contiene un montón de latas llenas de tubos de pintura y pinceles. Han instalado dos caballetes mirando a los ventanales y…

Oh, no.

—¡Es un estudio! —exclama Annalise con alegría a la vez que me rodea el brazo con los suyos para arrastrarme al interior de la habitación—. Así los dos podréis pintar juntos. Todavía queda una hora para la comida y he pensado que es el momento perfecto para que un padre y un hijo compartan una sesión improvisada de pintura. Luke se mostró horriblemente evasivo sobre tu técnica, Liam, así que hay un poco de cada cosa. ¿Te parece bien? —Me mira con aire nervioso mientras yo observo la sala petrificado de horror—. Hay pintura acrílica, claro, y también óleos y acuarelas. Si necesitas alguna otra cosa, dímelo. He puesto un lienzo en tu caballete, pero hay papel en el almacén y planchas de composite o si quieres…

Ni siquiera sé lo que significan la mitad de las palabras.

—No, genial —consigo decir.

No me atrevo a mirar a Luke, que debe de estar tan horrorizado como yo. Los dos somos unos impostores. Nunca he usado nada de esto y sin embargo…, por lo que parece, voy a tener que pasar una hora aquí dentro de pie, pintando con mi padre.

¿O tenemos que sentarnos? No tengo ni idea.

—¿Os parece bien? —pregunta Annalise inquieta, y me suelta el brazo—. Os habrá pillado por sorpresa cuando apenas os habéis aclimatado, pero…

—Annalise, es maravilloso. No se me ocurre nada mejor —dice Luke en un tono tan sincero que casi le creo.

Le rodea la cara con las manos y la atrae hacia su cuerpo para besarla largo y tendido, un momento que yo aprovecho para acercarme a la mesa y echar un vistazo a la colección de pinceles. Hay tantos que me agobio solo de mirarlos, así que cojo unos pocos, los que tengo más cerca, y cruzo mentalmente los dedos.

—Es muy considerado por tu parte —le digo yo. Con la mano libre, echo mano de unos cuantos tubos de pintura—. Gracias, Annalise. Estoy deseando empezar.

—Entonces ¿os dejo a vuestro aire? —pregunta cuando por fin se despega de Luke—. Ya sé que la inspiración puede ser muy caprichosa, pero, lo reconozco: siento curiosidad por ver lo que creáis en este espacio Si no os importa mostrármelo, claro.

Yo me aferro a la coletilla como a un clavo ardiendo.

—Yo soy un poco reacio a enseñar mi trabajo…

—Lo entiendo perfectamente —dice Annalise en tono quedo—. No quiero que te sientas presionado, Liam. Tú diviértete y ya está, ¿vale?

—Vale —asiento, sintiéndome como un cerdo.

Mientras tanto intento abrir a presión la tapa de un tubo de pintura. Y no lo consigo, porque es un tapón de rosca.

Esta hora se me va a hacer interminable.

—Pediré que os traigan café dentro de un rato para que podáis descansar —dice Annalise antes de salir—. ¡Que os divirtáis!

—Ya lo creo que nos divertiremos — responde Luke, que está ajustando el caballete.

Dicho eso…, ¿qué más se puede añadir? Ni mi padre ni yo queremos estar aquí y ninguno de los dos tiene el más mínimo talento, pero algo tendremos que hacer con nuestros… ¿Cómo los ha llamado Annalise? ¿Lienzos? ¿Lonas? Da igual. A lo mejor no pasa nada. El arte es subjetivo, ¿no? Yo he visto cuadros en el Museo de Arte de Portland que parecían pintados por un niño de quinto.

—Es como un sueño hecho realidad, ¿verdad, Liam? —murmura Luke mientras elige utensilios.

—Sí —replico lacónico, y proyecto un buen chorro de pintura contra la tela. Es roja y gotea como una herida, algo que me parece de lo más apropiado en estas circunstancias.

Y no decimos nada más en un buen rato. Luke está dibujando en lugar de pintar y ataca su caballete como si realmente supiera lo que está haciendo mientras yo esparzo mi círculo rojo con inseguridad. Cuando extiendo la pintura todo lo que da de sí, proyecto otro chorro de pintura al lado del primero. Pensaba que había cogido el negro, pero es verde. Trazo remolinos con el pincel en el centro del borrón y disfruto un momento de ese color tan vibrante, hasta que se mezcla con el rojo y el conjunto se vuelve marrón. «Más verde», pienso, y vuelvo a apuntar con el tubo a la tela. Pero ahora los colores están desequilibrados, así que añado una buena explosión de rojo.

Es casi divertido, lo reconozco. Una especie de desahogo contra el estrés. Alternando pinceles, dibujo pequeñas líneas que salen de la mancha roja gigante y puntos verdes, y luego retrocedo para inspeccionar mi obra. ¿Deberían ser más finas las líneas? No, más gruesas. Hace falta más pintura.

Estoy tan absorto que no me habría percatado de que alguien llama a la puerta de no ser porque Luke murmura:

—Adelante.

Levanto la vista y estoy a punto de dejar caer mi pincel empapado de pintura.

—El café está servido —anuncia Augustus Sutherland, que cruza la puerta con una bandeja en equilibrio sobre una mano. La deposita con desenvoltura en la mesa que hay debajo de los ventanales y añade—: Se la he birlado al servicio para poder disculparme por haberme saltado la cena de anoche. Estaba hecho polvo después del viaje desde Nueva York. —Levanta la barbilla hacia Luke y añade—: Soy el sobrino de Annalise, Augustus, por si no ha quedado claro. Tú debes de ser el legendario Luke.

—El mismo —asiente él, tendiéndole la mano. El movimiento es tirando a cauto, como si Luke no tuviera claro si el personaje de Papá Enrollado va a dar el pego con Augustus. O puede que no le haya gustado el tonillo irónico de la palabra «legendario»—. Encantando de conocerte, Augustus. Annalise te pone por las nubes.

—Es demasiado amable —responde Augustus, que estrecha la mano de Luke brevemente—. Y tiene un pésimo criterio.

Antes de que pueda decidir si el comentario ha sido autodenigrante o denigrante para Luke (o las dos cosas), Augustus se frota las palmas y añade:

—Bueno, ¿y qué han creado los Rooney en este sacrosanto espacio? Me muero por verlo.

Se me retuercen las tripas. «Lo sabe». Augustus sabe que somos un par de farsantes y, a diferencia de Annalise, no dejará que nos salgamos con la nuestra.

—Acabamos de empezar —dice Luke, pero Augustus desdeña la disculpa con un gesto de la mano.

—Soy el crítico más benevolente que has conocido en tu vida. Si te digo la verdad, yo todo lo veo igual, pero vamos a echar un vistazo.

Antes de que Luke pueda decir nada más, Augustus se asoma a mirar por encima de su hombro. Yo clavo la mirada en mi círculo verde durante lo que me parece una eternidad mientras me pregunto si alguna vez han echado a alguien del conjunto residencial de los Sutherland por falsificar su propio arte.

Y entonces Augustus dice en voz muy baja:

—Qué maravilla.

Levanto la cabeza de golpe. «¿Ah, sí?». Sin pararme a pensar, dejo el pincel en un bote y me acerco sigiloso al caballete de Luke. Y...

Qué pasada. Luke sabe lo que se hace.

Ha pintado un retrato de Annalise con carboncillo y el parecido es alucinante. La verdadera magia está en los ojos: no sé cómo, Luke ha captado su pasión por la vida en unos cuantos trazos. Parece a punto de compartir un secreto maravilloso. De hecho, parece a punto de mostrarles a dos personas importantes para ella un espacio que espera sea el estudio de sus sueños.

Luke es un artista. El mundo acaba de ponerse patas arriba y yo ya no sé nada.

—Aún hay que trabajarlo —musita Luke a la vez que recoge el carboncillo.

—No te molesto más —dice Augustus en el tono más respetuoso que le he oído emplear en el poco tiempo que lo conozco. Es un momento medio agradable, hasta que añade—: A ver qué has hecho tú.

Me ha pillado distraído. Estoy demasiado absorto en el boceto de Luke como para darme cuenta de que Augustus ya ha llegado a mi caballete. Luke levanta la vista con un brillo malicioso en los ojos y yo no puedo hacer nada más que esperar el cataclismo que se avecina.

—Vaya —dice Augustus, mirando fijamente mi lienzo—. Vaya, vaya, vaya. Pero mira esto. Tiene un rollo navideño, ¿verdad? —Entrecierra los ojos y añade—: ¿Eso pretenden ser... soles? ¿O flores?

Me niego a mirar a Luke, pero sé que está sonriendo con desdén infinito y disfrutando a tope de lo mal que lo estoy pasando. Qué les den a él y a su talento auténtico.

—Eso lo tiene que decidir el espectador —digo apretando los dientes mientras vuelvo a mi caballete.

—Pues yo prefiero que sean soles —decide Augustus—. Soles navideños.

No se me ocurre ninguna respuesta excepto:

—Aún hay que trabajarlo.

—¿Sí? —pregunta Augustus—. A mí me parece que está perfecto.

—No —replico testarudo a la vez que cojo el pincel. Por lo que parece, mi huida hacia delante me llevará hasta el precipicio—. Necesita...

Y entonces pinto otro rayo en esa especie de sol rojo, solo que sin querer he cogido el pincel de la pintura verde, así que... ya está.

—Tienes razón —asiente Augustus con aires de entendido—. Ahora sí que está perfecto. ¿Me lo puedo quedar?

Dejo el pincel en el bote como si fuera un soldado que entrega las armas y digo:

—Claro.

—Fantástico. Me lo llevo a mi habitación —declara Augustus, y coge la pintura cuidadosamente con las dos manos—. Ah, también tenía que recordaros que comeremos en quince minutos. —Baja la voz y añade en tono conspirador—: Por cierto, Liam... He pasado por nuestra mesa al venir aquí y ¿sabes qué?

—¿Qué? —pregunto en tono cansado. Nada puede ser peor que lo que acaba de pasar.

—Tu amiga de antes está aquí —responde—. Es nuestra camarera.

Vale, aún puede ser peor.

CAPÍTULO 13
LIAM

La comida se va a servir en el jardín botánico, donde han instalado mesas con manteles blancos directamente sobre una impecable extensión de césped que parece artificial de tan verde y regular que la han dejado. Árboles y plantas en flor nos flanquean por todos los frentes y hay un camino empedrado que lleva a una relajante fuente de mármol. La cubertería resplandece y las copas de cristal centellean. Comparado con esto, Leonardo's es un cuchitril.

Annalise ha hablado de una «pequeña» reunión, pero creo que nuestra definición de la palabra difiere un tanto. Hay cientos de personas pululando por aquí, casi todas vestidas con un estilo informal. La llamativa excepción es un caballero de pelo plateado, vestido con un traje muy elegante de color gris marengo, que levanta una mano cuando Annalise, Luke, Augustus y yo nos acercamos a las mesas.

—¡Annalise! —grita—. Un pequeño cambio de planes.

—¿Quién es? —pregunta Luke, que se ha parado en seco.

—El hombre en la sombra —murmura Augustus en un tono tan quedo que solo yo lo oigo.

—Ah, es Clive —dice Annalise—. La mano derecha de mi padre. Hace las veces de director en este tipo de eventos.

Mientras el hombre se acerca, ella añade en voz más alta:

—Hola, Clive. Estos son los invitados de los que te hablé. Luke y Liam, os presento a Clive Clayborne.

—Es un placer inmenso —nos saluda Clive, y su dentadura destella cuando estrecha la mano de Luke y luego la mía. Visto de cerca, tiene la piel más tersa que he visto nunca en un hombre con tantas canas—: Bienvenidos al conjunto residencial, caballeros. Espero que estén disfrutando de la estancia.

—Muchísimo, gracias —dice Luke—. Esto es una maravilla.

Me parece que su respuesta vale para los dos, así que me limito a asentir.

—¿Qué planes han cambiado? —pregunta Annalise.

—Hemos reorganizado las mesas —dice Clive—. Acabo de hablar con tu padre y quiere que Luke y tú estéis con él en la mesa presidencial. Tú te sentarás a su izquierda, Annalise.

Luke respira aliviado mientras ella pregunta:

—¿No iba a sentarse Griffin ahí?

La sonrisa de Clive se vuelve un poco más tensa.

—Ya no.

Annalise frunce el ceño.

—Bueno, a Luke y a mí nos encantaría estar con mi padre, claro que sí, pero Liam no conoce a nadie y…

—No pasa nada. Por mí no os preocupéis —intervengo antes de que sugiera que me una a ellos. No me siento preparado para conocer a Ross Sutherland de momento.

—Me conoce a mí —apunta Augustus, encogiéndose de hombros.

—Maravilloso. Liam, te dejamos con Augustus, pues. Estás en buenas manos —dice Clive antes de alejarse con Luke y Annalise.

—Has tenido suerte —canturrea Augustus con retintín.

Noto un cosquilleo en las mejillas. ¿Está ligando o se burla de mí? No lo sé y no debería importarme, porque no es mi tipo. Y seguro que yo tampoco soy el suyo, en múltiples sentidos.

Pero es que… me desconcierta, nada más.

Y ha dicho la verdad: Kat está aquí. La veo de pie al lado de nuestra mesa, vestida con una camisa negra, entallada, y pantalones del mismo color. Se ha puesto unas enormes gafas de pasta y sujeta una jarra de agua. Nadie más le presta atención mientras ocupamos los asientos, así que aprovecho la ocasión para mirarla sin disimulos enarcando las cejas con una pregunta tácita: «¿Qué haces aquí?».

Kat echa un vistazo al resto de la mesa antes de acercarse con su jarra. Se inclina por encima de mi hombro para llenarme el vaso y susurra:

—Jamie está enferma. Haz como si nada.

Asiento y la veo avanzar hacia Augustus, que se echa hacia atrás en la silla y dice:

—Hola otra vez. ¿Te gustó el paseo de ayer?

Kat lo mira una milésima de segundo antes de sacar las conclusiones acertadas: si intenta llevarle la contraria a Augustus diciendo que no era ella, él alargará la discusión hasta el infinito.

—Sí. Es un paraje precioso —responde como si tal cosa mientras le acerca la jarra.

Él coge la copa de la mesa y se la tiende.

—Las gafas te quedan bien, por cierto —le dice con una sonrisa de medio lado.

Ya. Pues claro. «Ella» es su tipo.

—Gracias —dice Kat, vertiendo los últimos restos del agua en la copa—. Vuelvo enseguida.

Se marcha, y Larissa Sutherland se sienta enfrente de mí con un «hola otra vez» desganado. Es la única de todos los Sutherland que no tiene el pelo rubio, sino castaño y surcado de canas, y se lo ha recogido en un moño severo. Sus ojos claros, demasiado grandes en esa cara tan delgada, apenas se posan en Augustus cuando le pregunta:

—¿No tenías que cenar con nosotros anoche?

—Me dormí —responde Augustus a la vez que se extiende la servilleta sobre el regazo.

Ya estaba seguro al noventa por ciento de que mentía cuando nos ha dicho lo mismo a Luke y a mí en el estudio, pero ahora ni siquiera se esfuerza en sonar convincente. Pero Larissa no se inmuta.

—¿Y qué tal en Brightwood este año? —pregunta ella.

—No sé ni por dónde empezar —responde Augustus con la actitud de quien ha mantenido esta conversación muchas veces en el pasado y se ha resignado a mantenerla muchas más en un futuro próximo—, porque voy a Stuyvesant.

Me vuelvo a mirar a Augustus, sorprendido. He oído hablar de Stuyvesant: uno de mis excompañeros de clase iba a ese centro antes de que su familia se mudara de Nueva York a Maryland. Es un instituto público —o sea, gratuito—, algo que no me esperaba de un Sutherland.

—¿Todavía? —pegunta Larissa—. Pensaba que te ibas a cambiar.

—Tú querías que me cambiara.

Larissa hace un mohín.

—Siempre rebelándote contra la tradición, ¿eh? —Se vuelve otra vez hacia mí y añade en un tono casi acusador—: Nuestra familia estudia en el colegio Brightwood desde hace generaciones. Todos los Sutherland han cursado allí la secundaria. Hasta ahora.

Augustus se revuelve incómodo a mi lado mientras yo comento:

—Stuyvesant es un instituto muy bueno. Hasta yo he oído hablar de él y eso que no conozco Nueva York.

Estoy a punto de añadir que del que nunca he oído hablar es del colegio privado ese, pero ya se me ha olvidado el nombre.

—Es público —replica ella con aire ofendido.

—No admiten a todo el mundo —digo—. Es uno de los institutos más competitivos de todo el país.

No tengo claro por qué estoy defendiendo el instituto de Augustus con tanta vehemencia si apenas conozco a este chico. A lo mejor porque siempre defendía así a mis amigos cuando vivía en casa.

—Gracias, pero estás malgastando saliva —murmura Augustus. Tuerce el gesto un momento, pero enseguida recupera la sonrisilla irónica a la que ya me estoy acostumbrando—. La tía Larissa no valora nada que no valga un dineral.

—¿Qué has dicho? —pregunta ella enfadada.

—Nada —responde él en tono aburrido.

Larissa lo mira con los ojos entornados.

—¿Dónde está tu padre?

Augustus aprieta los labios, pero antes de que pueda replicar dos hombres se sientan en las sillas vacías que hay a un lado de Larissa. Uno es moreno y tiene el físico de un jugador de fútbol americano, y el otro es alto, rubio y despampanante. Se parece tanto a Augustus que no me sorprende nada en absoluto lo que dice mientras despliega la servilleta con una sacudida afectada.

—¿Y cómo está el último en la lista de mis sobrinos favoritos?

—Bastaría con que dijeras «tu único sobrino», tío Parker. No hace falta que te metas conmigo cada vez que me ves. ¿Conoces a Liam Rooney?

—No —dice Parker alargando una mano—. Pero Larissa cuenta maravillas de ti. Tú padre y tú le habéis causado muy buena impresión. —Sonríe mientras lo dice, pero es una sonrisa fría que me produce una clara sensación de rechazo. Parker mira por encima del hombro y añade—: Por lo que veo, ahora mismo está desplegando sus encantos con el viejo.

Sigo la trayectoria de su mirada. Luke está sentado entre Annalise y un anciano surcado de arrugas de escaso pelo blanco que lleva unas gafas negras de montura gruesa. Mientras lo estoy mirando, el hombre echa la cabeza hacia atrás y ruge de risa en respuesta a lo que acaba de decirle Luke.

Pues vaya con la increíble perspicacia de Ross Sutherland.

—Puede que Luke lo ablande un poco. Eso te vendrá bien, tío Parker —dice Augustus.

A Parker le tiemblan las fosas nasales.

—No sé de qué me hablas. Te acuerdas de Barrett, ¿verdad? —dice, señalando con un gesto de la cabeza al hombre moreno que ha llegado con él—. Mi compañero de cuarto en Princeton —añade para mi información.

—Un placer —me saluda Barrett, que me lanza un breve vistazo antes de dirigirle a Larissa una amplia sonrisa—. Cuánto tiempo, Larissa. ¿Qué tal te está sentando el verano?

—Un horror —suspira ella—. Ni te imaginas el lío que han armado los contratistas en mi casa de Gull Cove. No se puede ni entrar.

Empieza a desgranar una retahíla de quejas sobre su segunda residencia en una isla de Massachusetts de la que nunca he oído hablar. Barrett la escucha con atención intercalando exclamaciones compasivas mientras Parker bosteza y saca el teléfono. Por primera vez desde que se ha sentado, medio me identifico con él.

Busco la mirada de Augustus e inclino la cabeza hacia su tío.

—¿Por qué no debería jugar al póquer con él? —le susurro.

—Porque hace trampas —me contesta Augustus, también en susurros—. Perdió una fortuna y siempre está intentando recuperarla.

—Pero sabe que no tengo dinero, ¿no?

—Da igual. Él tampoco.

Vaya, eso sí que es interesante. Pero antes de que pueda seguir preguntando, Kat regresa con otra jarra de agua y se acerca a Parker. Se dispone a llenarle la copa cuando Larissa le aferra la muñeca al vuelo.

«Ay, mierda —pienso mirando a Kat, que agranda los ojos—. ¿Sabe que Kat no debería estar aquí? ¿Debería decir algo? ¿Qué debería decir?».

—Oiga, no puede... ¡No puede coger así a una persona! —balbuceo.

—Solo quiero ayudarla —se explica Larissa, y le da la vuelta al anillo de Kat—. ¿Nadie te lo ha explicado, querida? Los diamantes se llevan hacia fuera.

Kat se pone roja como un tomate al mismo tiempo que Barrett alarga el cuello para echarle un vistazo al anillo. Silba por lo bajo y comenta:

—Vaya, vaya. Quién iba a pensar que servir mesas daba para tanto...

—Es falso —aclara Kat, que se desplaza a toda prisa a nuestro lado de la mesa—. Lo compré en un puesto callejero.

Parker observa la joya con expresión admirada.

—Es la mejor falsificación que he visto nunca —dice.

Kat parece a punto de esconderse debajo de la mesa. Lo entiendo perfectamente; seguro que pretendía pasar desapercibida mientras sustituía a Jamie y ahora tiene a toda la mesa pendiente de ella. Y de su anillo. Que, hala, sí, es una pasada.

—¡Parker! Aquí estás. —Una nueva voz, alta y gangosa, destaca por encima de la charla general. Cuando me vuelvo a mirar, veo a un hombre grandote de pelo entre rubio y plateado que trastabilla hacia nuestra mesa. Reconozco en su cara trazas de las marcadas facciones de los Sutherland, pero en él parecen blandas y abotargadas—. Te estaba buscando —grita el hombre. Se tambalea y tiene que apoyarse en el respaldo de una silla para no caer.

Augustus se pone tenso y Larissa suelta un bufido suave.

—¿En serio? —pregunta con una voz rezumante de desdén—. ¿El día del cumpleaños de papá? ¿No puede controlarse ni doce horas?

—Cállate —le espeta Augustus en un tono bajo y rabioso.

—¡Parker!

El hombre se rodea la boca con las manos para amplificar la voz, aunque lo tenemos prácticamente encima.

—Eh, Griffin. —Parker deja la servilleta en la mesa y se levanta—. Estoy aquí.

«Y también su hijo», pienso, pero Griffin no mira a Augustus. Sus ojos vidriosos están clavados en su hermano cuando rodea los hombros de Parker con el brazo.

—Parker, vamos —dice Griffin—. Salgamos de aquí, tú y yo solos. ¿Qué dices? Como en los viejos tiempos.

—A lo mejor más tarde —responde Parker a la vez que intenta quitárselo de encima—. Cuando hayas descansado. ¿Por qué no te vas a tu cabaña y hablamos después de comer?

—No, tiene que ser ahora —insiste Griffin, aferrándolo con fuerza—. Tengo un coche esperando y todo.

Se ha hecho el silencio en el jardín botánico. Las conversaciones han ido muriendo según los invitados se volvían a mirar con descaro a Griffin y a Parker. Tengo el estómago en un puño y me gustaría estar en cualquier parte menos aquí, viendo lo que debería ser un drama privado convertido en un espectáculo público. Miro de reojo a Augustus, que observa fijamente su plato con expresión ausente. Presenciar esta humillación me provoca un cosquilleo en las mejillas: después de seis meses viviendo con Luke, sé muy bien lo que se siente cuando tu padre te abochorna. Pero también sé que, en esas situaciones, lo último que necesitas es atención. O pena.

—Por favor, Parker —dice Griffin.

Despego la vista de Augustus para prestar atención a la mesa de Ross Sutherland. Ross es la única persona que no está mirando a sus dos hijos. De hecho, se está comiendo un panecillo tranquilamente, como si no pasara nada. Clive Clayborne está de pie a su lado. No sé de dónde ha salido: es como si Ross lo hubiera invocado por arte de magia.

Ross no se molesta en mirarlo, pero agita la mano como si quisiera ahuyentar algo. Clive asiente y se encamina hacia nosotros. Al cabo de un momento un tiarrón vestido de traje gris que debe de ser un guardia de seguridad echa a andar detrás de Clive.

—No me voy a ir contigo, Griffin —dice Parker. A pesar de la sonrisa que se ha pegado a la cara, la tensión de su voz es evidente. Está tan enfadado como Larissa, solo que se le da mejor disimularlo—. Voy a celebrar el cumpleaños de papá y tú vas a dormir la mona.

—No, Parker, escúchame…

Clive llega a su altura en ese momento y se planta entre Parker y Griffin con desenvoltura.

—Nosotros nos encargamos —dice Clive mientras el tío del traje gris aferra a Griffin del brazo. Clive se desplaza al otro lado de Griffin y le murmura algo al oído mientras este sigue protestando. Pero ahora lo hace en voz más baja, como si hubiera comprendido que la batalla está perdida.

Parker vuelve a sentarse y devuelve la servilleta a su regazo con cuidado. Hay un momento de silencio tenso, hasta que Barrett carraspea sonoramente y dice:

—Parker me ha contado que estuviste en las Maldivas hace poco, Larissa. ¿Qué tal por allí?

—Asfixiante —responde ella.

—Elegiste la peor época del año —dice Parker. Y se enzarzan en una conversación sobre destinos vacacionales como si Griffin Sutherland nunca hubiera estado aquí.

Me vuelvo hacia Augustus, que sigue con la mirada clavada en el plato.

—Eh, ¿estás…?

—No —me advierte con voz queda.

—Vale —digo.

Solo ha sido una palabra, pero es posible que mi tono de voz le haya transmitido que me pongo en su lugar, porque levanta la vista y consigue esbozar una sonrisa torcida.

—Ahora no, al menos —añade—. Tenemos cosas más importantes de las que hablar.

—¿Cómo qué? —le pregunto. Sea lo que sea, estoy dispuesto a hablar como un descosido, porque salta a la vista que Augustus necesita la distracción.

Él se inclina hacia mí y su aliento me hace cosquillas en la oreja cuando me responde casi en susurros.

—Como por qué tu amiga está sirviendo las mesas con un anillo que cuesta al menos diez mil pavos.

CAPÍTULO 14
KAT

Nada, y conste que no exagero, está saliendo según lo previsto.

Cuando faltan menos de dos horas para la fiesta de cumpleaños de Ross Sutherland, Jamie sigue fuera de combate. Tiene una fuerte migraña y retortijones en la barriga, y vomita todo lo que no sea agua.

—Me parece que he pillado la gripe —gime cuando me inclino hacia ella para humedecerle la frente con una toalla empapada en agua fría. Tiene la piel pegajosa.

—Es posible —le digo. Antes le he contado que la había sustituido en el turno de la comida, pero me parece que ni se ha enterado. Y mejor, porque me aterrorizaba la conversación que tocaba a continuación: «Ah, por cierto, he encontrado el anillo de Bennington & Main en tu mochila, me lo he probado, no he podido quitármelo y al final la mitad del clan Sutherland me ha estado interrogando. Aunque también tengo buenas noticias: se han olvidado del asunto cuando el hermano mayor se ha presentado borracho a la comida».

No debería haber salido del apartamento con el anillo puesto. Al volver he conseguido quitármelo con lavavajillas y ahora lo llevo guardado a buen recaudo en el calcetín. Habría sido preferible llegar tarde al trabajo sin la joya en el dedo, pero eso ya no tiene remedio. Por lo que parece, todo ha sido en vano, porque no creo que Jamie se vaya a recuperar a tiempo.

Termino de refrescarle la frente y ella se tumba de lado lanzando un largo suspiro de sufrimiento.

—No me acuerdo de lo que se siente cuando te encuentras bien —se queja con voz ronca.

—A lo mejor debería verte alguien —digo—. Puedo llamar a un médico o llevarte al hospital…

—No, por favor —gime Jamie—. Al hospital no. Ya sabes que los odio.

Lo sé. La única vez que Jamie estuvo ingresada, aparte del día de mi nacimiento, fue después del peor día de nuestras vidas.

—Ya, pero si estás tan enferma…

—Solo es la gripe, Kat. Sobreviviré. Llama a Gem y cuéntale lo que ha pasado, ¿vale? —susurra Jamie antes de cerrar los ojos—. Dile que lo siento. Que se lo compensaré.

—¿Estás segura? —le pregunto. Asiente con debilidad sin decir nada más.

Cierro la puerta del dormitorio al salir, sin hacer ruido, y me encamino a la cocina americana para coger el teléfono. Pero no me atrevo a llamar a Gem. ¿Qué le voy a decir, si ni siquiera sabe que estoy aquí?

El ambiente en el apartamento es caluroso y opresivo, aunque el aire acondicionado está conectado. No puedo pensar estando tan agobiada. Necesito aire fresco. «Daré un paseo —pienso—. Me despejaré y luego hablaré con Gem». Sé que solo es una táctica para retrasar lo inevitable, pero he cruzado la puerta y estoy en mitad del rellano antes de que pueda preguntarme si hago bien.

En vez de eso me encuentro con Vicky, que vuelve a su habitación. Lleva una barrita Snickers en una mano y una Coca-Cola light en la otra, como si volviera de comprar algo en la máquina expendedora.

—Vaya, pero si es la reina de los pedruscos —me suelta con retintín, y yo reprimo un gemido.

—Hola otra vez.

La saludo con un gesto desganado y tuerzo el cuerpo para pasar por su lado.

No se mueve.

—Has estado sirviendo en la comida, ¿verdad? —me pregunta.

Me paro, un poco sorprendida de que se moleste en entablar conversación conmigo.

—Sí —le digo.

En sus ojos brilla un destello de malicia.

—¿Y Griffin Sutherland estaba tan borracho como dicen?

Me divierte una buena sesión de cotilleos como a la que más, pero (a) no con Vicky y (b) no ahora.

—No lo sé —miento—. Me he pasado casi todo el rato en la cocina.

—Ah, pues, por lo que dicen, llevaba un pedo de campeonato. Lo han echado de allí a patadas. Supongo que es verdad eso de que el dinero no da la felicidad. —Vicky mira al infinito con expresión soñadora—. Aunque no me importaría hacer la prueba.

—Ya, a mí tampoco —le digo a la vez que intento acercarme a las escaleras.

—¿A dónde vas? —pregunta.

—He quedado con un amigo —respondo. Saco el teléfono para mirar un mensaje inexistente con expresión agobiada—. Y llego tarde. Será mejor que me dé prisa.

—Ya nos veremos —se despide Vicky antes de cederme el paso por fin.

Bajo las escaleras y tomo el mismo camino arbolado que recorrí ayer. Respiro profundamente la fragancia de los pinos y dejo la mente en blanco hasta que me he internado tanto en el bosque que, cuando me doy media vuelta, no veo el edificio de apartamentos.

¿Y ahora qué? ¿Tengo alguna opción que no sea llamar a Gem y confesarle todo lo que ha salido mal? ¿O puedo hacer algo para arreglar el fin de semana?

Ayer, eso de que Jamie quiera dar un nuevo rumbo a su vida todavía me inspiraba sentimientos encontrados. Me horrorizaba sentirme una extraña en Impecable antes de que nos hubiéramos marchado siquiera. Pero ahora, con cuarenta y ocho horas de mentiras e intrigas a la espalda, no pienso en nada más que en el alivio que sería poder ser una persona «normal» por una vez. Haber vivido el reencuentro con Liam siendo yo misma y no la chica que debo ser para no revelar mis secretos. Poder reírme de los Sutherland —porque Larissa, como mínimo, es ridícula como ella sola— en lugar de temerlos. Encontrar un anillo precioso en la mochila de mi madre y pensar que se ha dado un capricho en vez de preguntarme cuándo y cómo se propone venderlo.

Jamie tenía razón. Tenemos que dejar esta vida. Y estamos a punto de conseguirlo.

Me subo al tronco de un árbol caído y lo recorro como si fuera una barra de equilibrio, abriendo los brazos en cruz mientras me estrujo los sesos. ¿Y si...? ¿Y si yo diera el cambiazo del collar? Ningún miembro del personal se ha percatado de que yo no era Jamie cuando la he sustituido. Podría repetir la jugada esta noche. Sé cuál es el plan. Sé dónde encontrar la cabaña de Annalise y cómo entrar. Si me salgo con la mía, no será necesario contarle a Gem lo que ha pasado. Seguro que Jamie se enfada, pero me perdonará.

Llego al final del tronco y doy media vuelta para recorrerlo a la inversa. No es el peor plan del mundo..., si no tenemos en cuenta el capítulo en el que, sin querer, me he convertido en el centro de atención durante la comida. Ya no puedo contar con pasar desapercibida: si los Sutherland me ven, se acordarán de mí. De todos modos estarán entretenidos con la fiesta de cumpleaños de su padre y habrá cientos de personas que los distraerán. Podría llevar encima el collar por si acaso y actuar solo si se presenta la ocasión.

Es posible que funcione. Yo haré que funcione.

Me siento mejor al instante. Gem tenía razón: siempre hace falta un plan B. O un plan C, supongo, porque mi plan B no ha llegado demasiado lejos.

Bajo del tronco de un salto y me apresuro por el camino que lleva al aparcamiento. El sol ha descendido en el cielo y no quiero tener que hacerlo todo deprisa y corriendo como me ha pasado antes de la comida. Apuro el paso casi hasta la carrera y estoy un poco sofocada cuando llego a la entrada principal. Hay unas cuantas personas que han servido la comida conmigo fumando junto a la puerta y las saludo con un gesto alegre al pasar.

El buen humor me dura hasta que entro en el apartamento. Al momento tengo la sensación de haber cruzado un muro invisible: me paro en seco y noto un hormigueo en la piel mientras miro a un lado y a otro. Hay algo distinto. Lo noto enseguida, aunque no sé qué es.

Corro al dormitorio y respiro aliviada al abrir la puerta y ver a Jamie durmiendo tranquilamente. Su maleta está donde la he dejado, abierta a medias en el suelo, y el contenido de su neceser de maquillaje sigue desparramado encima del tocador.

Vuelvo a la habitación principal y echo un vistazo. Los muebles parecen estar en su sitio. La puerta corredera del balcón sigue cerrada y asegurada. Los tentempiés de Jamie continúan en fila sobre la encimera de la cocina. Su mochila todavía está en el suelo, donde la he dejado…

«En el suelo». No he vuelto a meterla en su escondite, debajo del sofá, donde debería haberla guardado antes de marcharme. Está ahí tirada con el bolsillo delantero…

Abierto. Yo lo he cerrado. Estoy segura.

Me arrodillo al lado de la mochila, notando el rugido de la sangre en los oídos, y miro el interior. Por poco me desmayo de alivio cuando veo el estuche de piel. Pero al sacarlo lo noto demasiado ligero. Me tiemblan las manos cuando manipulo el cierre con torpeza y abro la tapa.

Está vacío. El collar falso ha desaparecido.

CAPÍTULO 15
KAT

Se me cae el alma a los pies. Durante unos instantes, estoy convencida de que me voy a poner aún más enferma que Jamie. Cuando se me pasan las náuseas, me pongo de pie con torpeza y corro al dormitorio de mi madre.

—¡Jamie! —cuchicheo sujetándola por el hombro.

—Mmmfff —farfulla ella a la vez que se tapa la cabeza con el edredón.

—¿Tienes el collar? ¿Lo has guardado en algún sitio?

Me tiembla la voz como si fuera una niña asustada, que es exactamente como me siento. Y como me estoy comportando. Repito la pregunta de todos modos, aunque sé que es una tontería. Jamie está fuera de combate. Es imposible que se haya levantado, se haya fijado en que he dejado la mochila ahí fuera y haya decidido esconder el collar en otra parte. Pero registro la cama igualmente y luego su maleta. También vacío la bolsa de deporte que me he traído yo con cuatro cosas. Es un alivio notar el anillo de diamantes a buen recaudo en mi calcetín. Pero no encuentro el collar.

Vuelvo tambaleándome a la zona de estar y la veo: la llave de la puerta principal, colgada de un gancho que hay junto a la puerta.

Que es donde la he dejado cuando me he marchado con tantas prisas que he olvidado cerrar por fuera.

—Nooo —gimo a la vez que me desplomo de rodillas. Me vuelven a entrar arcadas y esta vez intento vomitar, pero no sale nada. Luego me acuesto en el suelo, de lado, desesperada.

Esto pinta mal. Esto pinta fatal. Me he plantado aquí por el morro, a pesar de las protestas de Jamie, convencida de que debíamos mantenernos unidas pasara lo que pasase, cuando está claro que mi madre habría estado muchísimo mejor sin mí. Si no me hubiera metido por medio cuando Jamie se ha puesto mala, la puerta habría seguido cerrada todo el fin de semana. La mochila de Jamie aún estaría bien guardaba debajo del sofá. Y nadie habría tenido ocasión de…

Un momento.

Me siento y me aparto un mechón de la cara. Antes los ojos de Vicky prácticamente han saltado de las órbitas cuando ha visto el anillo de diamantes. Me ha llamado «reina de los pedruscos» y me ha visto salir del edificio porque había «quedado con un amigo». Seguro que se ha fijado en que ya no llevaba el anillo. No tiene ni idea de que no he venido sola. Sus palabras resuenan en mi pensamiento: «Supongo que es verdad eso de que el dinero no da la felicidad. Aunque no me importaría hacer la prueba».

Cuando me he marchado, Vicky ha probado la puerta, la ha encontrado abierta y ha entrado para buscar la sortija. Y en vez de la sortija ha visto la mochila de Jamie en el suelo como esperando a que alguien la registrara. No ha tenido que hacer nada más que descorrer la cremallera para encontrar lo que le habrá parecido un botín aún más suculento.

Una descarga de adrenalina me impulsa a ponerme de pie, y en menos que canta un gallo estoy delante de la puerta de Vicky. Si se cree que me voy a quedar de brazos cruzados mientras me roba, no tiene ni idea de quién soy yo. La primera vez que llamo consigo contenerme, pero al ver que no abre la puerta empiezo a aporrearla.

—¡Eh! —grito—. ¡Abre! —Me interrumpo para pegar la oreja a la hoja y, como no oigo nada, la golpeo con tanta fuerza que temblequea contra los goznes—. ¡Vicky, ábreme! ¡Abre ahora mismo!

—Tranquila, guapa. Si rompes la puerta, te tocará pagarla.

Me doy la vuelta y veo a Jermaine, el Comité de Bienvenida, recostado contra el marco de su puerta, vestido con el uniforme negro de los camareros.

—Perdón —digo. Estoy jadeando un poco, tanto de pánico como de agotamiento, y me cuesta hablar en un tono medio normal—. Es que necesito hablar con ella.

—Ya lo veo, pero se ha marchado a trabajar. —Sale al rellano y cierra su puerta con llave antes de volverse de nuevo hacia mí—. Yo también tengo que marcharme, y tú deberías hacer lo mismo…, suponiendo que seas camarera y no una ex de Vicky despechada que ha venido a suplicarle una segunda oportunidad. Nos necesitan a todos en nuestros puestos para la gran celebración, ¿no?

Al cuerno la gran celebración. Ahora mismo me importa una mierda. Pero Jermaine sigue sonriendo con indulgencia mientras espera una respuesta, y a mí solo se me ocurre decir:

—No soy una ex.

Jermaine me observa con aires de suficiencia.

—Pues será mejor que te pongas las pilas, guapa, porque solo faltan diez minutos para que empiece la función —dice. Se guarda la llave en el bolsillo y añade—: No llegues tarde. Me han contado que un tipo que llevaba trabajando varios años en estos eventos se retrasó tres minutos y lo despidieron en el acto.

Cuando se encamina hacia las escaleras, me dejo caer contra la pared. Es imposible que me pueda centrar a tiempo, así que a mí también me van a despedir. Algo que carece de importancia, porque no tiene sentido que me haga pasar por Jamie si no tengo el collar. Debería haber cortado por lo sano y haber llamado a Gem cuando he tenido ocasión, porque entonces, al menos, el collar falso estaría aún en mi poder y Jamie podría haber probado suerte otro día.

Ahora estamos perdidas. A menos que…

Me despego de la pared, rodeo el pomo de Vicky con la mano y pruebo a girarlo. La puerta está cerrada: Vicky es más lista que yo. Pero no más pilla, o eso espero.

Vuelvo al apartamento y rebusco entre las cosas que Jamie lleva en el neceser hasta que encuentro un par de horquillas planas y vuelvo al rellano. Ojalá estuviera aquí Gem para darme indicaciones, pero como no está tendré que recurrir a una de sus antiguas lecciones.

Retiro con la uña la goma de las puntas de una de las horquillas y doblo la otra en el ángulo adecuado. Utilizando una como ganzúa y la otra como tensor, muevo la ganzúa arriba y abajo con cuidado contra el pasador de la cerradura. Y para mi sorpresa suena un chasquido al instante. Cuando vuelvo a probar el pomo, la puerta se abre.

—Gracias, Ross Sutherland —murmuro al entrar en el apartamento en penumbra de Vicky—. Ya que tenías que ahorrar en alguna cosa, me alegro de que fuera en las cerraduras.

El apartamento de Vicky es idéntico al nuestro. Registro hasta el último centímetro, de punta a punta: abro armarios y cajones, hurgo en la maleta, deslizo las manos entre los almohadones. Tardo casi una hora en inspeccionarlo todo y, cuando termino por fin, no me cabe ninguna duda: el collar no está aquí.

Vicky debe de haber tomado nota de la estupidez que yo he cometido y se ha llevado el collar al conjunto residencial de los Sutherland. Y no puedo presentarme allí, porque llegaría con una hora de retraso al turno de Jamie. Si lo intento, me despedirán sin dejarme pasar siquiera.

La acreditación quedará anulada. El juego habrá terminado. Jamie nunca me perdonará y Gem tampoco.

Tengo los nervios a flor de piel, tanto que cuando mi teléfono emite un zumbido en el bolsillo, estoy a punto de soltar un grito. Pero solo es Liam, que se dirige a mí en un tono ilógicamente normal, como siempre.

«Augustus piensa que tu anillo es auténtico. Qué locura, ¿verdad?».

«¿Jamie se encuentra bien?».

«¿Y tú?».

Es tan mono que me resulta marciano. ¿Cómo es posible que Luke y él sean parientes? Y luego un último mensaje: «¿Necesitas algo?».

Miro fijamente la pantalla mientras la cabeza me funciona a toda máquina. Necesito… muchas cosas. Necesito encontrar a Vicky para poder recuperar el collar, pero, antes que eso, necesito acceso al terreno de los Sutherland. Necesito que alguien me ayude a cruzar la puerta sin acreditación de camarera y tengo a esa persona a mi alcance.

El plan B no ha funcionado, ni el plan C ni el D. De momento, he ganado cero de tres. Pero tengo todo un alfabeto que recorrer antes de darme por vencida.

Releo el último mensaje de Liam una y otra vez, golpeteándome la palma con el móvil hasta que el plan E empieza a cobrar forma.

«¿Necesitas algo?».

«Pues, ya que lo preguntas…», respondo.

CAPÍTULO 16
KAT

«Verás —le escribo a Liam—. Ese anillo que llevaba hoy… es auténtico».

Me envía un montón de signos de exclamación.

«Jamie se lo tiene que dar a un amigo que le va a pedir matrimonio a su novia la semana que viene —continúo—. Me lo he probado cuando ella estaba enferma en la cama y no he podido quitármelo, porque soy así de idiota. Y lo he perdido mientras trabajaba».

Más signos de exclamación.

No conozco a Liam tan bien como para saber si la respuesta es una muestra de empatía o piensa que le estoy contando un rollo, pero sigo adelante de todas formas. «Sí, y la supervisora de Jamie se ha llevado su distintivo, porque está demasiado enferma para trabajar, así que no puedo sustituirla y buscarlo».

Esa es la base del plan E: una excusa convincente para colarme en el conjunto que incluya el hecho de que todo el mundo en la comida, excepto Liam, se haya dado perfecta cuenta de que el anillo de diamantes era auténtico. Me parece que Gem se sentiría orgullosa, si me atreviera a contárselo.

Me llega el mensaje de Liam: «¿Quieres que te lo busque?».

Por fin, palabras de verdad. Pero no las que necesito. Solo Liam Rooney sería capaz de destrozarme el plan a base de amabilidad.

Respondo a toda prisa: «No quiero estropearte la noche. Además, sería complicado desandar mis pasos a través del móvil. Tengo que hacerlo en persona. ¿Se te ocurre alguna manera de facilitarme la entrada?».

El teléfono guarda silencio e imagino a Liam pensando todos los motivos por los que acceder sería una pésima idea. Yo también he pensado unos cuantos, incluido el hecho de que la fiesta de esta noche es megaelegante. Al fin y al cabo, Annalise Sutherland ha encargado un vestido especial para la ocasión. Si me presento allí tal como voy, con deportivas y vaqueros, voy a parecer un pulpo en un garaje. Pero, con un poco de suerte, si saco partido a la manía de Jamie de llevar demasiado equipaje, podría hacerme pasar por una de las invitadas.

«Me vestiré bien para no dar el cante —le escribo—. No quiero meterte en un lío. Será visto y no visto, te lo prometo».

Me obligo a parar y a darle a Liam tiempo para contestar. Una de las muchas lecciones que he aprendido observando a Gem todos estos años ha sido esta: si quieres que alguien haga algo siendo consciente, en el fondo de su corazón, de que no debería hacerlo, no puedes parecer desesperada. A lo mejor piensas que lo estás convenciendo, pero lo que estarás haciendo será ponerlo en guardia.

Así que espero, como si todo mi futuro no pendiera de un hilo.

«A ver qué puedo hacer».

Media hora más tarde estoy esperando en la puerta que hay en la otra punta del complejo residencial Sutherland, cerca del prado por el que Liam y yo paseamos ayer.

Me he disfrazado lo mejor que he podido. Con ayuda de unos rulos calientes y unas cuantas horquillas planas colocadas estratégicamente, me he rizado la melena con bucles sueltos que me tapan la cara. Me he pintado la raya de los ojos con un delineador negro y los labios de rojo rubí. Llevo un vestido corto de Jamie, negro, con unas sandalias de tacón y un bolsito de cuentas muy mono que, si todo va bien, será perfecto para guardar el collar. No es exactamente un vestido de fiesta, pero no tengo nada mejor.

Debería estar exultante —¡casi estoy dentro!—, pero ante todo estoy nerviosa. Por lo que me ha dicho Liam, la única manera que tenía de conseguir una tarjeta era contarle a Augustus la historia de mi alianza perdida. «Tenía que elegir entre Luke y él», me ha escrito, y debo reconocer que ha elegido la mejor opción. A pesar de todo, todavía albergo la esperanza de no tener que tratar con los Sutherland, sobre todo porque Augustus no me parece la clase de persona que se traga los rollos fácilmente. Me paseo de un lado a otro de puro nerviosismo hasta que veo dos sombras acercarse a la entrada y me obligo a quedarme parada en el sitio.

—¡Eh! —me llama Liam con un susurro bien audible y del todo innecesario—. ¡Kat! ¡Somos nosotros!

Algunas personas sencillamente no han nacido para intrigar.

—Hola —digo mientras Augustus saca una tarjeta del bolsillo de su traje y la acerca al panel que hay junto a la puerta.

—Volvemos a vernos —responde él.

—Gracias por esto —le digo.

—Un placer. —La puerta vibra y empieza a abrirse. Él retrocede y añade—: Vaya, vaya. Casi no te he conocido. Has ido a por todas, ¿eh?

—Intento no dar el cante —contesto al tiempo que cruzo la puerta, tratando de adoptar un tono desenfadado.

Los dos chicos están muy guapos, aunque el traje azul marino de Liam, ligeramente arrugado, no le queda del todo bien. Como si hubiera crecido un par de centímetros desde que su madre se lo compró y se lo pusiera tan poco que no valiera la pena comprarle otro. Augustus, en cambio, lleva un elegante traje negro que debieron de confeccionarle a medida la semana pasada.

—No quería hacer el ridículo más de lo que ya lo estoy haciendo —añado mientras Augustus cierra la puerta—. Me siento como una idiota.

—Nos pasa a todos —dice él guardándose la tarjeta—. Bueno, lo cierto es que no. El caos te acompaña allá donde vas, ¿me equivoco?

Eso se acerca demasiado a la verdad para mi gusto. Yo tenía razón sobre Augustus: es tan intuitivo que preferiría que no hubiera venido.

—Será un momento de nada, lo prometo. Me parece que sé dónde lo he perdido —digo cuando echamos a andar por un sinuoso camino de adoquines. Veo luces tenues a lo lejos, pero no oigo ningún ruido aparte de los grillos—. ¿A dónde vamos? ¿Ha empezado ya la fiesta o…?

—Todavía no —responde Liam—. Vamos a… hum… mi estudio.

Lo miro pestañeando. La curiosidad me distrae un momento de mi asunto.

—Pero si llegaste ayer. ¿Ya tienes un estudio?

Augustus se aparta un mechón de pelo rubio que le ha caído sobre el ojo y dice:

—El talento de Liam requiere un medio adecuado.

—Ay, por favor, vale ya —musita Liam hundiendo las manos en los bolsillos—. Los dos sabemos que no tengo ni idea.

Augustus resopla.

—Mis soles navideños disienten.

Antes de que pueda preguntar de qué están hablando, hace un giro rápido a la izquierda que nos lleva a un pequeño edificio de piedra.

—Hemos llegado —anuncia Augustus—. El estudio Rooney.

Abre la puerta y entramos en completa oscuridad.

—La luz está por aquí. —Palpa la pared hasta que encuentra el interruptor—. Si te parece bien, nos quedaremos aquí hasta que empiece la fiesta. Si no, serías la única invitada que estaría deambulando por los terrenos y seguridad sospecharía algo. Entiendo que prefieres no llamar la atención.

Me lanza una mirada tan afilada que se me cae el alma a los pies, que ya me duelen horrores. Augustus se ha dado cuenta de que pasa algo raro, eso está claro, solo que no sabe qué es.

—Vale —respondo con aire distraído.

Miro alrededor fingiendo que el espacio me intriga demasiado como para concentrarme en mi supuesta misión.

—Es muy chulo. Así que es un estudio, ¿eh?

—Ahora sí —puntualiza Augustus—. Mi tía lo ha redecorado para Luke y Liam.

Son muchas molestias para unos invitados de fin de semana, pero supongo que cuando tienes tanto dinero como Annalise Sutherland no te importa derrocharlo para deslumbrar a tu nuevo novio y a su hijo.

—No sabía que te gustara pintar, Liam —le digo.

—Ya, bueno… Estoy aprendiendo —musita al mismo tiempo que se afloja el cuello de la camisa.

—Pues Augustus parece impresionado contigo —observo.

El chico suelta una risita y dice:

—No sabes hasta qué punto.

Tiene un acento interesante. Aunque no es un acento, exactamente, más bien una cadencia que me resulta llamativa y familiar al mismo tiempo.

—¿Eres inglés? —le pregunto, aunque ya sé que no es eso. Cualquier cosa con tal de que no hable de mí.

—No. Pero mi madre sí —dice—. Se crio en Londres. —Hace una mueca simpática—. Me lo han preguntado otras veces. Supongo que se me pegó su manera de hablar.

Eso es: tiene una forma de hablar tirando a pija. Esa manera de pronunciar las vocales que yo intenté imitar en Bennington & Main sin conseguirlo. A Gem le encantaría este chico.

—Así que era eso —dice Liam.

Augustus enarca las cejas.

—¿Qué era eso? —pregunta.

Liam juguetea con el puño de la camisa.

—Pensaba que tenías un acento raro. Pero no parecía extranjero. No lo entendía.

—Me lo podrías haber preguntado —le dice Augustus con una sonrisa traviesa que Liam no ve, porque sigue concentrado en el puño. Augustus mira a su alrededor con las manos en las caderas y añade—: ¿Sabéis qué? Aquí falta algo. Vuelvo en seguida.

Se marcha sin decir nada más y yo miro la puerta nerviosa cuando la cierra al salir.

—¿Crees que…? ¿Le va a decir a alguien que estoy aquí?

Liam levanta la vista.

—¿Quién? ¿Augustus? —pregunta como si yo pudiera estar hablando de otra persona—. No. ¿Por qué iba a hacerlo? Le gustas.

Al decir eso se ruboriza y su timidez me arranca una sonrisa a pesar de todo el agobio que llevo encima. Ahora entiendo por qué Liam estaba tan preocupado con el puño de su camisa. Augustus Sutherland lo pone nervioso.

—Pues a mí me parece que le gustas tú —le digo.

—Qué va —replica Liam a toda prisa y se pone todavía más colorado—. Yo no noto esa vibra, para nada.

—Pues entonces interpretas fatal las vibras, hermanito de Las Vegas.

Tuerce los labios.

—Lo dudo mucho. Estoy seguro de que tú eres su tipo.

—Solo hay un modo de averiguarlo —digo con alegría al mismo tiempo que se abre la puerta y Augustus vuelve con una botella de champán y tres copas.

—Sea lo que sea lo que se te ha ocurrido —me advierte Liam por lo bajo—, no lo hagas.

—Ahora sí que parece una fiesta —dice Augustus, que deja las copas en la mesa antes de descorchar el champán.

El movimiento es experto y elegante, como si lo hubiera hecho mil veces. Deja que la espuma caiga al suelo de baldosas antes de servir un poco en las tres copas.

—Bueno, o una prefiesta.

—Augustus, tengo una pregunta —le digo.

Noto que Liam entra en tensión a mi lado mientras me susurra:

—Ni se te ocurra.

—Pregunta, pregunta —responde Augustus a la vez que nos tiende las bebidas.

«Lo siento, Liam, pero este tema es mucho más seguro que cualquier otro». Además, me parece que le va a gustar la respuesta.

—¿Cuál de nosotros dos es tu tipo? —le pregunto, haciendo un gesto que nos incluye a los dos. Liam cierra los ojos un momento como si quisiera que lo tragara la tierra.

—Perdona —murmura Liam—. Es que ella... es así.

Pero Augustus no se inmuta. Bebe un sorbo de champán y tuerce la cabeza a un lado mientras se lo piensa.

—En teoría, los dos —dice.

Aunque no estoy mirando a Liam, estoy segura de que se ha puesto rojo como un tomate.

—Pero tú —matiza Augustus levantando la copa para señalarme— me pareces la clase de caos que me quita las energías. No te ofendas.

—Para nada —le digo, porque tiene toda la razón.

—Y en cuanto a Liam —continúa a la vez que le dedica una mirada mucho más larga que a mí— es una persona demasiado íntegra para alguien como yo.

Diez puntos para Augustus por habernos retratado a los dos.

—¿Verdad que sí? —digo con afecto. Liam, mientras tanto, nos mira como si no supiera si se siente aliviado o decepcionado por el análisis de personalidad al que le acaba de someter Augustus—. Es una joya de hombre.

Me estoy burlando, pero también hablo en serio. Cuanto más conozco a Liam, mejor me cae. Contar con su ayuda, aunque no haya sido del todo sincera sobre por qué la necesito, hace que me sienta mucho menos asustada y sola.

—Demasiado puro para este mundo cruel —asiente Augustus a la vez que bebe un sorbo lento de champán.

Es atractivo, no lo puedo negar, con esos ojos lobunos y la sonrisilla maliciosa, pero ya lo he descartado mentalmente. Aunque no supusiera una amenaza al plan E, no estaría bien que me pusiera a ligar con él porque (a) mi madre ha venido aquí a robarle a su tía y (b) Liam lo conoció primero y está coladito por él.

—Tenemos que protegerlo —añade.

—Brindo por eso —le digo entrechocándole la copa.

—Estoy aquí, por si no os habéis dado cuenta —gruñe Liam—. En la misma habitación.

—Siendo íntegro —asiento a la vez que le doy unas palmaditas en el brazo—. Como el pan integral.

—Te odio —suspira y, durante un momento, nos sentimos como si realmente fuéramos hermanos.

CAPÍTULO 17
KAT

Para cuando Liam, Augustus y yo llegamos al inmenso jardín de esculturas que hay detrás del jardín botánico, la fiesta ya está en pleno apogeo. La ubicación es perfecta para lo que he venido a hacer: el jardín posee una distribución laberíntica que me permitirá ocultarme por los recodos mientras busco a Vicky.

Nunca he estado rodeada de tanta gente rica. Todos los que pululan por aquí lucen peinados perfectos, sonrisas perfectas y prendas de ropa que les sientan de maravilla. Aquí nadie tiene edad (soy incapaz de adivinar quién tiene veinticinco años y quién cincuenta y cinco) y juraría que todos van al gimnasio al menos cinco veces por semana. Y la cantidad de joyas que se ven bastaría para abastecer a Impecable durante años. Agacho la cabeza mientras nos integramos en el mogollón, porque me da miedo que nos encontremos con Parker o con Larissa. O, Dios no lo quiera, con Luke. Pero de momento no he reconocido a nadie.

Un grupo de jazz toca una melodía tranquila a un lado del jardín, enfrente de una mesa que contiene el pastel más grande y ostentoso que he visto en mi vida. Es como una tarta nupcial dopada: cuento nueve pisos en total, de la inmensa base a una tarta superior que parece hecha únicamente de delicados pétalos de azúcar. Los demás pisos alternan el color plata y el blanco, con una excepción importante: la parte central está decorada con grandes erres y eses doradas entreveradas con rosas blancas de bordes dorados.

Augustus se golpetea la barbilla con el dedo y pregunta:

—¿Creéis que habrá pastel para todos?

Caza dos copas de champán al vuelo de la bandeja de un camarero que pasa por ahí y nos las tiende a Liam y a mí, pero yo agito la mano para rechazarla.

—Quédatela —le digo—. Será mejor que me vaya.

—¿Seguro que no quieres que te ayudemos a buscar? —pregunta Liam.

—Segurísimo —asiento. Prácticamente estoy vibrando de los nervios y si me quedo aquí mucho más rato no podré disimularlo—. Divertíos.

—Y tú no te metas en líos, Caos —me dice Augustus con un destello travieso en los ojos.

—Prometido —miento antes de fundirme con la muchedumbre.

Voy mirando las caras al pasar, buscando a Vicky. La zona central del jardín es la más concurrida, ya que la gente se para a admirar las esculturas que parecen más interesantes.

—Imagínate —oigo murmurar a una mujer cuando paso junto a una gigantesca cabeza de piedra con una nariz alargada y muy delgada—. Tener un Modigliani en el jardín.

—Seguro que es una reproducción —responde el hombre que está a su lado.

Me paro para verla mejor y una camarera vestida de negro se precipita hacia mí al instante.

—¿Champán? —pregunta.

No la reconozco, gracias a Dios, pero agacho la cabeza igualmente.

—No, gracias —murmuro y sigo avanzando hasta que llego a una parte del jardín cuyos árboles no están decorados con guirnaldas de bombillas vintage.

Aquí hay más oscuridad y silencio, y el puñado de invitados que charlan en grupitos de dos o tres no me prestan atención. Estoy llegando a la última escultura —una pieza de metal altísima que parece un caballo abstracto— cuando oigo unas voces que me paralizan.

—Siempre hace lo mismo —dice un hombre en tono enfadado—. Solo le pido un poco de ayuda. Él haría cualquier cosa por ti, pero cuando yo lo necesito… nunca responde.

Me escondo detrás del caballo con el pulso acelerado. Conozco esa voz. Es Parker Sutherland, la última persona con la que me quiero encontrar. Bueno, la penúltima, después de Luke. Quizá debería volver atrás y mezclarme con la gente un rato.

Pero antes de que me mueva, una voz femenina contesta:

—Quiere que aprendas a valerte por ti mismo, Parker. ¿De verdad piensas que es pedir demasiado?

—¿Igual que haces tú? —pregunta Parker con amargura—. ¿Tú has pagado ese vestido, Annalise? ¿Estas joyas? ¿Alguna de tus posesiones, una sola?

«Annalise». No me puedo resistir: me asomo por el borde de la escultura para echar un vistazo a la mujer que está en el centro de toda esta movida. Lleva la cabellera rubia recogida en la coronilla y viste un precioso vestido largo color coral —tal como dijo Jamie— acompañado de un reluciente collar de diamantes y pulseras a juego en las dos muñecas. Por suerte, no veo a Luke por ninguna parte.

—No estamos hablando de mí —replica Annalise—. Estoy segura de que si papá viera que te esfuerzas en pagar una parte de tus deudas…

—¿Con qué dinero? —gime Parker.

—Con el dinero que tú ganes —responde Annalise—. En un empleo que tú hayas buscado, sin pedirle ayuda.

Cuando Parker resopla con incredulidad, añade:

—Tienes que demostrarle que eres sincero.

—Sincero, ¿eh? ¿Igual que ese novio tuyo? —pregunta Parker.

—No estamos hablando de Luke…

—Yo sí —dice Parker—. Alguien tiene que hacerlo, porque está claro que no has pedido informes. Estás perdiendo garra, Annalise. No eres nada más que un objetivo para ese tío. Y seguro que el chaval está haciendo lo mismo con Augustus. De tal palo, tal...

—Basta ya —lo corta Annalise—. Ya sé que estás enfadado, pero eso no es motivo para tomarla con un chico inofensivo.

—No es tu hijo, Annalise —le espeta Parker—. Tú no puedes tenerlos, ¿no te acuerdas?

Hala. Esas palabras tan crueles son como una bofetada y si yo he notado el golpe no quiero ni imaginar el daño que le habrán hecho a Annalise. Guarda silencio un buen rato y, cuando responde por fin, lo hace con una voz queda y un tono inexpresivo.

—¿Por qué, Parker? ¿Por qué cada vez que puedes elegir entre comportarte como un ser humano decente o una persona horrible escoges ser una persona horrible?

Él se encoge de hombros.

—Yo solo digo lo que hay.

—Es una manera de expresarlo. Adiós, Parker.

Mientras Annalise se aleja, noto un cosquilleo de vergüenza. Antes de que desapareciera el collar falso, tenía planeado hacer el trabajo de Jamie para echarle una mano, sin pararme a pensar ni un momento en Annalise Sutherland. ¿Por qué me iba a saber mal robarle algo si tiene todo lo que necesita y más? Nunca se me pasó por la cabeza que pudiera tener problemas que el dinero no puede arreglar.

—Zorra consentida —musita Parker por lo bajo.

Luego se aleja enfadado y yo me zarandeo mentalmente. No puedo volver a distraerme así. Tengo que encontrar a Vicky, recuperar el collar y salir de aquí.

Empiezo a deambular más libremente por los terrenos, menos preocupada por si me ven y más por si no encuentro a Vicky. Me fijo bien en cada miembro del personal con el que me cruzo, pero me llevo una decepción tras otra. Después de buscar casi una hora, vuelvo a estar en el principio, junto a la estatua del caballo, y no he visto a Vicky por ninguna parte.

Me muerdo el labio, frustrada. ¿Estará trabajando en alguna otra parte, donde no puedo verla, o no ha venido siquiera? Puede que alguno de estos ricachones la haya tratado mal durante el servicio y ella haya pensado: «No tengo por qué aguantar esto. Ahora tengo pasta suficiente para pasar de vosotros». Pero si las cosas son así —si he matado el rato bebiendo champán con Liam y Augustus mientras Vicky volvía sigilosamente a su apartamento, hacía el equipaje y abandonaba el pueblo—, entonces la noche al completo ha sido una pérdida de tiempo.

¿Y ahora qué?

Mientras dudo qué hacer, me percato de que los otros invitados empiezan a circular hacia la zona de la cena donde he dejado a Liam y a Augustus.

—Es hora de cortar el pastel —dice una mujer en tono cantarín al pasar por mi lado.

—¿Con qué? —pregunta alguien más—. ¿Con un hacha?

Hora de cortar el pastel. En teoría, Jamie tenía que dar el cambiazo del collar en este momento, mientras todo el mundo estaba distraído. ¿Y si me cuelo por la ventana de Annalise y saco unas cuantas fotos de su colección de joyas? Puede que con eso Gem pueda crear unas cuantas falsificaciones y la noche no habrá sido un fracaso total.

¿Gem lo interpretaría como una muestra de iniciativa o como un riesgo estúpido? No lo tengo claro, pero una cosa sí que sé: si voy a hacer algo, tiene que ser ahora. Una vez que todos tengan su porción de pastel, empezaran a pulular a su aire otra vez.

«Me acercaré a la casa de Annalise —me digo— y luego ya decidiré si sigo adelante o no».

Apenas me he internado unos pasos en la arboleda cuando la oscuridad me engulle. Esto no es una pineda, como me ha parecido al verla de lejos, sino un bosque con todas las letras y empiezo a tener miedo de perderme. Me arriesgo a conectar la linterna del móvil y la enfoco delante de mí hasta que veo un sendero ancho. Por lo que parece, se han esforzado mucho en despejarlo, pues hay ramas y piedras amontonadas a los lados. Enfilo por el camino con un suspiro de alivio, dirigiendo la luz al suelo para no tropezar. Los grillos cantan a toda potencia mientras los rumores de la fiesta se van perdiendo en la lejanía. No me imaginaba que la «escapadita» de Jamie implicara una caminata.

A pesar de todo, no habrán pasado más de diez minutos cuando veo una luz entre los árboles. Eso significa que debo de estar cerca de las cabañas de la familia. Me paro y apago la aplicación de la linterna, convencida de que puedo recorrer el resto del camino a oscuras. Pero antes de que dé otro paso, una voz que reconozco corta la noche como un cuchillo.

—¿Qué cojones haces tú aquí? —pregunta Parker Sutherland.

Me quedo helada, notando el azote del corazón en el pecho. Maldita sea, precisamente él. ¡Se suponía que estaba comiéndose el pastel de cumpleaños! ¿Qué le digo? ¿Me creerá si le cuento que me he perdido o mejor echo a correr? ¿Me perseguirá o…?

El rumor gutural de una segunda voz se abre paso entre mis aterrados pensamientos y Parker responde con un bufido mosqueado.

«No habla conmigo», deduzco casi derritiéndome de alivio. Y está más lejos de lo que había pensado. Ahora habla con un cuchicheo rabioso, y aunque el rugido de la sangre empieza a remitir en mis oídos no distingo los detalles de la discusión. Siempre y cuando evite ser vista, hay muchas posibilidades de que no sepan que he estado aquí. Me escondo detrás de un árbol dispuesta a esperar a que termine la pelea en la que se ha enzarzado Parker.

Las voces se transforman en gruñidos y roces. Suena como si se estuvieran peleando, lo que interpreto como una señal de que ha llegado el momento de largarme sin hacer ruido. Pero antes de que llegue a moverme, pego un bote al oír una fuerte explosión.

Me he quedado sin respiración. Nunca había oído un disparo, pero estoy segura de que ha sido eso, porque oigo la reverberación a través del pitido de mis oídos.

«Un disparo».

Antes de que pueda decidir conscientemente qué hacer, estoy trastabillando hacia el ruido. «Ese hombre necesita ayuda», pienso, aunque no sé de qué hombre estoy hablando, si de Parker o del que discutía con él. Y entonces, cuando apenas he avanzado unos cuantos pasos, una figura oscura cobra forma en el camino, delante de mí.

No distingo los detalles, solo que se trata de alguien mucho más corpulento que Parker. Y eso significa que el bulto acurrucado a sus pies es...

Parker Sutherland. Y está completamente inmóvil.

El otro hombre le propina un puntapié al cuerpo y maldice. Se inclina como para tomarle el pulso y entonces su murmullo rabioso llega con claridad a mis oídos.

—Te está bien empleado, maldito idiota.

El pánico se apodera de mí y me paraliza, aunque una vocecilla interna me grita que corra. «Vete de aquí, vete de aquí, vete de aquí, vete de aquí, vete de aquí...».

Pero no me puedo mover. Es posible que nunca más sea capaz de moverme. Tengo el cuerpo rígido, aunque ese hombre de espaldas anchas se incorpora y parece reparar en mi presencia.

«No me ves —pienso con desesperación—. Es imposible que me veas. Está demasiado oscuro».

Pero se trata más de un deseo que de la realidad, ¿verdad? Porque yo lo veo a él.

Da un paso en mi dirección y no necesito más. El miedo que me ha paralizado hasta ahora estalla como una bomba, me obliga a dar media vuelta y desata en mi cuerpo un movimiento frenético.

Atravieso el bosque a la carrera, porque mi vida depende de ello.

CAPÍTULO 18
LIAM

Al principio pienso que han sido fuegos artificiales.

La explosión suena justo cuando le sirven una porción de pastel a Ross Sutherland, así que era el momento ideal para alguna que otra exhibición ostentosa. Pero ha sido un estallido aislado, seguido de un eco ensordecedor. Tan pronto como se apaga, un murmullo recorre la multitud.

—Habrá sido el petardeo de un coche —comenta alguien.

—O un disparo —dice otro con una carcajada nerviosa.

Augustus y yo estamos sentados en la misma mesa que Ross Sutherland, enfrente de Luke y Annalise. Ella alarga el cuello buscando el origen del sonido y frunce el ceño al decir:

—¿Qué ha sido eso? Venía... Venía del bosque, ¿verdad?

—No estoy seguro —responde Luke.

—Me parece que sí, tía Annalise —interviene Augustus, que deja la servilleta en la mesa y se pone de pie. Yo lo imito, lo que me granjea una mirada asesina de Luke.

—Siéntate —susurra con rabia. Mira de reojo a Ross Sutherland al añadir—: Venga, no saquemos las cosas de quicio, que el señor Sutherland estaba a punto de...

—¿Quién carajo está disparando en mis tierras? —ruge Ross Sutherland.

Y entonces se desata... Bueno, no la anarquía exactamente,

porque esta gente es demasiado educada para eso. Pero a nadie le interesa ya el pastel. El grupo de jazz, que interpretaba el consabido «Cumpleaños feliz» como si no pasara nada, deja de tocar. Un montón de gente empieza a desfilar hacia la puerta principal, como si no quisieran quedarse a averiguar la respuesta a la pregunta de Ross. Annalise, por su parte, ya se dirige hacia el bosque. Augustus y yo la seguimos, y después de pensárselo un momento Luke nos acompaña. No hemos recorrido ni unos cuantos metros cuando un grupo de tíos vestidos de traje gris y pertrechados con pinganillos se materializa delante de nosotros.

—Señor Sutherland —dice uno—. Por aquí.

Antes de que me dé cuenta, los hombres nos han rodeado y nos guían por un camino que no había visto hasta ahora. Desprenden la misma gravedad que los servicios secretos de las películas, como si fuéramos políticos que acaban de sobrevivir a un atentado y tuvieran que llevarnos a un búnker. Ese aire de situación de emergencia que nos envuelve provoca un efecto dominó: de repente, los invitados que atisbo a través del muro de trajes grises parecen tener mucha prisa.

—¡Eh! —grita alguien cuando pasamos por su lado—. ¿Qué pasa? ¿Estamos en peligro?

Me paro instintivamente, pensando que los guardias van a responder, pero el que tengo más cerca tira de mi brazo para obligarme a avanzar.

—Sigue adelante —me ordena con brusquedad.

Cruzamos la puerta de un edificio tipo cubo para acceder a una sala pequeña, sin ventanas. Una vez que hemos entrado todos y la puerta está cerrada, un guardia se acerca a la pared del fondo y apoya la mano. Alucino cuando la pared se desliza a un lado para revelar la sala que hay detrás, mucho más grande que la primera. Parece un hotel de lujo, con suelos brillantes, focos empotrados en el techo y asientos mullidos desperdigados por la habitación. Los estantes de mármol integrados en la pared contienen una gran variedad de botellas y vasos, y atisbo lo que parece un cuarto de baño al otro lado de una esquina.

—Solo hasta que sepamos lo que pasa —dice el guardia, que presiona una zona de la pared interior tan pronto como entra Luke, el último en llegar. La puerta se cierra herméticamente.

No me jodas, sí que estamos en un búnker.

Por irónico que parezca, eso me provoca el primer estremecimiento de miedo que he sentido en toda la noche. Oír la explosión y huir entre la multitud ha sido como estar jugando, pero este espacio tan pijo y protegido me produce escalofríos. Y me parece que no soy el único: cuando miro a las demás personas desperdigadas por la habitación, ya no veo a los intocables Sutherland. Annalise está pálida como un fantasma y Ross —sentado en un sillón de piel al lado de una desencajada Larissa, que no deja de pestañear— no parece darse cuenta ni preocuparse de que se le hayan quedado de punta esas canas suyas que siempre lleva en su sitio. Cuando un guardia le ofrece un vaso con un líquido color ámbar, Ross lo rechaza con un brusco manotazo.

—No quiero beber nada —le espeta—. Quiero saber qué cojones acaba de pasar.

—Estamos en ello, señor —le dice el guardia.

Yo intento quitarme el nerviosismo de encima concentrándome en otra cosa. Hay una sola fotografía enmarcada en la pared, y cuando me acerco para mirarla veo a un Ross Sutherland algo más joven —cinco años atrás, posiblemente— y a una mujer más o menos de la misma edad. Tiene la misma sonrisa radiante que Annalise y se aferra al brazo de Ross. Están en un yate blanco, muy elegante, contra el fondo azul del cielo.

Debe de ser la madre de Annalise, deduzco, y se me hace un nudo en la garganta. «Todavía la echo de menos a diario», me dijo Annalise. Aunque este fin de semana me he sentido mejor, conozco la sensación. Y sé que la seguiré sintiendo el resto de mi vida. Annalise es la prueba viviente.

Ojalá mi madre hubiera conocido a Kat. Me parece que se habrían caído bien y creo que a mi madre le habría encantado la naturalidad con que le ha preguntado a Augustus algo que yo nunca me atrevería a preguntar. Aunque aún no sepa qué pensar de la respuesta.

Seguramente Augustus le habría caído bien. Pero en su caso apuesto a que me habría dicho: «Cuidado con ese».

—Es una foto preciosa, ¿verdad?

Pego un bote al oír la voz. Es Larissa Sutherland, la última persona de esta habitación con la que me apetece hablar. Aunque imagino que ella necesita una distracción y, bien pensado, la mujer también perdió a su madre.

—Sí —le digo—. Sí que es preciosa.

—Son mis padres el día que cumplieron cincuenta años de casados —me explica.

—Qué barco más bonito —observo.

El gesto de Larissa se crispa.

—Era el orgullo de mi madre.

—Lo entiendo —digo—. Yo nunca he ido en barco, pero…

Noto un tirón en el brazo y, cuando me vuelvo a mirar, Luke está ahí con una sonrisa forzada.

—¿Cómo va eso, colega? —me dice—. Vamos a hablar un momentito.

«Colega», he descubierto, es la contraseña que usa mi padre cuando algo va mal. Se aleja conmigo unos pasos y la sonrisa desaparece de su cara.

—¿Podrías no hacer eso? —cuchichea.

—¿No hacer qué? —le pregunto perplejo. No intento ganar puntos con mi padre, pero si quisiera hacerlo habría supuesto que ser amable con la quisquillosa de Larissa me iba a ayudar.

—La situación ya es bastante estresante en sí misma como para que te pongas a hablar del barco.

Parpadeo estupefacto.

—¿De qué?

—No hace falta que se lo recuerdes —añade.

Empiezo a impacientarme.

—¿Que les recuerde qué?

Aprieta los labios.

—Te lo dije.

—Te prometo que no. No tengo ni idea de lo que me estás hablando.

Casi le rechinan los dientes.

—Sí que te lo dije, pero… supongo que tendré que repetirlo, ya que tienes oído selectivo. La madre de Annalise murió en ese barco.

Ay. Es verdad que me lo dijo, pero no he caído en la cuenta cuando he elogiado la foto.

—Vale, tienes razón. Lo siento —respondo, y hablo totalmente en serio.

—Haces bien —me regaña Luke.

Y su cara entra tan rápido en modo papá preocupado que miro por encima del hombro para ver quién ha llegado. Es Augustus, que se acerca con dos botellines de agua.

—Cíñete a los temas neutros —me susurra antes de marcharse a toda prisa.

Como si yo supiera cuáles son.

—¿He hecho algo? —pregunta Augustus tendiéndome el botellín.

A diferencia del resto de su familia, no parece preocupado y no lo conozco lo suficiente como para saber si la procesión va por dentro.

—No, es que… Nunca nos habíamos encontrado en una situación como esta —le digo—. ¿Os pasa a menudo?

—La última vez fue el día que cumplí once años, cuando alguien disparó un cohete por accidente —dice Augustus mientras desenrosca el tapón de su botellín—. El equipo de seguridad de mi abuelo se pone de los nervios cuando suena un ruido fuerte. Es posible que pasemos un buen rato aquí dentro.

—¿Crees que solo ha sido eso? —le pregunto—. ¿Un ruido fuerte?

—Seguramente —dice Augustus. Pero no se me escapa el gesto: ha tragado saliva. Se humedece los labios y añade—: Mi padre no está aquí. No lo veo desde la comida y… no sé dónde se ha metido.

Mierda. Eso no pinta bien. Pero antes de que yo entre en pánico, Annalise, que pasaba por detrás, se detiene en seco.

—Ay, cariño, lo siento —dice posando la mano en el hombro de Augustus—. Pensaba que te lo habían dicho. Tu padre ha decidido volver al Cabo Cod después de comer.

Una expresión rara asoma a la cara de Augustus, en parte de alivio y en parte de tristeza.

Larissa se acerca entonces haciendo una mueca.

—Griffin no debería haber salido del Cabo —sentencia con aire ofendido.

Augustus se aleja sin pronunciar palabra hacia el extremo de la sala. Yo lo miro marcharse, desconcertado (¿por qué de repente todo el mundo habla del Cabo Cod y por qué Augustus parece tan molesto por ello?), y busco los ojos de Luke. Él imita el gesto de llevarse una bebida a los labios y articula sin sonido: «desintoxicación».

Ah. Debería dar gracias de que Luke haya decidido hacerme de guía personal en el búnker de los Sutherland, supongo, ya que de no ser por él habría pisado otra mina conversacional.

Larissa Sutherland observa la habitación con el ceño fruncido, sin preocuparse de que su comentario haya ahuyentado a Augustus.

—¿Y Parker? —pregunta—. Tampoco está aquí. ¿Creéis que se habrá refugiado en alguna parte con Barrett?

—No he visto a Barrett en toda la noche —responde Annalise.

—Qué desfachatez —dice Larissa—. Tendrían que habernos traído aquí a todos.

—¡Presten atención, por favor!

Me vuelvo y veo a Clive Clayborne de pie junto a la puerta, acompañado de un guardia de seguridad. El guardia frunce el ceño y tiene una mano pegada al pinganillo.

—¿Podrían guardar silencio un momento? —pide Clive. Inclina la cabeza hacia el guardia y añade—: Dan está recibiendo información importante.

Al momento se hace el silencio en la habitación. Dan carraspea y dice:

132

—Adelante. —Se queda escuchando unos segundos y su expresión impertérrita no cambia cuando pregunta—: ¿Y dónde ha sido eso?

Es interesante: pensaba que todos nos habíamos callado hace un momento, pero ahora sí que guardamos silencio. Es como si todos los presentes contuviéramos el aliento mientras Dan sigue escuchando con atención.

—Entiendo —dice—. ¿Se requiere atención médica o...? —Un rubor intenso empieza a ascenderle por el cuello—. Ya veo.

Dan deja caer la mano con la que se sujetaba el pinganillo y le susurra algo a Clive. Este se queda rígido mientras el estupor se apodera de su cara.

—Es imposible —dice.

Annalise se acerca.

—¿Qué ha pasado? —pregunta—. ¿Hay alguien herido?

—Clive —grita Ross Sutherland desde su sillón al mismo tiempo que hace ese gesto sutil con la mano con el que requiere la presencia de Clive a su lado como por arte de magia. Pero este no se mueve y los rasgos enjutos de Ross se fruncen con un ceño de sorpresa—. Clive —repite.

—Un momento, señor Sutherland.

Clive se afloja el cuello de la camisa antes de volverse hacia Dan para pedirle:

—¿Puede, por favor, llevarse a todos los que no son miembros de la familia?

CAPÍTULO 19
KAT

Cuando salgo corriendo del bosque al jardín de las esculturas, con el corazón latiendo a toda máquina y los pulmones ardiendo, voy directa al caballo abstracto. Me siento a salvo en esa forma sólida y conocida, no sé por qué, mientras intento recuperar el aliento y organizar mis pensamientos.

«He conseguido salir del bosque. Estoy viva. ¿Y ahora qué?».

La fiesta que me encuentro no se parece a la que dejé atrás. Salta a la vista que el disparo que ha matado a Parker Sutherland se ha oído aquí también. Las voces resuenan altas en la noche y vibran con un montón de sentimientos: miedo, desconcierto, rabia y, sí, emoción. Hasta se oyen algunas risotadas. La aburrida fiesta de un anciano se ha vuelto de repente más interesante: «¿Te he contado alguna vez que, estando en la fiesta de cumpleaños de Ross Sutherland, el día que cumplió ochenta años, oímos un disparo?».

Nadie sabe todavía que la anécdota es distinta. Que el hijo de un milmillonario acaba de morir en el terreno familiar a manos de un hombre con el que se ha peleado por motivos que no he llegado a oír. Ni siquiera estoy segura de que se conocieran. Lo único que he oído decir a Parker con absoluta claridad es «¿Qué cojones haces tú aquí?». En ese momento estaba tan segura de que hablaba conmigo que no se me ha ocurrido analizar el tono de voz. ¿Ha

134

usado el pronombre «tú» porque se trataba de un conocido al que no esperaba ver allí o era una pregunta genérica?

«Te está bien empleado, maldito idiota».

No parece el tipo de frase que le dirías a un desconocido después de pegarle un tiro, ¿verdad? ¿Ha seguido el hombre a Parker para pillarlo a solas?

Solo que Parker no estaba solo. Yo estaba allí, avanzando a trompicones hacia otro desastre más.

Fuertes temblores me recorren el cuerpo. Tengo que largarme de aquí, pronto, antes de que el miedo se apodere de mí y me paralice otra vez. Montones de invitados vestidos de punta en blanco avanzan a toda prisa hacia la puerta principal del conjunto residencial. Exactamente donde yo quiero estar.

Cruzo a la carrera el resto del jardín hasta que llego a la zona de césped con las mesas de la cena y me uno al río de gente que sale. Los invitados hablan a voz en grito y de vez en cuando interrumpen las conversaciones para pedir explicaciones a los hombres de gris que de repente están por todas partes.

¿No había dicho Morgan que la seguridad sería «mínima» en este evento?

—Pensamos que esta zona es segura, señoras — les dice sin comprometerse un guardia a dos mujeres de pelo canoso que se han parado a pocos pasos de donde yo estoy—. Pero, como todavía estamos investigando el origen del ruido, hemos pedido a los invitados que abandonen las instalaciones si así se sienten más seguros.

—Qué amable —resopla una de las mujeres, que se ajusta la cola del vestido para seguir avanzando—. No veo a Ross Sutherland por ninguna parte. Si él no se siente seguro, supongo que nosotras tampoco lo estamos.

Procuro camuflarme entre la ruidosa multitud al mismo tiempo que miro de reojo a todos los hombres con los que me cruzo. El tipo que he visto en el bosque podría ser cualquiera. Solo he atisbado una silueta entre las sombras, pero ¿y si él me ha visto bien? ¿Lo bastante para saber que soy una chica con el pelo largo y un vestido corto, mientras que todas las demás llevan vestidos largos o uniforme de camareras? ¿Habrá oído el taconeo de mis sandalias contra las raíces mientras huía?

Es una tontería, ya lo sé, pero el pensamiento me hace pararme y quitarme los zapatos. Los pies me están matando y necesito avanzar deprisa.

Las puertas del conjunto residencial asoman por fin delante de mí, abiertas de par en par. Sin embargo, una vez que llego a la salida, dudo. Todas las personas que me rodean son invitados y se dirigen al aparcamiento. No hay ni un solo miembro del personal entre el gentío. Apenas veo el desvío que conduce a los apartamentos del personal. A diferencia del resto del conjunto, que está bien iluminado, en el camino la oscuridad es absoluta. Y si los trabajadores todavía no han empezado a salir, tendré que recorrerlo a solas.

Me siento incapaz de hacerlo. Mordiéndome el labio inferior, busco el teléfono en el bolso y llamo a mi madre.

—Venga, mamá —susurro. Solo utilizo ese nombre cuando la necesito con toda el alma y ahora mismo necesito con toda el alma que venga a buscarme y me lleve a casa. A casa, casa, en Boston.

—«Hola, soy Jamie. Deja el mensaje».

La voz de mi madre satura mi oído un momentito de nada antes de que suene la señal, y yo corto la llamada con el corazón en un puño. Debería haberlo supuesto; Jamie duerme como un tronco aunque se encuentre bien.

Me las tendré que apañar sola. Vuelvo a mirar el camino que lleva a los apartamentos. Tiene un aspecto aún más tenebroso y amenazador que antes.

«Todo irá bien —me digo—. Son apenas cuatrocientos metros. Cruza las puertas y ya te preocuparás luego por el trayecto.

Pero antes de que me ponga en movimiento, alguien me aferra por el brazo.

Tengo la sensación de moverme a cámara lenta cuando me vuelvo a mirar y, con un distanciamiento casi clínico, me fijo en la

136

fuerza con que me aferra la mano. Mi visión se estrecha al máximo y solo veo mi zapato, que cuelga de los dedos laxos del hombre. Cuando levanto la vista, veo una cara conocida.

—Has perdido esto, Cenicienta —me dice.

Es el hombre que estaba sentado al lado de Parker Sutherland en la comida: Barrett, lo ha llamado. Aunque me he pasado toda la noche pendiente de que Parker, Larissa y Luke no me vieran, me había olvidado de este tipo, no sé por qué. No me he esforzado lo más mínimo por evitarlo y es posible que me haya cruzado con él sin darme cuenta mientras buscaba a Vicky.

En circunstancias normales improvisaría una mentira, cogería mi zapato y me largaría. Pero la situación me supera y no puedo hacer nada más que mirarlo fijamente sin decir nada.

—No esperaba verte en la fiesta —dice Barrett mirándome de arriba abajo—. No así vestida, en todo caso.

¿Se está portando como un capullo o debería preocuparme? «No así vestida, en todo caso». ¿Vestida cómo? ¿Como una invitada o como alguien que ha huido de él por el bosque? ¿No sería él la persona que…?

Ay, Dios mío. ¿Era él?

—¡Cariño!

De repente oigo una voz femenina a mi lado y alguien me aparta con firmeza de la mano de Barrett. Cuando me vuelvo a mirar, veo a la misma mujer de cabello cano que estaba hablando con el guardia de seguridad hace un momento. Me estrecha el brazo con ademán protector y añade.

—Aquí estás. ¿Has perdido un zapato?

—Pues…

Es lo único que consigo articular, pero la mujer no necesita respuesta. Hace un ruidito compungido y dice:

—Ya sé que son incómodos, pero deberías haber esperado a subir al coche. —Le arranca a Barrett mi zapato y añade, con el mismo tono gélido que si le espetara «y ahora lárgate de aquí»—: Gracias por ayudar a mi nieta.

¿Qué pasa aquí?

Aunque encontrara las palabras para preguntarlo, no tendría tiempo de hacerlo, porque la mujer ya me está arrastrando hacia la puerta. Caminamos en silencio durante un ratito de confusión, hasta que me dice:

—Ponte los zapatos, cariño. Hay piedras por todas partes.

Obedezco sin rechistar. No sé quién es esta mujer, pero en estos momentos podría decirme que hiciera el pino y obedecería encantada. Mientras me estoy atando la tira al tobillo, su amiga se acerca por el otro lado y murmura:

—¿A qué ha venido eso, Jean?

O puede que sea su hermana. Las dos comparten una cabellera gris y rizada muy parecida, ojos castaños, separados, y caras en las que destaca la mandíbula prominente. Y las dos han escogido un atuendo demasiado cálido para una fiesta de verano: vestidos de terciopelo largos hasta los pies, de manga larga.

Jean —la mujer que, no sé por qué, me ha rescatado— resopla y dice:

—¿Has visto a ese hombre, Catherine? ¡Cuarenta años como poco y propasándose con esta chiquilla! ¡Esas cosas me ponen de los nervios! Algunas personas no tienen vergüenza. ¿Te encuentras bien, cariño? Parecías aterrorizada.

—Sí, hum… Estoy bien —consigo responder—, gracias.

Echamos a andar de nuevo. Jean me da unas palmaditas en el brazo y dice:

—Si ves algo que no te gusta, actúa. Es lo que yo digo siempre. Las mujeres tenemos que cuidarnos entre nosotras. Sobre todo en este tipo de fiestas. Algunos hombres se toman unas libertades obscenas.

—Cuánta razón tienes —suspira Catherine.

—¿Has venido con tus padres? —me pregunta Jean.

—Esto… sí —respondo maquinalmente, y mis ojos saltan otra vez al camino que lleva al edificio de apartamentos. Si antes me intimidaba, ahora que sé que Barrett me está acechando me parece aterrador. ¿Qué le impide seguirme cuando me quede sola? Por su talla y su estatura podría ser el hombre que he visto en el bosque y si me ha reconocido…

Tengo que alejarme todo lo que pueda. De Barrett, de la finca de los Sutherland, de Bixby, de… todo.

—¿Quieres llamarlos? —me pregunta Jean—. Nos quedaremos contigo hasta que vengan a buscarte.

Ojalá.

—Es que… han tenido que marcharse temprano.

—¿Y entonces cómo vas a volver a tu alojamiento? —se exaspera Jean—. ¿Vives en este pueblo perdido?

Niego con la cabeza y ella suspira.

—No entiendo a los padres modernos. De verdad que no. Os dan demasiada libertad.

—Tenía que volver con un amigo, pero… no lo localizo.

Empiezo a notar la presión de las lágrimas en los ojos y un cosquilleo frío de ansiedad me recorre la piel. Estoy a pocos segundos de convertirme en una ruina llorosa y convulsa. «No puedo con esto», pienso con impotencia. No me queda energía mental o física para contar las mentiras necesarias, en el orden adecuado, y ponerme a salvo. Solo quiero rodear a Jean con los brazos, apoyar la cabeza en ese hombro con aroma a lavanda y suplicarle: «Sácame de aquí».

—¿Te alojas en el Marlow? —pregunta Jean.

No sé de qué me habla, pero…

—Sí —le digo.

—Bueno, pues estupendo. Nosotras también. Te llevaremos.

«Salvada». Me da igual dónde esté el Marlow siempre y cuando no sea aquí. Si acabamos cruzando a otro estado esta noche, pues cruzaremos. Ya se ocupará la futura Kat de ese problema.

—¿Cómo te llamas, cariño? —me pregunta Jean entrelazándome el brazo con más firmeza.

—Sophie —respondo mientras la dejo que me lleve lejos de este sitio.

CAPÍTULO 20
KAT

El Marlow, deduzco durante el viaje que nos aleja del conjunto residencial, es un hotel situado en un pueblo vecino, Randall, en el que se alojan casi todos los invitados que han venido de fuera. Estará a unos ocho kilómetros de Bixby, así que podría volver andando de ser necesario.

Pero no esta noche. No en la oscuridad.

Y eso significa que estoy atrapada en este hotel, sin una cama en la que dejarme caer, hasta mañana. Ahora que ya no estoy tan asustada, empiezo a asimilar la situación en la que me encuentro. No llevo encima ni un céntimo y con la tarjeta de débito de mi teléfono —que tira de los últimos restos de batería— solo puedo pagar los veinte pavos que tengo en la cuenta bancaria. No sé cuánto cuesta una habitación en este hotel, pero me imagino que será esa cantidad multiplicada por diez. Además, no creo que una chica de dieciséis años pueda coger ella sola una habitación de hotel ni aunque les pase una Visa oro por las narices.

—¿Crees que la comida de mañana sigue en pie? —pregunta Catherine cuando entramos en la rotonda que hay delante del hotel. Es un edificio anticuado pero elegante, un hotelito con un encanto sorprendente en este pueblo adormecido. Un aparcacoches sale al instante de detrás de un estrado mientras Jean detiene el coche.

—Conmigo que no cuenten —responde Jean con aire ofendido—. Deberíamos descansar bien y luego volver directamente a casa. No son maneras de tratar a los invitados.

El aparcacoches abre la portezuela y dice:

—Bienvenidas otra vez, señoras. ¿Qué tal la noche?

—Movidita —resopla Jean a la vez que le tiende las llaves.

Él me dedica una sonrisa amistosa cuando acompaño a las señoras al interior y luego el recepcionista hace lo propio. Jean y Catherine me ofrecen el mejor escudo que nadie me podría ofrecer, con una apariencia tan respetable que a nadie se le ocurre cuestionar mi presencia.

Las sigo entumecida mientras intento que mi aletargado cerebro se espabile. Tengo que encontrar un escondrijo para pasar la noche, pero no se me ocurre una buena excusa para marcharme antes de llegar a los ascensores. Jean apoya la tarjeta de su habitación en el botón de subida, que destella en verde, y me dice:

—Pareces agotada, Sophie. Espero que te vayas directa a la cama.

—Sí —respondo—. Se me cierran los ojos.

Es verdad. Nunca en mi vida he soñado tan desesperadamente con poder disfrutar de la comodidad de mi propia cama.

Se abren las puertas del ascensor y entramos las tres. Catherine pulsa el botón de la tercera planta y pregunta:

—¿En qué piso estás?

—En el octavo —le digo. El último. Puede que cuando llegue arriba se me haya ocurrido un plan.

Pulsa mi botón y Jean pregunta:

—¿Llevas la llave de la habitación?

—Aquí dentro —asiento dando unas palmaditas a mi bolso.

—Muy bien. —Suena una campanilla para anunciar que el ascensor ha llegado a la tercera planta, y la puerta se abre—. Pues nosotras ya hemos llegado. Que disfrutes del resto del fin de semana, Sophie.

—Ustedes también —respondo—. Y muchas gracias.

—No hay de qué —dice Jean.

Salen al rellano y, cuando la puerta vuelve a cerrarse, noto la dolorosa punzada de la soledad. «¿Y ahora qué?».

El ascensor sigue subiendo y no se detiene hasta el octavo piso. Salgo al vestíbulo, enmoquetado y silencioso, y miro alrededor. El cartel que tengo enfrente indica a los huéspedes el camino a las habitaciones: de la 801 a la 815 están a la derecha y de la 816 a la 830, a la izquierda.

A mí, saber dónde están las habitaciones no me sirve de nada. Necesito encontrar un sitio silencioso y desierto, donde haya pocas posibilidades o ninguna de que aparezca alguien en mitad de la noche.

Enfilo a la derecha hasta que encuentro otra bifurcación. Las habitaciones de los huéspedes continúan a la derecha y las máquinas expendedoras están a la izquierda. Escojo las expendedoras y, cuando me interno en el pequeño pasillo, encuentro lo que estaba buscando. Una puerta sin número.

«Que esté abierta, por favor», pienso, y rodeo el pomo con la mano.

No cede. Eso habría sido demasiado fácil.

Me quito dos clips del pelo y rasco los extremos con una sensación de *déjà vu*. Puede que mi subconsciente estuviera velando por mí mientras me preparaba para la fiesta y me haya empujado a escoger un peinado que sirviera también como llave. Sería normal después del fin de semana que he vivido.

La cerradura me causa muchos más problemas que la del apartamento de Vicky y se me resiste un buen rato. Tengo la garganta seca de pura frustración y estoy a punto de renunciar y buscar otro escondrijo cuando por fin oigo un chasquido celestial. Sigo trabajando más animada hasta que, con mucho esfuerzo, retiro todos los pasadores. Cuando vuelvo a probar el pomo, gira sin trabas y la puerta se abre.

«Gracias, Gem».

Es un trastero repleto de utensilios de limpieza y toallas, además de un par de carritos de la ropa sucia. Cojo un montón de toallas, me meto entre un carrito y la pared e improviso una cama.

142

Cuando saco el teléfono del bolso, descubro que estoy al uno por ciento de batería y no pierdo tiempo revisando las notificaciones. Busco el hilo de mensajes con Jamie —no me ha escrito, así que debe de seguir durmiendo— y escribo: «Voy a pasar la noche con Liam». Así no se preocupará si se despierta y no me encuentra en el apartamento.

Ya pensaré mañana lo que le voy a decir.

Enrollo una toalla para usarla de almohada y me la coloco debajo de la cabeza cuando me tiendo. Me parece imposible que pueda dormir en estas circunstancias, con todas las cosas horribles que acaban de pasar desfilando por mi mente en un círculo vicioso. Por otro lado, no es la primera vez que me refugio en un hotel cualquiera y me duermo de puro agotamiento.

Me acurruco en posición fetal, cierro los ojos y me quedo frita al instante.

CAPÍTULO 21
LIAM

Parker Sutherland ha muerto.

«Parker Sutherland ha muerto».

—Es increíble —musita Luke. No para de pasearse por la sala de estar de la casa, no sé de quién, en la que los guardias de seguridad han abandonado a los invitados VIP que no nos apellidamos Sutherland, después de obligarnos a salir del búnker—. ¿Cómo es posible que haya sucedido algo así? ¡Esas cosas no pasan!

Por una vez en la vida, mi padre y yo estamos totalmente de acuerdo.

Aunque no paro de recordarme que la muerte de Parker es algo que ha pasado realmente (Annalise, blanca como el papel, nos ha informado de lo sucedido hace una hora y luego se ha marchado para reunirse con su familia en la casa de Ross), aún me parece irreal. Se supone que las personas como Parker Sutherland no mueren y sobre todo no mueren como él: de un disparo en los bosques de la finca familiar en el mismo momento exacto en que le servían a su padre una porción gigantesca de pastel.

—Yo no debería estar aquí. Debería estar con Annalise —continúa hablando Luke, que deja de pasearse para servirse una copa de un decantador de cristal lleno de líquido ámbar que hay en una mesa auxiliar—. Está destrozada. Parker y ella habían discutido justo antes de que su hermano muriera.

—Eso no es nuevo. —El amigo de la universidad de Parker, Barrett, que ha aparecido veinte minutos más tarde que todos los demás, despega la vista de su teléfono—. Parker chocaba con todo el mundo.

«Chocaba con todo el mundo». Me horroriza el uso del pasado: es demasiado pronto. Cada dos por tres se me olvida usarlo cuando estoy hablando de mi madre. Las personas no deberían esfumarse tan fácilmente.

Luke toma un sorbo de su bebida mirando a Barrett por encima del borde de la copa.

—Estás sorprendentemente tranquilo para haber sido amigo de Parker durante... ¿cuánto? ¿Veinte años? —le reprocha.

—No presumas de saber cómo me siento —replica Barrett con frialdad devolviendo la atención al teléfono—. Ni cómo se siente la familia Sutherland. Si hubieras pasado algo más de un fin de semana con ellos, sabrías que lo último que quieren ahora es que alguien les monte una escena mientras afrontan una horrible tragedia.

La copa de Luke repiquetea contra la mesa cuando la deja con rabia.

—¿Insinúas que estoy montando una escena? —le pregunta torciendo el gesto.

—No lo insinúo —responde Barrett—. Lo afirmo.

—Voy a ver si encuentro el baño —anuncio yo de viva voz al tiempo que me escabullo hacia la puerta. Esta sala ya es opresivamente pequeña; una refriega entre Luke y Barrett solo conseguirá empeorar las cosas.

En realidad no necesito ir al baño, así que deambulo por el pasillo y me voy asomando a un montón de habitaciones vacías que, por lo que parece, nadie ha usado nunca. Puede que no sea buena idea pasearme a solas en una noche como esta, pero no creo que corra peligro. Hay guardias apostados en la entrada de la casa y seguro que están registrando hasta el último centímetro del conjunto para encontrar al asesino de Parker. Por otro lado, todavía no he oído ninguna especulación acerca de quién podría ser el asesino. Ni siquiera Luke ha formulado ninguna teoría.

Acababa de conocer a Parker, pero ya me caía mal. Era arrogante y despectivo, y no me sorprendería descubrir que tenía mogollón de enemigos. Pero hay que tener muchas pelotas o estar muy desesperado para matar a un Sutherland en mitad de la fiesta de cumpleaños de su padre.

¿Quién tenía tantas ganas de ver muerto a Parker?

Llego al final del pasillo, donde no hay nada excepto una inmensa urna y unas puertas dobles que dan al exterior. Me doy media vuelta con la intención de regresar a la habitación en la que están Luke y Barrett y me paro delante de la única puerta cerrada de todo el pasillo. Apoyo la mano en el pomo porque siento curiosidad por saber si está bloqueada cuando oigo, procedente del otro lado, una voz conocida.

—Anda ya, vete a la mierda —dice.

Me quedo petrificado. Es Augustus y eso significa... ¿que los Sutherland están aquí? Pensaba que habían ido a la casa de Ross. Oigo un ligero golpe seguido de un repiqueteo y luego Augustus exclama:

—Que te den a ti también, sabandija.

Nadie responde. El estilo que tiene Augustus de afrontar el duelo me parece un tanto agresivo, pero ¿quién soy yo para juzgar? No debería estar aquí y no quiero que me acusen de escuchar detrás de las puertas. Retrocedo por el pasillo y estoy a punto de estamparme contra Luke, que sale deprisa y corriendo de la sala.

—Voy a casa de Ross —me dice—. Quiero estar por allí cuando termine la reunión familiar.

—La reunión familiar —repito pestañeando. Me vuelvo hacia la habitación en la que acabo de oír a Augustus y añado—: Pero están reunidos... aquí dentro, ¿no?

Luke desdeña el comentario con un bufido y me aparta con el cuerpo al pasar.

—Pues claro que no.

Lo veo desaparecer por la salida del final del pasillo y yo vuelvo a la puerta cerrada. ¿Estoy tan nervioso que tengo alucinaciones o...?

Zas.

—Vaya porquería —dice Augustus al otro lado de la puerta. No. No son alucinaciones.

Espero un segundo aguzando los oídos para poder escuchar la segunda voz. Nadie contesta. Quizá debería dejarlo en paz, pero... su tío acaba de morir, es obvio que está disgustado y quienquiera que esté con él no se molesta en responder.

—¿Augustus? —digo en voz alta al mismo tiempo que llamo a la puerta con unos golpecitos suaves—. Soy Liam. ¿Estás...?
—¿Cómo debería terminar la frase? ¿Estás bien? Pues claro que no está bien—. ¿Necesitas algo?

Hay un silencio que dura un ratito y luego Augustus responde:

—Necesito... nuevos. —No sé qué necesita, porque la palabra ha quedado ahogada por el rumor de la puerta al abrirse y al momento Augustus está recostado contra el marco. Su americana y su corbata han desaparecido, se ha desabrochado unos botones de la camisa y se ha arremangado. Las ojeras que se le marcan debajo de los ojos azul grisáceo son oscuras como magulladuras—. ¿Tienes? —añade.

—¿Si tengo qué? —le pregunto mientras él retrocede para dejarme pasar. Miro a un lado y a otro, buscando a más Sutherland o al menos a un par de guardias de seguridad. Pero Augustus está solo.

—Dardos —me dice a la vez que coge uno—. Estos son una mierda. La punta no se clava.

Antes de que pueda responder, da media vuelta y lanza el dardo a la diana que cuelga de la pared de enfrente. Se clava casi en el centro, se queda ahí un momento y repica contra la tarima del suelo al caer.

—Vete a tomar por saco —le dice Augustus al dardo como si hablara con un colega.

La habitación parece un despacho o también podría ser una biblioteca. Dos de las paredes tienen librerías empotradas y otra está cubierta de muebles archivadores. En una esquina hay un enorme escritorio con un globo terráqueo a un lado y bandejas de mármol apiladas al otro. Pero no veo ordenador, así que nadie debe de trabajar aquí en realidad. Hay dos sillones de cuero a ambos lados de

147

la chimenea, junto a la cual han dejado una pila de madera preparada para la primera ola de frío, si acaso algún Sutherland decide pasarse por aquí a… jugar a los dardos, supongo.

Debajo de la diana hay un montón de dardos rojos y negros desperdigados. Me gustaría preguntarle a Augustus qué está haciendo aquí dentro, a solas, pero me parece demasiado invasivo en un momento tan delicado.

—Tienes buena puntería —observo en vez de preguntar mientras Augustus cruza la habitación para recoger los dardos caídos.

Es un comentario absurdo en estas circunstancias, pero me parece que no pasa nada. Cuando mi madre murió, muchos amigos y compañeros del equipo me evitaban porque les daba miedo meter la pata. Eso me enseñó a valorar a los que sí hablaban conmigo, por muy incómodos que se sintieran.

—Sí, y estos dardos la están desperdiciando —murmura Augustus—. Toma. —Me tiende tres dardos negros—. Prueba. Mal de muchos, consuelo de tontos.

En más de un sentido.

Apunto y lanzo, pero el dardo apenas golpea el círculo exterior de la diana antes de caer el suelo.

—¿Lo ves? —dice Augustus—. No soy el único.

—No, no eres el único.

Retrocedo y lo veo acertar en el centro un par de veces más, maldiciendo cada vez que los dardos se sueltan. Al final hago de tripas corazón y le digo:

—Esta noche ha sido horrible. Siento mucho lo de tu tío.

—Es un gilipollas —responde Augustus enfurruñado al tiempo que recoge los dardos. En presente, un fallo que corrige al momento cuando añade—: Pero era uno de los nuestros.

—Lo siento —repito y tiro otro dardo. Este se clava mucho más cerca del centro antes de caer al suelo y, sí, aunque tenemos problemas mucho más graves, una frustración extraña se apodera de mí.

Augustus guarda silencio mientras pruebo por última vez. Cuando empiezo a recoger los dardos del suelo, sin saber cómo continuar, se desploma en uno de los sillones que hay junto a la chimenea y, haciendo girar un dardo entre los dedos, dice:

—Me han echado.

—¿Sí? —pregunto—. ¿Quién?

—Mi familia —aclara Augustus apretando la punta metálica con el dedo. No sangra, como era de esperar—. Cuando os marchasteis del búnker, Clive nos contó lo que había pasado. Yo me quedé como anestesiado y lo primero que pensé fue: «Tengo que contárselo a mi padre». Así que fui al baño a llamarlo, pero no me contestó. Cuando volví a la habitación, los guardias se habían marchado y el abuelo y mis tías habían formado un corrillo en el centro de la habitación con Clive. Entonces oí decir a Clive: «El problema es cómo ha muerto. La gente hará preguntas». Y el abuelo le dijo: «No harán preguntas si no se enteran. Tenemos que atajarlo».

—¿Atajar qué? —le pregunto.

—Eso mismo pregunté yo —me dice Augustus—. Pero todos se cerraron en banda cuando intenté participar en la conversación. El abuelo cambió de tema y propuso que fuéramos a su casa cuando los guardias la hubieran inspeccionado. Le pregunté a la tía Annalise qué estaba pasando y me dijo que no me preocupara. Que no pasaba nada. Pero no como si lo pensara realmente.

—«El problema es cómo ha muerto…» —repito tratando de descifrar las palabras de Clive—. A ver, está claro cómo ha muerto, ¿no? Le han disparado. Todos lo hemos oído. ¿Hay algo más?

—Sé lo mismo que tú —dice Augustus—. Porque cuando llegamos a casa del abuelo, él respondió una llamada y se encerró en su despacho con Clive. Luego llamó a mis tías a gritos. Cuando intenté seguirlas, Clive me cerró la puerta en las narices, literalmente.

—¿En serio? —me horrorizo—. ¿Y te dijo algo?

—Sí. Me dijo: «Espera en la sala, por favor».

—Qué fuerte.

No me puedo imaginar qué puede haber tan importante como para que cuatro adultos dejen solo a un chaval en pleno duelo.

—Lo siento mucho, Augustus. Eso no está bien.

—Tampoco es tan raro —replica con amargura a la vez que se pone de pie—. Nunca me cuentan nada. No he sabido que mi padre había vuelto a desintoxicación hasta que estábamos en el búnker. O sea, no me sorprende, teniendo en cuenta… la comida. Pero no lo sabía.

Me pasa un dardo y yo lo lanzo sin molestarme en apuntar. Es mi mejor lanzamiento hasta el momento.

—Me alegro de que estén ayudando a tu padre —le digo—. ¿Te dejan visitarlo?

—No lo recomiendan —contesta Augustus y hace girar el globo terráqueo del escritorio—. Intenté llamarlo otra vez mientras estaban todos encerrados en el despacho del abuelo, pero tampoco tuve suerte. Al final me cansé de estar allí esperando con los guardias de seguridad, que no me quitaban los ojos de encima, y les pedí que me trajeran aquí. Y luego les dije que se fueran, porque a tomar por saco ellos también. Gracias por llamar a la puerta, por cierto —añade a la vez que recoge otro dardo—. Eres la única persona que no cobra por proteger mi vida que se ha molestado en preguntarme cómo estaba.

—Lo siento muchísimo.

No paro de repetirlo, pero los niveles de chunguez de esta noche están batiendo todos los récords. No sé si Luke habrá conseguido hablar con Annalise o si seguirá encerrada con su padre y su hermana. ¿Le contará ella a mi padre lo que no le quiere contar a Augustus?

—Tu familia no está pensando a derechas —añado.

Augustus clava la vista en la diana, levanta la mano y apunta.

—Es una interpretación generosa —dice.

—¿Y cuál es la tuya?

Lanza el dardo. Es otro disparo perfecto que va directo al centro… y esta vez se queda allí, temblando.

—Que les importa más guardar las apariencias que la muerte del tío Parker.

CAPÍTULO 22
KAT

Me despierta el chirrido de un carrito de la ropa sucia, seguido de un chillido penetrante.

—¡Virgen santísima! —grita una mujer cuando me incorporo, medio dormida y atontada. Durante unos segundos tengo la mente completamente en blanco, hasta que recuerdo que estoy en un trastero del hotel Marlow, en Randall, Maine, al que hui con una pareja de amables ancianas después de…

Después de…

El recuerdo de lo que pasó me asalta con tanta fuerza que apenas me fijo en la mujer de la limpieza que tengo delante. Anoche, cuando estaba en las puertas de la finca Sutherland, solo podía pensar en escapar. Pero ahora tengo que afrontar el desastre que dejé atrás.

El plan E fue un fracaso de proporciones épicas. No encontré a Vicky ni el falso collar de rubíes. Lo único que conseguí fue convertirme en una especie de testigo del asesinato de Parker Sutherland. Debería contárselo a alguien, supongo, pero… ¿qué les voy a decir? Yo no debía estar allí y las trolas que solté para entrar en el conjunto no resistirán una investigación de asesinato. Ni siquiera pude ver bien al hombre de anoche y pondría en peligro tanto a Jamie como a Gem.

Y eso me lleva a otro problema distinto. Ninguna de las dos sabe que algo va mal, pero Gem estará esperando noticias de mi madre. ¿Y si ya ha hablado con Jamie? ¿O si la muerte de Parker ha salido en las noticias o…?

Tengo que salir de aquí.

Me concentro en la mujer que tengo delante.

—¿Qué haces aquí? —me pregunta con un fuerte acento irlandés llevándose las manos a las caderas. Tendrá la misma edad que Gem y viste un impecable uniforme azul. A juzgar por la expresión de su cara, empieza a estar más enfadada que asustada.

Es el momento de contarle un cuento para salir de aquí. ¿Qué me dijo Augustus anoche? «Me pareces la clase de caos que me quita las energías». Puedo recurrir a eso.

—Uf, mierda, menuda resaca —digo imitando lo mejor que puedo la voz de una niña bien tras una noche de fiesta. Rebusco los zapatos y el bolso con un bostezo exagerado. Estoy segura de que doy el pego: el vestidito negro de Jamie está hecho un trapo y un toqueteo rápido a mi pelo me confirma que los rizos de anoche se han convertido en enredos. La toalla que he usado como almohada está sembrada de manchurrones de maquillaje, así que imagino muy bien el aspecto que tiene mi cara. Las ganzúas que fabriqué con dos horquillas planas están tiradas en el suelo y me las guardo en el bolso a toda prisa antes de añadir—: Pensaba que esto era mi habitación.

—¿Cómo has entrado? —pregunta la mujer de la limpieza, que me mira con los ojos entornados mientras yo me pongo los zapatos—. Esta puerta siempre está cerrada.

—No tengo ni idea —respondo a la vez que me pongo de pie a trompicones—. Estaba muuuy borracha.

—¿En qué habitación estás? —me sigue interrogando.

La miro con una sonrisa bobalicona.

—En la… en plan… ¿ochocientos algo? Tengo que llamar a mi novio y preguntarle. ¿No lo habrá visto por casualidad? Es supermono, muy alto y…

—Lárgate —suspira la mujer a la vez que se aparta para dejarme salir.

—Muchísimas gracias. Que pase un buen día —le digo en tono cantarín. Cuando paso por su lado, masculla algo que seguro que me merezco.

¿Y ahora qué?

Me siento incapaz de pensar en todo este desastre de una vez, así que... mejor voy pasito a pasito. Lo primero que debo hacer, concluyo, es encontrar los lavabos. En parte porque estoy a punto de hacerme pis encima y en parte porque necesito tener un aspecto más presentable.

Me encamino a la planta baja del hotel usando las escaleras en lugar del ascensor, porque lo último que necesito es cruzarme con Jean y Catherine todavía vestida con las prendas de anoche. Ni con nadie, en realidad, porque el vestidito corto que podía colar en el hotel Marlow un sábado por la noche no pega ni con cola un domingo por la mañana. O por la tarde. Saco el teléfono del bolso para mirar la hora, pero está muerto.

Ahora que he bajado tramos y más tramos de escaleras con estos tacones, tengo clarísimo que no podría llegar andando a Bixby. Pero, con el teléfono sin batería, ¿cómo voy a llamar para que vengan a buscarme? ¿Y a quién podría llamar? ¿Y qué les voy a decir?

El pánico empieza a ascender por mi pecho y lo aplasto como puedo. «Pasito a pasito —me recuerdo al llegar a la planta baja—. Lo único que tienes que hacer es encontrar un cuarto de baño».

Cuando veo el cartel de SERVICIOS, me encamino hacia allí como una autómata y, poco a poco, voy cambiando el mantra que domina mi pensamiento:

«Lo único que tienes que hacer es entrar sin que nadie te vea».

«Lo único que tienes que hacer es pis».

«Lo único que tienes que hacer es lavarte las manos».

«Lo único que tienes que hacer es lavarte la cara».

«Lo único que tienes que hacer es desenredarte el pelo».

«Lo único que tienes que hacer es enjuagarte la boca».

«Lo único que tienes que hacer es...».

Se me han acabado las instrucciones cuando se abre la puerta de los servicios y entra una chica que parece un poco mayor que yo. Va vestida con un atuendo informal: pantalones de tipo militar y unas deportivas que envidio al instante. Me dedica una breve sonrisa a través del espejo antes de encaminarse a una cabina y cerrar la puerta.

«Lo único que tienes que hacer es robarle las zapatillas a esa chica».

No, es una pésima idea. Pero podría...

«Lo único que tienes que hacer es conseguir que esa chica te deje usar su móvil», pienso mientras me pellizco las mejillas delante del espejo para tener un aspecto menos tétrico.

Vuelvo a lavarme las manos, entreteniéndome, hasta que oigo el ruido del agua y veo a la chica salir de la cabina. Cuando se encamina al lavamanos, cojo una toalla de papel y espero a que vuelva a buscar mis ojos en el espejo.

—Oye —le digo con una sonrisa que intenta ser amistosa pero compungida—. Esto te va a parecer raro, ya lo sé, pero... ¿me dejarías usar tu móvil un momento? Me he quedado sin batería y necesito llamar a mi...

¿A mi qué? Solo tengo dos opciones: Jamie o Liam. Ninguna de las dos es ideal: es posible que Jamie todavía esté enferma y Liam seguramente tendría que pedirle el coche a Luke. Eso sin contar con que Liam estaba con Augustus anoche, cuyo tío fue asesinado...

Estoy tardando demasiado en formular la petición.

—Novio —termino a toda prisa—. Anoche tuvimos una bronca en una fiesta y yo...

La chica tuerce la cabeza mientras observa mi vestido arrugado, y yo me estrujo los fatigados sesos para discurrir una buena historia.

—Me disgusté muchísimo y acabé durmiendo en un armario.

Es lo mejor que se me ocurre ahora mismo, sinceramente.

—¿En un armario? —me pregunta ella en tono escéptico—. ¿De verdad?

Se me cierra la garganta. Ya no sé qué instrucciones darme y, sin estas, el horror de anoche empieza a apoderarse de mí. Inspiro hondo para tranquilizarme y la exhalación sale acompañada de un sollozo.

La chica me posa la mano en el brazo al instante.

—No, no. ¡Perdona! No pasa nada.

—Es que… —Me cuesta un par de respiraciones más recuperar la compostura—, le quiero mucho —termino, porque ¿cómo le voy a explicar si no lo que me pasa?

—Pobrecita. Toma —dice la chica sacando el móvil del bolsillo.

Lo desbloquea y me lo tiende, un gesto que pone de manifiesto el siguiente obstáculo al que me enfrento: si no puedo consultar los contactos que tengo almacenados en el móvil, no puedo saber cuál es el número de Liam.

—¿Sabes qué? No me sé su número de memoria —me explico un tanto abochornada. Pero es normal, ¿no? Nunca he salido en serio con un chico (Jamie y yo nos mudamos con demasiada frecuencia como para eso), pero estoy segura de que, si hubiera tenido novio, no me habría aprendido su número—. ¿Sería demasiado raro que le enviara un mensaje a través de tu Instagram?

Lo sería, obvio, pero ella me apoya a tope ahora.

—Para nada —responde y me coge el teléfono para abrir la aplicación—. ¿Qué nombre de usuario tiene?

—Liam Rooney con cinco íes griegas —le digo.

—¿Por qué cinco? —quiere saber.

No tengo ni idea.

—Es su número de la suerte —improviso.

—¿Es este? —me pregunta cuando aparece el perfil de Liam—. Hala, qué mono —dice con admiración—. Bien por ti.

—Gracias —respondo y recupero el teléfono antes de que se fije en que ninguna de esas fotos me incluye a mí—. Eres muy amable por dejarme hacer esto.

—No hay problema.

Según su teléfono, son casi las once, mucho más tarde de lo que yo pensaba. Pero eso al menos significa que Liam ya estará levantado y, de los pocos mensajes que hemos intercambiado, sé que suele responder a la velocidad del rayo.

«Hola, Liam, soy Kat», escribo y me quedo pensando. ¿Le llamaría «Liam» si fuera mi novio? ¿No usaríamos algún tipo de apodo cariñoso? Por otro lado, si le llamo *cari* o algo parecido, no va a entender nada de nada. Vuelvo atrás y escribo: «Hola, soy Kat».

«Le he pedido a una chica el móvil porque el mío se ha quedado sin batería —continúo—. Necesito hablar contigo urgentemente. ¿Te importaría venir a recogerme? Estoy en el hotel Marlow de Randall». El pobre Liam va a flipar, pero no puedo decirle nada más si quiero ser congruente con la historia del novio. Es obvio que la dueña del móvil leerá el mensaje cuando termine. Lo entiendo perfectamente; yo haría lo mismo si estuviera en su lugar.

—¿Te contesta? —pregunta echando un vistazo por encima de mi hombro.

—Todavía no.

—Dile que le quieres —me aconseja. Y, a pesar de todo, tengo que contener una carcajada solo de imaginar la cara que pondría Liam si le dijera eso en un mensaje.

—No es demasiado afectuoso —empiezo a explicarle, pero en ese momento el avatar de Liam asoma en la ventana del chat y veo que está escribiendo.

Respiro aliviada y la chica sonríe.

—Oooh, qué prisa se ha dado. Te echa de menos —me dice a la vez que me pega un toque en el hombro con el suyo. La mayoría de los problemas del mundo se resolverían si la gente fuera tan amable y estuviera tan dispuesta a ayudarse como las chicas en los baños de señoras.

«Por favor, Liam, no hagas demasiadas preguntas en el Instagram de esta chica tan maja», ruego en silencio mientras espero su respuesta. «Sígueme la corriente y ya está».

«No tardo nada», escribe.

Diez minutos más tarde estoy sentada en el aparcamiento que hay detrás del hotel Marlow. No está diseñado como zona de espera, pero el banco que hay junto a la puerta principal me parecía demasiado expuesto. Mi nueva amiga y yo nos hemos separado al salir del cuarto de baño, así que vuelvo a estar sola.

Con mis pensamientos. No son buena compañía.

El sol brilla con tanta fuerza que lamento no haber metido unas gafas de sol en mi bolso de cuentas. Me protejo los ojos con las dos manos y me quedo mirando la entrada del aparcamiento. El corazón me late a toda máquina mientras intento discurrir una historia plausible que contarle a Liam cuando llegue.

Me encontré a una amiga de Boston…

Una de las camareras tenía una habitación de sobra en el hotel…

Me invitaron a una fiesta sobre ruedas superdivertida…

Pero estoy tan harta de mentir que una idea radical se entromete en cada historia que trato de inventar: ¿y si le dijera la verdad a Liam? No solo acerca de cómo acabé en el hotel Marlow, sino también sobre lo que pasó anoche y lo que se traía Jamie entre manos al venir aquí. Sobre lo que llevamos haciendo casi toda mi vida. Lo que nos pasó. Quiénes somos en realidad.

Sería un alivio inmenso vomitarlo todo.

Ahora bien, ¿Liam sería capaz de encajar tanta sinceridad? Estaba horrorizado de que Luke hubiera embaucado a esas mujeres. Yo también, y me dije que Luke era una persona mucho peor que Gem y Jamie, porque manipula las emociones y abusa de mujeres que no podrán remplazar fácilmente lo que él les quita. Pero la excusa de Robin Hood ya se había empezado a desmoronar cuando oí hablar a Annalise anoche. No quiero ni imaginar cómo le sonaría a Liam.

Estoy pendiente del Buick rojo que conducía Luke cuando Liam lo obligó a parar para ayudarnos con la rueda, así que, cuando un reluciente BMW gris entra en el aparcamiento y avanza despacio hacia mí, apenas le echo un vistazo. Hasta que se para justo delante de donde yo estoy. La ventanilla del conductor desciende con lentitud y se me cae el alma a los pies al ver una cara conocida.

«Venga ya, Liam. Solo tenías que hacer una cosa».

Augustus Sutherland se quita las gafas de sol como si tuviera que verme mejor para asegurarse de que el bulto zarrapastroso del bordillo es la misma chica a la que le sirvió champán anoche. Luego lanza un suspiro agotado y dice:

—No sé por qué, pero esto no me sorprende nada en absoluto. Sube.

CAPÍTULO 23
LIAM

—¿Una fiesta sobre ruedas? —le pregunto con recelo al tiempo que me giro en el asiento para mirar a Kat.

—En su momento me pareció buena idea —responde ella con voz inexpresiva.

Tiene mal aspecto. Y me parece que no le ha gustado que Augustus viniera a buscarla, pero ¿qué esperaba después de una petición como esa? No veía a Luke por ninguna parte cuando he recibido ese mensaje tan raro por Instagram y Augustus estaba conmigo. He tenido la sensación de que él se alegraba de poder hacer algo. Además, le hizo un favor enorme a Kat anoche, así que ni se me ha pasado por la cabeza que a ella pudiera molestarle su presencia.

—¿Encontraste el anillo? —le pregunto.

Kat pestañea como si no supiera de qué le estoy hablando, pero luego su expresión se despeja y da unas palmaditas al bolso de cuentas que tiene al lado.

—Lo encontré, sí. Sano y salvo. Gracias otra vez.

—¿Dónde estaba? —le pregunta Augustus con una nota de animación en la voz. Si hubiera un globo de pensamiento sobre su cabeza, seguramente se leería: «Por fin una buena noticia».

—Exactamente donde pensaba que estaría —dice Kat.

Antes de que Augustus o yo podamos seguir preguntando, añade:

—También quería decirte que... siento mucho lo de tu tío, Augustus.

Parpadeo sorprendido mientras él aferra el volante con más fuerza.

—¿Te has enterado? —pregunta.

Kat se muerde el pulgar.

—La gente, hum, lo estaba comentando. En el hotel.

—¿Ya? —Él resopla una carcajada amarga—. Pues menos mal que querían atajarlo.

Augustus y yo estuvimos jugando a los dardos hasta las tres de la madrugada, cuando él anunció de repente que estaba cansado y se marchó. Yo recibí un mensaje un tanto parco de Luke en el que me decía que Annalise no quería estar sola después de lo sucedido y que se iba a trasladar a la última planta de la casa de invitados. «No te preocupes por nosotros», me escribió, y no lo hice.

Pensaba que me resultaría imposible dormir cuando me metí en la cama, pero se me cerraron los ojos y conseguí alargar un sueño intranquilo unas cuantas horas. Cuando me he despertado y he ido a la cocina, Luke estaba preparando un termo de café. Me ha dicho que casi todos los invitados se habían marchado o estaban a punto de partir... excepto nosotros.

—Annalise me necesita —ha añadido—. Ahora está en casa de su padre con el jefe de policía. Le voy a llevar esto.

—¿Hay alguna noticia? —he preguntado—. ¿De lo que le pasó a Parker?

—Ya sabes lo que le pasó —ha dicho Luke.

—Claro, pero me refería a cómo pasó. O por qué.

—No —ha respondido Luke al tiempo que enroscaba la tapa del termo—. Y no vayas importunando a los Sutherland con eso, por favor. Ya tienen bastante.

No habría podido importunarlos aunque hubiera querido: no he visto a ningún Sutherland esta mañana excepto a Augustus y ya sé que a él lo mantienen al margen. El servicio del conjunto residencial, tan callado y eficiente el día que llegué, intercambiaba susurros en corrillos cada vez que los veía, sin molestarse siquiera en fingir que trabajaban.

Kat también está agobiada por la muerte de Parker, salta a la vista. Parece triste y cansada mientras mira por la ventanilla golpeándose la rodilla con el puño.

—¿Saben algo? —pregunta—. ¿De la persona que lo hizo?

La voz de Augustus parece de plomo cuando contesta:

—Si saben algo, a mí no me lo cuentan.

«El problema es cómo ha muerto», fueron las palabras de Clive. Una de las primeras cosas que Augustus me dijo sobre su tío fue: «No juegues al póquer con él». Cuando le pregunté por qué, respondió: «Porque hace trampas. Perdió una fortuna y siempre está intentando recuperarla». ¿Es eso lo que ha pasado? ¿Contrajo Parker una enorme deuda de juego que no pudo pagar? Puede que asesinarlo en la finca de los Sutherland fuera una especie de mensaje: que ser un privilegiado no te salvará si te metes con la persona equivocada.

Pero no me atrevo a preguntar. Si Augustus tiene ganas de intercambiar teorías sobre la muerte de su tío, debería tomar él la iniciativa. No lo hace y el silencio se alarga hasta que queda claro que a ninguno de los tres nos apetece charlar.

Hace una preciosa mañana de verano y los rayos del sol matizan las verdes colinas con un brillo dorado. De vez en cuando, miro de reojo a Augustus, que conduce con una mano en el volante y el otro brazo colgando por la ventanilla abierta. Hoy también se ha puesto una inmaculada camisa blanca y tiene los ojos ocultos detrás de unas gafas oscuras de estilo aviador. Si no hubiera estado con él, jamás habría adivinado que prácticamente no ha dormido en toda la noche.

Me pregunto cuánto tiempo se quedará en Bixby ahora que la celebración del cumpleaños se ha cancelado y que su padre está en desintoxicación. Annalise dijo que la madre de Augustus estaba de viaje, así que quizá se reúna con ella. O puede que este fin de semana no haya sido nada más que un breve intermedio en las vacaciones de verano que ya tenía organizadas con sus amigos, aunque no ha mencionado a ninguno. Por mucho que nos haya unido la experiencia que acabamos de vivir, no sé casi nada de Augustus Sutherland.

Y, cuando termine el día, es posible que nunca lo vuelva a ver.

Me siento muy solo cuando lo pienso. No porque tuviera esperanzas de que su discurso «Liam es demasiado íntegro» fuera en serio, aunque, sí, debo reconocer que me hice ilusiones hasta que todo se desmoronó anoche. Pero es algo más. En los seis meses que han pasado desde que mi madre murió, él es una de las dos únicas personas que he conocido a las que puedo considerar algo parecido a amigos.

Y la otra está a punto de volver a Boston. Cuando Kat y Augustus se marchen, ¿qué será de mí? No me apetece volver a esa vida dedicada a proyectar un rencor cansino hacia Luke, pero mi mundo quedó reducido prácticamente a nada después de que me marchara de Maryland. No tengo claro que sea capaz de reconstruirlo solo.

—Gira a la izquierda en el semáforo —indica Kat al mismo tiempo que Augustus pone el intermitente.

—Ya lo sé —responde él.

—Ah, claro —dice Kat mientras el coche se interna en el aparcamiento—. Supongo que esto ya es tu propiedad, estrictamente hablando, ¿no?

—No —replica Augustus—. Es la propiedad de mi abuelo. Pero es difícil no verlo.

—Parece un pueblo fantasma —comenta Kat mientras Augustus circula despacio por el aparcamiento, que está casi vacío.

—Todo el mundo se ha marchado, supongo —responde él—. Las celebraciones se han cancelado.

—¿Y la policía no quiere hablar con las personas que estaban aquí anoche? —pregunto.

—Sería lo más lógico, ¿verdad? —dice Augustus—. Pero parece ser que la prioridad ahora mismo no es una investigación concienzuda.

Para el coche en una plaza que está cerca del edificio de apartamentos, pone el punto muerto y se vuelve en el asiento para mirar a Kat de frente.

—Última oportunidad, Caos —añade.

—¿Para qué? —pregunta ella a la vez que se desabrocha el cinturón de seguridad.

—Para contar una historia mejor que esa de la «fiesta sobre ruedas».

Espero que Kat responda con una carcajada, pero solo se ruboriza y baja la vista.

—Gracias por el viaje. Y perdona por... todo —dice y se baja del coche con tantas prisas que ni siquiera tenemos tiempo de despedirnos. Ni de nada.

—¿Pero qué...?

Me quedo mirando por el parabrisas cómo Kat corre hacia la puerta de los apartamentos.

—Qué raro. ¿Crees que le pasa algo?

—Qué va —contesta Augustus—. Yo la veo estupendamente.

—¿En serio? —pregunto.

—No, la verdad es que no —suspira él repiqueteando en el volante con los dedos.

Luego coloca la mano sobre mi brazo y me va posando los dedos uno a uno hasta que los cuatro están apoyados en mi piel. Es preocupante que ese sencillo gesto revolucione mis terminaciones nerviosas.

—Un día de estos, Liam Rooney, aprenderás a reconocer el sarcasmo y entonces tu capacidad de observación será sobrenatural.

Noto un cosquilleo en las mejillas mientras Kat desaparece en el interior del edificio. Pues vaya con mi intuición de casi hermano.

—Deberíamos ir a hablar con ella, ¿no?

—Bueno, yo iría —dice Augustus, que despega la mano de mi brazo con el aire de alguien que está peligrosamente cerca de perder la paciencia— si no fuera evidente que quiere hablar contigo a solas.

—Ya —digo sintiéndome aún más tonto.

«Bien por demostrar que eres tan pardillo como piensan, Liam».

—Vuelvo enseguida.

Salgo del coche y enfilo por el camino que lleva a la entrada arqueada de los apartamentos. Cuando empujo la puerta giratoria, voy a parar a un vestíbulo pequeño e inundado de luz. No veo a nadie y el silencio es total menos por el suave eco de unos pasos que suben. Los buzones están a la izquierda, flanqueados por dos enormes plantas decorativas, y hay unas escaleras anchas, de madera, que ascienden en curva hasta perderse de vista. No veo nada que parezca un ascensor, así que la única forma de llegar a los apartamentos deben de ser las escaleras. Empiezo a subir y grito:

—¡Kat!

Su voz llega flotando desde arriba: un par de pisos por encima, calculo.

—¿Qué?

—¿Quieres que hablemos?

—Pues... Hum, sí. Pero...

Suena un teléfono, estridente y machacón.

—Espera —dice Kat—. Enseguida bajo.

Me quedo donde estoy hasta que cesan los timbrazos. Al principio pienso que Kat debe de haber rechazado la llamada, porque no la oigo hablar. Solo llega a mis oídos el taconeo de sus zapatos y el chasquido de una puerta que se cierra. Pero entonces aparece en lo alto de las escaleras con un teléfono en la mano. Su cara está congelada en una mueca resuelta mientras baja, como alguien a punto de tomarse una medicina que tiene un sabor horrible, pero que le puede salvar la vida.

—Tengo que hacer una llamada —me dice pasando de largo.

CAPÍTULO 24
KAT

En cuanto he visto el nombre de Gem en el teléfono de Jamie, he comprendido que no podía seguir evitándola.

No he podido contestar la llamada antes de que saltara el contestador y, de todas formas, tampoco podía hablar con ella estando Liam abajo. Así que ahora voy camino del bosque para llamar a Gem con el teléfono de Jamie, porque el mío sigue sin batería. En cuanto oiga mi voz, Gem comprenderá que el fin de semana no está transcurriendo según el plan, por expresarlo de manera suave.

Si acaso no lo ha deducido a estas alturas.

—¿Jamie? —Gem responde a la primera señal. Percibo en su voz un tono casi histérico que nunca le había oído y se me cae el alma a los pies—. ¿Dónde demonios…?

—Soy Kat —la interrumpo.

Gem contiene una exclamación y luego guarda silencio un buen rato antes de preguntar:

—¿Kat? ¿Por qué…? ¿Cómo es posible que respondas al teléfono de Jamie desde la casa de Hannah?

Inspiro hondo antes de confesar:

—No estoy allí. Estoy en Bixby. He venido con Jamie a pasar el fin de semana.

—¿Que has hecho qué? —pregunta Gem levantando la voz—. ¿Y por qué, si se puede saber? Por el amor de Dios, Jamie ha ido allí con una misión, Kat. No está de vacaciones. ¿Cómo es posible que te haya dejado acompañarla?

—La verdad es que no le di opción —digo.

Por lo que parece, Gem y Jamie no han hablado desde que mi madre cayó enferma y eso significa que... Ay, Dios mío. Voy a tener que explicárselo todo, ¿verdad? No le puedo ocultar esto a Gem y, además, ya no quiero hacerlo. No después de lo que pasó anoche. Pero ¿por dónde empiezo?

—Dile que se ponga, por favor —me pide Gem, que parece estar haciendo un gran esfuerzo para no gritarme.

—No puedo —le digo a la vez que me pellizco el puente de la nariz con el índice y el pulgar—. Estoy sola en el bosque en este momento.

—Que estás... —Casi veo a Gem masajeándose las sienes mientras recurre a la poca paciencia que le queda—. Kat, no sé si te das cuenta, pero estamos con el agua al cuello. Uno de los hijos de Ross Sutherland, Parker, fue asesinado anoche. Van a poner el conjunto patas arriba y...

—Ya, ya me imagino —respondo a la vez que me siento pesadamente en la primera roca que encuentro.

Inspiro hondo y se lo cuento todo.

Que Jamie se puso enferma. Que encontré la sortija de Bennington & Main mientras estaba buscando paracetamol y se me quedó atascada en el dedo. Que sustituí a Jamie en el turno del almuerzo con tan mala pata que llamé la atención de la mitad de la familia Sutherland. Que Jamie no mejoraba y me pidió que la llamara y cancelara el golpe. Y que no le hice caso.

También le cuento a Gem que Vicky nos robó el collar falso y que me puse un vestido y me colé en la fiesta de cumpleaños de Ross Sutherland con la esperanza de dar con ella. Que no tuve suerte y decidí acercarme a la casa de Annalise a echar un vistazo. Que oí la voz de Parker en el bosque.

Y entonces le cuento a Gem cómo murió Parker y cómo me escapé del conjunto residencial al hotel Marlow, y que acababa de llegar al apartamento cuando he oído el teléfono.

Gem me escucha sin interrumpirme ni una vez. Cuando termino, lanza un largo suspiro y dice:

—Santo Dios, Kat. ¿Me tomas el pelo?

No sé si me lo está preguntando realmente, pero respondo de todas formas.

—Por desgracia, no.

—¿Y por qué no me habías contado antes todo esto?

—Porque… pensaba que me las podría apañar —respondo. Comprendo lo absurdas que suenan mis palabras mientras me escucho pronunciarlas y me preparo para la carcajada amarga de Gem.

En vez de eso vuelve a suspirar y pregunta:

—¿Tú estás bien?

Cierro los ojos con fuerza, porque se me saltan las lágrimas. No me había dado cuenta hasta este mismo instante de lo mucho que necesitaba que alguien me lo preguntara.

«No», pienso, pero no le puedo contestar eso a Gem. Le gustan las personas duras y siempre me he jactado de estar a la altura de sus expectativas. No he llorado ni una vez en todo el fin de semana y no pienso empezar ahora.

—Yo estoy bien. Pero me sabe fatal no haber podido ayudar a Parker y…

—No puedes pensar eso —me dice Gem—. Es un milagro que hayas salido ilesa.

—Ya —respondo tragando saliva con dificultad. «No, desde luego que no puedo pensar eso». Cada vez que esa silueta en sombras intenta apoderarse de mi cerebro, la aplasto con todas mis fuerzas—. Siento mucho lo del collar. Sé lo mucho que tardas en fabricarlos y debería haber sido más cuidadosa.

—Eso es cierto —asiente Gem con gravedad—. Es la regla número uno, Kat: proteger el producto. ¿Estás segura de que esa tal Vicky se lo llevó? ¿No pudo ser otra persona?

—No lo creo —respondo—. ¿Crees que podrás dar con ella y recuperarlo?

—Es posible. Pero no es mi máxima prioridad ahora mismo. —Gem hace un ruidito de impaciencia con la lengua—. No sé…

Puede que al final sea una suerte que Jamie no pudiera dar el cambiazo. Has dicho que anoche no usaste su acreditación para entrar en el conjunto, ¿no?

Asiento con la cabeza hasta que me acuerdo de que no me ve.

—Exacto.

—Entonces no hay ningún registro que la sitúe en la fiesta. O a su alter ego, más bien. Eso nos favorece ahora que un Sutherland ha muerto. Es mejor que pasemos tan desapercibidas como sea posible.

Aunque me duele la insensible referencia a Parker, el nudo que tengo en la barriga empieza a aflojarse. Gem no parece furiosa conmigo, así que es posible que le dé otra oportunidad a Jamie. Lo que me recuerda…

—Gem, ¿tienes un comprador para la sortija de diamantes? —le pregunto—. ¿Por eso la tenía Jamie?

—No tengo la menor idea de por qué Jamie se la llevó —dice Gem, ahora con voz más fría—. Yo no se la di.

—¿En serio? —Esa posibilidad no se me había ocurrido y me pregunto si debería haberme callado el asunto del anillo. ¿Acaso Jamie…? Pero no. Es imposible que mi madre decidiera ir por libre con una joya tan valiosa cuando estaba a punto de empezar una nueva vida—. ¿Crees que Morgan podría saber algo y olvidó decírtelo?

—Pues menudo descuido —resopla Gem—. Se lo preguntaré en cuanto se tome la molestia de devolverme las llamadas.

—¿No te devuelve las llamadas?

Gem y Morgan no son precisamente la madre y la hija más unidas que he conocido, pero trabajan juntas y viven a dos manzanas de distancia. Hablan prácticamente a diario desde que yo las conozco.

—No —responde Gem—. Y en el peor momento, con este trabajo yéndose a la mierda.

—No es propio de ella —opino—. Puede que también esté enferma.

—Podría ser —contesta Gem—. Oye, ¿Jamie está en condiciones de conducir? ¿Podéis volver?

Titubeo.

—Hum…

—Si no puede, enviaré a alguien a buscaros.

Cierro los ojos y escucho el alegre canto de los pájaros. Es un trayecto de tres horas como poco y no soporto la idea de pasar en Bixby tanto rato. Lo único que quiero es llegar a casa cuanto antes, tirarme en la cama y dormir varios días. Aunque me ha sentado de maravilla contarle la verdad a Gem, una mentirijilla más no va a cambiar nada.

Cruzo los dedos y digo:

—Parece más animada. Si se ducha y come algo, yo creo que se encontrará lo bastante bien como para conducir. Podríamos salir en cosa de una hora.

En realidad, por lo poco que he podido ver a Jamie cuando he cogido su teléfono, diría que está más o menos igual. Pero si no se recupera pronto, la meteré en el coche y conduciré yo. Todavía no tengo carnet, ni siquiera he empezado las prácticas, pero conducía constantemente por carreteras secundarias hace un tiempo, cuando vivíamos en Arkansas.

—Bien —dice Gem—. ¿Hay algún sitio donde te puedas esconder hasta entonces?

—¿Esconderme? —pregunto extrañada—. ¿Qué quieres decir? ¿Por qué iba a esconderme?

—Porque, si alguien llama a la puerta para hacerle preguntas a Jamie sobre la noche de ayer, no deberías estar allí —me explica Gem—. Solo tenemos una acreditación, ¿recuerdas? Y todo se complicará si alguien deduce que sustituiste a Jamie en la comida.

—Ah, es verdad —digo. Pero no tengo claro a dónde ir. Tengo la sensación de que ya he abusado suficiente de la buena voluntad de Liam y Augustus. A lo mejor podría allanar el apartamento de Vicky otra vez—. Vale, algo se me ocurrirá. ¿Quieres que…?

—No —replica Gem.

—No sabes lo que iba a decir —protesto. Ni yo tampoco: a mi agotado cerebro se le están acabando las pilas. Por más que quiera reparar mis errores, no tengo la menor idea de por dónde empezar.

—Sea lo que sea no lo hagas —me ordena Gem—. No hagas nada. De nada. Los adultos están ahora al mando, ¿de acuerdo?

—De acuerdo —asiento y, tengo que reconocerlo, es un alivio.

CAPÍTULO 25
LIAM

Cuando oigo movimiento en la puerta giratoria del edificio del personal, levanto la vista, pensando que Kat ha vuelto por fin. Pero no es ella, sino Augustus.

«Se está impacientando», pienso. Pues claro que sí: su tío murió hace menos de doce horas. Debería estar con su familia, no haciéndonos de chófer a mí y a Kat, que encima está frustrantemente rara.

—Lo siento —le digo compungido—. Todavía no he podido hablar con Kat. Ella…

—La he visto —me interrumpe Augustus, que se quita las gafas de sol y se las engancha en el cuello de la camiseta—. Ha salido corriendo por la parte trasera del edificio. Me ha apetecido estirar las piernas, así que… he tomado el mismo rumbo.

Enarco las cejas.

—¿La has seguido?

—Puede. Un poco —dice Augustus.

—No es posible seguir a alguien «un poco» —protesto—. O lo sigues o no lo sigues.

—Matices semánticos —dice Augustus desdeñando el asunto con un gesto de la mano—. Da igual, la he perdido, porque ella es rápida y yo muy vago. Pero esa no es la cuestión. La cuestión es… que he visto algo.

—¿Qué has visto? —pregunto en el mismo instante en que la puerta vuelve a girar.

Entra Kat y se detiene en seco al ver a Augustus.

—Ah, hola —dice con cautela—. ¿Qué pasa?

Los miro a los dos alternativamente sintiéndome responsable de esta reunión en el vestíbulo que es obvio que Kat no desea y que a Augustus no le hace ninguna falta. Debería haber vuelto al coche para esperar con él y haberle ofrecido la opción de marcharse. Pero antes de que se me ocurra cómo suavizar las cosas, Augustus dice:

—Alguien ha escalado la fachada y ha entrado por la ventana del segundo piso.

—¿Qué? —Me vuelvo a mirarlo a toda prisa—. ¿Quién?

—No lo he visto bien —dice Augustus—. Pero era un tipo corpulento.

Kat contiene un grito y abre los ojos como platos, horrorizada.

—Ay, Dios mío —exclama—. No… No habrá ido a…

Moviéndose como el rayo, desaparece volando escaleras arriba antes de que yo haya procesado sus palabras.

Y entonces las proceso.

—Mierda —digo y salgo disparada tras ella.

—¿Seguro que es buena idea? —pregunta Augustus—. A lo mejor deberíamos llamar a…

Kat chilla.

El penetrante grito me paraliza en mitad de las escaleras. Luego, con una nueva descarga de energía, llego arriba y corro por el rellano.

—¡Kat! —vocifero con el corazón latiendo a toda pastilla mientras me abalanzo a la puerta entreabierta. Dentro suena un golpe seguido de un grito ahogado que, si tuviera tiempo de pensar, seguramente me acojonaría. Pero no lo tengo.

Irrumpo en el apartamento y sigo el ruido hacia un pequeño dormitorio. Me quedo unos segundos paralizado en el umbral mientras intento entender la escena que tengo delante. Jamie está tendida en una cama junto a la ventana, inconsciente, con una almohada medio cubriéndole la cara. Kat está en el suelo, con una herida en la cabeza. Y una tercera persona —un hombre corpulento con la cara distorsionada por algo que no llego a distinguir— se encamina directo hacia mí con el puño preparado para atizarme.

Esquivo el puñetazo justo a tiempo y trastabillo hacia la sala. Miro a un lado y a otro desesperado, buscando ayuda —algo—, pero antes de que pueda hacer otro movimiento, un brazo inmenso me rodea el cuello y aprieta. Con mucha fuerza.

No puedo respirar.

Araño con rabia el brazo del tipo para que afloje la presión, pero parece de hierro. Veo manchas negras que bailan en mi visión periférica mientras hago esfuerzos por coger aire. «No es posible que muera así», pienso cuando una especie de opacidad lánguida se va apoderando de mi cerebro.

Entonces oigo otro fuerte golpe acompañado de un gruñido de dolor, y de repente estoy respirando otra vez. Me tambaleo hacia delante, resollando, y al darme la vuelta veo a Kat sosteniendo la base de una lámpara hecha trizas. Ella vuelve a coger impulso, pero el desconocido —¿con qué cojones se ha tapado la cara?— la esquiva y, agarrándola del brazo, se lo retuerce con tanta fuerza que Kat suelta la lámpara con un aullido desesperado.

El barullo de gritos y forcejeos es tal que apenas soy consciente de que Augustus está en el apartamento hasta que consigue despegar al intruso de Kat. Pero el hombre se gira con impulso y Augustus no tiene tiempo de apartarse. Oigo un chasquido desagradable cuando Augustus se desploma en el suelo y el hombre levanta una pierna como para propinarle un puntapié rápido en las costillas. O una patada en la cabeza.

Una silla. Es lo único que puedo usar como arma, así que la levanto a toda prisa y se la estampo al tipo en la espalda con todas mis fuerzas. Se aleja de Augustus trastabillando y Kat se abalanza contra él. «Una media —pienso cuando las uñas de ella contactan con los ojos del hombre y él aúlla—. Eso es lo que lleva en la cara».

Vuelvo a golpearlo con la silla. Y otra vez. Me siento bien cuando se tambalea y todavía mejor cuando cae. Nunca me he considerado una persona violenta —todas mis peleas de adolescencia fueron riñas a empujones que acababan tan rápidamente como habían empezado—, pero ahora lo único que le pido a la vida es dejar inconsciente a este tío.

Y seguir golpeándolo un rato más.

Pero antes de que pueda hacerlo, él patalea con todas sus fuerzas. Una de sus piernas me alcanza, salgo disparado y me estampo contra el suelo con tanta fuerza que no puedo respirar. Rueda en sentido contrario a mí y se acuclilla de un salto, y yo me pongo a cuatro patas, tensando el cuerpo. «¿Dónde narices está mi silla?».

Pero Kat se abalanza contra él como el rayo y tira de la media que le tapa la cabeza. Me quedo helado en el sitio, esperando verle la cara, pero apenas asoma el principio de la barbilla antes de que el hombre la empuje al suelo y dé media vuelta. Luego corre a la puerta y al momento sus pasos están resonando en el rellano y escaleras abajo.

Durante unos segundos interminables, Kat y yo nos miramos mientras recuperamos el aliento. El corazón me late desbocado, me duele la garganta y tengo un largo arañazo en el brazo izquierdo que no sé de dónde ha salido. A Kat le gotea la sangre por un lado de la cara. Se limpia la herida con la mano, y un rastro de sangre le mancha el nacimiento del pelo.

«¿Esto acaba de pasar?».

Pensaba que lo había preguntado en voz alta, pero no debo de haberlo hecho, porque Kat no me responde. De repente grita «¡mamá!» y corre al dormitorio.

Nunca había oído a Kat llamar así a su madre.

Augustus se arrodilla despacio con un gruñido de dolor. Me arrodillo a su lado mientras él se sujeta la mandíbula, por la que empieza a extenderse un cardenal importante.

—¿Te encuentras bien? —le pregunto.

—No. Menuda hostia —dice con voz ronca. Pero me deja que le aparte la mano de la cara y me siento aliviado al ver que no tiene nada peor que el morado.

—Mamá, despierta —La voz de Kat suena aniñada y llorosa—. Por favor, despierta.

¿Despierta? Me pongo de pie al momento y corro al dormitorio para acercarme a Jamie, que sigue muda e inmóvil. Con una sensación de miedo creciente, empujo la almohada que le cubre la cara a medias. ¿Estaba ese hombre asfixiándola cuando Kat ha irrumpido en el apartamento?

Cojo la muñeca de Jamie y se me aflojan las piernas de alivio cuando noto un pulso constante. Jamie pestañea mientras digo:

—Está bien, Kat. Tu madre está bien.

—¿Mamá? —repite Kat como si no me hubiera oído. Se aparta de la cama y se tapa la cara con las dos manos clavándose las uñas en las mejillas con tanta fuerza que se deja marcas. Le cojo las muñecas con suavidad y ella me deja que se las retire de la cara, pero no me mira.

—Perdón —dice con voz entrecortada—. Es culpa mía, es culpa mía, es culpa mí…

Kat ha entrado en bucle y no tengo claro cómo sacarla de ahí.

—Tranquila, la llevaremos al hospital para que la miren —le digo—. Luego llamaremos a la policía…

—¡No! —Kat prácticamente chilla la palabra—. ¡Nada de hospitales! ¡Nada de policía!

—¿Por qué no, si se puede saber?

Augustus está ahora a mi lado y se palpa la magullada mandíbula con tiento mientras sus ojos van y vienen de Jamie a Kat.

—Hay que salir de aquí. Hay que salir de aquí ahora —repite Kat con insistencia. Tiene los ojos vidriosos y, cuando me mira, tengo la sensación de que ve algo —o a alguien— del todo distinto.

—¿Y a dónde quieres ir, exactamente? —pregunta Augustus.

—A algún sitio seguro. Por favor —suplica Kat con la voz chillona de quien está desvariando—. ¡Aquí no estamos a salvo! ¡Aquí no estamos a salvo! ¡Tenemos que marcharnos! No estamos a salvo, no estamos a salvo, no estamos a salvo…

—Vale. ¡Vale! —le digo a la vez que cojo en brazos a Jamie.

Ella murmura algo, pero no se despierta, y es ligera como una pluma en mis brazos.

—Nos vamos.

No sé adónde, pero está claro que no podemos quedarnos aquí viendo cómo Kat se desmorona delante de nosotros.

—Augustus, ¿se te ocurre algún sitio al que...?

—Sí —me interrumpe cogiendo a Kat del brazo mientras ella sigue balbuceando—. Seguidme.

CAPÍTULO 26
KAT

Ha pasado algo terrible.

Ha pasado algo terrible y yo tengo la culpa. Le dije a Jamie que no podíamos separarnos —se lo dije— y luego la dejé sola y ha estado a punto de morir.

No debí dejarla sola. «Es culpa mía, es culpa mía, es culpa mía...».

Las palabras reverberan en mi cerebro y se expanden hasta que no queda sitio para nada más. Soy vagamente consciente de que me estoy moviendo, pero no sé dónde me encuentro. Sea donde sea, hace demasiado calor y hay demasiada luz. Me duelen los ojos y estoy respirando a toda velocidad.

«Culpa mía, culpa mía, culpa mía...».

—Kat. —La voz suena a un campo de fútbol de distancia—. Sube al coche.

No me muevo. Algo me abofetea la mejilla, no tan fuerte como para hacerme daño, pero sí para acallar la voz de mi cabeza. Pestañeo y una cara aparece delante de mí.

—Tienes que subir al coche —dice Liam.

—Mi madre —digo empujando la palabra a través del nudo que tengo en la garganta—. ¿Dónde está mi madre?

—En el coche. Puedes sentarte a su lado.

Tengo las manos adormecidas. Me late el corazón tan aprisa que me duele. Cuando he cruzado la puerta del apartamento de

Jamie en el edificio para empleados de los Sutherland, la escena que tenía delante parecía sacada de mis pesadillas. Inconscientemente estaba esperando que pasara algo así. Otra vez. Y ahora los recuerdos se agolpan en mi cerebro y se niegan a dejarse enterrar.

—Kat, por favor. —La voz de Liam adopta un tono casi suplicante—. Tenemos que irnos.

De algún modo consigo sentarme —en el asiento trasero del coche de Augustus, deduzco entre la niebla mental— y permanecer incorporada mientras Liam me ata el cinturón como si fuera una niña. Jamie está desplomada contra la ventanilla, a mi lado, y parece dormida.

—¿Me puedes contar qué ha pasado? —pregunta Liam.

«Culpa mía, culpa mía, culpa mía...».

Tengo que silenciar a la voz de mi cabeza.

—Sí —le digo a Liam. Estamos todos en el coche ya y Augustus pone la marcha atrás. Mi voz suena aguda y frágil, como si perteneciera a alguien mucho más joven—. Te lo puedo contar.

—Genial —responde Liam—. Soy todo oídos.

Se vuelve en el asiento para mirarme, pero no soy capaz de devolverle la mirada. No puedo contar esta historia a menos que clave los ojos en la ventanilla.

—Supongo que la mejor manera de empezar es contaros que yo antes me llamaba Kylie Burke.

Kylie Burke tenía poco más de cuatro años y vivía en un parque de caravanas de Carolina del Sur. Aquello me gustaba. Nuestro hogar era pequeño, pero estaba aseado y nuestros vecinos eran simpáticos. Jamie —que en aquel entonces se llamaba Ashley Burke— cuidaba de mí. Lo único que no me gustaba era mi padre.

Cormac Whittaker. Es un nombre sorprendentemente chulo para una persona tan horrible. Jamie dice que empezó a pegarle cuando se quedó embarazada y que la cosa empeoró después de que yo naciera. Pero tenía miedo de no poder sacarme adelante ella sola, así que siguió con él.

A mí nunca me pegó, pero me inspiraba terror. Solo recuerdo que era grueso, que hablaba a gritos y que casi siempre estaba enfadado. Era imposible complacerlo, así que yo no lo intentaba. Me convertí en todo lo contrario a él: una presencia tan minúscula y callada como podía. Pero nunca bastaba.

El día que todo estalló, yo estaba viendo mis dibujos animados favoritos, *El arenero encantado*, que Cormac odiaba porque las voces de los fantasmas eran muy agudas. Pero él no estaba allí, así que pude mirarlos en paz. Por poco tiempo.

No tengo claro si guardo un recuerdo de lo que pasó luego o si solo es lo que Jamie me contó. Pero parece un recuerdo, porque veo con toda claridad la imagen de Cormac cruzando la puerta y gritando: «¿Por qué estos putos dibujos siempre tienen que estar puestos?». Intenté apagar la tele, pero la subí sin querer. Estallé en una risa nerviosa y se le puso la cara morada de rabia.

—¿Te crees muy graciosa, no, niña? —me preguntó.

El centelleo frío de sus ojos tiene que ser un recuerdo real. Era la primera vez que me lanzaba la misma mirada que a mi madre.

Jamie me cogió en brazos y corrió conmigo al dormitorio. Me metió en el armario e hizo algo con la puerta para que no pudiera abrirla. Yo solo podía escuchar mientras mi padre le pegaba una paliza de muerte a mi madre. Me pasé todo el rato gimoteando, repitiendo las mismas palabras una y otra vez: «Es culpa mía, culpa mía, culpa mía».

Seguramente habría matado a mi madre y luego habría venido a por mí si una vecina no hubiera llamado a la policía. Detuvieron a Cormac y a Jamie la ingresaron en el hospital. La siguiente y última vez que vi a esa vecina fue después de que le dieran el alta a Jamie; otro recuerdo que parece mío, pero que seguramente es de mi madre.

—Los hombres como él nunca olvidan —dijo nuestra vecina—. Deberíais desaparecer.

Y lo hicimos.

Una vez que Jamie se hubo recuperado del todo, cambió los nombres de las dos y nos mudamos a Nevada con su amiga Marianne del instituto. Luego pasó lo de Las Vegas y Jamie aceptó trabajar para Impecable. Convertirse en una ladrona debió de parecerle una opción increíblemente segura, porque implicaba vivir rodeada de gente que sabía cuidar de sí misma.

Jamie y mi padre no se habían casado y el nombre de él no aparecía en mi certificado de nacimiento. Por lo general tengo la sensación de que nunca existió y de que Ashley y Kylie Burke tampoco. Solo busqué a Cormac Whittaker en Google una vez, cuando tenía trece años, y me bastó para confirmar que seguía cumpliendo una sentencia de veinte años en la cárcel y que no me parezco en nada a esa foto inexpresiva que aparece en su ficha policial. Soy hija de Jamie de la cabeza a los pies. A pesar de todo, esos pocos años con él me dejaron tan tocada que sus ecos todavía resuenan en mi vida.

Incluso ahora, en este coche en el que reina un silencio sepulcral, excepto por el sonido de mi voz.

—No es solo que tenga miedo de dejar sola a Jamie, aunque lo tengo —digo mientras los árboles pasan a toda velocidad al otro lado de la ventanilla. Me siento casi en estado de fuga disociativa, como si la apocada Kylie hubiera cobrado fuerza de repente y se hubiera abierto paso con uñas y dientes a través de mis defensas para contar su historia. Las palabras salen de mí a borbotones, como una avalancha de agua que mana de una presa rota, y no tengo la capacidad de contenerlas—. Es que me siento responsable de todo. Si Cormac no hubiera estado a punto de matar a mi madre después de gritarme por mirar mis dibujos favoritos, esos dibujos no me habrían traumatizado. Si los dibujos no me hubieran traumatizado, no habría salido de aquella habitación de Las Vegas cuando los echaron por la tele. Si no hubiera salido de aquella habitación, no habríamos conocido a Gem. Si no hubiéramos conocido a Gem, no estaríamos aquí este fin de semana. Y si no hubiéramos venido, no habrían intentado matar a mi madre.

Y si no hubieran intentado matar a mi madre, yo no estaría contando todo esto. No debería estar contándolo. Pero la verdad sigue surgiendo de mí. No solo sobre Ashley, Kylie y Gem, sino acerca de todo lo que he visto y hecho desde que llegué a Bixby, incluida mi huida por el bosque después de ver morir a Parker.

Porque el problema de llegar a un punto de no retorno es que no te das cuenta de que lo has alcanzado hasta que ya lo has dejado atrás.

CAPÍTULO 27
LIAM

El año antes de su muerte, mi madre estaba zapeando en el salón cuando apareció en la tele una película de 1990 llamada *Luna de miel para tres*, que transcurre en Las Vegas.

—Oh, no —gimió cuando un montón de imitadores de Elvis revolotearon por la pantalla—. Todo menos eso.

Intentó cambiar de canal, pero no pudo. Las pilas del mando llevaban un tiempo gastadas y no habíamos encontrado el momento de cambiarlas. Mi madre hizo ademán de levantarse como para ponerse a buscar un paquete de pilas AAA, hasta que la detuve con el brazo.

—Tengo dieciséis años, mamá —le dije—. Los imitadores de Elvis ya no me traumatizan.

—Me traumatizan a mí —dijo, pero volvió a dejarse caer en el sofá, sonriendo.

—Nuestro Elvis no resplandecía tanto —comenté mientras veía a los deslumbrantes imitadores ocupar los bancos de la capilla. Al poco la actriz protagonista estaba recorriendo el pasillo cubierta de joyas, con un vestido de noche y un recargado recogido en lo alto de la cabeza—. Y tampoco Jamie.

—Pobrecita —suspiró mi madre—. Solo era una niña.

—Tenía veintidós años.

Pero ni siquiera había terminado de pronunciar la frase cuando me acordé de la vieja foto de la boda en Las Vegas que había

181

encontrado el año anterior en el fondo de un cajón que estaba ordenando. Al sacarla, me sorprendió descubrir lo joven que parecía Jamie. Siempre la había recordado como lo haría un niño de cinco años: una adulta imponente, parecida a Luke. En la fotografía, en cambio, parecía una chica de mi edad.

—Y tu padre treinta y cuatro —respondió mi madre en tono sombrío, como si sus pensamientos hubieran seguido un hilo paralelo al mío. Presionó el mando por última vez antes de rendirse y tirarlo a la mesita baja—. Ya sé que a tu edad cuesta entenderlo, pero una diferencia como esa es importante. Él era lo bastante mayor como para saber lo que hacía. Era un hombre hecho y derecho. ¿Pero ella, con veintidós años y una niña de cuatro? Jamie tuvo que cargar con todas las responsabilidades de una adulta antes de aprender a serlo. Para mí que eso de aferrarse a Luke fue un grito de socorro.

—Pues vaya uno que escogió —musité.

—Desde luego que sí —suspiró mi madre.

Aquella conversación con mi madre se ha repetido en mi mente por décima vez como poco desde la confesión de Kat cuando Augustus me suelta:

—¿Tú lo sabías? ¿Que la madre de Kat era una ladrona?

—No —respondo con sinceridad.

Es la primera vez que hablamos a solas desde que Kat, casi catatónica, lo largó todo. No solo sobre su vida previa a Las Vegas, sino sobre lo que pasó después: el trabajo que Jamie lleva veinte años realizando y el golpe que la trajo a Bixby. No creo que Kat fuera del todo consciente de que le estaba contando todo eso a Augustus Sutherland. Él no pronunció ni una palabra en todo el rato.

Tampoco yo dije gran cosa, aparte de «qué fuerte».

Kat terminó su perorata justo cuando Augustus entraba en una estrecha carretera de gravilla flanqueada por árboles tan altos que formaban una cúpula sobre nosotros. Tenía la sensación de llevar kilómetros viajando bosque a través cuando una minúscula cabaña con el tejado de pizarra asomó delante de nosotros.

—Fue la primera casa que mi abuelo compró en Bixby —dijo Augustus en tono adusto mientras ponía el freno de mano—. Esperemos que la llave de repuesto siga debajo de la maceta.

Estaba allí. Transportamos a Jamie, todavía inconsciente, a un dormitorio de la planta baja, donde Kat se acurrucó a su lado sin pronunciar palabra. Luego, en un silencio tenso, Augustus y yo entramos las maletas que habíamos sacado del apartamento y las dejamos en el dormitorio. Cuando todo estuvo amontonado en un rincón, Augustus salió de la cabaña enfurruñado y se internó tanto en el bosque que la perdió de vista.

Y yo le seguí.

Ahora los ojos azul plata de Augustus destellan al decir:

—Sabías que estuvieron casados. Tu padre y Jamie.

Kat lo dejó claro en su inconexa confesión y, al principio, pensaba que eso era lo peor que Augustus iba a oír: que no había sido sincero con él acerca del tipo de persona que es Luke. Y me supo mal, pero también estaba muy equivocado. Hay mucho más.

—Pero mi tía no lo sabe, ¿verdad?

—No —reconozco—. Pensé en decírselo. O en decírtelo a ti. Pero Kat me insinuó que Jamie podía perder su trabajo.

—Ah, claro, y no queríamos que perdiera su trabajo —dice Augustus con sarcasmo—. Menuda putada. Al menos hasta que tuviera lo que había venido a buscar.

—Augustus, yo no sabía nada de eso, te lo juro por Dios —le digo—. No había hablado ni visto a Kat ni a Jamie en doce años antes de este fin de semana.

Me paso las manos por el pelo y tiro con fuerza como si el gesto sirviera para ordenarme las ideas. Seguramente debería estar enfadado con Kat; no tan furioso como Augustus, pero casi. Kat se ha pasado todo el fin de semana jugando conmigo. Sacando provecho a mi instinto de protección fraterno cada vez que le hacía falta y prácticamente utilizándome. Si hasta anoche la ayudé a entrar en el conjunto.

Sin embargo, cuando pienso en Kat, siento tristeza más que nada.

El viernes sentí alivio cuando Kat y yo estuvimos paseando por los alrededores del conjunto residencial Sutherland y tuve la sensación de que estaba... bien. Normal. Equilibrada y muy unida a su madre, como yo lo estuve a la mía. Era lo que siempre había deseado cuando pensaba en ella y en Jamie, y le compré encantado la imagen que me vendió. Todavía no he asimilado del todo la realidad: en cuántos sentidos distintos mi hermanastra de Las Vegas no está bien, ni mucho menos.

Después de aquella mierda de fin de semana volví a casa de mi madre, que es la persona más estable y responsable que he conocido nunca. Y a pesar de todo pasé años desquiciado. Mientras tanto, una Kat traumatizada volvía a casa con una ladrona de joyas. Una persona en la que Jamie y ella decidieron depositar su confianza porque una ladrona de joyas es muchísimo mejor que un padre maltratador que intenta matarte.

—No sabía lo del padre de Kat —digo.

Un destello de compasión asoma al semblante de Augustus.

—Sí, eso es una putada —dice apenado—. Pobre Caos. No me puedo creer que antes fuera otra persona.

—Kylie —digo negando con la cabeza.

Augustus resopla.

—No le pega.

—Y no tenía ni idea de lo que había venido a hacer Jamie —continúo—. Pensaba que necesitaba el empleo de camarera y que tenía miedo de que Luke se lo fastidiara.

No debería haber mencionado a Luke, porque ahora Augustus me mira mal otra vez.

—Y viceversa, ¿verdad? —pregunta—. Jamie también le podía arruinar los planes a Luke. Con mi tía.

La vergüenza me impide responder y él añade:

—¿Sabes qué es lo peor? Que yo notaba algo raro. En Luke e incluso en Kat. —Señala la cabaña con un gesto de la cabeza antes de volver a poner la vista en mí—. Pero de ti no me lo esperaba.

Joder, me siento como una mierda. Pensaba que solo iba a mentir por omisión durante un tiempo, algo que podría arreglar fácilmente llegado el momento. Pero ahora...

No entiendo cómo Luke puede vivir consigo mismo a diario. Esto es una tortura. A pesar de todo me obligo a sostenerle la mirada a Augustus, en lugar de mirar al suelo, cuando añade:

—¿Y qué más no me has contado?

—¿Sobre Kat? Que yo sepa...

—Sobre Luke.

«Se acabaron las mentiras», pienso. Augustus merece saber la verdad.

—Es un timador —digo—. Embauca a mujeres para hacerse con su dinero.

Augustus hace una mueca burlona.

—Cómo no.

—Iba a...

—¿Decírmelo? —me interrumpe con sorna—. Pues lo añadimos a la lista, ¿no? Me habrías dicho muchas cosas, si hubiéramos pasado más tiempo juntos este fin de semana.

—Lo siento. Llevo un tiempo boicoteándolo. Lo suplanto en internet para romper con las mujeres que conoce online y hasta llegué a quedar con una en persona. —Es patética la desesperación con que busco en la cara de Augustus señales de que mi revelación lo ha ablandado—. En parte vine para tener vigilado a Luke, pero luego... no sabía cómo proteger a Kat y a Annalise al mismo tiempo y pensé... Pensé que Kat lo necesitaba más.

No. No hay ablandamiento que valga.

—Yo tengo la culpa, en realidad —dice con frialdad—. Cuando te conocí el otro día en el prado, tenía pensado interrogarte sobre Luke. Pero luego vi esos ojazos azules que tienes y dejé que me mintieras a la cara.

Trago saliva con dificultad y me ordeno no ruborizarme, porque está claro que no es el momento ideal para alterarme por el hecho de que a Augustus le gusten mis ojos.

—Y te he dejado mentirme a la cara durante ¿cuánto tiempo? ¿Casi cuarenta y ocho horas? Más o menos el mismo que Jamie y Luke estuvieron casados. Qué simétrico todo, ¿no? Seré idiota. —Patea la tierra con rabia—. Mi tío ha muerto y aquí estoy yo recibiendo puñetazos en la mandíbula por una chica cualquiera que intentó robarle a mi tía. Solo que no es una chica cualquiera, ¿verdad? Oyó que disparaban a mi tío Parker y pasó de todo.

Los remordimientos me abofetean en la cara. Esta mañana creía que estaba ayudando a Augustus a desconectar de la tragedia que ha vivido su familia y que la distracción le vendría bien. En vez de eso, he empeorado las cosas hasta el infinito.

—Lo siento —repito—. Debería haberle parado los pies a Luke. Tendría que haberle dicho la verdad a Annalise en cuanto la conocí. Me cayó bien al instante. De verdad que sí. Y Kat...

Dejo la frase en suspenso, porque no debería defender a Kat delante de Augustus. Puedo entender los procesos mentales de Kat, supongo, y esa lealtad enfermiza que le impide traicionar a Gem y a Jamie, y que le hizo pensar que no podía contarle a nadie lo que vio y oyó en el bosque. Pero no puedo disculparla.

—Y Kat se ha convertido en su objetivo —termina Augustus.

Me horrorizo al oír esas palabras.

—¿A qué viene eso? —le pregunto y retrocedo un paso para mirarlo a los ojos—. ¿Tu... Tu familia le va a hacer algo?

—Ay, por Dios —musita Augustus al mismo tiempo que se pasa la mano por la cara—. ¿En serio acabas de decir eso? ¿Quiénes te crees que somos? ¿La mafia?

—Bueno, has dicho que se ha convertido en un objetivo y...

—No para mi familia —responde Augustus. Debe de ver en mi expresión que no entiendo nada de nada, porque hace chasquear los dedos en mis narices y añade—: Ya sé que todo esto es complicado, Liam, pero tienes que espabilar. ¿A quién vio Kat en el bosque? Y no digas a Parker.

—No iba a decirlo —replico, aunque sí lo iba a decir. Tiene razón: mis procesos mentales son mucho más lentos que los suyos—. Vio... al asesino de Parker. Pero no lo vio bien y...

—Y él no lo sabe —dice Augustus—, ¿verdad?

CAPÍTULO 28
KAT

Un reloj de cuco me despabila.

El escandaloso repiqueteo me saca de esta cama extraña en la que Jamie y yo estamos acostadas y el pulso se me dispara al instante. Apoyo los pies en una alfombra que parece de esparto al tacto, me aliso la falda que se me ha subido a los muslos y «¿por qué todavía llevo puesto este vestido tan deprimente?».

También: «¿Dónde estoy?».

El repiqueteo me lleva a otra habitación, una que está sobriamente decorada con un sofá pequeño, dos sillones de desgastado estampado floral y unas cuantas mesitas de madera oscura. Hay dos ventanas en una pared, las dos cubiertas con gruesas cortinas lisas que no dejan pasar demasiada luz. Y, entre las dos, colgado de la pared, el reloj de cuco. El frontal de madera está tallado imitando un chalet, con una valla blanca y lo que parecen piñas colgando de la parte inferior. Mientras lo estoy mirando, las paredes del chalet se abren y aparecen dos figuras minúsculas vestidas con el típico pantalón tirolés, que giran sobre sí mismas y vuelven a esconderse en el interior del reloj.

—Buena decisión —les digo a las puertas cerradas cuando el ruido cesa—. Escondeos.

Eso estoy haciendo yo: esconderme. Porque entré en pánico en el apartamento del personal de los Sutherland después de que atacaran a Jamie, me retiré a los rincones más oscuros de mi cerebro y obligué a Liam y a Augustus a traerme… aquí.

Es una cabaña modesta de una sola planta; nada que ver con lo que pude atisbar en el conjunto Sutherland. Aunque está bien arreglada, con las paredes pintadas de blanco y sin trastos a la vista, diría que nadie ha barrido el suelo desde hace meses. Cuando paso un dedo por la mesa más cercana, dejo un rastro brillante en el polvo.

«Fue la primera casa que mi abuelo compró en Bixby».

Augustus dijo eso justo antes de que Liam y él nos ayudaran a entrar en la casa.

Después de que yo les contara… toda la historia.

Y ahora no veo a los chicos por ninguna parte. Suspiro sonoramente y espero a que me vuelva a invadir el pánico, porque, hala, acabo de meter a Jamie y a Gem en un lío de narices, ¿verdad? Es posible que pueda convencer a Liam de que guarde el secreto, pero ¿a Augustus? ¿Al mismo Augustus Sutherland a cuya tía nos proponíamos robar?

Lo tengo mal. Y, a pesar de todo, tampoco me importa tanto cuando pienso que alguien intentó matar a mi madre. Que intentaron ahogarla con una almohada porque…

¿Por qué?

Me flaquean las piernas cuando pienso la respuesta. Por mí. Porque yo vi a ese hombre matar a Parker.

Tiene que ser por eso. No tendría lógica que, después de que me topara con un asesino grande y pesado en el bosque, otro asesino grande y pesado escalara la fachada de los apartamentos e intentara asesinar… no a mí, obvio, sino a la persona con la que me confundió. Me vio lo bastante bien como para reconocer a la chica con la que había coincidido… ¿dónde? ¿En los apartamentos del personal? ¿En la desastrosa comida? ¿En la fiesta?

Y luego, no sé cómo, supo dónde encontrarme. Debió de deducir que yo era una de las camareras. Eso explicaría que fuera a buscarme al edificio de apartamentos. Pero ¿cómo sabía en qué apartamento exacto me alojaba? ¿Significa eso que el asesino de

Parker también era un camarero? ¿O alguien de la empresa organizadora, que conocía los detalles y se la tenía jurada a Parker?

«Sí, Kat, has resuelto el misterio —pienso con hastío—. No hay furia que iguale a la de un planificador de fiestas despechado».

Nada de esto tiene lógica y ya he perdido demasiado tiempo paseándome por ahí. Tengo que volver con mi madre. Mi pobre madre, enferma y ajena a todo, que se llevó la peor parte de un ataque que iba dirigido a mí. Cuando vuelvo al dormitorio, la veo agitar las pestañas y lo considero una buena señal.

—Jamie —le digo presionándole el brazo con cariño—. Despierta.

Gime con suavidad, pero abre los ojos.

—Kat, ¿qué...? ¿Qué pasa? —me pregunta aturdida.

¿Por dónde empiezo?

—¿Estás...? ¿Cómo te encuentras?

—Como si me hubiera atropellado un camión —murmura Jamie—. Pero me muero de hambre. —Consigue sentarse con un poco de ayuda y pestañea despistada, mirando a un lado y a otro—. ¿Dónde estamos?

—En casa de un amigo —le digo reparando por primera vez en nuestras bolsas, que están amontonadas en un rincón de la habitación. Casi todas las cremalleras están a medio cerrar y la ropa asoma por todas partes. Liam y Augustus deben de haber guardado nuestras cosas a toda prisa y las han traído en el coche. Pero, después de eso... ¿a dónde han ido? ¿Directos a la policía?

No. Estoy segura de que Liam me habría avisado al menos.

—¿Qué amigo? —pregunta Jamie. Tiene la voz pastosa y la expresión extraviada, pero no la veo peor que cuando empezó a encontrarse mal. El intento de asfixiarla, que obviamente no recuerda, no parece haberle dejado secuelas. «Lo detuvimos a tiempo», pienso mientras me empapo de sus tranquilizadoras facciones.

Jamie está pálida y parece cansada, pero no asustada. No aterrada como estará cuando se lo explique todo. ¿Qué dice Gem sobre esquivar preguntas que no quieres responder?

«Responde otra cosa».

—Te hemos traído aquí para que te recuperes —le digo.

Soy una cobarde, ya lo sé. Me da miedo mantener esta conversación antes de saber qué piensan hacer Liam y Augustus. Pero Jamie ha estado a punto de morir hoy. ¿Cómo le voy a contar algo así y también que seguramente irá a la cárcel?

Antes de que Jamie pueda preguntar nada más, me pongo de pie.

—Tengo que hablar con ellos, pero antes... deberías comer algo. Toma. —Me acerco a su mochila y saco su tentempié favorito: granola casera—. No hay leche, pero te puedo traer un poco de agua para acompañarla —le digo a la vez que abro la fiambrera y se la tiendo.

Pienso que va a protestar, pero supongo que eso de que se muere de hambre va en serio, porque al cabo de un momento tiene la boca demasiado llena para hablar. Aliviada, corro a la cocina y empiezo a abrir los armarios. Aunque no hay gran cosa, encuentro un montoncito de vasos de papel y lleno uno de agua. Lo llevo al dormitorio, lo dejo en la mesilla de noche y luego rebusco por la mochila de Jamie hasta que encuentro un cargador.

—Vuelvo enseguida —le digo mientras salgo a toda prisa cerrando la puerta a mi espalda.

Encuentro un enchufe detrás de una mesita, conecto el cargador y pongo a cargar el teléfono. Cuando la batería tiene suficiente energía para iluminar la pantalla, entro en la aplicación de mensajes y le envío uno a Liam: «¿Todavía me hablas?».

Como no me responde al instante, añado: «Lo siento».

¿Y ahora qué? Me muero por llamar a Gem. Por explicarle que alguien intentó matar a Jamie —intentó matarme a mí— para que me dé instrucciones. Pero la última vez que Gem y yo hablamos, en el bosque que hay detrás de los apartamentos, me ordenó categóricamente que no hiciera nada. En vez de obedecerla, hice un montón de cosas, incluido revelarle la operación al sobrino de su objetivo.

No puedo quedarme quieta: estoy vibrando de pura ansiedad. Dejo el teléfono en la mesa y me acerco a la puerta principal. En cuanto la abro y me asomo, veo el BMW gris de Augustus todavía aparcado delante de la casa.

«Es una buena señal —me digo respirando con más libertad—. Es posible que los chicos no se hayan marchado».

Pero, si no se han ido, ¿dónde están?

—Liam —los llamo sin levantar la voz—. ¿Augustus?

Nadie me responde. Aplasto un insecto que me está molestando antes de encaminarme a la parte trasera de la cabaña con la esperanza de encontrar un porche, una glorieta o algún lugar al que iría alguien que quisiera poner distancia con un par de delincuentes. Pero solo veo árboles, nada más. Me interno en el bosque pisando con suavidad las hojas secas y entonces lo oigo: el murmullo quedo de unas voces.

Me paro y me agacho detrás de un árbol. Aunque estoy segura al noventa y nueve por ciento de que son Liam y Augustus, me gustaría estar segura al cien por cien antes de dejarme ver. Espero un rato hasta que oigo a Liam decir:

—Sí, Kat.

Salgo de detrás del árbol, que, ahora lo veo, era un escondite de mierda y pregunto:

—¿Sí, qué?

—Todavía te hablo —responde Liam. No sonríe, pero no parece tan enfadado como yo me temía.

Respiro aliviada hasta que veo a Augustus de pie a su lado con un cardenal en la barbilla.

—Estás herido —le digo, y la culpabilidad me retuerce las tripas. «Es culpa mía».

—Dicen que parece peor de lo que es —contesta Augustus. Se lo acaricia con la yema de los dedos antes de añadir—: Me alegro de que hayas vuelto al reino de los vivos.

He conseguido esquivar la charla peliaguda con Jamie hace un rato, pero no me voy a librar de esta. Entrelazo los dedos y dejo que las palabras surjan a borbotones.

—No sé ni qué decir. Solo puedo pedir perdón. A los dos, por contaros tantas mentiras, pero especialmente a ti, Augustus, por lo que Jamie y yo le hicimos a tu familia. No deberíamos haber intentado robarle a tu tía. Si no hubiéramos…

—¿Por qué hablas en plural? —me interrumpe Liam—. Tú no hiciste nada.

Lo miro pestañeando.

—¿Eh? Hice… muchas cosas.

—Ya, bueno, me mentiste y me manipulaste, y eso no mola, pero no eres una ladrona —dice Liam—. Jamie sí. Y, mira, sé que ha tenido una vida complicada: dejar a tu padre para caer en manos de Luke es una putada. Pero la responsabilidad es suya. Ella es la madre.

—Pero…

No lo entiende. No entiende que Jamie y yo somos un equipo. Si de verdad hubiera querido detenerla, podría haberlo hecho, ¿no? Me habría hecho caso. Y al final escuchó a su conciencia.

—Ella quería cambiar. Se suponía que este iba a ser su último trabajo.

Me obligo a mirar a Augustus a los ojos. No sé si podré convencerle de que no delate a Jamie. Pero, por lo poco que sé de él, tengo muy clara una cosa: odia las mentiras. Así que, puestos a decir la verdad, mejor que sea totalmente sincera.

—Así lo veía yo: un trabajo —prosigo—. No me paré a pensar en cómo se sentiría tu tía si le robaban algo que era importante para ella. Y luego, cuando Parker murió —trago saliva a través del nudo que tengo en la garganta— no fui capaz de discurrir cómo contarle a nadie lo que había visto sin que toda mi vida estallara en pedazos.

—Así que no dijiste nada —concluye Augustus.

Sostengo su mirada fría.

—No dije nada. Lo siento.

—Eres consciente de que tu decisión de no decir nada estuvo a punto de acabar con la vida de tu madre, ¿no? —me pregunta—. Y con la tuya. Y con la mía. Y con la de Liam.

En eso tiene razón, tengo que reconocerlo.

—Sí —digo—. El asesino de Parker debió de verme mejor que yo a él. Y, mira… ya sé que el partido está muy avanzado y debería haber hablado antes, pero… el amigo de tu tío, ese tal Barrett, se comportó de una forma muy rara cuando me lo encontré después de la muerte de Parker. Y es un tío fornido, y…

—¿Barrett? —pregunta Augustus con incredulidad—. ¿Piensas que Barrett Covington mató a mi tío? ¿Barrett Covington de los Covington de Scarsdale, la familia que construyó el mayor centro de investigación contra el cáncer de toda la costa este y que lo financia casi exclusivamente con su dinero?

—Bueno, no conocía su currículum, pero… sí —digo.

—Espera —musita Augustus sacando su teléfono—. Voy a preguntar una cosa.

No pensaba que hubiera cobertura en mitad del bosque, pero, claro, estas tierras pertenecen a Ross Sutherland. Aunque venga poco por aquí, seguro que la mitad de los árboles de la zona esconden antenas de móvil.

La mirada de Liam se desliza cauta entre los dos mientras Augustus escribe en el móvil.

—Por lo que contaste, parecía como si el asesino conociera a Parker —cavila—. ¿Qué le oíste decir, Kat? ¿Has recibido tu merecido?

—«Te está bien empleado, maldito idiota» —respondo. Tengo las palabras grabadas a fuego en la mente.

—Bueno, Barrett se ha marchado a Nueva York esta mañana —nos informa Augustus despegando la vista del teléfono—. No pudo ser él la persona que entró por la ventana del apartamento.

—¿Quién lo dice? —pregunto.

—Lo dice nuestro jefe de seguridad, que fue quien organizó su desplazamiento al aeropuerto.

—¿Lo vio subir al avión?

—Oh, por… Mira, no ha sido Barrett, ¿vale? —dice Augustus con un gemido exasperado—. Créeme. No tenía ningún motivo. El tío Parker y él eran amigos de toda la vida.

—Nunca se sabe lo que una persona es capaz de hacer —protesto.

Augustus enarca las cejas.

—Muy cierto, Kylie —dice.

Toma ya. Puede que me lo merezca, pero solo de oír el nombre todavía me entran ganas de esconderme.

—Nunca me refiero a mí misma como… ella —digo.

Me llevo una sorpresa al ver que Augustus adopta una expresión de arrepentimiento.

—Vale —responde—. Lo siento. Es que sois mucho que asimilar de golpe, ¿sabes? Timadoras, ladronas y… ¿cómo funciona la cosa, por cierto? ¿Tu jefa de verdad pensaba que una friqui de las joyas como mi tía no iba a notar que su collar favorito se había convertido de repente en un montón de cristal?

—No lo habría notado —afirmo, y no puedo evitar que se cuele una nota de orgullo en mi voz.

—Imposible —responde Augustus.

—Te lo aseguro. Las falsificaciones de Gem son tan buenas que incluso las personas que llevan trabajando años con ella se confunden a veces. Siempre que prepara un golpe como… —estaba a punto de decir «un golpe como este», pero me he acordado a tiempo de que hablamos de la tía de Augustus—. Siempre que prepara un cambiazo, Gem tiene que hacer una pequeña muesca en el cierre de la falsificación para que nadie se confunda.

Augustus se frota la frente.

—Un nuevo mundo se despliega ante mí —musita.

—Oye, Augustus… —La pregunta me está quemando en la lengua—. ¿Qué vas a hacer?

Me mira torciendo la cabeza y yo me explico:

—Respecto a mi madre y a mí.

Guarda silencio durante un ratito angustioso y yo me quedo escuchando los rumores del bosque que tenemos alrededor, imaginando que los remplazan las sirenas de la policía.

—No estoy seguro —dice por fin.

—Jamie y yo… podemos marcharnos —propongo—. No volveremos a molestar a tu familia…

—Kat, alguien ha intentado matarla —interviene Liam—. No os podéis marchar sin más.

—Sí que podemos —digo—. Jamie firmó el contrato con un nombre falso, ¿no te acuerdas? Nadie conoce su verdadero nombre ni el mío. Sea quien sea ese tipo… no podrá dar con nosotras una vez que nos hayamos ido. Y ahora vosotros sabéis lo mismo que yo —digo volviéndome a mirar a Augustus—. Puedes darle a la policía la descripción del hombre que mató a Parker y contarles lo que oí. Puede que eso les ayude a dar con él. Puedes decirles… que fue un soplo anónimo.

—Has pensado en todo, ¿eh? —comenta Augustus con retintín.

Antes de que yo pueda seguir suplicando, su teléfono vibra. Siento curiosidad a pesar de todo y doy un paso adelante para echar un vistazo a la pantalla.

—¿Son los de seguridad otra vez? —le pregunto—. ¿Han descubierto que Barrett cómo se llame no está en Nueva York a fin de cuentas? ¿Ha…?

—Oh, por Dios, olvídate de Barrett de una vez —musita Augustus—. Y no.

Se guarda el teléfono, se vuelve a mirar a Liam y dice:

—Es Clive. Quiere que vayamos.

CAPÍTULO 29
LIAM

—¿Son las dos? —exclamo cuando Augustus gira la llave de contacto del BMW y se ilumina el salpicadero—. Es imposible. Seguro que el reloj se ha parado.

—La ingeniería de precisión alemana no se para por las buenas —dice Augustus mientras cambia de sentido en tres maniobras para volver por donde hemos venido.

Estoy seguro de que me toma el pelo, igual que hizo el día que nos conocimos, cuando me hizo creer que Kat merecía la pena de muerte por pasearse por el bosque de la propiedad. Pero estoy demasiado estresado para reírme.

—Ya lo sé, pero eran poco más de las once cuando fuimos a buscar a Kat. Y desde entonces…

Saco mi teléfono del bolsillo para comparar. Las 2.01.

—Y desde entonces —dice Augustus— hemos frustrado un intento de asesinato y acogido a una ladrona de joyas, y yo he descubierto que Luke es un estafador, que Kat era tu hermanastra y que Jamie cambió su nombre y el de su hija hace más de una década. —Ha perdido las gafas de sol en algún momento y entorna los ojos cuando el sol oblicuo de la tarde se cuela por un hueco entre los árboles—. Qué tres horas más productivas, ¿verdad?

—Ya te digo.

Hemos dejado a Kat en el bosque con muchas decisiones pendientes. Lo único que le ha dicho Augustus después de guardarse el móvil en el bolsillo ha sido que fuera a ver cómo estaba Jamie y que volveríamos lo antes posible. Kat ha asentido con los ojos como platos y casi he podido ver los engranajes de su cerebro en funcionamiento: «Sin coche. En el culo del mundo. Jamie está mal. Estoy atrapada».

No conozco a Augustus tan bien como para saber qué está pensando. Sé lo que deberíamos hacer, porque es lo que deberíamos hacer: contárselo todo a Ross Sutherland. Pero también sé que, si lo hiciéramos, Jamie acabaría en la cárcel.

Y puede que lo merezca, pero todavía tengo debilidad por ella. No he olvidado lo amable que fue en Las Vegas y fue horrible enterarme de lo que le había pasado antes de aquello. Pienso que es sincera al decir que quiere cambiar de vida, aunque alguien podría argüir que debería haber pasado página de manera más limpia. Además, si meten a Jamie en la cárcel, ¿qué será de Kat? Por lo que yo sé, no tiene a nadie más en el mundo que no sea su madre.

Estamos en un callejón sin salida.

Siento alivio cuando, en lugar de reanudar la conversación, Augustus pone la radio. Como si dijera: «Vamos a descansar un rato».

Me vendría de maravilla un descanso.

La música inunda el coche: una melodía suave pero pegadiza con onda de los setenta que me suena al instante. Y aunque ya estoy tamborileando con los dedos en mi rodilla al ritmo de esa canción conocida, me siento incapaz de recordar el título.

—¿Qué es? —pregunto mientras enfilamos por la estrecha carretera de grava que atraviesa el bosque.

—«Right down the line» —responde Augustus—. Este coche era de mi madre y Sirius todavía le guarda lealtad. Se niega a reproducir nada grabado después de los ochenta. De vez en cuando deja pasar algo grunge, pero muy a regañadientes.

—Me gusta —digo.

Él sube el volumen hasta ese nivel perfecto en que la canción llena el coche pero que todavía te permite hablar con normalidad.

—Entonces tu madre... Ya sé que está en el extranjero, pero si no estuviera ¿habría venido a la fiesta? ¿O pasa de estas movidas?

Es absurdo que sepa tan poco de Augustus Sutherland, teniendo en cuenta todo lo que hemos vivido este fin de semana.

—Pasa de estas movidas —dice—. Nunca le han entusiasmado las celebraciones de la familia Sutherland, ni siquiera cuando mi padre y ella estaban juntos. No es la fan número uno de mi abuelo.

—¿Vives con ella a temporadas? —sigo preguntando—. ¿O solo con tu padre?

—Con los dos —dice Augustus—. Normalmente paso el año escolar con mi padre y los veranos con mi madre. Pero este año se ha ido de viaje con su nuevo novio, así que a mi padre le ha tocado cargar conmigo. —Gira hacia la carretera principal de Bixby y añade—: Y ha tenido que beber para olvidar, como ya sabes.

—Tú no has tenido nada que ver —protesto. No sé mucho de adicciones, pero eso sí que lo sé.

—No estés tan seguro —dice—. Solo me has visto en las fiestas, ayudando a hermanastras secretas o recibiendo puñetazos en la mandíbula en plan héroe. Mi mejor faceta.

«Lo dudo mucho», pienso, pero las palabras se me atascan en la garganta.

Lo miro de reojo, fijándome en el cardenal que no deja de acariciarse inconscientemente, y siento la repentina necesidad de repasar el camino de sus dedos con los míos. De notar el filo abrupto de su mandíbula bajo el pulgar antes de desplazarlo a su voluptuoso labio inferior. Pero el momento no podría ser menos oportuno, así que pego las manos al regazo y le pregunto:

—¿Por qué vas a Stuyvesant? ¿Y no a... ese colegio pijo al que asistió el resto de tu familia?

—Porque mis padres no pueden pagarlo sin la ayuda de mi abuelo —responde Augustus—. Y yo prefiero no depender de sus antojos. No le ha dado buen resultado a mi padre otras veces. Ni a ningún miembro de mi familia, de hecho.

—Me parece... —«Brutal. Alucinante. Increíblemente sexy, si te soy del todo sincero»—. Muy guay —termino sin energía. Y luego estoy demasiado avergonzado para esperar su respuesta, así que pregunto a toda prisa—: ¿Entonces no vas a ver a tu madre en todo el verano?

—No —dice Augustus encogiéndose de hombros—. Pero no pasa nada. No estamos muy unidos. Me quiere, pero no le caigo demasiado bien.

Esta vez sí que me atrevo a decirlo.

—Lo dudo mucho. ¿Por qué lo piensas?

—Porque antes de marcharse a Italia el mes pasado me dijo: «Augustus, sabes que te quiero. Pero no me caes demasiado bien» —me suelta impávido.

No tengo claro qué responder, así que opto por la verdad.

—Nunca sé si hablas en serio o en broma.

—En caso de duda —dice—, elige la segunda opción.

Pero ese tono despreocupado suyo ha sonado un tanto tenso. Echo un vistazo a su perfil, todo greñas doradas y unos pómulos perfectamente cincelados, y me pregunto cuánta energía hace falta para hacer creer al mundo que nada te afecta. Mucha, supongo.

—Luke no me cae bien. Nada de nada —le digo—. Pero una parte de mí siempre aspira a conquistarlo. Y yo nunca le he gustado. Una de las cosas que más recuerdo de Las Vegas es cuando Jamie y Luke llegaron al hotel donde nos encontraron y Jamie cayó de rodillas, llorando a lágrima viva, y abrazó a Kat con toda su alma, mientras que Luke se quedó ahí parado sin hacer nada. Yo me senté en el suelo, a su lado, levanté la vista hacia él y Luke me dijo: «¿Por qué cojones has salido de la habitación?».

Augustus se ruboriza. Es la primera vez: normalmente soy yo el que se pone como un tomate cuando hablamos.

—¿Y cuántos años tenías? ¿Cinco? —pregunta.

—Cinco —asiento.

—Jo —dice—. ¿Sabes?, me quejo mucho de mis padres y te aseguro que se lo merecen, pero eso... eso es otro nivel. No tan malo como el de Caos, pero tampoco se queda atrás.

—Pues ya ves —le digo tratando de imitar su desenfado—. Kat se queda con el oro, obvio, pero yo gano la medalla de plata en las olimpiadas de los malos progenitores.

—Supongo que sí —contesta Augustus.

«Fire and rain», de James Taylor, empieza a sonar. Era una de las canciones favoritas de mi madre y tan melancólica que tengo que bajar el volumen antes de que mi estado de ánimo, que no está en su mejor momento, se hunda por los suelos.

—¿Qué pasa en el conjunto? —le pregunto.

—No estoy seguro —dice Augustus—. Clive solo ha dicho que necesitaba que fuéramos.

—¿Los dos? —De repente estoy nervioso—. ¿Por qué quiere que vaya yo?

—No me lo ha dicho. Lo siento —dice—. Debería habérselo preguntado, pero he pensado que no me lo diría de todas formas.

—¿Crees que tiene que ver con Parker?

—Puede —responde Augustus, que está cogiendo el desvío al conjunto residencial de los Sutherland. Me pone un poco nervioso que esté tan cerca de la cabaña en la que hemos dejado a Kat—. Es posible que no puedan seguir «atajando» lo que pasó.

Las palabras se quedan flotando entre los dos mientras nos acercamos a los portalones, que están mucho más protegidos ahora que el día que llegamos Luke y yo. Augustus baja la ventanilla y uno de los guardias le indica por señas que pase. Recorremos una serie de carreteras serpenteantes hasta que llegamos al casoplón más grande que he visto este fin de semana. No hace falta que Augustus me diga que pertenece a su abuelo: después de ver esta mansión, entiendo que se refieran a las demás como «cabañas».

Augustus pone el punto muerto, me mira un momento y pregunta:

—¿Listo?

—Supongo —contesto.

Salimos del coche, pero tan pronto como cierro la portezuela tengo la sensación de que los pies se me han quedado pegados al camino.

—Augustus —le digo. Me quedo en el sitio mientras él se encamina a la puerta—: Espera un momento.

Se vuelve a mirarme levantando las cejas.

—¿Qué?

Echo un vistazo a las ventanas de la casa de Ross. Todas las cortinas están echadas, aunque eso no significa que no nos estén observando. O escuchando. Me acerco para poder bajar la voz.

—Mira, ya sé que tienes que contarle a tu familia lo que Kat vio y oyó en el bosque —empiezo—. En cuanto a lo demás, bueno… se lo puedes decir o no. Pero una vez que lo digas, ya no hay vuelta atrás.

—Entonces ¿me recomiendas el enfoque del soplo anónimo? —dice frotándose el cardenal con las yemas de los dedos—. ¿Y cómo explico esto? ¿Les digo que me he metido en la típica pelea de bar un domingo por la mañana?

—No lo sé —respondo cansado. Tiene razón: estoy diciendo tonterías—. Perdona si eso ha estado fuera de lugar. Es que… Kat no tiene a nadie más que a su madre.

—Ya lo pillo —dice Augustus—. Aunque no es del todo verdad. Te tiene a ti.

Echa a andar otra vez y yo no tengo más remedio que seguirle. Sin embargo, la puerta se abre cuando aún no hemos llegado. El guardia de seguridad del búnker, Dan, asoma la cabeza y dice:

—Eh, Augustus, todavía no están… —Se fija en su mandíbula—. ¿Qué te ha pasado?

—No es nada —responde Augustus—. ¿Todavía no están… qué?

—Listos para hablar contigo —dice Dan—. Pero, en serio, tu cara…

—Clive ha dicho que era urgente —lo interrumpe él—. Que volviera de inmediato.

—Ya, necesitábamos que vinieras —dice Dan—. Tu abuelo quiere cenar temprano. A las cuatro, me parece.

—¿A las cuatro? —repite Augustus.

Saca el teléfono, mira la hora y enarca las cejas.

—¿Dentro de noventa minutos?

—No la tomes con el mensajero—dice Dan con una sonrisilla tristona—. Me parece que Clive tiene pensado hacer una especie de ensayo antes de cenar. La policía volverá mañana por la tarde para interrogarnos y querrán hablar contigo y con Liam.

—¿Qué?

Prácticamente he chillado la palabra, y Dan se fija en mí por primera vez. Noto las mejillas ardiendo cuando pregunto:

—¿Por qué conmigo?

—Porque estabas aquí cuando Parker murió —responde Dan—. No te preocupes. Solo son preguntas de rutina.

Ay, madre. Esta mañana habría colaborado encantado, pero ahora solo puedo pensar en el bombazo que ha soltado Kat. Le he pedido a Augustus que la encubra y no se me ha ocurrido que yo tendría que hacer lo mismo. Que tendré que sentarme delante de un policía y fingir que no sé nada nuevo sobre este fin de semana. ¿Y si se me escapa algo? ¿O si digo una mentira? ¿Eso se considera perjurio? No, porque no estaré bajo juramento, pero…

—Tranquilízate, Liam —me dice Augustus. Noto, por el tono brusco de su voz, que conoce el rumbo exacto que ha tomado mi pensamiento—. Solo querrán saber qué viste y oíste antes de que todos entráramos en el refugio. Nada más.

Trago saliva unas cuantas veces para que se me abra la garganta y no volver a chillar.

—Claro, es que… nunca he hablado con la policía —me explico.

—Ahí es donde interviene Clive —dice Dan—. Se asegurará de que estéis preparados.

¿Preparados para qué? ¿Para contar la versión de Ross Sutherland de lo sucedido? «El problema es cómo ha muerto —dijo Clive en el búnker—. La gente hará preguntas».

Ross no le dejó terminar la frase. ¿Qué preguntas? ¿Lo vamos a averiguar por fin?

Juraría que Augustus está pensando lo mismo.

—Muy bien, pues empecemos ya —dice e intenta pasar junto a Dan para entrar en la casa.

El guardia de seguridad se lo impide y Augustus resopla una carcajada.

—Eres muy gracioso. Déjame entrar.

—Lo siento —dice Dan—. Todavía no.

Augustus lo mira boquiabierto.

—¿Te estás quedando conmigo? —se indigna.

—Lo siento —repite Dan—. Están celebrando una reunión familiar.

—¡Yo soy de la familia! —protesta Augustus.

—Ya lo sé —responde el guardia—. Pero es solo para adultos, de momento. Están todos encerrados en el despacho de tu abuelo. ¿Por qué no vais a jugar a los dardos? Iré a buscaros cuando terminen.

Y entonces, sin decir nada más, nos cierra la puerta en las narices con mucha suavidad.

Después de un momento de silencio estupefacto, Augustus estampa la palma de la mano contra la puerta, frustrado.

—Es increíble —dice entre dientes—. ¿Pretenden que esté a su entera disposición y ahora me envían a jugar a los dardos? A la mierda todos. Salgamos de aquí.

Da media vuelta y se encamina al coche con grandes zancadas, pero antes de que llegue muy lejos lo alcanzo y lo cojo del brazo.

—¿Qué? —dice librándose de mi mano—. ¿De verdad piensas que me voy a quedar aquí cerca esperando a que me llamen?

—No. Pero no es la única opción que tienes.

Augustus resopla.

—¿Me estás diciendo que irrumpa en el despacho de mi abuelo? ¿Que insista en que me incluyan? Porque ya lo he intentado.

—No —respondo—. Te estoy diciendo que los espíes.

Parte de la rabia desaparece de su cara y una expresión risueña la remplaza.

—Tienes ideas muy retorcidas para ser un chico tan íntegro —dice con una sonrisa casi bailándole en los labios.

—¿Eso significa que estás de acuerdo? —le pregunto.

Su expresión se despeja, como si tuviera claro lo que va a hacer.

—Obvio —dice—. Vamos.

CAPÍTULO 30
LIAM

Pasados unos minutos, después de que Augustus haya burlado al guardia de seguridad diciéndole que íbamos a coger un par de libros, estamos en la segunda planta de la casa de Ross. Alargo el cuello para poder verlo todo, porque, aunque solo es un pasillo, es el más lujoso que he visto en mi vida. El techo está cubierto de madera tallada, hay montones de cuadros en las paredes y las luces encendidas cada pocos pasos están empotradas en lo que parecen apliques de oro puro.

Cuando llegamos a una puerta cerrada al final del pasillo, Augustus rodea el pomo con la mano.

—El abuelo tiene una habitación para los libros infantiles, como una especie de biblioteca familiar —me explica—. Me pasaba la vida aquí dentro cuando era pequeño, pero hace siglos que no entro. Debería haber caído en la cuenta. Me habría venido muy bien cuando todos se encerraron en el despacho de mi abuelo después de que el tío Parker muriera.

—¿Caído en la cuenta de qué? —le pregunto.

—Ya lo verás —dice a la vez que se quita los zapatos. Me pide por gestos que haga lo mismo y luego se acerca un dedo a los labios—. No hagas ruido.

La habitación es mucho más sencilla que el pasillo. Es un cuarto pequeño, con el techo inclinado y estantes empotrados altos hasta la cintura, todos rebosantes de libros infantiles.

—¿Dan es consciente de que son álbumes ilustrados? —le pregunto al mismo tiempo que retiro un ejemplar de *Buenas noches, luna.*

—No —responde Augustus—. Aquí no entra nadie nunca.

Camina en silencio por una alfombra de rayas y se arrodilla en el suelo en la otra punta de la habitación. Yo dejo el libro en su sitio para seguirlo y solo cuando llego a su altura veo la rejilla metálica de ventilación.

—El despacho del abuelo está justo debajo. Si habla en voz alta, le oiremos —susurra Augustus mientras yo me agacho a su lado—. Siempre lo espiaba cuando llegaba diciembre para saber qué me iba a regalar por Navidad.

Pega la oreja a la rejilla.

Lo imito. Un aire fresco me roza la piel y oigo… algo. Un murmullo de voces quedas, femeninas y masculinas. Pero son muy discretos; solo distingo unas cuantas palabras sueltas. «Fiesta». «Imposible». «Bixby». «Parker».

—¿No los oiríamos mejor si escucháramos detrás de la puerta? —susurro.

—No —cuchichea Augustus—. Es de madera maciza. Además el servicio va y viene todo el tiempo por el pasillo. Este sitio es mejor.

—Si tú lo dices…

«Preguntas». «Parker». «Deudas».

Deudas. Esa fue mi primera teoría: que mataron a Parker por alguna deuda de juego. ¿Será verdad? Me acerco un poco más a la rejilla y aguzo los oídos. Se oye un murmullo bajo y tranquilo que casi seguro procede de Annalise y luego, tan claramente como si estuviera en la habitación con nosotros, escuchamos la voz de Ross Sutherland.

—¡Porque no quiero que el mundo entero sepa de lo que era capaz mi hijo!

Busco los ojos de Augustus mientras Annalise responde algo ininteligible. Luego Larissa suelta una risa amarga.

—¿De verdad piensas que no lo saben? —pregunta—. No es solo este fin de semana, es…

—Este fin de semana está controlado —dice Ross.

—¿Igual que el accidente de nuestra madre? —replica Larissa.

Augustus y yo levantamos la cabeza y veo mi desconcierto reflejado en su expresión. «¿El accidente de nuestra madre?». ¿Qué tiene eso que ver con…?

Ross habla en un tono tan fatigado que tengo que volver a acurrucarme para oírlo.

—¿Y eso qué importa ahora, Larissa? Ha muerto. Igual que ella.

—¡Importa porque ella no debería haber muerto! —exclama Larissa—. Y no habría muerto si Parker no se hubiera emborrachado y estrellado ese maldito barco contra…

—¡Ya basta! —ruge Ross.

Augustus contiene una exclamación al mismo tiempo que a mí se me acelera el pulso.

Annalise habla por fin con un volumen de voz lo bastante alto como para que oigamos lo que dice.

—¿Por qué siempre le protegemos, haga lo que haga? —pregunta.

—Porque es lo que tu madre habría querido —responde Ross—. Y no se hable más.

Vuelven a bajar la voz. Augustus recula por el suelo hasta que acaba sentado en mitad de la habitación con la cara pálida como un fantasma.

—No me jodas —dice con un susurro ronco—. ¿Has oído eso?

—Sí —respondo—. Tu tío…

No quiero ser yo el que lo diga. Augustus continúa donde yo lo he dejado con voz casi inaudible.

—Mi tío provocó el accidente que mató a mi abuela —dice.

Me siento a su lado.

—No lo sabías —digo. No es una pregunta: es evidente que Augustus no tenía ni la más remota idea de lo que le había pasado a su abuela en realidad, hasta ahora.

Niega con la cabeza.

—Joder, no. Me dijeron que estaba sola cuando se estrelló contra la costa. Que ella conducía el yate. Recuerdo que me sorprendió que la abuela hubiera tenido un accidente como ese, porque llevaba la mitad de su vida navegando, pero… nunca dudé de la historia. —Se pasa la mano por la boca y se pone de pie—. Vamos. Me parece que ya han terminado con esa mierda que en teoría no puedo oír. Enseguida irán a la sala.

Lo sigo por el pasillo y escaleras abajo con el pensamiento acelerado. ¿Es eso lo que los Sutherland no quieren que se sepa? ¿Que Parker fue responsable, aunque fuera accidentalmente, de la muerte de su madre? Pero no tiene lógica: si nadie ha descubierto la mentira en años, no hay razón para pensar que la vayan a descubrir ahora. Además, eso no tiene nada que ver con lo que dijo Clive en el búnker. «El problema es cómo ha muerto».

¿Deudas de juego? ¿U otra cosa?

—Por aquí —dice Augustus sin aliento cuando llegamos al fondo de las escaleras. Me arrastra a una habitación con una pared acristalada a un extremo y una enorme chimenea al otro. Un fuego vivo y turbulento crepita en el hogar, aunque el aire acondicionado está muy alto o quizá por eso. El papel pintado es tan llamativo que me duelen los ojos al mirarlo: enormes flores y ramas retorcidas que albergan pájaros con los ojos brillantes y detalladas plumas. Apenas nos hemos sentado en un sofá duro como una piedra cuando oigo voces que se acercan por el pasillo.

—La cena se servirá a las cuatro en punto —dice Ross Sutherland—. Vestíos adecuadamente.

—Siempre lo hacemos —replica Annalise justo antes de que los tres doblen la esquina y entren en la sala de estar. Al ver a Augustus Annalise contiene un grito y corre hacia su sobrino con una mano tendida.

—¡Cariño, cómo tienes la cara! —exclama. Le pasa los dedos por el cardenal y pregunta—: ¿Qué te pasado?

Un músculo tiembla en la mejilla de Augustus. Su mirada salta de su tía a su abuelo y luego a mí. La tensión se apodera de mi cuerpo mientras espero la revelación que hará caer las fichas del dominó en la vida de Kat.

—¿Y bien? —pregunta Ross, que se acerca para verlo mejor—. ¿Cómo te has hecho eso?

Augustus me sostiene la mirada y dice:

—La típica pelea de bar.

CAPÍTULO 31
KAT

En cuanto los faros traseros de Augustus desaparecen en el boque, respiro hondo y relajo los hombros. Podría haber ido peor, pero también podría haber ido mucho mejor.

Y ahora estoy básicamente atrapada aquí. No puedo hacer nada más que seguir la sugerencia de Augustus: preguntarle a Jamie cómo se encuentra. Seguro que ha comido lo suficiente para recuperar algo de energía y debe de estar despistadísima. Tendrá muchas preguntas y tengo que empezar a contestarlas. Puede que se nos ocurra un plan que funcione.

Pero nada más entrar oigo un ruido que conozco bien: arcadas intensas y dolorosas procedentes del baño.

—¿Jamie? —grito corriendo hacia ella.

Está encorvada encima de la taza, temblando.

—Ha vuelto a empezar —gime.

Un sentimiento de culpa me culebrea por el estómago mientras me arrodillo a su lado.

—Lo siento —le digo a la vez que le aparto el pelo de la cara. Está sudando otra vez y el tono gris de su tez es todavía más pálido—. No debería haberte obligado a comer.

¿Por qué la he obligado a comer? Da igual, ya lo sé: porque quería distraerla. Porque me he convencido de que no podría mantener la conversación de «han intentado matarte» con el estómago vacío.

Me quedo a su lado hasta que cesan las arcadas secas.

—Vuelve a la cama —le digo a la vez que le paso un brazo por debajo del hombro para ayudarla a levantarse. Pero casi no puedo con ella: es un peso muerto y prácticamente tengo que llevarla yo al dormitorio.

Cuando llega a la cama, se acurruca en posición fetal.

—Lo siento —repito. Tapo la fiambrera de la granola, que ha dejado en la mesilla de noche—. Pensaba que te sentaría bien comer un poco.

Y entonces me quedo pensando con la fiambrera en la mano. Comer debería haberle sentado bien, si realmente se estuviera recuperando de la gripe o de algún otro virus. No hay motivo para que la misma granola casera que come a diario le provoque vómitos otra vez, a menos que esté en malas condiciones.

Abro el recipiente y echo un vistazo al interior. Contiene granola oscura y crujiente y, para mí, nada apetitosa. La misma de siempre. Vacío la fiambrera en el suelo, toda menos un residuo de polvillo granuloso. Paso el dedo por el fondo y me chupo la yema con tiento. Sabe a cartón.

Un recuerdo me viene a la mente en ese momento: Jamie y yo preparando un batido de frutas hace unos años, cuando mi madre empezaba a alimentarse de manera más saludable. Teníamos una receta de batido de fresa y plátano que nos gustaba a las dos y esa vez, después de verter leche de almendras en el robot de cocina, me enseñó un bote lleno de un polvo dorado.

—Le vamos a añadir germen de trigo —dijo.

—Déjame probarlo.

Le cogí el bote y me eché un poco de polvo en la boca. Lo escupí al momento.

—¡Qué asco! ¡Parece cartón! —me quejé y cogí un refresco para quitarme el mal sabor.

—Es bueno para la salud —dijo Jamie—. Y no notarás el gusto cuando lo mezclemos con todo lo demás.

Pero después de beberse el batido, se puso muy enferma. Por eso dejó de comer gluten: porque una cucharada de germen de trigo la dejó fuera de combate durante varios días. Nunca más ha vomitado tanto hasta… ahora.

Recojo un puñado de granola del suelo para mirarla de cerca. Antes no me he dado cuenta, pero ahora que estoy buscando el germen de trigo no puedo dejar de verlo. Los minúsculos granitos están por todas partes.

Tiro la granola y me siento sobre los talones con un largo suspiro. En cierto sentido es un alivio entender por fin qué le pasa a Jamie, sobre todo porque sé que se pondrá bien en cuanto el gluten desaparezca de su organismo. Pero ahora me enfrento a un problema distinto, pues es imposible que mi madre haya cometido ese error. Hace años que no prueba el gluten.

Y eso significa que alguien lo ha mezclado con la granola.

Pero ¿por qué? ¿Y quién? Jamie preparó esta remesa la mañana que salimos hacia Bixby. Se comió un cuenco, guardó el resto en la mochila, metió la mochila en el maletero y luego…

Aspiro horrorizada, tan sonoramente que Jamie se revuelve en la cama.

Luego vi a Morgan, que me dijo que estaba comprobando la rueda de repuesto. Tenía la mochila de Jamie en la mano. Y la cremallera estaba abierta.

—Oh, Dios mío —exclamo a la vez que me pongo de pie—. Ha sido Morgan.

No me extraña que se pusiera tan nerviosa cuando me vio aparecer. Sabe que Jamie es alérgica al gluten y básicamente la envenenó. Es lo único que tiene lógica y sin embargo… no la tiene. Morgan no tiene ningún motivo para hacerle daño a Jamie, a menos que…

—Puede que esté celosa —le digo al bulto acurrucado que es Jamie.

Siempre he pensado que entre Morgan y mi madre había una rivalidad amistosa, pero, bien pensado, ¿cómo me sentiría yo si pensase que mi madre prefiere a una de mis amigas antes que a mí? Jamie siempre ha sido la niña de los ojos de Gem, tanto que Gem iba a ayudarla a empezar otra vez de cero. ¿Qué dijo Morgan cuando Jamie se lo contó? «¿Decides dejarlo y de repente tienes un trabajo de nueve a cinco con… qué? ¿Seguridad social y todo?».

Mientras tanto, Morgan la había pifiado tanto que Gem tuvo que dejarla fuera del trabajo Sutherland. Puede que Morgan quisiera estropear la posibilidad de Jamie de tomar el buen camino o destruir su relación con Gem. Morgan también habría podido guardar el anillo de diamantes para que Gem pensase que Jamie lo había robado.

Si Morgan fue capaz de hacer eso, ¿qué más pudo hacer?

De repente, la mitad de mis teorías sobre este fin de semana se derrumban. ¿Y si he contemplado el misterio del collar desaparecido desde el ángulo equivocado? Enseguida di por supuesto que se lo había llevado Vicky, y en ese momento tenía sentido: ella estaba allí y yo necesitaba respuestas. Vicky era un problema que podía afrontar.

Pero Morgan… ¿y si no tenía bastante con dejar a Jamie fuera de combate y decidió llevarse también el collar? Morgan sabía muy bien dónde encontrarlo. Lo único que tenía que hacer —aunque descubriera que yo estaba en Bixby, sustituyendo a mi madre a la desesperada— era esperar el momento oportuno para dar el paso.

¿Y luego qué? ¿Se proponía Morgan presentarse como la heroína que ha encontrado el collar que mi madre había sido tan descuidada como para perder de vista? ¿O tenía pensado darle una puñalada trapera a mi madre, cambiar el collar y vendérselo a un comprador propio? Pensaría que estaba matando dos pájaros de un tiro, al menos hasta que asesinaron a Parker Sutherland.

Y ahora Morgan no da señales de vida. ¿Tuvo tiempo de dar el cambiazo antes de que todo se fuera al garete? ¿Sabe lo que le pasó a Parker? ¿Tiene miedo de que la culpen de su muerte? ¿O solo teme la ira de Gem? Son demasiadas preguntas para procesarlas de una vez, sobre todo porque la última me toca muy de cerca.

—Conozco la sensación —musito a la vez que me froto los brazos, porque tengo la piel de gallina. Morgan no es la única que tiene motivos para temer la reacción de Gem. No sé cuánto tiempo ha pasado desde que atacaron a Jamie, pero Gem piensa en cualquier caso que estamos de camino a Boston. No puedo explicarle que no es así sin contarle también cómo he revelado la existencia de Impecable sin querer.

Tengo que arreglar este lío y deprisa, antes de que Gem empiece a preguntarse dónde estamos. Cuando vuelva Augustus, le convenceré de que no diga nada. Como sea. Y luego averiguaré qué trama Morgan... también como sea.

Esto último será lo más complicado, porque al menos Augustus está aquí. Morgan podría estar en cualquier parte y tiene cero interés en hablar conmigo. A menos que...

Me golpeo la palma de la mano con los nudillos mientras lo pienso. Gem ya está enfadada con Morgan, aunque todavía no sabe lo que ha hecho su hija este fin de semana ni lo que podría haber hecho. A lo mejor el aliciente que podría ofrecerle sería este: «Puedo impedir que el hoyo que has cavado se haga más profundo».

«O te puedo enterrar».

Cojo el móvil y abro los contactos para buscar el nombre de Morgan. Ya no sé por qué letra voy a estas alturas, pero podríamos llamarlo el plan Q por «que sea lo que Dios quiera». Hay poca estrategia en este caso. Lo que estoy haciendo en realidad es lanzar una pelota al aire y cruzar los dedos para que Morgan la recoja.

«Estoy en Bixby con Jamie —le escribo a Morgan—. Ayer se puso muy enferma. Conozco el motivo y tú también. Se lo iba a decir a Gem, pero me gustaría darte antes la posibilidad de que te expliques. Reúnete conmigo en el hotel Marlow de Randall mañana a las 9 am».

Inspiro hondo y pulso ENVIAR.

CAPÍTULO 32
LIAM

Oigo un rumor lejano de música cuando entro sigilosamente en la casa de invitados. Antes de que pueda subir sin hacer ruido, Luke grita:

—¿Eres tú, amor mío?

Va a ser que no.

—Soy Liam —respondo.

Luke sale de la cocina con un vaso de bourbon en la mano, aunque no son ni las tres.

—No me mires así —dice al ver que mi mirada se entretiene en el vaso—. Ha sido un fin de semana muy largo. —Frunce el ceño cuando cierro la puerta a mi espalda—. ¿Annalise no ha venido? Pensaba que había quedado contigo y con Augustus en casa de Ross.

—Sí, pero luego se ha ido con Augustus a casa de Griffin —respondo—. Augustus, hum, ha recibido un puñetazo en la barbilla. La típica pelea de bar —añado cuando Luke enarca las cejas.

Espero que no siga preguntando, porque Augustus y yo no hemos tenido tiempo de inventarnos los detalles de la historia. Luke se conforma con poner los ojos en blanco.

—Putos niños ricos —dice.

Ya sé que no puedo esperar gran cosa de Luke en cuestión de apoyo o empatía, pero es la única persona que hay aquí y aún estoy

214

de los nervios por todo lo que he descubierto desde que he vuelto al conjunto.

—¿Te acuerdas de Dan, el guardia de seguridad? —le digo—. Dice que mañana tendré que hablar con la policía.

A Luke se le crispa la mandíbula.

—Ya me lo han dicho —contesta—. No veo la necesidad, si saben que estuviste todo el tiempo conmigo y yo ya he hablado con ellos. Pero supongo que tienen que cotejar cada detalle. —Bebe un sorbo de bourbon y añade—: No te preocupes. Has quedado con Clive dentro de un rato, ¿verdad? Él te dará instrucciones.

—Sí, pero... ¿por qué me tiene que dar instrucciones? —le pregunto.

Puede que guarde secretos para dar y tomar relativos a este fin de semana, pero Clive no lo sabe.

—Porque son los Sutherland —dice Luke—. Hacen las cosas a su manera y es importante que todos nos ciñamos al guion.

—¿Al guion? —repito.

—La imagen es fundamental para una familia tan influyente —me explica Luke—. Si la rumorología saca partido a la tragedia, podrían perder millones de dólares.

—¿Rumorología? ¿Sobre qué? ¿Sobre cómo murió Parker? ¿O sobre cómo... podría haber muerto alguien más?

Busco en la cara de Luke alguna pista que me indique si sabe las cosas que los Sutherland están ocultando sobre Parker o la abuela de Augustus, pero él suelta una carcajada.

—Nadie más ha muerto —dice—. No te pongas en plan dramático. Haz lo que te diga Clive y todo irá bien. Yo ya he hablado con la policía y ha sido un mero trámite. No han profundizado demasiado.

Saberlo me consuela. Si la policía no ha «profundizado» con Luke —el tipo cuya primera reunión con la familia millonaria de su novia ha terminado con un asesinato—, no creo que se tomen muchas molestias con su hijo de diecisiete años.

—Vale. Está bien saberlo. Gracias.

—De nada. —Me mira de arriba abajo y añade—: Estás hecho un asco, por cierto. Dúchate y arréglate un poco. Ross quiere que vayamos de traje a la cena.

Es lo más parecido a un consejo paterno que me va a dar, así que lo acepto.

Media hora más tarde, me estoy haciendo el nudo de la corbata en el espejo de mi suite cuando noto la vibración del teléfono en el bolsillo. Lo saco y leo un mensaje de Augustus: «Voy para allá».

Termino de hacer el nudo y escribo: «Cuándo».

—Ahora —dice una voz a mi espalda.

Me vuelvo a mirar y veo a Augustus apoyado contra la jamba de la puerta, vestido con el mismo traje negro que llevaba en la fiesta de cumpleaños de Ross. Su pelo rubio parece húmedo y se lo ha peinado hacia atrás con aire desenfadado.

—Hola —le digo. De repente noto el cuello de la camisa demasiado apretado y lo estiro para aflojarlo—. ¿Qué tal tu barbilla?

—La tía Annalise piensa que no es nada. También piensa que no debería llevarte nunca más a un bar a jugar al billar —dice con una mueca burlona—. Por si alguien te pregunta. —Tuerce la cabeza a un lado, frunce el ceño y añade—: ¿Quién te ha enseñado a hacer nudos de corbata?

—YouTube —reconozco.

Es algo que llevaba años sin recordar: mi primer baile de fin de curso, cuando pedí una corbata por Amazon y me di cuenta de que no tenía la más remota idea de qué hacer con ella. Fui a la sala, donde mi madre estaba mirando la tele, con una camisa planchada a toda prisa y la corbata colgando del cuello.

—Mamá —le dije agitando un extremo de la corbata—. ¿Me puedes enseñar a ponérmela?

Estaba acostumbrado a la eficiencia desenvuelta de mi madre (asumió con naturalidad los roles de padre y madre sin aturullarse nunca, en apariencia), así que no estaba preparado para ver incertidumbre en su cara ni una expresión apenada que no pudo disimular al decir:

—No sé hacer nudos de corbata.

Se rehízo casi al instante exclamando:

—¡Pero puedo aprender!

Lo dijo con una sonrisa alegre y decidida ya levantándose del sofá. Pero di media vuelta y le dije que ya me las apañaría. Que fue lo que hice, al final.

No quiero pensar en eso ahora, mientras Augustus cruza la habitación con zancadas decididas.

—Me parece que ya nos conocemos lo suficiente como para que te informe de que mi abuelo va a tener muy mala opinión de ti si ve ese nudo —dice con una sonrisa de medio lado a la vez que levanta una tira inferior demasiado larga—. Por no hablar de la longitud poco convencional que has escogido. ¿Puedo?

Está tan cerca que huelo el jabón cítrico con el que se ha duchado y veo las motitas plateadas de sus ojos.

—Claro, tú mismo —respondo. Pretendía decirlo en tono desenfadado, pero no ha sonado así. La sonrisa de Augustus se ensancha mientras tira de la corbata para quitármela.

Trago saliva con dificultad y pregunto:

—¿Has sabido algo más de tu tío?

—Acabo de hablar con Dan —dice a la vez que me rodea el cuello con la corbata desatada y ajusta los extremos con cuidado—. Quería preguntarle cómo iba la investigación. Te sorprenderá saber que es confidencial.

—Claro —contesto—. Qué sorpresa.

Como respuesta no es gran cosa, pero me cuesta pensar teniendo la cara de Augustus, fruncida por la concentración, a pocos centímetros de la mía mientras rehace el nudo de la corbata con movimientos rápidos y seguros. Parpadeo y vuelvo a probar.

—Estaba pensando... Quería preguntarte por...

—Suéltalo ya, Liam —murmura Augustus sosteniéndome la mirada. Me roza el cuello con la yema de los dedos y los deja un momento debajo de la tela de la camisa. Es la caricia más leve del mundo, pero igualmente me marea—. ¿Por quién me querías preguntar?

—Por Kat —le espeto, y él adopta una expresión distante.

Mierda, no se puede ser más inoportuno.

Retrocede un paso, tensa el nudo de la corbata rápidamente y lo suelta.

—Ya está —dice.

Echo un vistazo al espejo: es un nudo Windsor perfecto.

—Gracias —le digo alisando una arruga que no está—. Y perdona si he sido demasiado… brusco. Es que no hemos tenido ocasión de comentar eso de que, hum… no las has delatado a ella y a Jamie.

Le he enviado un mensaje a Kat antes de ducharme para contarle las novedades. Pensaba que se emocionaría y que me haría un montón de preguntas para saber qué había pasado, pero en vez de eso me ha soltado «HAN ENVENENADO A JAMIE» y he caído en la cuenta, una vez que me he tranquilizado lo suficiente para comprender que Jamie no estaba muerta, de que era la clase de mensaje que el antiguo Liam, instalado en una vida cómoda y tranquila en Maryland, nunca habría esperado recibir. Ay, cómo cambian las cosas.

—Ya, bueno —dice Augustus—. Tampoco es que mi familia sea un ejemplo de moralidad después de haber encubierto un homicidio.

Pestañeo sorprendido.

—Fue un accidente.

—No, si hay alcohol de por medio.

Ni siquiera lo había pensado. Es irónico, supongo, que sea Griffin el miembro de la familia Sutherland que en teoría tiene un problema con la bebida. Puede que sea alcohólico, pero al menos él no mató a nadie.

—¿Crees que tu padre lo sabe? —le pregunto.

Augustus suspira.

—No se lo he podido preguntar, pero tengo el horrible presentimiento de que sí. Empezó a beber mucho más después de que muriera mi abuela. Pensé que se debía a la tristeza y seguro que en parte sí, pero también es verdad que siempre ha tenido debilidad por el tío Parker. Es el típico complejo de hermano mayor: dar la cara por el otro en todo momento aunque no lo merezca. Seguro que el secreto le corroía por dentro.

Pienso en lo que pasó ayer, en Griffin tratando de convencer a su hermano de que lo acompañase. Si lo hubiera conseguido, Parker seguiría aquí. Augustus mira el suelo enfurruñado, pero luego se obliga a sonreír y dice:

—Todo esto es muy deprimente, ¿no? Y no he venido por eso.

—¿Por qué has venido? —pregunto. En un tono demasiado esperanzado.

—Da igual. La corbata te queda muy bien, por cierto. De nada.

Me da una palmada en la espalda que casi parece un permiso para retirarme y a mí me gustaría poder regresar cinco minutos atrás para volver a empezar. Nuestra interacción podría haber sido muy distinta si me hubiera callado esta bocaza que tengo.

—¿Sabes algo de nuestra amiguita falsificadora? —añade Augustus.

Le cuento lo de Jamie, Morgan y el germen de trigo y él agranda más los ojos con cada revelación.

—¿La hija se la ha jugado a su madre? —pregunta cuando termino el relato.

—Eso piensa Kat.

—Fascinante. Deberían hacer una película sobre esa gente. Aunque todavía no me puedo creer que sean capaces de engañar a la tía Annalise con esa falsificación tan buena, según ellas. Deberías ver el collar. Podría estar en un museo.

—¿Puedo? —le pregunto.

—¿Eh?

—¿Puedo verlo? El collar —le digo.

Siento curiosidad desde que Kat nos habló de él. ¿Cómo será esa joya para que valga la pena tomarse tantas molestias?

—O sea, ¿ahora? —pregunta Augustus.

Echo un vistazo al reloj de la cómoda.

—Tenemos un rato antes de que vaya a ver a Clive. Pero si es muy complicado…

—No —dice Augustus—. La tía Annalise se trajo aquí todas sus cosas, ¿no? Debe de estar en el vestidor de arriba.

Se pone de pie y sale al pasillo. Con una mano en la barandilla de la escalera que lleva a la suite del último piso, grita:

—¡Tía Annalise!

Ella no contesta.

—¿Mi padre estaba abajo? —le pregunto—. Puede que estén juntos.

—Él me ha abierto la puerta y luego se ha marchado. —Augustus se encoge de hombros—. Pero podemos subir igualmente. A ella no le importará.

—¿Seguro? —dudo.

Pero Augustus ya ha empezado a subir las escaleras, así que le sigo.

Entramos por unas puertas dobles, acristaladas, que dan a una amplia zona de estar. Todo en esta habitación parece diseñado para la comodidad: los sofás de terciopelo, las alfombras de pelo largo y un asiento en la ventana cubierto de enormes almohadones. Hay otras puertas dobles en la pared de enfrente de la ventana, entreabiertas, que llevan a una segunda habitación. Desde donde estoy veo el borde de una cama con dosel.

—Seguramente estará ahí dentro —dice Augustus, que pasa de largo y abre otra puerta.

Le sigo adentro y echo un vistazo a lo que debe de ser el vestidor. Nunca he visto tantas barras para colgar ropa, de no ser en una tienda de moda. Vestidos de noche clasificados por colores cubren la pared que tengo más cerca. Hay estantes para jerséis, para sombreros y para botas. Un aplique de bronce y cristal cuelga sobre un aparador que me recuerda a una isla de cocina, solo que repleta de bolsos hasta el último centímetro.

—Se ha traído media casa —comenta Augustus.

—Habrá tardado siglos en empaquetarlo todo —digo.

Me doy cuenta de lo absurdo que es mi comentario un nanosegundo antes de que Augustus sonría con suficiencia.

—Ay, Liam —me dice dándome unas palmaditas en el hombro—. Qué mono eres. Mira que pensar que lo ha hecho ella...

Se acerca a una alacena que está al lado de un espejo enorme y empuja la puerta. Cuando se abre, veo una docena de estuches de terciopelo negro apilados con cuidado.

—Debe de estar en uno de estos —dice a la vez que coge el primero. Abre la caja y me enseña un reluciente collar de diamantes—. No es este. —Lo deja a un lado y abre el estuche siguiente—. Ni este —añade agitando dos pulseras de oro.

Cuando lleva abiertos once estuches sin resultado, empiezo a pensar que quizá la jefa de Jamie tuviera razón a fin de cuentas: nadie necesita tantas joyas. En ese momento Augustus abre el último estuche del armario y dice:

—Aquí está. El último pero ni en sueños el menos importante. —Saca un collar espectacular y dice—: ¿Qué te parece?

No entiendo de joyas, pero...

—Es alucinante. ¿Puedo? —le pregunto alargando la mano.

Augustus me tiende el collar y yo me quedo mirando el brillo rojo de los rubíes contra el exquisito oro. El diseño no se parece a nada que haya visto antes. Es elegante, elaborado e imponente. No entiendo cómo alguien podría copiarlo sin tenerlo delante todo el tiempo.

Luego sujeto los eslabones que sujetan el broche, lo acerco a la luz y me quedo helado.

—Augustus —le digo—. Hay una muesca.

CAPÍTULO 33
LIAM

—¿Cómo?

—En el broche —le digo—. ¿Te acuerdas de que Kat nos dijo que les hacen una muesca a las falsificaciones? Pues aquí hay una. Casi no se ve, pero está ahí.

—Déjame ver —me pide. Le tiendo el collar y él observa el broche con el ceño fruncido—. Vale, sí, pero… puede que ya estuviera.

—Sería mucha coincidencia.

—Ya lo sé, pero…

Augustus inspecciona una de las piedras más grandes.

—Parece auténtica. ¿Crees qué…? Mierda. —Me mira a los ojos—. ¿Esa tal Morgan dio el cambiazo?

—Puede —digo.

Nos miramos un ratito, hasta que una voz lejana nos sobresalta a los dos.

—Me parece que es mi tía —dice Augustus. Luego contiene una risa y añade—: Ay, por Dios, pareces superculpable y ni siquiera has hecho nada. Va a notar que pasa algo. Mira, voy a bajar y a entretenerla un rato. Tú vuelve a tu habitación y… haz algo con esa cara.

—¿Como qué? —cuchicheo.

Pero él ya está saliendo. Solo cuando oigo sus pasos en las escaleras me doy cuenta de que me ha dejado con un montón de estuches de joyas descartados.

222

Y quizá —¿seguramente?— con un collar falso.

Guardo el collar en su estuche con mucho cuidado, cierro la tapa y lo meto en la alacena. Luego cojo las cajas que Augustus ha dejado a un lado y las levanto todas juntas para guardarlas a toda prisa y...

Me falla una mano y los estuches se tambalean.

—¡Noooooo! —gimo horrorizado a la vez que intento sostenerlas. Pero es inútil. Los once estuches acaban en el suelo, varios de ellos abiertos y con el contenido desparramado a mis pies en un montón reluciente.

Me agacho y empiezo a guardar joyas en los primeros estuches que pillo. Son todos iguales, ¿no? Será mejor que sí, porque no sé qué va en cada sitio. Trabajo lo más deprisa que puedo metiendo una joya en la caja y colocando cada estuche encima del anterior. Al final solo queda un estuche y una pulsera de oro.

Un momento. No. Tendría que haber dos pulseras de oro.

—Maldita sea —susurro mirando alrededor.

Debe de haberse metido debajo de alguna parte. Rebusco a gatas por el reluciente suelo, con las manos extendidas. Noto la vibración del teléfono en el bolsillo: seguro que es un mensaje de Augustus que me pregunta dónde estoy.

«Lo siento, no puedo hablar —pienso reprimiendo una risa histérica—. Estoy en pleno rescate de una pulsera».

Por fin, en la sección de vestidos de noche, noto el frío tacto del metal en la yema de los dedos. Cojo la pulsera, la guardo en la caja con la otra, la coloco en lo alto del montón y cierro la puerta. Solo que... el estuche de las pulseras no fue el primero que sacó Augustus, ¿verdad? No, fue el segundo, y seguro que Annalise repara en ese detalle. Estoy a punto de volver a abrir la alacena cuando unas voces que se acercan me paralizan en seco.

—Es que me parecía que no iba lo bastante elegante —dice Annalise.

Se me para el corazón. ¿Con quién está hablando? Por favor, que no sea...

—Estás perfecta —responde Luke.

Los pasos se dirigen hacia aquí. No puedo hacer nada excepto meterme a toda prisa detrás de los vestidos de fiesta, pegarme contra la pared y rezar para que la tela me esconda. El sudor brota de mi frente mientras mi teléfono vibra sin cesar. Augustus ya sabrá a estas alturas que la he pifiado, ¿no? Provocará otra distracción para sacarlos de aquí y así podré organizar los estuches en el orden correcto y marcharme.

—Unas pulseras quizá —está diciendo Annalise—. Las de oro.

Oh, no.

El taconeo se acerca a pocos pasos de donde estoy y luego cesa de golpe.

—Annalise, espera —le dice Luke en tono meloso—. No necesitas ninguna pulsera. Solamente te falta una joya.

«El collar auténtico», pienso a la vez que cierro los ojos con fuerza. ¿Ya se habrán dado cuenta y Augustus, como de costumbre, ha sido el último en enterarse?

Oigo un roce de tela y Annalise contiene una exclamación.

—¿Qué estás haciendo? —pregunta como si de repente le faltara el aliento.

—Annalise, este no es ni de lejos el anillo que mereces —empieza Luke—. Y sé que tu familia acaba de vivir una horrible tragedia y necesita tiempo y espacio para presentar sus respetos a Parker. Pero llevo esto encima desde hace una semana, tratando de reunir el valor necesario para ofrecértelo. Este fin de semana me he dado cuenta de que la vida es demasiado corta, y preciosa. No quiero pasar ni un solo minuto más sin tenerte a mi lado.

Agrando los ojos en silencio, horrorizado. Ay, por Dios.

—Ay, por Dios —exclama Annalise con una lagrimilla en la voz.

—Si te pones este anillo aunque solo sea un momento para que yo sepa que eres mía, me harás el hombre más feliz de la Tierra —dice Luke—. Annalise, amor mío, ¿te quieres casar conmigo?

«No —pienso conteniendo el aliento—. Di que no, di que no, di que…».

—¡Sí! —exclama Annalise.

CAPÍTULO 34
LIAM

—Gracias por concederme tu tiempo, Liam —dice Clive, que está sentado enfrente de mí en la cocina de la casa de invitados—. Te lo agradezco.

Tampoco tenía elección, pero...

—No pasa nada —le digo revolviéndome en el asiento. Estas sillas de cocina no se parecen a ninguna que haya probado antes: no solo son mullidas como una nube, sino que giran sobre sí mismas para que te puedas dar la vuelta y mirar los jardines en flor o el gigantesco televisor anclado a la pared.

Cuando llegué aquí hace dos días, me pasé media hora dando vueltas y más vueltas. Ahora me parecen normales. Es curioso lo poco que cuesta acostumbrarse a los pequeños lujos. A pesar de todo, no puedo evitar hacer que la silla gire un poco mientras Clive dice:

—Ya sé que ha sido un fin de semana muy complicado.

«Ni te lo imaginas», pienso a la vez que detengo la silla para poder observar la cara bronceada y lisa de Clive. Me parece que, después de este fin de semana, voy a tener más arrugas que él. Ha llegado tan puntual que no he tenido un momento para contarle a Augustus lo de la petición de matrimonio. Y esa solo ha sido la cuarta (o quinta) cosa más traumática que me ha pasado hoy.

—No quiero que te preocupes ni te sientas intimidado por tener que hablar mañana con la policía —continúa Clive—. Te harán unas cuantas preguntas y tu padre estará contigo en todo momento. —Sonríe, como si pensase que eso me consuela—. Y no temas, no eres el único. Van a pedir a todos los invitados que cuenten su versión de lo sucedido.

—La verdad es que yo no vi nada…

—Pues claro que no viste nada —dice Clive asintiendo con aire comprensivo—. ¿Qué ibas a ver? Estabas sentado a la mesa mientras cortaban el pastel cuando oíste un disparo. No sabías lo que era, pero pensaste que procedía del bosque y te encaminaste hacia allí con varios miembros de la familia. En ese momento llegó el equipo de seguridad de los Sutherland, que os llevaron al refugio. Te quedaste allí hasta que te pidieron que te marcharas mientras yo le daba a la familia la noticia de la muerte de Parker.

Parpadeo despistado. No sé qué hago aquí si ya sabe todo eso.

—Sí —respondo—. Más o menos eso es todo.

—Eso es todo —afirma Clive— y es lo que debes decirles.

—Vale, pero… —Mi cerebro no echa el freno a tiempo para callarme la boca—. ¿Y si me preguntan por las otras cosas?

Su mirada se afila.

—¿Qué otras cosas?

—No sé… Lo que sea. —Reprimo el impulso de aflojarme el cuello de la camisa, aunque tengo la sensación de que me estoy ahogando, y en vez de eso entrelazo las manos en el regazo—. Sobre los Sutherland o…

—Ah —dice Clive—. Ya veo por dónde vas.

Se me crispan los hombros cuando le pregunto:

—¿Ah, sí?

—Liam, tus impresiones sobre las dinámicas de la familia Sutherland no son esenciales en esta investigación —dice—. Por ejemplo, la conducta de Griffin durante la comida. Sé que estabas sentado a la mesa de Parker, pero la familia ya ha prestado declaración sobre la adicción de Griffin. Que, como quizá ya sepas, está siendo tratado por los profesionales más capacitados. No hay ninguna necesidad de volver a incidir en el tema. No creo que te hagan preguntas al respecto y por favor no lo menciones por propia iniciativa.

—No pensaba hacerlo —le digo ofendido de que me crea capaz.

—Es posible que te pregunten por el estado de ánimo de Parker durante la comida. Será mejor que te mantengas en un terreno neutral. Dice Larissa que la conversación versó principalmente sobre destinos vacacionales, ¿no es cierto?

«Claro —pienso—, cuando no estaba criticando el instituto de Augustus u obligando a Kat a enseñar el anillo de diamantes que… Ay, mierda». Me hundo en el asiento cuando comprendo que seguramente Kat mintió también sobre eso. Un anillo de compromiso, y un cuerno. Jamie debió de robarlo.

—Liam —me dice Clive con gravedad—. ¿A qué viene esa cara?

«Maldita sea. ¿Por qué no puedo controlar mi expresión?».

—No es nada —le digo enderezando el cuerpo tan rápidamente que la silla gira unos centímetros. Vuelvo atrás a toda prisa para seguir mirando a Clive a la cara y añado—: Es que… puede que pasaran otras cosas durante la comida…

—Ninguna de las cuales concierne a la investigación de la muerte de Parker —termina Clive en tono empalagoso—. Así que no hace falta mencionarlas.

En ese momento caigo en la cuenta de que no debería tenerle miedo a Clive. A él le da igual lo que yo haya estado haciendo este fin de semana. Solo le interesa «atajar» los rumores sobre la muerte de Parker. Tal como dijo Ross. Y es posible que no se me presente una oportunidad mejor que esta de averiguar el motivo.

—¿Y por qué querría la policía conocer el estado de ánimo de Parker? —le pregunto.

—Mero trámite —dice Clive, pero no se me pasa por alto la leve tensión de su mandíbula—. La respuesta más sencilla que les puedes dar, seguramente, es «no me acuerdo». La frase da buen resultado en casi todas las situaciones, sobre todo en el caso de alguien como tú.

—¿Alguien como yo? —repito como un loro.

—Joven. Anónimo. Traumatizado por la reciente defunción de tu madre. No muy unido a la familia Sutherland. —Clive lleva la cuenta con los dedos y luego agita la mano como si acabara de resumir quién soy y de descartarme al mismo tiempo—. Nadie esperará que aportes nada de interés. Solo tienen que rellenar la casilla.

«Rellenar la casilla». Este tío no tiene ni idea de lo que he vivido y además le importa un comino. La «trágica pérdida» que yo pueda haber sufrido no es más que un punto más en su argumentario de esta crisis. Y quizá me convenga —así no está pendiente de mí, al menos—, pero también es insultante.

A pesar de todo, no siento el mismo tipo de rabia que me inspiraba Luke antes de este fin de semana. Y desde luego no me siento anestesiado. Me siento... interesado. E involucrado, porque lo que pase a continuación no solo me afecta a mí, también afecta a Kat y a Augustus.

—Me parece... —Hago girar la silla en semicírculo y miro por la ventana como si tratara de recordar algo importante—. Me parece que Parker dijo algo de... póquer. ¿Juega mucho? A lo mejor eso les ayuda.

Parker no mencionó nada de eso en la comida, lo hizo Augustus. Pero merece la pena soltar esa trola solo por ver a Clive apretar tanto los labios que prácticamente le desaparecen de la cara.

—No les ayudará —replica—. De hecho, es el tipo de tema que deberías evitar. Solo servirá para distraer a los agentes de lo que tienen entre manos.

—¿Seguro? —presiono—. Porque, o sea... la gente apuesta al póquer. No sé mucho de eso, pero algunas personas se lo toman muy en serio, ¿no?

—Parker casi nunca apostaba, así que...

—Sobre todo si pierdes mucho dinero —continúo como si él no hubiera dicho nada. Me produce cierta satisfacción poner a Clive de los nervios, quizá porque, por una vez este fin de semana, estoy tomando la iniciativa en lugar de desesperarme cada vez que me pasa algo—. Y me parece que podría ser el caso de Parker.

Hizo una broma al respecto durante la comida. —Clive agranda los ojos con expresión alarmada y añado—: Aunque puede que no bromease.

—Estoy seguro de que sí —dice Clive.

—Ya, pero ¿debería mencionarlo? Por si acaso.

—No, no procede —responde Clive enjugándose el labio superior—. Si te preguntan algo sobre la conversación de la comida al margen de la charla educada sobre las vacaciones, di: «No me acuerdo».

No me esperaba que la reunión fuera a discurrir así: que me diera por inventarme cosas hasta que el hipereficiente Clive Clayborne empezara a derrumbarse ante mis ojos. Creo que Kat estaría orgullosa y eso me produce una satisfacción extraña.

—Vale, sí, lo entiendo —le digo—. Pero es que es muy confuso no saber nada de lo que pasó. No entiendo qué pudo llevar a alguien a matar a Parker Sutherland.

—Bueno, afortunadamente, no hace falta que lo entiendas —replica Clive, que me enseña los dientes con un gesto que ni haciendo un gran esfuerzo podría considerar una sonrisa—. Ni yo tampoco —prosigue—. De eso se encarga la policía. Tu tarea de mañana consiste en no especular ni difundir rumores. Explicar lo que viste y oíste justo después del disparo que mató a Parker.

—Lo entiendo —digo—. Entonces, para que me quede claro, no debería mencionar bajo ningún concepto eso de que había algún problema en, ya sabe... la manera de morir.

Clive endereza la espalda al escuchar sus propias palabras y me pregunto si me habré pasado de la raya. ¿Se acuerda de que dijo eso en el búnker? No quiero meter a Augustus en un lío. Y aunque disfruto chinchando a Clive, no he descubierto nada verdaderamente útil. Ya sabía que los Sutherland no quieren que trascienda cierto detalle de la muerte de Parker. Que Clive se haya puesto nervioso cuando le he lanzado mi cebo no significa nada; seguramente habría reaccionado igual ante cualquier chisme que hubiera mencionado. Su trabajo, al fin y al cabo, es asegurarse de que nada ensombrezca la reputación de los Sutherland.

—¿Quién lo dice? —pregunta Clive en un tono de voz que de repente se ha vuelto frío como el hielo.

Ha llegado el momento de emprender la retirada. Así que sigo su consejo y le digo:

—No me acuerdo.

CAPÍTULO 35
KAT

Nunca había participado en una fiesta de pizza como esta.

—¿Prometidos? —escupo a la vez que me abalanzo sobre la última porción de pizza de las dos cajas que Liam y Augustus han traído a la cabaña. Solamente llevan aquí quince minutos, pero las novedades que han reunido en el rato que han pasado en el conjunto residencial de los Sutherland se acumulan.

—Prometidos —confirma Augustus—. Y, como es obvio, tenemos que informar a mi tía de la clase de persona con la que se ha enredado. Pero va a ser complicado explicarle cómo sabemos que se han comprometido, si no se lo han dicho a nadie.

—No pensaba que fuera a pasar este fin de semana, en serio —suspira Liam—. No podría haber escogido un momento peor. Annalise acaba de perder a su hermano. ¡Ahora mismo no piensa con claridad!

—Seguro que Luke ya contaba con eso.

Es lo que he intentado decir, pero la pizza que tengo en la boca transforma las palabras en un farfullo indescifrable. Cierro los ojos como en éxtasis mientras saboreo esta delicia cálida y grasienta. Casi vuelvo a ser persona: me he duchado, me he librado del vestido destrozado de Jamie y he comido hasta hartarme. Mi madre duerme tranquilamente en el dormitorio y me anima saber que hoy no ha comido tanta granola como ayer.

Tiene mejor color y espero que mañana empiece a sentirse bien.

—Buena observación —dice Augustus amablemente.

Hemos prescindido de la desvencijada mesa del comedor —solo hay dos sillas que no estén rotas en toda la casa— y estamos cenando sentados en corro en el suelo, con las pizzas en el centro.

—Al menos no parece que quiera convencerla de que se casen mañana mismo —dice Liam entre tragos de una lata de Sprite.

—Todavía —apunto en tono funesto al mismo tiempo que me limpio las manos en una servilleta—. ¿Estás seguro de que el collar tiene una muesca en el broche?

—Segurísimo —responde—. Tal como dijiste.

—Pues esto es lo que creo que ha pasado —empiezo—. Morgan dejó a Jamie fuera de combate, robó el collar auténtico y dejó el falso. Seguramente tenía pensado vendérselo a un perista y dejar a Jamie con el culo al aire. Pero entonces se enteró de lo que le había pasado a Parker y se asustó, así que ha optado por esconderse.

—¿Y no sería más lógico que se comportara con normalidad? —pregunta Liam poco convencido—. ¿Que le devolviera las llamadas a su madre?

—Puede que se explique mañana en el Marlow —digo.

—¿De verdad piensas que se reunirá contigo? —duda Liam—. Tu mensaje era un tanto agresivo.

—Está acostumbrada —le digo y me vuelvo hacia Augustus—. ¿Le diste a tu familia la descripción del hombre que estaba en el bosque?

—Todavía no —me contesta envarado.

—¿Por qué no? —le pregunto.

Augustus titubea y sus ojos saltan a Liam. Luego se pone de pie con brusquedad y dice:

—También hemos ido a comprar. Las cosas están en el coche. Voy a buscarlas.

Espero hasta que cierra la puerta al salir y me vuelvo hacia Liam.

—¿Me he perdido algo? —le pregunto.

Liam se frota la nuca.

—No sé si debería contártelo —responde.

—¿En serio? Yo te lo he contado todo.

Pone los ojos en blanco, y añado:

—Vale, te lo conté al final. Venga ya, los tres somos prácticamente un equipo, ¿no?

Guarda silencio tanto rato que me mosqueo.

—¿O solo lo formáis tú y Augustus?

—No, claro que no. Es que… —Liam echa un vistazo a la puerta cerrada y luego parece armarse de valor—. Mira, no se lo digas a nadie, ¿vale?

Me dibujo una cruz en el corazón.

—Augustus y yo oímos hablar a su familia en el despacho de Ross. Parker mató sin querer a la abuela de Augustus hace unos años. Estrelló el barco cuando estaba borracho.

Lo miro alucinando.

—¿Y por qué no me lo habéis dicho antes?

—Teníamos como tres novedades que contarte primero —replica Liam a la defensiva—. Además, para Augustus es un tema delicado.

—Pero relevante, ¿no te parece? —le pregunto—. No me extraña que Augustus no me delatara. —El cerebro me funciona a toda pastilla mientras trato de asimilar la nueva información—. Es curioso, ¿no? Matar a la queridísima matriarca… Eso es un móvil.

—Un móvil para… —Liam pestañea cuando comprende lo que estoy insinuando—. ¿Para matar a Parker? ¿Los Sutherland? No digas tonterías, Kat. Fue un accidente y él es de la familia.

—Las familias se asesinan unos a otros constantemente.

—No, no es verdad —replica Liam—. Tienes que empezar a moverte en otros círculos sociales.

—Lo intento —le recuerdo—. Y tú tienes que ser menos ingenuo.

—No soy ingenuo. Es que no tiene sentido —insiste Liam—. Aunque los Sutherland estuvieran empeñados en vengarse, ¿por qué iban a esperar años y luego atacar en mitad de la fiesta de

Ross? Unas personas con tantos recursos se podrían haber deshecho de su oveja negra mucho más discretamente.

—Puede que lo hicieran por eso. Porque así nadie sospecharía de ellos.

Liam suspira.

—Sabes que a veces eres agotadora, ¿verdad?

—Sí, pero piénsalo bien. Los Sutherland no pudieron hacerlo ellos mismos —razono dándome golpecitos con el dedo en la barbilla—. La persona que vi en el bosque no era ninguno de ellos y, de todas formas, todos estaban a punto de comerse el pastel. Todos menos Griffin y... ¡aaah! Un momento. —Aferro el brazo de Liam—. Griffin... no se parece a Parker y a Augustus. No es delgado. Es corpulento.

—Kat, venga ya —me reprocha Liam en tono casi severo—. Griffin está en desintoxicación.

—Supuestamente —replico.

—No vayas por ahí —me advierte Liam.

—Yo solo digo que...

—Podemos llamar a Chatham Shady Acres para comprobarlo si quieres —sugiere una voz desde la puerta antes de que yo pueda decir nada más—. O puede que sea Shady Hill. No me acuerdo.

Me arden las mejillas cuando Augustus entra con dos bolsas de la compra que deja en la mesa del comedor.

—Hay cosas que necesitan nevera —dice antes de volver a salir.

—¿Se... Se marcha? —pregunto mientras Liam se pone de pie.

—Espero que no —me dice y sigue a Augustus al exterior.

Maldita sea. Se supone que debo congraciarme con Augustus para que nos deje marchar a mí y a Jamie, no... lo que haya sido esto. ¿Debería seguirlos?

No, será mejor que espere. Cinco minutos al menos, para que Augustus se tranquilice. Y Liam. No me esperaba que se pusiera en plan protector con Augustus, aunque quizá debería haberlo previsto.

Empiezo a contar, pero apenas he llegado a sesenta y ya me estoy poniendo de los nervios. En ese momento el reloj de cuco empieza a armar escándalo otra vez.

—Tienes razón —digo y me pongo de pie a toda prisa mientras las figuritas de madera giran sobre sí mismas—. Un minuto es tiempo de sobra.

Liam y Augustus están de pie al lado del coche con las cabezas pegadas y los dos levantan la vista cuando me acerco.

—¡Augustus! —grito—. No debería haber dicho eso de tu padre. Solo estaba pensando en voz alta. —Me quedo parada a unos pasos de distancia con las manos en las caderas—. Siento que tenga problemas. Y siento mucho lo de tu abuela. Y sigo sintiendo mucho lo de Parker, por si aún no te lo he dejado bastante claro.

—¿Algo más? —pregunta Augustus.

Espero un momento antes de decir:

—Siento que no trajeras tres pizzas.

—Joder, Kat —gime Liam, pero Augustus me dedica una sonrisa cansada.

—No cambies nunca, Caos —dice. Se pasa una mano por el pelo y añade—: No te puedo reprochar que pienses lo peor, supongo, pero tú no conoces a mi padre. Quería muchísimo a mi tío Parker. Mucho más de lo que se merecía. Jamás le habría hecho daño, ni en sueños. Antes se haría daño a sí mismo. —Traga saliva con dificultad y añade—: Lleva haciéndoselo unos cuantos años.

—Lo entiendo —asiento. Y es verdad. Puede que Griffin encaje físicamente con el prototipo del asesino, pero ahora que llevo un ratito dándole vueltas a la idea, no me puedo imaginar a ese hombre desesperado y suplicante de la comida asesinando a su hermano a sangre fría en el bosque. Y mucho menos escalando a mi ventana para asfixiar a Jamie con una almohada.

Pero el jurado sigue deliberando sobre el resto de los Sutherland.

—Ahora sí que me tienes bien agarrado, ¿eh? —me dice Augustus.

Frunzo el ceño.

—¿A qué te refieres?

—Yo te guardo tu secreto y tú me guardas el mío —aclara encogiéndose de hombros.

—Eso no es… —Lo miro boquiabierta, horrorizada, porque si bien acabo de acusar a su padre de asesinato, jamás se me ocurriría hacerle chantaje—. Yo nunca utilizaría así la muerte de tu abuela. O sea, vale, claro que esperaba convencerte de que no delataras a Jamie, pero quería hacerlo ayudándote.

—¿Y cómo, exactamente, pretendías ayudarme?

Llevo pensándolo desde que le envié el mensaje a Morgan.

—Bueno, tú quieres saber quién mató a Parker, ¿no? —le digo. Augustus pone los ojos en blanco.

—No fue nadie de mi familia, Caos. Y no fue Barrett.

No tengo claro que podamos descartar esas posibilidades, pero eso no es lo que importa ahora.

—Bueno, el asesino, quienquiera que fuese, estaba en el conjunto residencial el sábado por la noche —empiezo—. Y también cientos de personas, la mayoría de las cuales debían de estar grabándolo todo para sus redes sociales.

La expresión de Augustus se despeja un poco cuando añado:

—Estoy segura de que la policía está revisando todas esas fotos por si aparece alguien que no debía estar allí o que se comportaba de manera rara o sospechosa.

Eso me incluye a mí, pero… bueno. Ya me ocuparé de eso cuando llegue el momento.

—Pero ellos no vieron a la persona que mató a Parker —concluyo.

—Tú tampoco le viste bien —objeta Liam—. Ni nosotros. Llevaba una media en la cabeza.

—Ya lo sé, pero… si pudiera ver esas fotos, a lo mejor reconocería su figura. O sus manos. —Levanto las mías cuando Liam me mira con escepticismo—. Es importante, te lo prometo. Yo me fijo en esas cosas.

—No es mala idea —dice Augustus—. Le preguntaré a Dan por las fotos.

Liam carraspea y anuncia:

—Yo tengo una teoría, por si a alguien le interesa escucharla.

Casi se sonroja cuando lo dice. Me parece que Augustus se derrite tanto como yo, porque su expresión se suaviza al decir:

—Adelante.

—Bueno, sabemos que a Parker le gustaba apostar fuerte, ¿verdad? Puede que le debiera dinero a alguien y no se lo pudiera devolver. Se lo mencioné a Clive…

—¿Que se lo mencionaste a Clive? —pregunta Augustus con incredulidad. Pero no como si le hubiera molestado la teoría de Liam igual que le ha molestado la mía. Más bien como si Liam lo hubiera impresionado para bien.

—Quería ver cómo reaccionaba —continúa Liam—. Se puso de los nervios.

—No me sorprende —dice Augustus—. Las apuestas del tío Parker son una de las muchas cosas que mi familia quiere tapar.

—Encaja con lo que oí en el bosque —discurro despacio—. Parker preguntó: «¿Qué cojones haces tú aquí?». Como si fuera alguien que conocía, pero que no esperaba ver allí. Y cuando Parker murió, el hombre dijo: «Te está bien empleado, maldito idiota». Además, el asesino pudo escapar aunque el conjunto estaba inundado de seguridad. Sabía lo que se hacía.

Antes de que los chicos puedan contestar, un destello de luz a lo lejos me deslumbra.

—¿Qué es eso? —pregunto. Los dos se vuelven a mirar y Augustus frunce el ceño.

—Unos faros —dice.

—¿Faros? —repito y noto un escalofrío en la nuca—. Pero esto… esto no es una carretera. No lleva a ninguna parte, solo a esta casa, ¿no?

—Pues sí —confirma Augustus—. Solo a esta casa.

—¿Será…? ¿Podría ser tu abuelo?

Pero antes de que niegue con la cabeza, ya sé que no es él. Todos los nervios de mi cuerpo están en tensión, como si ya hubieran adivinado que esas luces no pueden significar nada bueno.

«Alguien viene a por nosotros».

—Deberíamos irnos —dice Augustus, que ya está sacando las llaves para desbloquear el coche. Los faros se van acercando y el hecho de que el coche avance despacio es aún más amenazador. Como si el conductor supiera que no hay necesidad de apresurarse. Que somos presas fáciles.

—¿Irnos adónde? —cuchicheo—. En esta carretera no caben dos coches. ¡Y Jamie sigue dentro!

Antes de que me contesten, salgo disparada hacia la puerta principal.

CAPÍTULO 36
KAT

«Piensa, Kat».

El corazón me late a toda mecha cuando entro en la cabaña y giro en semicírculo buscando inspiración. Yo he metido a los chicos en este lío. ¿Cómo puedo sacarnos a todos?

—¿Estamos seguros de que ese coche representa un peligro? —pregunta Liam, que aparece en el umbral seguido de Augustus—. Puede que el conductor se haya perdido. ¿Cómo va a saber nadie dónde estamos?

—Si es el asesino de Parker, podría habernos seguido desde los apartamentos del personal —digo a la vez que cierro la puerta de la cabaña. Cojo el teléfono de la mesa auxiliar donde lo he dejado, desconecto el de Jamie de su cargador y me guardo los dos en el bolsillo.

—No. Nos habríamos dado cuenta —replica Liam—. Además, ¿por qué no te ha atacado mientras Augustus y yo estábamos fuera? ¿Por qué esperar varias horas?

Resoplo frustrada. No es el momento ideal para la postura vital tranquila y razonable de Liam Rooney. Todos mis instintos me gritan «peligro» y tengo que confiar en ellos.

—¿Prefieres discutir conmigo y dar por supuesto que todo va bien o salir de aquí antes de que todo vaya mal?

Echo un vistazo a la ventana de la sala de estar. Los faros están cada vez más cerca. «Piensa, Kat».

—Augustus, no he visto una puerta trasera. ¿Hay alguna otra forma de salir de la casa?

—Por el sótano —dice.

—¿A dónde da?

—Al jardín trasero. Pero…

—¿Uno de vosotros dos podría llevar a Jamie? —pregunto.

Vuelvo la mirada hacia Liam, que parece estar tragándose otra protesta.

—Sí, yo puedo —dice y desaparece en el dormitorio.

—La puerta del sótano no tiene llave —dice Augustus.

—No pasa nada. Tú llévanos, ¿vale? —le pido cuando Liam llega a la sala con Jamie acurrucada contra su pecho.

—Kat… ¿qué…? —murmura adormilada.

—Chist —le susurro—. Tú tranquila.

Ya oigo el rumor del coche llegando a la casa, el crujido de la gravilla bajo los neumáticos, y el sonido me hiela la sangre.

—Por aquí —dice Augustus.

Dejamos atrás la cocina y cruzamos una pequeña puerta del pasillo que yo había tomado por una especie de despensa.

—Aquí abajo —indica alargando la mano hacia el interruptor.

Le sujeto la mano para detenerlo.

—No enciendas la luz —le susurro—. Cierra la puerta.

—Vale —responde Augustus—. Hay una barandilla a la izquierda.

Busco la barandilla y emprendo un cuidadoso descenso por una estrecha escalera de madera. Detrás de mí, Liam baja despacio con Jamie en brazos, que sigue murmurando. La oscuridad nos envuelve cuando Augustus cierra la puerta del sótano. La barandilla termina y, un instante después, mi pie entra en contacto con el suelo de cemento.

—He llegado al fondo —susurro mientras avanzo con cuidado. Antes de que nadie responda, el brillo de los faros se derrama por el ventanuco que hay en la pared de enfrente.

—Ya ha llegado —murmura Augustus.

Aprovecho la inesperada iluminación para inspeccionar el espacio. Hay cajas amontonadas por todas partes, un oxidado cortacésped de mano y distintas herramientas colgadas de una pared. Las miro de cerca y… sí. Eso servirá. Descuelgo un hacha de su gancho y compruebo que la hoja esté afilada. Una minúscula gota de sangre brota de mi pulgar. Perfecto.

—¿Vas a descuartizar a la persona que está ahí fuera? —susurra Augustus con incredulidad.

—No —respondo. En ese momento los faros se apagan y de nuevo nos envuelve la oscuridad—. ¿Dónde está la puerta?

—Por aquí —dice Augustus mientras se interna un poco más en la negrura.

Sigo sus pasos con el máximo sigilo, aunque el corazón me late con tanta potencia en los oídos que empiezo a pensar si no señalará nuestra presencia aquí abajo: golpes sordos y pesados que ascienden a través del suelo como en *El corazón delator.*

—Hay un escotillón que da al jardín trasero —susurra Augustus.

Se me empiezan a acostumbrar los ojos a la oscuridad y veo el leve contorno de la puerta junto a la cual se ha parado Augustus.

—¿Y ahora qué? —pregunta.

—Cuando estemos seguros de que ha entrado en la casa, saldremos sin hacer ruido y correremos hacia tu coche —le digo—. Está desbloqueado, ¿verdad? Entraremos tan silenciosamente como podamos y luego… nos marcharemos.

—Nos marcharemos —repite Liam, que jadea por el esfuerzo de llevar a Jamie en brazos—. ¿Y ya está?

—Y ya está —asiento.

Arriba la puerta se abre con un chirrido sonoro y prolongado. Ya sé que no es un plan espectacular, pero es el único que tengo.

Jamie se revuelve en los brazos de Liam y emite esos murmullos confusos que suelen acompañar a sus pesadillas.

—¿Por qué…? —murmura con voz pastosa—. ¿Dónde?

—¿Va a…? No sé qué hacer —se queja Liam agobiado—. ¿La dejo en el suelo o…?

—No —le espeto en el tono más alto que me atrevo a emplear—. Está bien. Estás bien —añado en un tono más tranquilizador dándole a Jamie unas palmaditas en el brazo—. Descansa.

Tengo los nervios tan tensos que siento como si se fueran a partir y lo último que necesito ahora mismo es que mi madre se despierte del todo en plena huida de un asesino.

—¿Para qué quieres el hacha? —susurra Augustus—. ¿Autodefensa?

No tengo tiempo de explicarle lo demás ni de advertirle que, si de verdad nos las estamos viendo con el tipo que ahuyentamos de la habitación de Jamie por la mañana, no se habrá plantado aquí sin traer la clase de arma contra la que un hacha no puede competir. De hecho, estoy conteniendo el aliento mientras espero los tiros que yo dispararía si fuera él. Pero no se oye nada arriba excepto los pasos de unos andares pesados.

Intento imaginar lo que está viendo. La sala que acabamos de abandonar, sembrada de cajas de pizza y latas de refresco. La cocinita a un lado. El dormitorio al final del pasillo, con un montón de maletas y bolsas que hemos tenido que dejar allí. El baño, con las toallas mojadas de mi ducha reciente tiradas por el suelo. Está claro que no podemos estar muy lejos y tendremos suerte si tarda cinco minutos en revisar la casa al completo.

—Ahora —susurro.

Augustus abre la puerta del sótano. Nos guía por una breve escalera al escotillón, que empuja hacia arriba. La trampilla se abre en silencio y salimos al jardín. Empezamos a rodear la casa de puntillas, aunque los resuellos de Liam empeoran con cada paso. Está haciendo muchísimo ruido y yo tengo la piel de gallina de pura ansiedad, pero sé que no servirá de nada pedirle que afloje la respiración. Hace lo que puede teniendo en cuenta que está cargando con Jamie, que se revuelve inquieta como si intentara despertarse de una pesadilla.

«Todavía no —le pido mentalmente—. Créeme, la realidad es peor».

Un vehículo desconocido se perfila delante de nosotros. Está aparcado junto al coche de Augustus, como si todos fuéramos invitados a una fiesta muy pequeña. Augustus saca las llaves del bolsillo, las retiene en el puño para que no tintineen y se encamina al lado del conductor. Liam se dirige al asiento trasero y yo me sitúo delante de la portezuela del copiloto. «Por favor —pienso mirando la pequeña cabaña que ha sido nuestro refugio hasta hace un momento—. Por favor, que funcione».

Una enorme figura pasa por delante de la ventana de la sala, contorneada por la luz de la lámpara que hemos dejado encendida, y me estremezco. Si nos hubiéramos quedado allí, no habría tenido que hacer nada más que irrumpir en el interior con la pistola que seguramente ha traído. Cuatro disparos rápidos y todo habría terminado.

«No. No pienses eso».

En cuanto Augustus tira de la manilla de su puerta, me doy la vuelta y le atizo un buen hachazo a la rueda delantera izquierda del otro coche. Hundo la hoja en la banda lateral y luego tiro el hacha al suelo. El aire sale silbando del neumático pinchado mientras Liam abre la puerta trasera del coche de Augustus y deposita a Jamie dentro. Ella murmura una débil protesta, pero se acurruca en el mullido asiento de piel como un corredor que se derrumbase en la cama después de una extenuante maratón. Liam sube a su lado, yo me abalanzo al asiento delantero, al lado de Augustus, y los tres cerramos las portezuelas. Los seguros chasquean y ya estamos seguros en el interior.

«Lo hemos conseguido». Me quedo mirando la puerta todavía cerrada de la cabaña con el corazón latiendo a toda pastilla y respirando con jadeos entrecortados. «Pero hemos hecho mucho ruido».

Y entonces, con un movimiento que parece a cámara lenta, la puerta principal empieza a abrirse.

—¡Arranca! —grito.

—Abrochaos el cinturón —nos dice Augustus en tono grave mientras pone en marcha el motor. El coche da una sacudida y Augustus cambia de sentido con tres rápidas maniobras. Salimos disparados por la estrecha carretera: los árboles pasan zumbando a tanta velocidad que me mareo al instante. Si Augustus perdiese el control del volante y nos estrelláramos contra un tronco, se acabó lo que se daba.

Pego un bote cuando oigo una explosión seca seguida del horrible chirrido del metal contra metal.

—¿Nos está disparando? —pregunta Liam en un tono tan indignado que casi me entraría la risa si no estuviera muerta de miedo.

Augustus acelera al mismo tiempo que yo me giro en el asiento, medio esperando ver a alguien que corre detrás del coche a velocidad sobrehumana. Pero solo distingo el puntito de luz que es la cabaña y luego, cuando Augustus toma una curva cerrada a toda pastilla, nada excepto árboles borrosos. Otro disparo restalla, pero ya suena muy lejos y en el coche no se ha notado nada.

—Qué fuerte —dice Liam con voz ronca—. ¿Estáis todos bien?

—Yo estoy bien —respondo sorprendida de la firmeza de mi voz—. ¿Tú?

—Yo... —Liam suelta un suspiro tembloroso—. Nunca más ni por un instante volveré a dudar de tu intuición para darte a la fuga. —Mira a Jamie y añade—: ¿Cómo es posible que siga dormida?

—Ya casi estaba bien —respondo—. Pero el envenenamiento por gluten es brutal.

—Qué reflejos mentales, Caos —me dice Augustus—. Bien pensado lo de la rueda. Estos bosques no están pensados para las carreras de coches.

—Menos mal que no disparó a las ruedas de este coche en cuanto aparcó a tu lado —le digo—. Es lo que yo habría hecho.

—Eres oficialmente mi amiga más interesante —declara Augustus y, a pesar de todo, sus palabras me hacen sonreír. Ya sé que solo está reaccionando al estrés con una broma, pero mola que se refiera a mí como una amiga.

—Hacemos un buen equipo —digo.

—Todavía no hemos salido del bosque —murmura Augustus. Pero en ese momento aparece una farola delante de nosotros que ilumina la carretera principal de Bixby—. Vale, no he dicho nada. Literalmente hemos salido del bosque. Así que la cuestión es... ¿y ahora qué?

CAPÍTULO 37
LIAM

Circulamos un ratito en silencio hasta que formulo lo evidente.

—¿Vamos a la policía?

—No —replica Kat al instante—. Por favor.

—Kat, venga ya —le digo—. Seguro que ese era el tipo que mató a Parker. Tiene una pistola y quiere matarte. No sé cómo nos ha encontrado, pero si lo ha hecho una vez volverá a hacerlo.

—Ya lo sé, pero… —Se gira en el asiento para mirarme con expresión suplicante—. ¿Me puedes conceder una noche? Puede que Morgan contacte conmigo. O que Jamie se encuentre mejor. Entonces podríamos…

—¿Qué? —pregunto—. ¿Volver a casa? ¿De verdad piensas que es seguro?

—Sí —responde obstinada—. No sabe quiénes somos.

—No estás pensando con claridad.

—Porque estoy agotada —dice Kat. Por primera vez parece a punto de echarse a llorar—. Llevo veinticuatro horas casi sin dormir.

—Igual que yo —le recuerdo.

—¡Pero tú no has pasado la noche en un armario!

—Vale, escuchad —interviene Augustus—. Yo no veo mal que nos demos un respiro. Acudir a la policía es complicado y mi familia… —Hace un ruidito de fastidio con la lengua—. ¿Qué os parece si vamos al conjunto? ¿Solamente esta noche? Descansamos un poco y mañana pensamos qué hacemos.

—¿Al conjunto? —protesto—. ¿Se te ha olvidado que ese tío estuvo allí anoche?

—No —responde Augustus—. Pero han cambiado muchas cosas desde que murió el tío Parker. Hay guardias de seguridad por todas partes. Han desactivado las tarjetas de acceso, así que todo el mundo tiene que pasar por la puerta principal y está más vigilada que una base militar.

Como no contesto, suspira.

—Ya sé que no los conoces bien, pero… mi familia no mató a mi tío Parker, ¿vale? Y desde luego no acaban de intentar matarme a mí. Ni a ti, Kat. Aunque fueran capaces de hacerlo, ese no sería su estilo. Es demasiado chapucero.

—Estoy de acuerdo —dice Kat a toda prisa—. Pasar la noche en el conjunto me parece genial.

Me hundo en el asiento pensando en esa cama blanda y calentita de la casa de invitados. Y en los guardias armados que patrullan los terrenos.

Ya sé que yo tampoco pienso con claridad, pero estoy demasiado cansado para que me importe.

—Vale —accedo sin energías—. Pero solo una noche.

Media hora más tarde estoy de vuelta en la casa de invitados. Después de que Augustus y yo dejáramos a Kat y a Jamie instaladas en una de las habitaciones libres de Griffin, Augustus se ha marchado a buscar un sitio en el que esconder el coche.

—No puedo aparcarlo en el camino para que todo el mundo vea el orificio de la bala —dice—. Descansa un rato.

—Lo haré —le aseguro.

Me tumbo en la cama vestido, convencido de que el sueño me vencerá. Pero nada más cerrar los ojos, lo único que veo son unos faros. Lo único que oigo son disparos. Así que me levanto y al momento estoy vagando por las habitaciones oscuras y vacías de la planta baja. Augustus tiene razón: ir a la policía sería complicado. Pero ya hemos escapado del asesino de Parker dos veces; tres, si contamos la huida de Kat por el bosque. La suerte no nos va a sonreír siempre. Tenemos que saber quién es ese tío y, para saberlo, tenemos que averiguar por qué mató a Parker. Pero después de pasarnos veinticuatro horas deambulando de un lado a otro, seguimos sin tener la más remota idea.

Esto está muy cargado: necesito aire fresco. Salgo sin hacer ruido, cerrando la puerta en silencio, y me encamino al terreno trasero. Hay un precioso jardín lleno de arbustos en flor, bancos de piedra y fuentes borboteantes. Las estrellas brillan en el cielo despejado, los grillos cantan y el aire huele a lilas y a rosas. Es uno de esos sitios en los que parece imposible que pueda pasar nada malo y nuestra frenética huida de la cabaña empieza a parecerse a un mal sueño.

—El hijo pródigo ha vuelto —dice una voz, y yo consigo a duras penas contener un grito.

Luke está de pie junto a la fuente con un vaso medio lleno en la mano.

—Ah, hola —musito—. No te había visto.

—Claro que no —dice Luke con ironía—. No te preocupes. No tenía la impresión de que hubieras venido para pasar un rato conmigo.

Miro su forma envuelta en sombras. ¿Será posible que una parte de Luke —una muy pequeña, escondida en lo más profundo de su ser— desee que nosotros dos estemos más unidos? ¿Una parte que de verdad quiere a Annalise? El retrato que le dibujó era precioso. Si no mintió en lo de ser un artista, ¿habrá otras cosas en las que tampoco miente?

Es el único progenitor que me queda. Quizá debería darle una oportunidad.

—¿Dónde está Annalise? —le pregunto.

—Durmiendo —responde—. Ha tenido un día muy largo.

Juraría que hay verdadera ternura en su voz.

—Le has cogido mucho cariño, ¿verdad? —le digo.

Luke resopla una carcajada triste.

—¿Tanto te cuesta creerlo?

—Un poco, sí —respondo.

Toma un sorbo de la bebida mirándome por encima del vaso.

—Ya sé que has estado enredando en mi perfil de citas —dice—. No has sido demasiado sutil.

—Y tú no has sido demasiado legal —replico.

Nos miramos a los ojos hasta que Luke los aparta.

—Ya sé que no soy perfecto —dice—. He hecho cosas de las que no estoy orgulloso. Pero quiero a Annalise. Lo que hay entre nosotros es real y espero… Espero que lo apoyes.

—¿Apoyarlo cómo? —pregunto.

La mirada de Luke vuelve a buscar la mía.

—Ya sabes cómo.

—Mintiendo sobre ti —digo en tono sombrío. Cómo no.

Espero que se enfurruñe o proteste, pero se limita a negar con la cabeza.

—Dame la oportunidad de demostrar que he cambiado —me pide—. Ella me ha cambiado. Y le rompería el corazón pensar que no soy el hombre en el que me ha ayudado a convertirme.

Podría rebatir sus palabras con un millón de argumentos, pero la sinceridad de su voz me pilla tan desprevenido que no digo nada. Luke aprovecha esa ventaja para añadir:

—¿Por qué no te concentras en ti de momento, Liam? Tú también mereces un poco de felicidad.

—Soy feliz —gruño. En un tono infeliz.

Luke resopla.

—No has sido feliz desde que te mudaste a Maine. Y mira, lo entiendo. Has sufrido una pérdida horrible. Nunca me porté bien con tu madre, pero eso no significa que no sepa la clase de persona que era. Yo no puedo sustituirla: supongo que era tan consciente de ello que ni siquiera lo intenté. Pero esto también es una segunda oportunidad para ti.

Se crea un momento casi especial entre los dos, pero…

—Annalise me cae demasiado bien para mentirle —le suelto preparándome para una bronca.

—No hablo de Annalise —dice Luke.

Frunzo el ceño.

—¿Entonces de quién…?

—De Augustus, idiota —responde Luke en tono exasperado.

Me sobresalta tanto oír el nombre de Augustus —aquí, ahora, pronunciado por Luke, después de todo lo que ha pasado hoy— que doy un paso atrás. Lo único que puedo pensar es «no». Me da igual que Luke se haya puesto en plan intenso de repente: a él no le puedo hacer confidencias.

—No sé de qué me hablas —replico con frialdad.

—Venga ya. Salta a la vista que ese chaval te gusta mucho.

—No, no es verdad —le digo, aunque la imagen de Augustus ajustándome la corbata hace unas horas cruza mi mente. «¿Por quién me querías preguntar?», me dijo, y yo le respondí. «Por Kat». Luke tiene razón: soy un idiota. Debería haberle dicho: «Por nosotros dos».

—No me vengas con rollos…

—Ni siquiera me conoces —le suelto con brusquedad.

Desafío a Luke con la mirada, esperando que me lleve la contraria: que me diga «pues claro que te conozco». Que somos padre e hijo, más parecidos de lo que ninguno de los dos quiere admitir. Pero nada más articular mentalmente las palabras, sé que ahora mismo no puedo mantener esa conversación. Antes de que Luke tenga tiempo de contestar, le espeto:

—Si me conocieras, sabrías que siento cero interés por Augustus Sutherland. Es un amigo y nada más.

—Conque sí, ¿eh?

—Sí —digo lacónico—. Tal cual.

—Muy bien. Entonces yo estaba equivocado —responde Luke y apura los restos de su bebida—. Me voy a dormir. Mañana hablaremos un poco más, ¿te parece? De mi relación —añade antes de que yo pueda protestar—. No de la que tú dices no tener.

—Bien —musito, y encorvo la espalda cuando una nueva ola de cansancio me golpea. Debería haber intentado dormir en vez de salir al jardín y me encantaría corregir ese error, pero no si eso implica entrar con Luke—. Yo me voy a quedar un rato.

—Buenas noches —dice Luke, rozándome al pasar.

Me apoyo en el borde de la fuente y me quedo mirando el borboteo del fondo mientras me pregunto cuánto rato tendré que seguir aquí plantado antes de volver a mi habitación. ¿Y si Luke se sirve otra copa? Quizá debería dejarme de rollos y adelantarlo sin más por las escaleras. Me vuelvo hacia la casa, todavía meditando qué hacer, cuando un susurro me pone en estado de alerta. Pero antes de que me invada el terror por la posibilidad de que el asesino de Parker nos haya encontrado otra vez, Augustus sale de detrás de un lilo.

Mi cuerpo se afloja de alivio hasta que comprendo que tengo otro motivo para entrar en pánico.

—¿Cu-cuánto tiempo llevas ahí? —balbuceo.

—Siglos —responde Augustus sacudiéndose una hoja de la manga—. Quería ver qué estabas haciendo, pero Luke deambulaba por aquí y he decidido esperar a que se marchase. Y entonces has salido tú.

Oh, no. Oh, no, oh, no, oh, no…

Me muerdo el carrillo.

—Entonces has oído…

—Todo —termina Augustus. Sus ojos proyectan un brillo plateado a la luz de la luna—. Y no me creo ni una palabra de lo que ha dicho tu padre sobre mi tía, por cierto, aunque reconozco que es un mentiroso convincente.

No se me ocurre qué responder: es difícil formular palabras cuando el corazón te está aporreando las costillas con la saña de un boxeador furioso. Lo que le he dicho a Luke sobre Augustus no iba en serio, pero no sé cómo retirarlo.

El ambiente es denso entre los dos, cargado de todas las cosas que no hemos dicho y que seguramente nunca diremos. Estos últimos días han sido una montaña rusa de frenéticas emociones, de ascensos frágiles y descensos demoledores, y no hay espacio para las verdades llanas. No hay espacio para algo tan sencillo como «me gustas».

«Me gustas muchísimo».

En ese momento Augustus añade:

—Aunque no puedo decir lo mismo de ti.

La falta de oxígeno en este jardín empieza a ser peligrosa.

—¿Qué? —digo tragando saliva.

Su mirada ardiente sostiene la mía, fuego que me acelera el pulso y me nubla el pensamiento.

—¿Cero interés? —pregunta con una sonrisilla bailando en los labios—. No podrías mentir ni aunque tu vida dependiera de ello, Liam.

Tengo el corazón prácticamente en la garganta, pero consigo graznar:

—Ya.

No tengo nada claro cuál de los dos da el primer paso. Pero antes de que me dé cuenta me ha rodeado la mejilla con la mano y la mía está detrás de su cuello para atraerlo hacia mí, los dos buscando el contacto de nuestros labios. Los suyos son suaves pero insistentes cuando se pegan a los míos como si llevara pensando en esto tanto tiempo como yo. Sus brazos me rodean la cintura para tenerme más cerca y una sensación cálida se arremolina en mi barriga. Encajamos como si lo hubiéramos hecho cien veces. Deslizo el pulgar por su mandíbula acariciando ese punto que ayer me moría por tocar. Abro los labios, nuestras lenguas se encuentran y el calor embriagador del deseo fluye por mis venas.

No me puedo creer que creyera saber lo que era un beso antes de este momento. No tenía la menor idea. Ni la más remota.

Cuando nos despegamos por fin, un hormigueo persiste en mis labios y me tiemblan las rodillas.

—Liam —murmura Augustus con la frente rozando la mía, pero no dice nada más. Yo tampoco hablo: me he quedado sin palabras. Solo quiero volver a besarle, pero antes de que pueda hacerlo, oigo unos leves pasos procedentes del camino que tenemos detrás. Al cabo de un momento, Kat aparece en el jardín.

—Oh —dice pestañeando mientras su mirada va y viene de Augustus a mí. Ninguno de los dos se aparta ni un milímetro mientras ella añade—: Bueno, ya era hora.

—Ya sé que has tenido un día de mierda, Caos —dice Augustus. Sus manos resbalan por mis caderas antes de soltarme—, pero ¿de verdad no podías esperar?

—Supongo que sí, si hubiera sabido… esto —contesta Kat agitando la mano hacia nosotros—. Pero ya que estoy aquí, casi mejor que os lo cuente. —Busca el teléfono en el bolsillo y desliza el pulgar por la pantalla—. He recibido un mensaje de Morgan.

—¿En serio? —pregunto, porque me pica la curiosidad a pesar de lo horriblemente inoportuna que ha sido Kat.

—Bueno, creo que es de Morgan. No es su número, pero parece una respuesta al mensaje que le envié diciéndole que se reuniera conmigo mañana en el Marlow.

Nos tiende el teléfono. Con un suspiro de paciencia infinita, Augustus se separa de mí, coge el móvil y frunce el ceño cuando mira la pantalla.

—¿Esto es todo? —pregunta con las cejas enarcadas.

Kat asiente.

—Sí.

—¿Qué dice? —pregunto inclinándome por encima del hombro de Augustus, que lee el mensaje en voz alta.

—«Allí estaré. Envía a Jamie».

Y entonces, mientras estamos mirando la pantalla, entra otro mensaje procedente del mismo número.

«Puedes confiar en mí».

CAPÍTULO 38
KAT

—Es una trampa, Kat —dice Liam.

—Morgan dijo que podía confiar en ella —respondo levantando el móvil.

Augustus suelta un bufido.

—Es un poco tarde para fingir que eres tan ingenua —dice.

Es domingo por la mañana y estamos en la cocina de Griffin con Augustus, comiendo cereales y discutiendo sobre lo que vamos a hacer. Yo lo tengo muy claro, sobre todo a la brillante luz del día: dejar aquí a Jamie, donde estará sana y salva, reunirme con Morgan y averiguar qué sabe.

Los chicos, como era de esperar, no lo ven claro.

—Jamie no querría que lo hicieras —arguye Liam.

—Bueno, ella no puede ir. Sigue durmiendo.

—Nadie debería ir —insiste Liam exasperado—. Dijimos «una noche».

—Pero eso fue antes del mensaje de Morgan —protesto.

—Ni siquiera sabes si fue ella la que te lo envió —dice—. ¡Es un número desconocido!

—¿Y quién iba a ser si no?

—No lo sé, ¿el tío que intentó matarte, quizá?

Augustus, que ha preparado café durante la conversación, vuelve a la mesa y nos pone delante una taza humeante a cada uno.

—¿Puedo decir algo? —pregunta.

—Claro —respondo hundiendo la cucharilla en el azucarero.

—Yo creo que…

Suena un traqueteo a nuestra espalda, tan inesperado que suelto la cucharilla y el azúcar se desparrama por la mesa.

—¿Eso es…? ¿De dónde viene? —pregunta Liam girándose en la silla.

Augustus frunce el ceño.

—De la puerta trasera, me parece.

Noto un cosquilleo por todo el cuerpo cuando el traqueteo aumenta de volumen.

—¿Esperas a alguien?

—No —dice Augustus.

Los tres nos ponemos de pie. Liam y yo seguimos a Augustus más allá de la despensa, donde veo una puerta acristalada que está cubierta con un estor lo bastante transparente como para ver a través y… Mierda.

Una figura alta y fornida. «Otra vez no».

Horrorizados, los tres miramos el pomo, que gira, pero resiste.

—¿Nos marchamos? —susurra Liam justo cuando yo doy media vuelta para correr a la cocina. Me abalanzo sobre la tabla de cortar de la encimera, cojo el cuchillo más grande que encuentro y me apresuro de vuelta al zaguán.

La cerradura emite un chasquido. La puerta empieza a abrirse despacio y todos los músculos de mi cuerpo se crispan cuando levanto el cuchillo. En ese momento, una mano me agarra. Es Augustus, que me empuja con firmeza a un lado antes de avanzar un paso.

—Papá —dice.

Griffin Sutherland entra en la cocina con un juego de llaves colgando de la mano.

—Venía a… Por Dios, ¿qué te ha pasado en la cara? —pregunta boquiabierto de asombro al ver a su hijo.

—La típica pelea de bar —dice Augustus.

Griffin es tan enorme como el tío del bosque. Pero no inspira el más mínimo temor con esos hombros encorvados y los ojos cansados.

—Ya sabía que no tenía que dejarte… Bueno, no solo, por lo que parece. —Frunce el ceño al reparar en el cuchillo que aún sostengo a punto para atacar—. Hola.

Bajo el cuchillo a toda prisa y digo:

—Hola, soy… una amiga de Augustus. Estaba cortando *bagels*.

Griffin sonríe con cansancio.

—Un *bagel* me vendría de maravilla.

—Esta es Kat —dice Augustus—. Y Liam.

—Liam. ¿El hijo de Luke? —pregunta Griffin. Liam asiente—. Encantado de conocerte. Y a ti, Kat. ¿Eres una amiga del instituto?

Estoy preparada para mentir a la primera indicación de Augustus de que lo haga, pero él solo está pendiente de su padre.

—Papá —dice—. ¿Qué haces aquí? Pensaba que estabas en el Cabo.

Griffin se encamina a la cocina y los tres lo seguimos.

—Pensabas que estaba en desintoxicación, quieres decir —lo corrige Griffin, que se desploma en una silla—. Llamemos a las cosas por su nombre, ¿no te parece?

Paso la mirada por la encimera hasta que veo una panera cromada. Cuando la abro, descubro que está repleta de toda clase de carbohidratos, incluidos *bagels*. Los saco y empiezo a cortar.

—Vale —dice Augustus—. Pensaba que estabas en desintoxicación. ¿Por qué has venido?

Liam y él se sientan a ambos lados de Griffin mientras yo hurgo por la nevera buscando crema de queso.

—Pienso volver —le asegura Griffin—. Ya sé que lo necesito. Pero no podía quedarme allí después de lo de Parker, porque… sé muy bien cómo son, Augustus. Tu abuelo y las chicas. Son obsesivos cuando tienen que resolver un problema y no te están prestando atención, ¿verdad?

Augustus suelta un bufido. Yo miro alrededor buscando la tostadora, pero no la veo y no quiero interrumpirlos, así que deposito los *bagels* sin tostar en un plato y los dejo en la mesa con la crema de queso. Griffin continúa:

—Puede que Annalise se acuerde de ti de vez en cuando, pero nadie más.

—Estoy perfectamente —dice Augustus—. Me las apaño muy bien solo. ¿Qué haces aquí en realidad?

—¿Tanto te cuesta creer que quiero cuidar de ti? —pregunta Griffin.

Busca la mirada de Augustus, pero no puede sostenerla. Al cabo de un momento su cara se desencaja. Le empiezan a temblar los hombros y se le escapa un sollozo ahogado. Liam y yo intercambiamos miradas con los ojos como platos mientras Griffin se seca las mejillas y dice:

—No me extraña. Tampoco fui capaz de cuidar de Parker.

Yo me siento en una silla al lado de Liam y Augustus dice:

—Lo intentaste.

Griffin hunde la cara en sus manos y ahora su voz surge ahogada.

—No hice lo suficiente, ni mucho menos. Hay muchas cosas que no sabes —confiesa entrecortadamente.

Augustus mira a Liam, que articula sin sonido: «¿Quieres que nos marchemos?». Yo le propino a Liam un puntapié por debajo de la mesa, porque quiero oír lo que Griffin vaya a decir a continuación. Augustus niega con la cabeza y dice:

—Sé que el tío Parker conducía el yate cuando la abuela murió. ¿Por qué no me lo habías contado?

Griffin levanta la cara surcada de lágrimas. Nunca había visto a un hombre tan derrotado y no parece darse cuenta de que Liam y yo seguimos allí.

—Lo siento —se lamenta—. Merecías saber la verdad. Y a Parker no le hizo ningún bien ocultarlo. El sentimiento de culpa lo corroía por dentro, pero pensaba que no debía demostrarlo y acabó siendo una persona… dura. Desesperada. Hacía cosas que nunca habría hecho si el accidente no hubiera ocurrido. Estoy seguro.

—Cosas —repite Augustus—. ¿Cómo qué?

De nuevo oímos ruidos procedentes de la puerta seguidos del chirrido de unos goznes. Griffin se limpia las mejillas frunciendo el ceño.

—¿Quién anda ahí? —grita. Las arrugas de su frente se intensifican cuando un hombre de pelo plateado aparece por detrás de una esquina—. ¿Clive? —dice Griffin—. ¿Qué estás...? ¿Desde cuándo tienes una llave?

Ay, madre. Clive. Es la mano derecha de Ross Sutherland y yo no tengo dónde esconderme.

—Tengo una llave maestra —responde el hombre. Entorna los ojos cuando me ve—. ¿Y esta quién es? ¿Es una invitada tuya, Augustus? Eres consciente de que la seguridad debe tener constancia de todas las personas que entran, ¿no? Especialmente ahora.

—¿Cómo sabes que no he informado? —pregunta Augustus.

—Porque me lo habrían dicho —responde Clive sin despegarme los ojos—. ¿Cómo te llamas, jovencita?

Trago saliva, pero antes de que se me ocurra una respuesta, Griffin toma la palabra otra vez.

—Eso da igual —le espeta cortante—. Tenemos problemas más importantes, como el hecho de que básicamente acabas de allanar mi morada. ¿Con qué derecho?

—Tengo una llave...

—¿Con qué derecho? —repite Griffin con la cara cada vez más roja de rabia.

—Griffin, no estás bien —dice Clive en tono apaciguador—. Los guardias me han dicho que habías vuelto y estaba preocupado. No estás en condiciones de andar por aquí. Deberías estar en el Cabo.

—Soy muy capaz de decidir dónde debo estar —replica Griffin—. Solo porque sea un alcohólico no significa que esté incapacitado.

—Claro que no —lo tranquiliza Clive—. Pero a veces tu criterio no es de fiar.

—¿Ah, no? —Griffin se pone de pie y descuella sobre Clive con su más de metro ochenta de estatura—. ¿Como no era de fiar el sábado, cuando intenté sacar a Parker de aquí? ¡Sabía que estaba tramando algo! Te lo dije.

—Griffin —empieza Clive—, no...

—¿No qué? —pregunta Griffin—. ¿No digamos la verdad? —Su cara sigue enrojeciendo mientras se acerca a Clive y, por primera vez desde que lo conozco, tiene un aspecto aterrador—. Te dije que Parker estaba presumiendo de todo el dinero que iba a tener después de la fiesta. Los dos sabemos que mi padre no pensaba dárselo, así que, ¿qué iba a hacer para conseguirlo? Nada bueno. Yo lo sabía e intenté advertirte. Pero tú no querías «generar revuelo».

Liam y yo volvemos a mirarnos con los ojos muy abiertos. «¿Presumiendo de todo el dinero que iba a tener?». ¿Acertó Liam al pensar que todo esto había sido una movida de juego que se había torcido? Pero Parker dijo que tendría el dinero después de la fiesta y eso no encaja. Dudo mucho que fuera al bosque a jugar al póquer.

Por otro lado, todo es posible.

Clive apoya una mano en el brazo de Griffin.

—¿Por qué no vamos a buscar a tu padre...?

—¡No! —replica Griffin enfadado—. No voy a ir a buscar a mi padre. No tengo que consultarle cada palabra que digo y cada decisión que tomo.

—Amén —murmura Liam.

—Podría haber salvado a Parker si me hubieras hecho caso, Clive —continúa Griffin—. Yo le conocía mejor que nadie. Tenía defectos, como los tenemos todos, y ocultarlos no ayudaba. —Mira alrededor como si acabara de recordar que tiene público y hace un gesto de barrido con el brazo—. Así pues, ¿por qué no dejamos que la verdad salga a la luz? ¿Por qué no le contamos a mi hijo, a sus amigos y a cualquiera que esté interesado cómo murió Parker? Que no había ido a dar un paseo por el bosque por un antojo repentino mientras todo el mundo comía pastel. Que estaba...

—Griffin —dice Clive con un tono de advertencia evidente—. No digas nada de lo que vayas a...

—Que estaba robando el collar de su hermana —termina Griffin rabioso—. Ya está. Ya lo he dicho. Y el mundo siguió girando, ¿verdad?

«Un momento. ¿Qué?».

—No sabemos que Parker fuera a robar nada —dice Clive con un matiz desesperado en la voz—. Es posible que lo cogiera prestado...

—Por Dios, Clive, ¿puedes dejar de echar balones fuera durante cinco segundos? Solamente los rubíes de ese collar ya valen dos millones de dólares. Parker no cogió prestado nada.

«¿Rubíes?». Mi cerebro acaba de sufrir un cortocircuito. Miro a Liam y a Augustus con expresión alucinada y veo en sus ojos la misma sorpresa y desconcierto que yo siento.

—Hum, papá —dice Augustus—. Solo por tenerlo claro. ¿Estás diciendo que el tío Parker robó el collar de rubíes de la tía Annalise?

—Estaba en su bolsillo cuando murió —asiente Griffin con pesar.

El collar de rubíes de Annalise.

En el bolsillo de Parker.

Pero eso significa... Mierda, ¿qué significa?

—Es horrible, claro que sí —dice Griffin—. Robarle a su propia hermana. Pero papá nunca le dio una oportunidad a Parker y siempre ha mimado a Annalise. Supongo que Parker pensó... Bueno, no sé lo que pensó, la verdad. No me contó con exactitud lo que estaba planeando. Seguro que le daba muchísima vergüenza.

El cuerpo de Griffin se hunde, como si lo hubieran vaciado de toda la indignación que lo mantenía erguido.

—En fin, esa es la historia, chavales —dice con cansancio—. Los Sutherland no son perfectos. Parker no era perfecto. Intentó robarle a su familia y lo pagó con su vida. Publicadlo en portada y que corra la voz. ¿A quién le importa lo que diga la gente? Convertir a mi hermano en un dechado de virtudes póstumo no nos lo va a devolver.

El mundo se oscurece a mi alrededor y luego recupera la luz. Tengo mucho calor y mucho frío al mismo tiempo. No sé qué pensar, sentir o creer.

«¿Qué significa todo esto?».

—La información que... la información que Griffin acaba de compartir es muy confidencial, obviamente —dice Clive—. Debo insistir en que todos los presentes la traten con la máxima discreción...

—Clive, por el amor de Dios —suspira Griffin—. Es un poco tarde para eso. Venga, vamos a buscar a mi padre para que me despedace. La verdad es que me da igual. —Se vuelve a mirar a Augustus y añade—. Siento no haberte contado antes la verdad.

—No pasa nada —dice Augustus en tono apagado.

Clive nos fulmina con la mirada uno a uno.

—¡Discreción! —gruñe antes de poner la mirada en Liam—. En cuanto a tu conversación con la policía, habrá que reprogramarla, como es natural. Tenemos que integrar las últimas informaciones en la estrategia de comunicación.

Es casi admirable el grado de compromiso que tiene este hombre con su trabajo.

Liam parece aliviado cuando dice:

—Por mí estupendo.

Clive empuja a Griffin fuera de la cocina. Liam me hunde el dedo en el brazo y luego me enseña la hora en su teléfono: 8.40.

—Si vamos a reunirnos con Morgan, deberíamos salir ya —me advierte.

Así de tremenda es la bomba que acaba de soltar Griffin: hasta Liam es consciente de que merece la pena enviar a paseo toda precaución con tal de seguir una pista, en vista de cómo están las cosas.

—Sí, vale —digo—. ¿Augustus? ¿Vienes?

—Yo, eh... No —dice aturdido—. Me parece que me voy a quedar aquí un ratito.

Liam le apoya una mano en el hombro.

—Todo saldrá bien —le dice al mismo tiempo que le retira un mechón de la cara.

Augustus suspira apoyando la cabeza contra la mano de Liam.

—¿Qué está pasando?

—Lo averiguaremos —promete Liam—. Kat, voy a buscar el coche de Luke y te espero fuera.

—Vale —asiento.

Liam aprieta el hombro de Augustus con cariño y sale de la cocina. Una vez que se ha marchado, bebo un trago de café largo y tonificante.

—¿Augustus? —pregunto con inseguridad.

Se frota un lado de la cara con la mano.

—¿Sí?

Debería decirle muchas cosas, pero no tengo tiempo.

—¿Te importaría echarle un vistazo a Jamie?

—Claro, por qué no —responde con cansancio—. Total, tampoco tengo nada más en qué pensar.

—Si es mucho pedir…

—Tranquila. Ve.

—Gracias —le digo—. Voy a buscar un par de cosas arriba.

Me encamino al pasillo, pero antes de que llegue muy lejos la voz de Augustus me detiene.

—Caos —me llama—, espera.

Me vuelvo a mirarlo y clava los ojos en los míos antes de ponerlos en la silla vacía de Liam.

—Cuida de él, ¿vale? —me pide—. Él no tiene tu instinto asesino.

CAPÍTULO 39
LIAM

—Bueno —digo cuando Kat y yo emprendemos el viaje a Randall.

—Bueno —repite ella.

Me gustaría decir algo profundo, o útil, al menos. Algo que nos ayude a sacar conclusiones de lo que acabamos de oír. Pero solo me sale decir:

—Qué fuerte.

Kat se frota los ojos.

—Sabes lo que significa, ¿no?

—No —respondo perdido.

Tengo la sensación de que ya no sé nada y me estoy arrepintiendo de haberme largado del conjunto a toda prisa sin Augustus. Debe de estar hecho polvo y yo me dedico a… ¿A qué me dedico?

A buscar respuestas, supongo. Pero ¿de verdad quiero saber más? Todo lo que hemos averiguado hasta ahora ya es bastante horrible.

—Todo está relacionado —dice Kat—. No fue mala suerte ni casualidad que Parker recibiera un tiro justo en el momento en que teníamos que robar el collar de Annalise. Una cosa fue consecuencia de la otra.

—¿Sí? —le pregunto sin saber por dónde va.

—Pues claro. Piénsalo.

—Lo intento.

Obligo a mi aletargado cerebro a volver a la cocina que acabamos de abandonar. Veo a Griffin gritándole a Clive que podrían haber salvado a Parker. «¡Sabía que estaba tramando algo! Te dije que Parker estaba presumiendo de todo el dinero que iba a tener después de la fiesta. Los dos sabemos que mi padre no pensaba dárselo, así que ¿qué iba a hacer para conseguirlo?

»Nada bueno».

—¿Estás insinuando que Parker estaba en el ajo? —pregunto.

—Tenía que estarlo —responde Kat—. He estado pensando. ¿Te dije que todo empezó porque Morgan se estuvo trabajando a un contacto del círculo de los Sutherland?

Asiento.

—Nos dijo que era «un miembro del servicio insatisfecho», pero... ¿y si hubiera sido Parker?

—No sé... Podría ser, supongo —dudo—. Parker estaba sin blanca. Pero ¿por qué iba a tomarse tantas molestias? Podría haberle robado el collar a su hermana en cualquier momento. Podría haberle robado diez collares.

—Claro, pero no habría tenido una reproducción perfecta para remplazarlo —dice Kat—. Habrían investigado el robo. Quizá no quería arriesgarse a que lo pillaran.

—Es posible —reconozco—. Pero ¿cómo se las arregló Morgan para «trabajarse» a alguien como Parker Sutherland? ¿Cómo llegaron a conocerse siquiera?

—Ahí interviene tu teoría sobre el juego —responde Kat—. ¿Partidas de póquer clandestinas? ¿Casinos ilegales? Morgan conoce a gente que organiza ese tipo de cosas.

A pesar de todo lo ocurrido, me produce una minúscula satisfacción que Kat no haya descartado mi única aportación a la resolución del misterio.

—Si de verdad Parker era el contacto de Morgan —digo—, ¿crees que Jamie lo sabía? ¿O Gem?

—Ni de coña —dice Kat—. Todas las piezas encajan en la teoría de que Morgan se la estuviera jugando a todo el mundo en la empresa. Mintió sobre su contacto: a Gem le habría dado un ataque solo de pensar que pudiera haber un Sutherland implicado. Dejó a Jamie fuera de combate y le quitó el collar falso. Luego se lo entregó a Parker, porque él podía ir y venir por la fiesta sin levantar sospechas.

Guardo silencio mientras intento asimilar la descarga de nueva información.

—Supongo que tiene sentido, desde una lógica retorcida —asiento por fin—. Morgan recluta a Parker. Acuerdan jugársela a Gem, quitar de en medio a Jamie y dividirse la pasta. Pero entonces…

—Algo fue mal —dice Kat.

Suelto un bufido.

—Es una manera muy suave de expresarlo.

—No hablo del disparo que recibió Parker —aclara Kat—. No se me ocurre cómo encajar ese detalle. Pero eso de que falten collares me tiene rayada.

—¿Eh? —pregunto parpadeando mientras los árboles pasan a toda velocidad. El GPS del coche de Luke me está llevando a Randall por carreteras secundarias y no hay más coches a la vista. La ansiedad circula por mis venas y voy a mucha más velocidad de la que debería. Levanto el pie del acelerador y añado—: ¿Y de cuántos collares hablamos, exactamente?

—De dos —responde Kat—. Sabemos que el collar falso está en el vestidor de Annalise, porque tú viste la muesca en el broche, ¿no es así?

—Sí —digo.

—¿Y cómo crees que llegó allí?

No la sigo.

—Hum…

—Te voy a decir lo que pienso —continúa Kat—. Parker murió con la falsificación en el bolsillo. Los guardias de seguridad lo encontraron, dieron por supuesto que era el collar auténtico y se lo entregaron a Annalise. Ella lo guardó y se mudó a la casa de invitados con el resto de sus cosas, que fue donde tú lo viste.

—Vale —asiento—, ¿y?

—Pues que... ¿dónde está el collar auténtico? —dice Kat—. Si Parker murió con la falsificación en el bolsillo, significa que no tuvo tiempo de dar el cambiazo, así que el collar auténtico debía seguir en casa de Annalise.

Por fin empiezo a entender adónde quiere ir a parar.

—Dos collares —digo.

—Exacto. Menudo lío, ¿no? O sea, ¿de dónde había salido esa réplica tan exacta? Pero Griffin no comentó nada de eso.

—Bueno, Griffin acababa de largarse de la desintoxicación —le recuerdo—. Puede que no estuviera al corriente de los últimos giros del guion. Además, él parece muy agobiado por el asesinato de Parker. ¿Cómo encaja eso en tu teoría? ¿Quién era el tipo del bosque y por qué mató a Parker?

—No lo sé —suspira Kat—. No puedo explicarlo. Se nos escapa algo.

El sol entra a raudales por el parabrisas cuando el GPS me indica que gire a la izquierda y pasamos junto a un cartel que anuncia: BIENVENIDOS A RANDALL.

—Se nos escapan un montón de cosas —digo.

CAPÍTULO 40
KAT

La calle principal de Randall un domingo por la mañana podría ser el decorado de una película ambientada en un pueblecito apartado y lleno de vida. El tráfico es fluido y respetuoso, los peatones se paran para saludarse en la acera y los tenderos despliegan carteles de ABIERTO según se acercan las nueve de la mañana. Ni siquiera mi imaginación sobreexcitada es capaz de imaginar que nos puedan asesinar en el exterior del Elsie's Tea Emporium.

—Puede que no sea tan buena idea, después de todo —dice Liam mientras aparca en una plaza libre enfrente del hotel Marlow.

Sabía que Liam el Temerario tenía los minutos contados y debo ponerme en marcha antes de que se esfume del todo.

—Todo irá bien —le digo a la vez que me desabrocho el cinturón. Los dos teléfonos que llevo en el bolsillo resbalan a la consola central con el movimiento y Liam los coge.

—¿Por qué tienes dos teléfonos? —me pregunta al mismo tiempo que me los devuelve.

—Uno es de Jamie —le digo.

Pestañea mientras me los guardo y cierro la cremallera del bolsillo.

—¿Te has llevado el teléfono de Jamie?

—Pues sí, obvio —respondo.

Pero, por lo visto, para él no es tan obvio, porque aún está flipando.

—No quiero que se despierte y empiece a hacer llamadas a la desesperada.

—¿Llamadas a la desesperada? —repite Liam—. ¿A quién?

«A Gem. A Morgan. A la policía».

—A cualquiera —le digo.

Liam suspira.

—Kat, entiendo que quieras proteger a tu madre. Yo reaccionaría igual, después de lo que hizo tu padre —dice—. Pero es una persona adulta. ¿Por qué la tratas como si fuera una niña?

—No lo hago.

—Sí que lo haces. Llevas todo el fin de semana tomando decisiones por ella. Ya sé que se ha pasado casi todo el tiempo inconsciente, pero de todas formas. Podrías haberte quedado al margen un montón de veces en vez de liarla.

—Yo solo intento ayudar.

—¿En qué la ayuda impedir que se comunique con el exterior?

Me aprieto las sienes con los dedos, porque me está entrando dolor de cabeza. Desde que Parker murió, lo único que he querido ha sido ponerme a salvo con Jamie y guardarle el secreto. No tengo claro que esta escapada a Randall vaya a servir para ninguna de las dos cosas y sin embargo… ¿qué puedo hacer? En cuanto deje de moverme y Jamie me alcance, el desenlace será inevitable.

—Es que sé muy bien lo que hará cuando comprenda lo que ha pasado —digo—. Se entregará.

—¿Y tan malo sería? —pregunta Liam.

Lo miro fijamente, boquiabierta, hasta que proceso sus palabras y la rabia se apodera de mí.

—¿Que metan en la cárcel a mi madre durante vete a saber cuántos años? —le espeto de mala manera—. ¡Sí, Liam, sería una putada!

—Ya lo sé, ya lo sé. Perdona. Quiero decir que si Jamie hubiera podido dar el cambiazo y hacerse contable como tenía pensado, el pasado… seguiría ahí, ¿sabes? Siempre tendríais que mirar por encima del hombro, esperando el golpecito en la espalda. —Suspira—. Así me siento yo viviendo con Luke, al menos. Puede que solo esté proyectando.

—Pues sí —le digo, pero con menos veneno. Liam es tan tranquilo y bonachón que a veces me olvido de que él también tiene problemas. Problemas importantes, dolorosos y difíciles de sobrellevar que asume con mucha más elegancia que yo. Tampoco es que no entienda lo que implicaría para mí separarme de Jamie, cuando su pérdida es mucho peor. Y puede… solo puede… que tenga algo de razón. Pero ahora mismo no puedo pensar en eso—. No pasa nada. Los dos estamos de los nervios.

—No es demasiado tarde para echarse atrás, ¿sabes?

Me abrocho la cremallera de la sudadera; o de la sudadera de Jamie, para ser exactos. La de Perry el Ornitorrinco, que le he quitado mientras dormía. En otras circunstancias la habría lavado, pero en estas solo doy gracias de que no esté manchada de vómito. Me he recogido el pelo en un moño como los que suele llevar ella y me he puesto gafas de sol. No quiero que Morgan se marche si me ve de lejos y comprende que soy yo en lugar de mi madre. Puede que así vestida pueda acercarme lo bastante para hablar con ella.

—No quiero echarme atrás —le digo—. Y no te preocupes. Morgan no es idiota. Aquí hay demasiada gente como para intentar nada. Tú no salgas del coche, ¿vale? Y deja el motor encendido. Es posible que tengamos que salir disparados.

—Vale. Ten cuidado.

—Te iré mandando mensajes. Y… gracias. —Salgo del coche y me quedo parada con una mano en el marco de la ventanilla—. No tenías que hacer esto. Nada de esto. Un día de estos te lo compensaré.

—No, por favor —dice Liam con una sonrisa tristona.

Le saco la lengua antes de cerrar la puerta del coche y me vuelvo hacia la calle. Hay un único coche aparcado en el acceso circular del Marlow y al verlo se me acelera el corazón, hasta que el aparcacoches abre la portezuela y ayuda a bajar a un anciano. No veo a Morgan por ninguna parte; las únicas personas que tenemos cerca son dos mamás con cochecitos, charlando. A pesar de todo estoy de los nervios y no puedo ni esperar los diez segundos que tarda el semáforo en cambiar. Cruzo la calle en rojo y me encamino a la entrada del hotel.

—Buenos días, señorita —me dice el aparcacoches cuando me acerco a la puerta giratoria.

—Buenos días —respondo, y la empujo para entrar.

El vestíbulo es tal como lo recordaba: bien iluminado, lleno de flores y tan pequeño que al momento me queda claro que Morgan no está ahí. Echo un vistazo a la hora en mi teléfono: las nueve en punto. Miro la zona de espera, la puerta, el camino a los ascensores y acabo mirando sin pretenderlo a los ojos de la joven recepcionista.

—Hola —dice de viva voz—. ¿Necesita ayuda?

—Hum, hola —respondo acercándome—. Había quedado aquí con una amiga. De unos treinta años, alta, con el pelo corto y un montón de tatuajes… aquí.

Me paso la mano por el brazo y la recepcionista sonríe con educación.

—No he visto a nadie así —dice.

—Es posible que lleve manga larga —le digo al comprender que Morgan podría no querer llamar tanto la atención como acostumbra—. O, hum, un sombrero o…

La recepcionista me hace una seña para que me acerque. Avanzo hacia ella con inseguridad y ella se pone una mano junto a la boca.

—No he visto a nadie de menos de sesenta años en toda la mañana, aparte de ti —me dice con un susurro bien audible.

—Ah, vale —asiento intentando no parecer decepcionada. Estaba convencida de que estaba a punto de transmitirme un mensaje secreto de Morgan—. Entonces esperaré.

Me siento en un sillón del vestíbulo y veo pasar los minutos en el móvil. Cinco minutos, luego diez. Empiezan a entrarme mensajes de Liam preguntándome si todo va bien y yo le respondo lo mismo cada vez: todavía no ha llegado.

Pasados quince minutos, empiezo a ponerme nerviosa pensando que no estoy donde debería.

—¿Hay algún otro sitio donde se pueda esperar? —le pregunto a la recepcionista—. ¿Como una cafetería o algo así?

Asiente.

—Está el restaurante en el que servimos los desayunos y las cenas. Pasados los ascensores, cruzando la puerta doble que hay más allá de los servicios.

—Iré a mirar —digo.

Me cruzo con unos cuantos huéspedes por el camino, pero la recepcionista tenía razón: aquí todo el mundo reúne las condiciones para los descuentos de la tercera edad. Incluidos los clientes del restaurante, descubro nada más entrar. Me quedo un ratito de todas formas, caminando de acá para allá por si se me ha pasado por alto algún rincón oculto en el que Morgan pueda estar acechando, pero lo único que hago es molestar al agobiado camarero, el único en toda la sala.

—Señorita —me dice irritado—. Siéntese, por favor.

En vez de hacer lo que me pide, salgo del restaurante diciendo:

—Al final no tengo hambre.

¿En el baño, quizá? Me encamino a los servicios de señoras que usé a la mañana siguiente de dormir aquí y me pregunto si habrá alguna posibilidad de que vuelva a encontrarme a la chica de Instagram. Tengo la sensación de que hace un año y no un día que le mandé un mensaje a Liam desde su cuenta, y pensar eso me produce una nostalgia extraña. La vida entonces era mucho más sencilla.

Pero el servicio está vacío. Nada de Morgan por ninguna parte.

Mi teléfono vibra con otro mensaje de Liam. «¿Qué pasa?».

Vuelvo a mirar la hora en el teléfono. 9.25. «Me parece que me han dejado plantada —le escribo—. Voy a esperar cinco minutos más».

Vuelvo al vestíbulo y la recepcionista me dedica una sonrisa apesadumbrada nada más verme.

—Tu amiga sigue sin aparecer —dice.

—Gracias —respondo desanimada. ¿Se habrá dado cuenta Morgan de que yo no era Jamie antes de que la viera? ¿O no pensaba venir desde el principio? ¿Y si el mensaje ni siquiera era de Morgan? Miro el reloj de la pantalla hasta que cambia a las 9.30 y echo a andar hacia la salida. La recepcionista levanta la vista y tuerce la boca con una mueca compasiva.

—Supongo que entendí mal la hora —le digo obligándome a sonreír, aunque tengo ganas de gritar de pura frustración. ¿Y ahora qué?

—¡Cuídate! —me dice con voz cantarina cuando empujo la puerta giratoria.

«Voy para allá», le escribo a Liam mientras paso junto al aparcacoches. Cuando llego a la acera, él me saluda desde el coche y yo me encojo de hombros.

Y entonces, justo antes de que cambie el semáforo, algo —no, alguien— se estampa contra mí. Una forma indefinida con camiseta azul me derriba y noto un dolor agudo en el lado derecho del cuerpo cuando me estrello contra el suelo. Antes de que pueda reaccionar, me arrancan el teléfono de la mano.

¿Qué cojones? Me siento, aturdida, y la forma indefinida sale corriendo.

—¡Señorita! ¿Se encuentra bien? —grita el aparcacoches apresurándose hacia mí—. ¡Cuánto lo siento! Nunca había pasado nada parecido. ¿Le ha robado algo?

—Sí, me ha…

Me pongo de pie sujetándome la cadera, pero las palabras mueren en mis labios cuando veo a Liam cruzando la calle. «Cuida de él —me ha dicho Augustus—. Él no tiene tu instinto asesino». ¿Y qué me dice ese instinto ahora? Que este ataque ni en broma ha sido casual.

—¡Liam, no! —chillo al mismo tiempo que le hago gestos con las dos manos para que se aleje—. ¡Vuelve! ¡Quédate en el coche!

Al momento doy media vuelta y salgo disparada detrás del tipo que se ha llevado mi móvil.

CAPÍTULO 41
KAT

Como le dije a Liam el día de nuestro reencuentro, no suelo apuntarme a deportes extraescolares porque casi nunca nos quedamos en el mismo sitio el tiempo suficiente como para que merezca la pena unirme a un equipo. Pero, si alguna vez lo hago, me gusta el atletismo. Siempre he sido rápida y después de este año lo soy todavía más.

Dejo el hotel atrás, ya sin acordarme del golpe en la cadera, y tuerzo por la primera bocacalle que veo por puro instinto. Veo un punto azul a lo lejos y redoblo la velocidad mientras todo alrededor se reduce a la distancia que me separa del desconocido. Muevo los brazos y las piernas con un ritmo fluido y me sienta increíblemente bien estar haciendo algo cuyo objetivo es claro, factible y sencillo: alcanzarlo.

Esquivo a unas cuantas personas que están paseando al perro y él desparece por otra calle, y cuando doblo la esquina al vuelo echa un vistazo por encima del hombro. Al verme se desvía por detrás de unos coches aparcados y salta la verja de un parque.

«Yo también puedo hacerlo», pienso salvando el obstáculo como si estuviera en una carrera. Él no deja de mirar por encima del hombro y eso le hace perder velocidad. Antes de que haya recorrido la mitad del parque estoy tan cerca como para alargar una mano y tirar con fuerza de su camiseta. Cae al suelo despatarrado y recojo mi teléfono cuando sale volando.

—¿Quién eres? —jadeo al mismo tiempo que retrocedo unos pasos.

Estoy preparada para salir corriendo otra vez, pero al echarle un buen vistazo comprendo que está demasiado agotado para ponerse de pie y más aún para perseguirme. Es mayor de lo que pensaba, un tipo de treinta y tantos con el pelo rapado y las mejillas congestionadas por el esfuerzo. Resopla pesadamente antes de alargar la mano y decir:

—Dame el teléfono. Créeme, no te conviene tenerlo.

—Créeme, me conviene tenerlo —le digo—. ¿Para quién trabajas?

Hace un movimiento como para buscar algo en el bolsillo y no me hace falta ver más: no pienso quedarme aquí para averiguar si tiene un arma. Doy media vuelta y me alejo a la carrera por donde he venido con el teléfono bien aferrado en una mano sudorosa. No me detengo, ni siquiera reduzco la marcha hasta que llego al aparcamiento del hotel. Entonces me paro resollando y miro alrededor. Estoy completamente sola: el tío de la camiseta azul no me ha seguido.

¿Qué acaba de pasar?

«Créeme, no te conviene tenerlo». ¿Qué clase de ladrón te dice una frase como esa? ¿Por qué no me convendría tener mi teléfono?

A no ser… ¿Pensaba ese hombre que era el teléfono de Jamie? En teoría era ella la que debía estar aquí, no yo.

Le mando a Liam un mensaje rápido —«Todo bien, he recuperado el móvil. Estoy en el aparcamiento del hotel. Llego enseguida»— y me lo guardo en el bolsillo para sacar el de Jamie. ¿Para qué querría Morgan ni nadie el teléfono de mi madre? ¿Hay algo incriminatorio en él? ¿Algo que a Jamie le parece inocuo pero que es peligroso para otra persona?

Marco su contraseña —mi fecha de nacimiento— y abro los mensajes. Gem ha intentado contactar con ella un montón de veces y paso esos globos a toda prisa. Yo he ignorado los mensajes que Gem (que debe de estar histérica desde que ayer no aparecimos) me ha enviado a mí, porque no se me ocurre qué decirle. Esperaba que Morgan aportara algo que me inspirase.

No hay nada fuera de lo normal en los siguientes mensajes: casi todos son míos y de Morgan, intercalados con alguno que otro de Kelly, que es una amiga de Jamie, mensajes automáticos de la consulta de un médico y de un tipo llamado Ted al que le gustaría mucho, muchísimo, quedar con Jamie para tomar un café.

Debería aceptar, la verdad. Mi madre necesita salir más.

Mi teléfono vibra en el bolsillo: Liam se está impacientando. Sigo revisando los mensajes de Jamie y me detengo en uno de alguien al que ha guardado con el nombre de «Imbécil». Leo «No significa no. No voy a cambiar de idea».

¿Quién lo envió, Jamie o Imbécil? Cuando lo abro descubro que fue Jamie, en respuesta a un mensaje que dice: «Por favor, Jamie, te lo suplico». Más arriba, mi madre ha escrito sencillamente «no» en respuesta a un mensaje en el que se lee: «No lo entiendo. Tampoco es que tú quieras estar conmigo. No me soportas. Firma y los dos seremos libres».

La piel de los brazos se me eriza cuando busco el principio de la conversación. Hay montones de globos grises y azules escritos este último mes, todos en torno al mismo tema: Imbécil quiere que Jamie firme algo y ella le dice que no. Pero los detalles son frustrantemente escasos hasta que llego a uno largo de Imbécil, fechado dos semanas antes de que viajáramos a Bixby.

«Sé que metí la pata. Sé que estás enfadada y quieres castigarme. Pero he conocido a alguien y voy en serio. Quiero volver a casarme y no puedo hacerlo porque YA ESTOY CASADO. Fue un error que solo duró 48 horas, por el amor de Dios. Quiero pasar página. ¿Tú no?».

Qué fuerte, qué fuerte, qué fuerte, qué…

No recuerdo haberme sentado, pero estoy en la acera de golpe y porrazo y el teléfono de Jamie rebota en el suelo a mi lado. Mi cerebro es una pantalla desdibujada. Imbécil es Luke. Luke es Imbécil. Luke y Jamie todavía están casados. Después de todos estos años, nunca se divorció de ese desgraciado. Adrede.

Durante el catastrófico episodio del pinchazo de camino a Bixby, Luke y Jamie representaron un papel para Liam y para mí. Se comportaron como si no hubieran hablado en más de una década, cuando llevaban semanas escribiéndose como posesos. Noté que Jamie estaba incomodísima todo el tiempo, pero lo atribuí al trauma de volver a ver a su exmarido. Poniendo el acento, pensé en su momento, en lo de «ex».

Siempre he sabido que Jamie es una estafadora. Pero nunca me imaginé que me estafaría a mí.

Primero Parker con el collar y ahora esto. Tengo la cabeza a punto de estallar, así que cierro los ojos y me aprieto las sienes con las manos. Pero no me ayuda y encima no me doy cuenta de que alguien se acerca hasta que lo tengo casi encima.

—¿Qué haces? —pregunta Liam y yo me pego tal susto que suelto un grito estrangulado—. Por Dios, Kat, ¿te encuentras bien? ¡No contestabas a mis mensajes!

Levanto la cabeza para mirarlo y me protejo los ojos con la mano cuando el sol me deslumbra. No se me ocurre qué decirle excepto:

—No tenías que bajarte del coche.

—Ya, bueno, tú no tenías que salir corriendo detrás de un atracador. Cambio de planes.

Se agacha a mi lado y me apoya la mano en el brazo. Miro sus dedos y advierto con una distancia casi clínica que no noto el contacto. Así de entumecida estoy.

—¿Qué pasa? —dice Liam—. ¿Qué haces en el suelo? ¿Te ha tirado ese tío?

—No —respondo con una carcajada amarga—. Lo he tirado yo a él. Luego me he dado cuenta de que seguramente iba detrás del teléfono de Jamie, no del mío, y he decidido echarle un vistazo. Y...

Le tiendo el móvil a Liam y le digo:

—Me parece que deberías leer esto.

275

CAPÍTULO 42
LIAM

No sé cuánto rato nos quedamos Kat y yo sentados en ese aparcamiento leyendo cuidadosamente los textos entre Luke y Jamie. Nada de esto tiene el más mínimo sentido: por qué Jamie le ha mentido a Kat casi toda su vida, por qué no le concede a Luke el maldito divorcio y por qué los dos fingieron que llevaban años sin hablar cuando los cuatro nos encontramos en el arcén.

Sé que Luke es un liante profesional, pero ¿por qué mentir sobre eso? ¿Por qué no aprovechar la ocasión para volver a gritarle a Jamie como había hecho en los mensajes?

Solo se me ocurre una respuesta, y me hiela la sangre.

«Gritar no le funcionaba, así que discurrió otra manera».

Le tiendo el teléfono a Kat y digo:

—¿Sabes lo que significa esto, verdad?

—Que Jamie miente más que habla —me responde ella en tono robótico—. Y luego sigue mintiendo. Una y otra vez.

—Ya, sí, pero también… —Me froto la nuca—. Luke tenía un motivo para desear su muerte. Y Jamie ha estado a punto de morir. Dos veces.

Kat se queda con la boca abierta.

—Pero… Ese tío iba a por mí —objeta.

—Eso pensamos en su momento —digo—. Y tenía lógica, porque tú estabas allí cuando Parker murió, pero ¿y si estábamos equivocados? ¿Y si Jamie fue el objetivo desde el principio?

—Si Jamie fue… —Kat frunce el ceño y niega con la cabeza—. No pudo ser Luke el que nos atacó. Para empezar, tiene otro físico. Y además no se ha separado de los Sutherland en todo el tiempo.

—Y no le gusta ensuciarse las manos —digo—. Pero hay maneras de evitarlo, ¿no? Si tienes mucho dinero o piensas que lo vas a tener.

Kat me mira con los ojos abiertos como platos.

—¿Estás insinuando que Luke contrató un sicario para acabar con Jamie?

—Podría ser.

—¿Un sicario que también mató a Parker?

—Puede que fueran personas distintas. O que tuviera que liquidar a Jamie en la fiesta y por algún motivo acabara cargándose a Parker. O que lo contrataran para matar a los dos, porque, si Parker la palmaba, habría más herencia para repartir una vez que Luke se casara con Annalise.

Una nota triunfal se abre paso hasta mi voz, porque tengo la sensación de que por fin le estoy cogiendo el tranquillo a esto de formular teorías. Y entonces me acuerdo de que estoy hablando de mi padre y se me cae el alma a los pies.

Kat parpadea.

—¿Quién eres tú y qué has hecho con Liam?

—¿De verdad esto te parece más loco que todo lo que ha pasado desde que estamos aquí?

Ella suspira con sentimiento.

—No, es que… Mira, ya sabes que no soy fan de Luke. Es una persona horrible. Pero siempre he pensado que era horrible en otro sentido. En un sentido menos asesino. ¿Realmente piensas que haría algo así?

«¿Lo haría?». Este fin de semana he visto destellos de un Luke distinto, mejor, y no he sido capaz de adivinar si son reales o si forman parte de su representación. El esbozo al carboncillo que hizo de Annalise y lo mucho que se ha preocupado por ella. La naturalidad con que desplegó sus encantos para ganarse a Ross Sutherland. Incluso anoche, cuando intentó que reconociese lo que siento por Augustus antes de que yo me cerrara en banda.

Tenía razón y el consejo que me dio no estuvo mal. ¿Me lo dijo porque le importo? ¿O porque le viene bien para conseguir sus objetivos?

—Tú misma lo dijiste en el coche, ¿no? Que pasen tantas cosas malas al mismo tiempo no puede ser una coincidencia. Es posible que Luke supiera desde el principio que Jamie iba a estar aquí.

Debería haber caído en la cuenta —si está pasando algo turbio, Luke tiene que estar implicado—, pero antes de saber que Jamie y él continúan casados, pensaba que tenía el foco puesto solamente en Annalise. No se me pasó por la cabeza que otro obstáculo que no fuera la posibilidad de ser desenmascarado antes de que Annalise dijera «sí quiero» pudiera interponerse entre mi padre y sus objetivos.

Además, hasta hace un momento tenía muy claro que Jamie había sufrido un ataque porque el asesino de Parker la había confundido con Kat. Pero ahora...

Me vibra el teléfono en el bolsillo y lo saco con una mueca.

—Seguro que es él, porque tiene el don de ser inoportuno —digo.

Cómo no, ahí está el mensaje de Luke: «¿Dónde cojones está mi coche?».

—¿Es Luke? —Kat mira mi pantalla—. ¿Qué te dice?

—Puede que se me olvidara pedirle prestado el coche —le explico.

—¿Qué le vas a decir?

—Nada. Que despotrique —es mi respuesta.

Y lo hace, porque empiezan a entrarme mensajes a un ritmo vertiginoso.

Pero no, no son de Luke. El bombardeo procede de Augustus y, cuando empiezo a mirarlos, me doy cuenta de que no solo me ha escrito ahora: lleva un rato enviándome mensajes. Media hora como poco. Desde que he encontrado a Kat en el aparcamiento, seguramente.

—Augustus quiere saber cómo estamos —la informo—. Desesperadamente.

Kat se muerde el labio.

—¿Jamie está bien? —pregunta—. ¿Y Griffin?

—Espera. Deja que los lea desde el principio —le digo deslizando el dedo por la pantalla—. «No consigo contactar con mi padre. Ni con mi abuelo. Ni con la tía Annalise. Estoy casi tan desesperado como para probar con mi tía Larissa, pero aún no». Y luego, unos diez minutos más tarde… «La madre de Caos se ha despertado. MUY confusa. Jo, qué incómodo. Pregunta por su teléfono. ¿Os lo habéis llevado? No me acuerdo».

Dejo de leer para mirar a Kat, pero ella solo dice:

—Continúa.

Devuelvo la vista a los textos de Augustus.

—«Quiere saber qué hace aquí y dónde está Kat. ¿Qué le digo? ¿Por qué me habéis dejado con este marrón? ¿POR QUÉ NO ME CONTESTÁIS?». Oh, no. Está escribiendo en mayúsculas.

Frunzo el ceño mientras busco los siguientes mensajes.

—Dice… Mierda. Me ha gritado unas cuantas veces más y luego ha dicho que viene a Randall.

—¿Qué? No —exclama Kat—. ¡Tiene que quedarse con Jamie!

—No «tiene» que hacer nada —replico irritado—. ¿Y puedes dejarme acabar? Todavía tengo como seis mensajes por leer. —Sigo avanzando y añado—: Ha dejado una ubicación. Quiere que nos reunamos allí con él.

Cuando la abro, encuentro la dirección de un edificio de oficinas de Randall que no está muy lejos de aquí.

—«Pertenece a mi abuelo» —leo—. Está vacío. Podremos hablar en privado».

Kat frunce el ceño.

—¿Por qué tenemos que hablar en privado?

—¿Me lo preguntas en serio? —le digo. Me despista tener a Kat junto a mi oído y a Augustus en la pantalla—. ¿Me dejas leer el mensaje siguiente, por favor?

Hace un movimiento circular con la mano.

—Tira.

—«Jamie se viene conmigo. La he puesto al día».

—Ay, madre —dice Kat palideciendo—. ¿Puesto al día de qué?

Me guardo el teléfono en el bolsillo y me pongo de pie. Luego le tiendo la mano a Kat para ayudarla a levantarse.

—Lo sabremos dentro de nada.

CAPÍTULO 43
KAT

Diez minutos más tarde, Liam y yo estamos delante de un modesto edificio de oficinas con la fachada de ladrillo visto, esperando a que Augustus nos abra la puerta.

—Vamos a concentrarnos en lo positivo —propone Liam—. Jamie debe de encontrarse mejor.

—Bien visto —digo—. Y no está muerta.

—Ni nosotros —añade Liam—. Ni Augustus. —Guardamos silencio un ratito y añade—: Me parece que no hay más cosas positivas de momento.

—Tengo otra —le digo a la vez que le pego un toque con el hombro mientras una figura se acerca por el vestíbulo—. Sigues siendo mi hermanastro.

Augustus abre la puerta y me dirige una mirada de agravio infinito.

—No me puedo creer que me hayas dejado colgado con este marronazo —dice a la vez que se aparta a un lado para cedernos el paso—. Me ha tocado contarle a tu madre casi todo. Ha sido la peor conversación de mi vida. ¿Alguna vez has tenido que explicarle a alguien que un hombre enmascarado intentó matarla? ¿Dos veces? Y eso solo era la punta del iceberg. Está de los putos nervios, por cierto.

—Lo siento —le digo mientras le sigo al ascensor—. Entonces sabe que el collar ha desaparecido, que Morgan la envenenó y, hum, lo de Parker.

—Todo —asiente Augustus en tono funesto.

Mierda. Me siento fatal. Nunca debería haber colocado a Augustus en una posición que le obligara a explicarle a mi madre la muerte de su tío. Como de costumbre, no me paré a pensar lo que hacía. Pensé que Jamie dormiría más tiempo y que, si se despertaba, estaría tan atontada que no le importaría esperar a que yo volviera.

Además, no contaba con que me robaran.

—Me sabe mal decirte esto, pero las cosas están a punto de empeorar —le advierto.

Una expresión de temor asoma a los ojos de Augustus, que se vuelve a toda prisa para mirar a nuestra espalda.

—¿Por qué? ¿Os han seguido? —pregunta.

—No, eso no. Es que… —Me callo mientras las puertas del ascensor se abren y entramos en la cabina. En el panel interior se iluminan los botones del uno al diez y yo me aparto para que Augustus pueda marcar el piso—. Cuando recuperé el teléfono, me di cuenta de que el ladrón seguramente me lo había quitado pensando que era el móvil de Jamie. Porque Morgan le había encargado que lo cogiera o algo así. Así que miré los mensajes de mi madre para averiguar por qué y descubrí que Jamie y Luke siguen casados.

Augustus se queda paralizado con el dedo extendido ante el botón del décimo piso.

—¿Disculpa?

—Ya lo hago yo —murmura Liam, pulsando el botón por él.

—Sí, nunca llegaron a divorciarse —explico—. Pero ahora a Luke le han entrado las prisas y llevan dos semanas intercambiando mensajes sobre el asunto.

Augustus se deja caer contra el fondo del ascensor mientras seguimos subiendo.

—Qué locura —gime cerrando los ojos con fuerza. Luego los abre de golpe y dice—: Entonces Luke está…

—¿Implicado de alguna manera? —termina Liam por él—. Eso intentamos averiguar.

—Hay que joderse —musita Augustus cuando el ascensor se detiene.

En cuanto se abren las puertas, resuena una voz a lo lejos.

—¡Katrina Quinn! Ven aquí y explícate inmediatamente.

Salgo al rellano y observo a mi madre a placer. Tiene mejor aspecto que estos últimos días: sigue pálida y demacrada, pero vuelve a echar chispas por los ojos. Todas dirigidas a mí. Me concedo un ratito para disfrutar de su recuperación antes de espetarle:

—Yo podría decirte lo mismo.

—Yo me largo —dice Augustus, que desaparece por el pasillo. Liam lo mira con tristeza, pero se queda. Él también necesita estar aquí.

Jamie me mira con incredulidad.

—¿Me tomas el pelo? —pregunta—. Has estado... Ni siquiera tengo palabras para describir lo que has estado haciendo desde que caí enferma. Lo único que te pedí fue que informaras a Gem de que el trabajo se cancelaba y en vez de eso liaste... esto.

Señala el pasillo con gestos enloquecidos.

—¿Te puedes imaginar siquiera el miedo que pasé cuando desperté en una casa extraña y no te encontré? ¿Y cómo me quedé cuando Augustus Sutherland, nada menos, tuvo que informarme de dónde estaba? ¿Y de todo lo que ha pasado este fin de semana? Kat, ¿cómo has podido involucrarlo en esto? ¿Cómo has podido involucrar a Liam? ¿Cómo has podido involucrarte tú? —Se le saltan las lágrimas—. Podrías haber muerto. Todos podríais haber muerto y...

—Lo hice por ti —le digo con vehemencia—. Todas y cada una de las cosas que he hecho fueron por ti. Intentaba ayudarte. Intentaba protegerte. Te salvé. ¡Dos veces! Porque pensaba que éramos un equipo. Solo que no es así, ¿verdad? Llevas mintiéndome casi toda mi vida.

El desconcierto desaloja una parte de la rabia en la cara de Jamie cuando levanto el teléfono con su traición latiendo en todo mi cuerpo.

—He visto los mensajes que intercambiaste con Luke —continúo—. Todavía estáis casados. ¡No quieres dejarlo marchar! ¿Pensabas decírmelo alguna vez?

Los ojos de mi madre se agrandan de la impresión o quizá del horror.

—Kat, yo… Ay, Dios. Vale. No quería que te enteraras así.

—No querías que me enterara y punto —le digo con amargura.

—Déjame que te lo explique, ¿vale? —me pide Jamie, ahora en un tono suplicante—. En su día estaba desesperada por divorciarme. Pero solo tenía el número de teléfono de Luke, no su dirección, y no podía ponerme en contacto con él para enviarle los papeles. Tú no parabas de preguntar si volveríamos a verlo, así que te dije que ya no estaba casada con él. Pensaba que nos divorciaríamos pronto, así que ¿por qué preocuparte?

Traga saliva con dificultad y se pasa un mechón suelto por detrás de la oreja.

—Pasaron los meses y Luke seguía sin devolverme las llamadas. Tendría que haber acudido a un juez, pero estaba trabajando para Gem, así que recurrir a la justicia era… complicado. —Agacha la vista—. Empecé a pensar… ¿qué más da? No quería volver a casarme, ni siquiera quería tener otra relación. Podía utilizar ese estúpido matrimonio como una especie de barrera entre mis peores instintos y yo. No podía casarme con otro fracasado si ya estaba casada, ¿verdad?

—Verdad —asiento arisca. Me da igual que parezca muy triste ahora mismo: no voy a compadecerla—. Justifícate todo lo que quieras, pero me lo podrías haber dicho. No cuando tenía cuatro años, vale, pero sí durante los doce siguientes.

—Es verdad —reconoce Jamie—. Pero no quise.

Suelto un bufido indignado y añade:

—Kat, estabas tan orgullosa de mí por haberme divorciado al instante. No parabas de hablar de eso. Me imitabas, solo que siempre lo hacías con mucha más seguridad de la que yo podría demostrar nunca. Pensaba que era lo mejor que te había dado: la seguridad de que podías y debías alejarte de cualquiera que no te tratara como merecías. No quería privarte de eso.

No voy a compadecerla.

—¿Y pensaste que era mejor mentir? —le reprocho—. Todo este tiempo he pensado que éramos un equipo...

—No tenemos que ser un equipo, Kat —me interrumpe Jamie—. Se supone que yo soy la persona que cuida de ti y se asegura de que estés sana y salva. No se me da demasiado bien, ya lo sé. He dejado nuestras vidas en manos de Gem durante demasiado tiempo, porque ella es mucho más competente que yo. Sé que la respetas y la admiras y yo... he metido la pata muchísimas veces. Desde el día que naciste. —Le tiembla la voz—. Perdóname por no haberte contado lo de Luke. Debería haberlo hecho. Pero quería ser mejor de lo que soy.

No voy a... Mierda, un poco sí que la compadezco, supongo, porque el tono de mi voz suena menos chillón cuando digo:

—Entonces ¿por qué no te divorciaste cuando te lo pidió?

Dos manchas rojas, intensas, aparecen en las mejillas de Jamie.

—Eso... no me deja en buen lugar, me temo —dice mirando a Liam como si acabara de recordar que está presente—. Cuando Luke se puso en contacto conmigo, estaba discurriendo cómo me las arreglaría para llegar a fin de mes cuando cambiara de trabajo. No es tan lucrativo como el antiguo, ni mucho menos. —Se muerde el labio—. De todas formas, no me apetecía responderle. ¿Por qué tenía que hacerlo, después de tantos años? Que espere, pensé. Pero él no podía esperar. Se puso cada vez más pesado y comprendí que no estaría tan desesperado a no ser que hubiera encontrado a alguien excepcional. Alguien que le pudiera cambiar la vida.

—¿Una mujer rica? —pregunto.

Jamie tuerce la boca.

—Pues sí. Y pensé... Bueno, pensé que a lo mejor podía sacar tajada.

La miro a los ojos.

—¿Querías una compensación?

Su rubor se intensifica.

—¿Tan mal está?

Yo no respondo y Jamie suspira.

—Vale, puede que sí. Pero pensé que valía la pena intentarlo. Y no pensaba negarme para siempre. Solo hasta el final del verano. Estaba harta de recibir mensajes suyos, te lo aseguro.

—Y entonces coincidiste con él en el arcén —digo, y ella se estremece.

—No me lo podía creer. Pensé que quizá me estaba siguiendo y entré en pánico. Creí que empezaría a gritarme allí mismo, pero enseguida me di cuenta de que era tan reacio como yo a un enfrentamiento. Y ahora sé por qué.

—¿Sabías que estaba saliendo con Annalise Sutherland? —le pregunto.

—No, por Dios —dice Jamie con otro estremecimiento—. No se me habría ocurrido aceptar el trabajo de haberlo sabido. Digamos que fue la peor coincidencia del mundo.

—¿Seguro? —dice Liam. Lleva tanto rato callado que le falla la voz y tiene que carraspear para aclararse la garganta—. Bueno, Kat y yo estábamos hablando de eso antes de venir y hemos pensado… Luke tenía motivos para querer librarse de ti, ¿no? —pregunta—. Y te han atacado dos veces.

Jamie palidece otra vez y él insiste:

—Venga, seguro que te has planteado la posibilidad después de oír toda la historia.

—Es verdad —reconoce mi madre—. Pero Luke… puede que sea muchas cosas, pero no es un hombre violento. ¿O sí?

Sostiene la mirada de Liam con expresión preocupada.

—Eso mismo he dicho yo —intervengo—. Despreciable, pero no un asesino.

—Normalmente os daría la razón —responde Liam—. Pero se muere por casarse con Annalise. Ya se han prometido. Ella es más o menos todo lo que Luke ha soñado siempre y no sé qué haría si algo se interpusiera en su camino.

—Esto es agotador —gime Jamie. No sé ni cómo me reprimo para no recordarle que ella al menos se ha librado de casi todo mientras dormía.

—Liam. —Me llevo un susto cuando Augustus reaparece de repente en el pasillo—. Annalise está machacando mi teléfono a mensajes. Ha pasado algo en el conjunto y todo el mundo nos está buscando. Luke ya te lo habrá dicho, ¿no?

—Muchas veces —responde Liam—. Al fin y al cabo le he robado el coche.

—Cogido prestado —lo corrige Augustus—. En fin, tengo que marcharme. ¿Vienes o…?

Lo dice como si tuviera ganas, pero no muchas esperanzas, y empujo el brazo de Liam.

—Ve —le digo. Es lo menos que puedo hacer por Augustus, después de dejarle el marrón de explicarle a mi madre las novedades de estos últimos días—. Estaremos bien aquí. Todavía tenemos muchas cosas de que hablar.

—¿Seguro? —me pregunta Liam.

Asiento y dice:

—Vale. Tantearé a Luke cuando llegue, a ver si se le escapa algo.

—O podrías descansar —le sugiero—. Desayunar un poco más. O comer. Tomar un brunch. La comida que mejor encaje en este día interminable.

—No me hace gracia dejaros solas —duda él.

—Estaremos bien —insisto—. ¿Verdad, Jamie?

—Claro que sí —le dice a Liam con una sonrisa tranquilizadora antes de volverse hacia Augustus—. Oye, Augustus, no te he dado las gracias como es debido por todo lo que has hecho por Kat. Y por traerme a Randall. Siento mucho lo que habéis vivido tu familia y tú. No hay excusa que justifique lo que vine a hacer a Bixby, así que no te voy a dar ninguna. No acabo de entender lo que ha pasado este fin de semana, pero tengo que asumir la responsabilidad de la parte que me toca. Y lo haré.

No me gusta lo que está insinuando, pero me trago la protesta. Liam tiene razón: he tratado a Jamie como a una niña. Y lo peor es que ella lo sabe. Es tan consciente de ello que tiene miedo de ser sincera conmigo.

—Me alegro de que te encuentres mejor —le dice Augustus a Jamie.

—Te mandaré un mensaje —le prometo a Liam.

—Que no se te olvide —me dice.

—Venga —me dice Jamie tirándome de la manga mientras Augustus pulsa el botón del ascensor—. A lo mejor encontramos café en la cocina.

Me dejo arrastrar por ella, pero nada más doblar la primera esquina me quedo parada.

—Espera un momento —le digo, y vuelvo atrás.

Augustus y Liam siguen esperando delante del ascensor. Antes de que tengan tiempo de preguntarme qué pasa, me abalanzo sobre Liam y le rodeo el cuello con los brazos con tanto ímpetu que casi pierde el equilibrio. No soy muy aficionada a dar abrazos y este es tan feroz que podría pasar por un ataque. Pero después de quedarse un momento paralizado por la sorpresa, Liam me devuelve el abrazo.

—Jamie te quiere —me susurra—. No lo dudes nunca.

Mi única respuesta es abrazarlo con más fuerza. Me levanta del suelo y nos quedamos un momento ahí, aferrados.

—Me alegro de que sigas siendo mi hermano —le susurro al oído.

—Yo también, Kat —dice—. Yo también.

CAPÍTULO 44
LIAM

Augustus hizo el trayecto a Randall con el viejo Range Rover de su abuelo y ahora lo sigo a la casa de Griffin. Tenemos pensado que aparque y se monte en el Buick de Luke conmigo para recorrer la breve distancia que hay hasta la casa de invitados, donde nos reuniremos con Annalise.

—¿Te ha dado tu tía favorita alguna pista de lo que pasa? —le pregunto cuando Augustus se sienta en el asiento del copiloto.

—La verdad es que no —dice mientras yo cambio de sentido—. Y no me he atrevido a preguntarle.

Freno cuando una ardilla cruza por delante del coche a la carrera.

—Menudo lío.

—La verdad es que sí —dice Augustus—. A lo mejor deberíamos quedarnos en el coche. Seguir hasta California o algo así.

—¿Por qué a California?

—Porque está muy lejos —dice.

Dedico unos instantes a imaginar cómo sería vivir otra vida, una en la que fuera totalmente normal que emprendiera un viaje de verano con el chico que me gusta a la otra punta del país. Luego le digo:

—Perdona por no haberte contestado los mensajes. El bombazo sobre Luke y Jamie ha tenido secuestrado un buen rato mi cerebro.

—Lo entiendo —dice Augustus—. Bueno, lo entiendo ahora.

—Debería haberte dicho que estábamos sanos y salvos.

La casa de invitados se cierne delante de nosotros y aparco en el camino. Augustus y yo bajamos del coche y cerramos las portezuelas.

—No hacía falta que vinieras a buscarnos —añado.

No me he expresado bien. Quería decirle: «Gracias por preocuparte».

—Sí, ya lo sé —responde Augustus—. Tendría que haber pensado que Caos sacaría su lado peleón de aprendiz de estafadora. No me necesitabais.

«Te necesitaba. Te necesito».

Aunque tenemos problemas más graves, es frustrante que siempre se me trabe la lengua cuando estoy con Augustus. No quiero que piense que ha exagerado: quiero que sepa que yo habría hecho lo mismo.

—Pero me alegro —consigo decirle—. De que vinieras.

—Cómo no iba a ir —dice Augustus entrelazando los dedos con los míos. Su cercanía me sienta bien: es embriagadora y reconfortante al mismo tiempo.

En ese momento oímos los gritos.

—¡Ni siquiera hemos enterrado aún a Parker! —vocifera una voz femenina.

—Ay, Dios —suspira Augustus. Me suelta la mano y llama al timbre—. La tía Larissa está aquí. Su presencia siempre hace que me sienta mejor…

Oímos el zumbido de la puerta y Augustus la empuja. Cuando entramos en el vestíbulo, el tono más quedo de Annalise se deja oír.

—Larissa, por favor. Parker ha muerto. Griffin está sufriendo. ¿No podríamos intentar al menos estar todos del mismo lado?

—¡En esto no hay lado que valga! —replica Larissa de mala manera—. Se lo voy a decir a papá.

—¿Se lo vas a decir a papá? —repite Annalise con incredulidad—. Tienes cincuenta años. ¿Cómo es posible que todavía uses esa frase?

Nos ve a Augustus y a mí y nos dedica una sonrisa tensa.

—Ah, bien, ya estáis aquí. Oídme, acabo de hablar con Clive...

—A ver si lo adivino —dice Augustus—. ¿Control de daños?

Annalise hace un mohín.

—La verdad es que no. La investigación está parada ahora mismo.

—La investigación de... —Augustus y yo intercambiamos una mirada. Podrían ser muchas cosas desde nuestra perspectiva, pero a los Sutherland solo les importa una cosa—. ¿Quién mató al tío Parker?

Annalise asiente.

—En la foto de un invitado, hay un hombre al fondo...

No me puedo aguantar y le pego un codazo a Augustus, porque, una vez más, Kat tenía razón.

—... que va vestido de guardia de seguridad, pero que no forma parte del equipo. La policía está analizando la imagen.

—¿Analizando la imagen? —pregunto—. ¿Y eso qué significa?

—Contrastándola con sus bases de datos, me parece. Para ver si figura en los archivos policiales. Aunque no aparezca, tienen otras maneras de identificarlo. Es posible que ese hombre fuera un invitado, pero... —Inspira hondo—. Ya sé que piensas que la familia no está haciendo nada respecto a la muerte de Parker, Augustus, pero no es verdad.

—¿Lo sabe papá? —pregunta Augustus.

—Griffin está descansando. Ha tenido una mañana agotadora. Pero se lo diremos lo antes posible. No te preocupes —le dice Annalise—. Es una buena noticia.

Augustus asiente aturdido.

—No, sí. Es genial.

—Es fantástico —digo con vehemencia. Y de repente caigo en la cuenta: estamos hablando de identificar al mismo tipo que Luke podría haber contratado. Kat intentó quitarme la idea de la cabeza cuando se la planteé, pero...—: ¿Mi padre lo sabe? —pregunto—. ¿Dónde está?

En la frente de Annalise aparece una arruga.

—Pues no estoy segura, la verdad.

—¿Qué? —pregunto alarmado. Luke lleva todo el fin de semana pegado a Annalise con pegamento—. ¿Se ha marchado y no te ha dicho a dónde iba?

Larissa, que hasta ahora ha guardado un silencio nada propio de ella, suelta un bufido. Annalise la mira con aire nervioso antes de decir:

—Cuando hemos recibido la noticia de la fotografía, Luke ha dicho que tenía que atender unos asuntos y… se ha marchado. He intentado llamarlo, pero entonces se ha asomado Larissa y…

—No me he asomado sin más —le espeta Larissa—. Te he oído llamarlo «mi prometido». Porque, por lo visto, vosotros dos pensáis que una tragedia familiar es el momento perfecto para un compromiso secreto.

Su mirada salta triunfante entre Augustus y yo como esperando las expresiones de sorpresa que ninguno de los dos tiene fuerzas para fingir.

—¿Cómo? —pregunta frunciendo el ceño—. ¿Soy la última en enterarse?

No puedo lidiar con Larissa ahora mismo. Están a punto de identificar al asesino de Parker y ¿Luke se marcha? El momento que ha escogido mi padre para dejar colgada a la prometida que tanto se ha esforzado en conquistar no tiene… buena pinta.

—¿Luke no te ha dicho nada sobre dónde podría estar? —pregunto.

—No puede haber ido muy lejos —dice Augustus—. Tienes su coche.

Y entonces, mientras saco el teléfono para mirar a qué hora me ha enviado mi padre el último mensaje, me acuerdo de una cosa.

Hace unas semanas, mientras Annalise estaba cenando con nosotros, Luke hizo el numerito de instalarse en el móvil una de esas aplicaciones que sirven para compartir la ubicación. «Estoy más tranquilo si sé siempre dónde estás, Liam», me dijo con su mejor tono de Papá Enrollado. Inició sesión delante de Annalise y me envió una invitación. Yo aún no la he aceptado, pero estoy seguro de que todavía lo puedo ubicar. Entro en la aplicación y, tal como esperaba, veo un gran punto azul en el que se indica: Luke. Y está cerca.

Amplío el mapa. Aunque el mapa del conjunto residencial de los Sutherland no es muy detallado, parece como si Luke estuviera justo encima del punto gris que representa mi teléfono.

—Me parece que sé dónde está —digo. Es mentira, pero al menos sé que anda cerca—. Puedo ir a buscarlo.

—¿Quieres que te acompañe? —me pregunta Augustus.

Quiero, pero...

—No, no te preocupes —respondo—. No tardaré.

Me parece que ha llegado el momento de que mi padre y yo, por fin, hablemos con el corazón en la mano.

CAPÍTULO 45
KAT

—Tenemos que hablar de lo que va a pasar después —dice Jamie.

—¿Después de qué? ¿De comer? —pregunto mientras rebaño los últimos restos de mi Lean Cuisine. No hemos encontrado café en la cocina, pero hemos descubierto un par de platos en el congelador.

Ya sé que no se refiere a eso, pero las viejas costumbres nunca mueren y esquivar las conversaciones complicadas es seguramente mi costumbre más antigua. La cocina es cómoda, silenciosa y apacible a más no poder. Estando aquí es fácil imaginar que todo va a salir bien. Que podremos salir paseando bajo el sol, buscar la manera de volver a los apartamentos del personal, coger el coche y volver a casa.

Como si nunca hubiéramos vivido estos últimos días.

—Kat —empieza Jamie con voz queda—. No entiendo qué está pasando. No sé si Parker Sutherland se conchabó con Morgan para traicionar a Gem. No sé qué sabe Luke o qué puede haber hecho. Y no sé por qué nos han atacado dos veces, pero sí sé una cosa: me corresponde a mí atajarlo. Y no hay una salida sencilla.

Ya lo sé, pero quiero vivir en un mundo donde sí la haya, aunque solo sea un rato más.

—¿Cómo sería nuestra vida —le pregunto— si hubieras sido auxiliar contable desde que nací?

—Uf, madre mía —dice Jamie con una pequeña carcajada—. Vete a saber. No nos habríamos mudado tanto, eso seguro.

—¿Dónde viviríamos?

—En la playa —responde al instante.

—¿Igual que tú cuando eras pequeña?

A Jamie no le gusta hablar de su infancia: de unos padres tan incapaces de vencer sus adicciones que casi siempre se las tenía que apañar sola. De lo único que accede a hablar de vez en cuando es de que podía ir andando a una playa cercana.

—Más o menos —dice—, pero en alguna parte de Nueva Inglaterra. No en el sureste.

No me hace falta preguntarle por qué. Allí vivían Ashley y Kylie Burke, y allí las dejamos. Para siempre.

—Espero que podamos hacerlo algún día —dice Jamie—. Pero si las cosas se tuercen, quiero que sepas que estarás bien cuidada. Mi amiga Marianne será tu tutora.

—Tutora —repito tragando saliva—. ¿Tengo una tutora?

—Pues claro —responde ella—. Soy madre soltera. Tengo que tomar precauciones.

—¿Y es Marianne?

Conozco el nombre. Estuvimos viviendo en su casa antes de Las Vegas.

Una chispa de algo asoma a la cara de Jamie. Desaparece tan rápidamente que no me da tiempo a nombrarlo, pero si tuviera que apostar diría que es culpabilidad.

—Sí, es Marianne —dice—. Ya sé que casi no te acuerdas de ella, pero es una buena amiga y cuidará bien de ti. Y es una persona muy centrada y de fiar. —Hace una mueca antes de añadir—. No como yo.

No me gusta nada esta conversación. Tengo cientos de preguntas, como «¿dónde vive Marianne ahora?» o «¿y qué pasa si no nos llevamos bien?». Pero todas se refieren a mí y nunca he visto a Jamie tan derrotada. Tengo la sensación de que ha envejecido diez años en pocos días: ahora nadie que nos viera juntas nos tomaría por hermanas.

—Ya sé que piensas que no me has educado bien —le digo—. Pero yo opino que has hecho un buen trabajo.

Jamie me sonríe con tristeza.

—No pretendía insinuar que no te hayas convertido en una persona maravillosa —dice—. Porque lo eres.

—Algún mérito tendrás.

Alarga las manos para estrechar la mía entre las suyas y nos quedamos calladas un buen rato. Luego me aprieta la mano y dice:

—Tengo que ir al baño. Después podemos hablar un poco más a fondo de lo que pasaría si tuviera que estar ausente un tiempo, ¿vale?

—Vale —le digo en tono sombrío.

Jamie sale de la cocina. En cuanto se marcha, yo me pongo de pie también: ni de coña me pienso quedar aquí sentada comiéndome el coco. Necesito moverme. Tiro las bandejas vacías de Lean Cuisine, me lavo las manos y salgo al pasillo. El espacio no es demasiado grande: está la zona del ascensor en el centro y dos zonas de despacho casi idénticas con cubículos de trabajo rodeadas de ventanas de oficina. La moqueta es beis, no hay cuadros en las paredes y se oye el zumbido constante de los fluorescentes.

«Mi amiga Marianne será tu tutora».

No me cabe en la cabeza. Apenas he pasado un solo día separada de mi madre en toda mi vida. ¿Cómo me las voy a arreglar sin ella? ¿Cómo se las va a arreglar ella sin mí?

Necesito distraerme. Me abro paso por uno de los laberintos de cubículos mientras voy tomando nota mental de lo que veo. Puede que encuentre algo que pueda utilizar como arma, por si sufrimos otro ataque. Porque, en parte, la idea de prepararme para lo que en teoría sería lo peor me resulta más asumible que la realidad que Jamie ha empezado a perfilar.

No hay muchos muebles, aparte de un gran escritorio en uno de los despachos de los rincones, junto a la escalera trasera. Abro todos los cajones y saco un abrecartas —útil— y un llavero metálico con una sola llave. ¿Útil también?

—¿Kat? —me llega la voz de Jamie desde la otra punta de la planta—. ¿Dónde estás?

—Echando un vistazo —grito.

Me encamino a la cocina fijándome en las puertas en las que podría encajar la llave. Solo hay una que esté cerrada, empotrada en una pared que contiene también la alarma de incendios y un extintor. Parece un cuarto de almacenaje, y cuando introduzco la llave el pomo gira con facilidad. Empujo la puerta y me asomo a mirar: no hay nada más que un mocho apoyado en un rincón.

—Al menos no he tenido que forzar la cerradura —musito.

—¿Qué?

Jamie llega en ese momento y yo retrocedo a toda prisa.

—Nada.

Frunce el ceño.

—¿Acabas de decir que has forzado la cerradura?

—No —respondo con sinceridad a la vez que columpio el llavero delante de sus narices—. He encontrado la llave.

Su mirada se pone en mi otra mano.

—Y un abrecartas. ¿Para qué lo quieres?

—Por si acaso —digo.

—¿Por si acaso qué?

Espero un momento antes de decir:

—Por si acaso recibimos alguna carta.

Se le escapa la risa sin que pueda evitarlo, pero enseguida recupera su expresión severa.

—Ese es el problema. ¡Estás en modo de ataque, todo el tiempo! ¡Esa no es manera de vivir!

—Siendo exactos, estoy en modo de defensa —alego.

—Hablo en serio, Kat.

—Ya lo sé —le digo y dejo el abrecartas en la primera repisa que encuentro.

—Vuelve a la cocina. Vamos a hablar un poquito —me dice Jamie.

—Vale —asiento, y justo en ese momento mi teléfono vibra en el bolsillo. Lo saco y veo la pantalla iluminada con un mensaje de texto—. Espera un momento, voy a ver qué quiere Augustus —añado.

—Ay, madre, ese pobre chico —se lamenta Jamie con una mueca—. Me parece que lo he dejado traumatizado.

—Sí, hum… Ah —agrando los ojos—. Es sobre la muerte de Parker. Augustus dice que han suspendido de momento la investigación, porque… ¡ja! —Levanto la vista con aire victorioso—. Le dije que mirasen las fotos de los invitados.

—¿De qué estás hablando? —pregunta Jamie.

—Al parecer, el sábado por la noche había un tío en el conjunto residencial que iba vestido como un guardia de seguridad, pero no lo es, así que ahora lo están investigando —aclaro—. Aah… y Augustus ha conseguido la foto. Vamos a echar un vistazo.

Al principio solo veo a las dos personas que enfocó la cámara, charlando en el jardín de las esculturas. Pero luego me fijo en la figura vestida de traje gris que tienen detrás y se me acelera el pulso. Tengo la sensación de que conocería esos hombros en cualquier parte: estoy obsesionada con ellos desde el sábado por la noche. Amplío la fotografía y…

Y una ola gigantesca de estupor se estrella contra mí.

De una manera vaga, soy consciente de que el corazón me aporrea el pecho, pero tengo el resto del cuerpo entumecido. No puedo procesar lo que estoy viendo. No quiero procesarlo. Cierro los ojos y no me sirve de nada: llevo la imagen grabada a fuego en la retina.

Esa cara.

No, no, no. No es posible. Estoy viendo visiones. Estoy estresada y agotada, y los malos recuerdos llevan atormentándome todo el fin de semana.

—¿Kat? —Jamie me toca el brazo—. ¿Qué pasa?

Tengo que volver a mirar.

Abro un ojo y amplío la foto todavía más hasta que solo veo a esa persona. No me he confundido. Le reconocería en cualquier parte, aunque la última vez que le vi fue en la pantalla de un ordenador. Ojos muertos y mandíbula floja, plantado delante de muro de hormigón y enfundado en el mono naranja de los presidiarios.

—¿Cómo es posible? —Mi voz suena igual que si llegara de la otra punta de un largo túnel—. ¿Cómo es posible que sea él?

—¿Quién? —pregunta Jamie.

Noto que tira del teléfono para arrancármelo y la dejo hacer.

—Mi padre —digo.

CAPÍTULO 46
LIAM

No se me ocurre un buen plan para localizar a Luke dentro del conjunto residencial, así que acabo acercándome a la zona por la que estuve paseando el viernes con Kat.

Si me paro a pensarlo, no sé gran cosa de mi padre. Pero normalmente le gusta estar en el centro de la movida. Si lo está evitando por la razón que sea —y no ha podido escapar lejos porque me he llevado su coche— estará en los terrenos de los alrededores.

Al final es allí donde lo encuentro, junto al barranco al que habría podido caer si Kat no me hubiera avisado. Luke está cerquísima del borde, casi asomado al precipicio, y me encamino hacia él hecho un manojo de nervios. No irá a… Él no lo haría… ¿Verdad?

—Luke —le grito.

Se da media vuelta sobresaltado y se me sube el corazón a la garganta mientras me preparo para verlo dar un traspiés o, Dios no lo quiera, caer. Pero no sucede y según me acerco descubro que está mucho más lejos del borde de lo que yo pensaba.

—¿Qué haces? —le pregunto, y luego me quedo parado para esperar a que se me normalice el pulso.

—¿Qué te parece a ti que estoy haciendo? —me contesta en tono irritado. Pero no solo está irritado: circula algo más por debajo de ese tono. ¿Miedo, quizá?—. Contemplando la naturaleza.

Tiene un aspecto desaliñado. Sin afeitar, con el pelo revuelto y la camisa arrugada como si la hubiera recogido del suelo.

—Annalise está preocupada —le informo—. Por ti y porque la gente se ha enterado de que estáis prometidos.

Luke se pone tenso.

—¿Cómo lo…? ¿Quién lo sabe?

—Pues yo, obvio —le digo—. Y Larissa. Y Augustus.

—¿Nadie más? —pregunta.

—No, que yo sepa.

Parece aliviado y no sé si se debe a que no quiere que Ross Sutherland se entere o alguna otra persona.

—Me ha dicho que llevabas fuera un buen rato. Que tenías que atender unos asuntos —continúo.

—Sí, así es.

—¿Y los atiendes…? O sea… ¿Aquí? —pregunto mirando alrededor.

—Tenía que hacer una llamada —dice Luke a la vez que se ajusta el cuello de la camisa—. En algún sitio apartado. Y no tenía muchas alternativas, porque me has robado el coche.

—Lo he cogido prestado —digo.

Le tiemblan las fosas nasales.

—¿Dónde estabas?

—¿De qué iba esa llamada? —replico.

—Eso a ti no te importa —me responde con desdén.

—A lo mejor sí que me importa.

Entorna los ojos. Nos miramos unos segundos hasta que resopla una carcajada y dice:

—Qué va.

Piensa que yo no sé nada. ¿Por qué iba a pensar que sí? Tampoco es que Luke esté al corriente de lo que he estado haciendo desde que llegamos. Estaba feliz y contento de que yo fuera de acá para allá sin molestarlo. Podemos seguir dándole vueltas a lo mismo o podría… preguntárselo.

—¿Era sobre el asesino de Parker? Es posible que lo hayan identificado, ¿sabes?

—Ya lo sé —responde Luke.

No sé interpretar su expresión. Se esconde detrás de su cara de póquer y necesito arrancarle la careta.

—¿Sabías que ese mismo tío quiere hacerle daño a Jamie? —le pregunto.

Es imposible pasar por alto el destello de pánico que asoma a sus ojos, por muy rápida y hábilmente que lo disimule.

—¿A Jamie? —pregunta—. ¿De qué hablas? Jamie está… No tiene nada que ver con esto. Se habrá marchado a casa, seguramente. Todos los camareros se han ido.

—No —le digo—. Está aquí. He estado hablando con ella.

Se le mueve la garganta convulsivamente antes de preguntar:

—¿De qué?

«¿Voy a hacerlo? Supongo que sí».

—De muchas cosas —contesto—. Como de que vosotros dos nunca os divorciasteis.

Durante un momento, Luke se queda tan petrificado como las estatuas del jardín de Ross Sutherland. Luego se abalanza hacia mí tan deprisa que doy un paso atrás sin pensar. Pero se para antes de alcanzarme, se apoya las manos en las caderas y estalla en carcajadas. Es uno de los sonidos más desagradables que he oído en mi vida —duro y amargo— y retrocedo un poco más.

—Vaya rata despreciable que estás hecho —me escupe—. Siempre husmeando y espiándome. ¿Por qué? ¿A ti qué más te da? Tienes un techo sobre la cabeza, ¿no? Te dejo ir y venir a tu antojo. Podrías agradecérmelo por una vez.

—Seguro que te pusiste furioso —continúo—. Cuando Jamie te dijo que no.

No me contesta y yo alargo un poco la distancia entre los dos.

—¿Qué pensabas hacer al respecto?

Se le tensa la mandíbula.

—¿A qué te refieres?

—Me refiero a que no te rendirías sin más, ¿verdad? No si te estabas preparando para pedirle matrimonio a Annalise.

La rabia le deforma la cara, como si estuviera a punto de insultarme otra vez. Pero luego me pregunta de sopetón:

—¿Se lo has dicho?

—¿A quién?

—A Annalise. ¿Le has contado lo de Jamie?

Titubeo, porque no tengo claro si debo enseñarle mis cartas. Pero mi cara responde por mí, porque se le marcan arruguitas de alivio en los ojos cuando dice:

—No. No se lo has dicho.

Avanza un paso hacia mí y no puedo evitarlo… retrocedo otra vez. Me tropiezo con una piedra y estoy a punto de caer, y echo un vistazo por encima del hombro. Me quedo helado, porque no tenía ni idea de que me había acercado tanto al barranco. Mis ojos saltan a Luke y cuando le veo tragar saliva sé que acaba de reparar en lo mismo.

La caída que tengo detrás es tan escarpada que me entra vértigo. Pero mirar a Luke es todavía peor. Dios mío, ¿sería capaz…? ¿Sería capaz mi propio padre de empujarme a un precipicio para hacerme callar?

«No es un hombre violento», dijo Jamie, pero ni siquiera estoy seguro de que Luke lo considerase violencia. Un empujón rápido y limpio que pareciese un accidente y ya nunca tendría que volver a soportarme. Nunca más tendría que preocuparse por si le cuento a Annalise quién es en realidad y me parece —no, lo sé, al ver en sus ojos un brillo calculador— que eso le encantaría.

Tengo palpitaciones. Todo se queda en silencio alrededor, excepto el canto de un pájaro a lo lejos. Entonces Luke da un paso cauto hacia mí.

Le miro las manos, los puños a la altura de la cadera cerrados con tanta fuerza que tiene los nudillos blancos. Luke nunca me ha pegado; nunca me ha puesto la mano encima cuando se ha enfadado. Ni cuando estaba de buen humor, que yo recuerde. Supongo que debía de cogerme en brazos cuando yo era un bebé, al menos de vez en cuando, pero cuando me hice mayor no me levantaba del suelo y me columpiaba de un lado a otro como hacían los padres de mis amigos. Ni me daba la mano, ni siquiera después de que pasáramos horas perdidos por Las Vegas. Nunca nos abrazamos y yo pensaba que me daba igual. Si lo hubiera intentado para quedar bien delante de Annalise, yo habría retrocedido horrorizado. Pero sería de una crueldad brutal que la primera vez que mi padre me acerca los brazos fuera la última imagen que viera en la vida.

Y entonces, antes de que pueda hablar, Luke se encamina hacia mí con las manos extendidas. Me quedo paralizado de la impresión y el horror, incapaz de moverme. Los ojos le centellean con maldad y su cara parece una máscara. De verdad va a...

Me rodea el cuello con las manos y me arrastra hacia él hasta que mi cara está a pocos centímetros de la suya.

—Dame las llaves del coche, piltrafa descerebrada.

Se me aflojan las rodillas de alivio.

—Antes... Antes tienes que soltarme —le digo casi sin voz.

Lo hace y aprovecho el momento para alejarme del barranco. Respiro unas cuantas veces y la sensación del aire circulando por mis pulmones nunca ha sido tan deliciosa. Tendría que preguntarle un montón de cosas más, pero lo voy a dejar de momento. Ya he tentado demasiado a la suerte.

—¿Y cómo me has encontrado, si se puede saber? —me espeta Luke.

—Por la aplicación para compartir ubicaciones —le digo a la vez que busco sus llaves en el bolsillo.

—Debería haberla borrado —gruñe—. Puto teléfono espía.

En ese momento me quedo helado otra vez, pero por razones distintas. «Puto teléfono espía». Tiene razón. Mierda, tiene razón. Eso es la explicación.

—Las llaves —ordena Luke con sequedad tendiendo la mano—. Ahora.

—No puedo —le digo.

Y me largo de allí a la carrera.

CAPÍTULO 47
KAT

De alguna manera, no sé cómo, he acabado en el suelo. No estoy del todo en posición fetal, pero casi. Estoy sentada con las rodillas pegadas al pecho y me las abrazo con fuerza.

—¿Me he confundido? —le pregunto a Jamie, que mira fijamente el teléfono.

Su expresión es un calco de lo que yo estoy sintiendo: terror puro y duro.

No me he confundido.

Un sonido escapa de mis labios. Es en parte un gemido y en parte una carcajada histérica que muere en mi garganta cuando las últimas palabras que me dirigió mi padre desfilan por mi pensamiento: «Te crees muy graciosa, ¿no, niña?».

Nunca me consideró una persona: solo era una posesión. En cuanto empecé a desarrollar una personalidad propia, quiso arrancármela a pisotones. Igual que intentó hacer con Jamie.

—Se suponía que estaba en la cárcel —digo embotada—. ¿Por qué no está en la cárcel?

Y entonces me asalta un nuevo pensamiento que me provoca un estallido de rabia casi agradable. La rabia es mucho mejor que el miedo. Me pongo de pie a toda prisa y le recrimino a mi madre:

—¿Por qué no me lo dijiste?

Jamie despega los ojos de la pantalla y me mira boquiabierta.

—¿Qué?

—¡Tú tenías que saber que le habían soltado! ¿Por qué no me lo dijiste? Es lo mismo que con Luke…

—¡No! —me corta Jamie en un tono de voz tan alto y tan rotundo que me callo a media frase—. Son cosas muy distintas. Yo nunca te ocultaría algo así, Kat. Nunca. Yo no sabía… En teoría tienen que informarme. Me abrí una dirección de email solamente para eso y no me han dicho ni una palabra… —Se detiene, me devuelve el teléfono y saca el suyo del bolsillo—. Voy a comprobarlo. —Desliza el dedo con furia por la pantalla antes de añadir—: No hay nada. Ningún aviso en absoluto. Deberían haberme avisado con mucha antelación.

—¿No lo borrarías? ¿O lo enviarías al spam?

—No sería tan descuidada. Ni en sueños. Sé mejor que nadie lo vengativo que es ese hombre. Aunque estoy completamente segura de que borré todas nuestras huellas, habría buscado un escondrijo todavía mejor de haber sabido que lo iban a soltar. —A pesar de todo la veo clavar el dedo en el móvil revisando otras carpetas hasta que gime frustrada—. Nada.

—Está claro que no es una coincidencia —digo, y Jamie suelta una carcajada triste.

—No, para nada.

Le doy vueltas a la cabeza, separando las piezas del puzle y luego encajándolas en su sitio con un chasquido nauseabundo. Como un ataúd que se cierra. Cuando miro a Jamie, comprendo que ella ha llegado a la misma conclusión.

—Parker Sutherland fue asesinado en el bosque que hay detrás de la casa de Annalise con el collar falso en el bolsillo —dice. Habla en un tono tranquilo, aunque sé que la procesión va por dentro—. En teoría tenía que ser yo. Cormac… debió de enterarse de alguna manera de que yo iba a estar allí. Había venido a matarme, pero fue Parker el que apareció.

Me estremezco y digo:

—Así que siguió intentándolo.

—Pero ¿cómo lo sabía? —pregunta en un tono casi desesperado.

—¿Por Luke? —sugiero.

—Yo nunca le hablé a Luke de Cormac —dice—. Ni de nada relacionado con nuestros nombres anteriores. Además, Luke no sabía lo que me proponía hacer este fin de semana.

—Puede que se enterara —insisto—. A lo mejor Morgan se lo dijo a Cormac. Te dejó fuera de combate, al fin y al cabo, y eso significa... Espera. —Se me acaba de ocurrir otra idea—. La intoxicación por gluten... Te salvó la vida, ¿no?

—Sí —dice Jamie parpadeando—. Supongo que sí. Morgan debía de saber que iba a pasar algo, pero... ¿por qué no me lo dijo y en paz?

Mi teléfono vibra con un nuevo mensaje en ese momento.

—Será mejor que lo lea —murmuro, buscándolo en mi bolsillo—. Están pasando demasiadas cosas.

Me quedo flipando cuando leo las palabras en mayúsculas de Liam.

«SALID Y DEJAD EL MÓVIL DE JAMIE».

—¿De quién es? —pregunta Jamie.

—De Liam, pero...

Un segundo mensaje entra al instante.

«Me parece que alguien tiene controlado su teléfono. Así dieron con ella».

Me quedo sin aire. Mierda, seguro que tiene razón. Y si la tiene...

Más textos de Liam se amontonan, uno tras otro:

«Es posible que Morgan le encargara a alguien que robara el móvil».

«Para que no pudieran localizaros».

«A lo mejor está intentando ayudaros».

Lo está haciendo. De una manera extraña, inexplicable, sumamente indirecta, lo está haciendo.

—¡Kat! —se impacienta Jamie—. ¿Qué dice?

«Salid de ahí —escribe Liam—. Tengo el coche de Luke. Te enviaré mi ubicación cuando esté llegando».

—Tenemos que irnos —digo.

Y entonces, a solo un par de salas de distancia, suena la campanilla del ascensor.

Jamie y yo nos miramos y veo mi miedo reflejado en sus ojos.

—¿Es Liam? —susurra.

—No —susurro en respuesta.

CAPÍTULO 48
KAT

Dudo durante una milésima de segundo. Debería enseñarle a Jamie mi teléfono y contárselo todo. Ella es la adulta: discurrirá un plan y luego...

Y luego ya no tendremos tiempo.

Con una serie de movimientos rápidos, le arranco el teléfono de la mano, la empujo al cuartito del material y cierro la puerta.

—No hagas ruido —cuchicheo lo más alto que me atrevo—. Si lo haces, estamos muertas.

Pruebo el pomo —está cerrado otra vez, gracias a Dios— y me guardo los dos móviles en el bolsillo. Luego cojo el abrecartas de la repisa donde lo he dejado antes y empiezo a avanzar por la sala de los cubículos lo más sigilosamente que puedo.

Un plan difuso está cobrando forma en mi mente. Si la persona del ascensor es mi padre —y, afrontémoslo, ¿quién podría ser si no?— seguramente ha registrado cada piso a fondo antes de llegar a este. En cuanto vea las bandejas vacías de Lean Cuisine en la basura de la cocina, sabrá que estamos aquí. Mientras él merodea por el laberinto de pasillos y oficinas, puedo salir y llevarme el móvil de Jamie lo más lejos posible del edificio. Así, cuando vea que no nos encuentra y compruebe la señal de mi madre, pensará que nos hemos marchado.

A no ser que...

Vacilo mientras el rumor lejano de unos pasos pesados llega a mis oídos. Comprobará todas las puertas. ¿Y si toma el cuartito del material cerrado por lo que es —un escondite— y lo abre de un disparo en vez de seguir adelante?

No me puedo arriesgar. Necesito un plan más potente.

Discurro a toda velocidad al llegar a un despacho vacío. Me saco el teléfono de Jamie del bolsillo, quito la interrupción del sonido, subo el volumen y lo dejo en el suelo. Vuelvo al pasillo a hurtadillas con el abrecartas en ristre y los oídos aguzados. No oigo nada: con suerte, eso significa que Cormac estará buscando en la otra punta de la planta. Recorro el pasillo procurando no hacer ruido hasta llegar a la escalera trasera.

Salgo a la escalera y aguanto la puerta abierta con una mano mientras cojo mi móvil con la otra. Respiro hondo para tranquilizarme antes de desbloquear la pantalla y llamar al número de Jamie.

El estrepitoso tono de llamada suena como un despertador en el silencio de la oficina. Dejo que la puerta se cierre sin ruido y bajo a la carrera con el teléfono pegado al oído, saltando las escaleras de dos en dos mientras el tono de llamada de Jamie se va perdiendo a lo lejos. Llego a la cuarta planta y no me atrevo a bajar más, porque no quiero estar jadeando cuando…

Alguien contesta justo mientras yo cruzo la puerta de la escalera del cuarto piso y la cierro a mi espalda. La voz que suena en mi oído es profunda y fría como el hielo.

—Qué —dice.

Nada me sugiere que sepa con quién está hablando, aunque tiene que saberlo. Mi nombre habrá aparecido en la pantalla de Jamie y, si supo dónde encontrarla, significa que tanto mi tapadera como la suya se han ido a paseo.

Me obligo a respirar con normalidad. Luego, aunque el corazón me late a toda pastilla, recurro a toda la capacidad de concentración que tengo para hablar en tono tranquilo cuando digo:

—¿Qué pasa, papá?

El silencio dura un segundo antes de que gruña:

—Que te den.

—Lo mismo digo.

—Zorra estúpida —escupe.

—No tengo claro que sea yo la estúpida cuando tú estás en un edificio de oficinas vacío y nosotras estamos entrando en la comisaría —le digo.

—La puta de tu madre no se atrevería —replica, pero noto una chispa de algo nuevo detrás de su furia impotente. ¿Miedo, quizá? Si pudiera olvidarme de que este monstruo aportó la mitad de mis genes, casi me estaría divirtiendo. Al fracasado de mi padre se le da fatal matar gente, algo que le debe de provocar una gran frustración—. La van a empapelar —añade.

—Mejor ellos que tú —le digo—. Pero buen intento.

Espero otra respuesta rabiosa e incoherente, pero no oigo nada excepto silencio durante tanto rato que estoy a punto de volver a hablar. Entonces una risa queda reverbera en mi oído y noto un escalofrío en la columna vertebral.

—Buen intento el tuyo —dice—. Pero la oficina no está vacía.

Intento contener una ola de pánico y apenas consigo que mi voz suene firme cuando digo:

—Lo siento, pero lo está.

«Solo está jugando conmigo —pienso—. Intenta asustarme para que me delate». Pero no le va a funcionar. Soy tan capaz de marcarme un farol como él.

—Hace rato que nos hemos ido.

—¿Estás segura?

—Me parece que lo sabría si no fuera así.

—Entonces dime —empieza con una malicia tan pegajosa que prácticamente veo la horrible sonrisa extenderse por su cara—. ¿De quién son los pasos que acabo de oír?

Mi aplomo se hace pedazos en un segundo. Jamie. ¿Cómo ha salido del armario? ¿Por qué ha salido del armario, si le he dicho que se quedara dentro o ya podíamos despedirnos? Estábamos a punto, a un pelo de librarnos de él. Solo tenía que confiar en mí.

Por otro lado, lo único que tenía que hacer yo era decirle un par de frases a mi padre y colgar. En vez de eso, he provocado a un hombre peligroso y desesperado. Y he sido yo la que ha encerrado a Jamie arriba: si nos hubiéramos marchado juntas, a lo mejor podríamos haber salido del edificio y esperado a Liam en algún lugar seguro. Es culpa mía. «Culpa mía, culpa mía, culpa mía…».

Cierro los ojos con fuerza y sacudo la cabeza para despejarme. Tengo que recuperar el control. No puedo dejar que tenga la seguridad de que Jamie está ahí.

—No has oído nada. Es una alucinación —le digo, pero mi voz suena tan débil, tan patéticamente insegura que se ríe otra vez.

—Tu madre me robó doce años de vida —responde—. Estoy a punto de devolverle el favor.

—Ella no te robó nada. ¡Lo único que hizo fue protegernos a las dos de ti! —grito, porque ya me da igual que me oiga—. Además, llegas tarde. La policía está de camino. Prácticamente ha llegado…

Es una mentira desesperada y lo sabe.

—Adiós de momento, niña.

Casi canturrea las palabras, una nana enfermiza que me eriza hasta el último centímetro de piel.

—Voy a matar a tu madre.

Antes de que pueda responder, corta la llamada.

Durante un segundo no siento nada, solo puro terror. No me puedo mover. No puedo pensar. Soy un resto inútil tirado en el suelo, con las frases de mi padre repitiéndose en mis oídos.

«Adiós de momento, niña».

Esa horrible voz cantarina.

«Voy a matar a tu madre».

Luego silencio. Se ha marchado antes de que pudiera contestar. ¿Y qué le iba a decir, de todas formas? ¿Qué le iba a decir después de algo así?

¿Qué podía decirle?

«No si yo te mato a ti primero».

Las palabras son como una minúscula llama, el más mínimo indicio de que existe el calor. Como el latido aletargado de un pecho que parece totalmente inmóvil. O una única sinapsis, la última en funcionamiento, que le envía instrucciones a un cerebro amodorrado: «Levanta».

«Levanta».

Una descarga de adrenalina me pone de pie y otra me empuja por la puerta. Me guardo el móvil en el bolsillo y me quedo parada en la escalera, resollando. Mi padre está seis pisos más arriba a punto de matar a mi madre y ¿qué voy a hacer yo para impedirlo?

La primera vez que pasó algo parecido, yo tenía cuatro años y estaba encerrada en un armario. El recuerdo de aquel día me ha provocado pesadillas toda la vida, pero ya no soy aquella niña asustada. Puede que Cormac Whittaker no solo sea el primer psicópata en el que ha confiado mi madre alguna vez, sino el peor de todos, pero Cormac ha demostrado una y otra vez a lo largo del fin de semana que no es invencible, ni mucho menos.

Además, ahora sé defenderme.

Una rabia al rojo vivo se apodera de mí y ahuyenta hasta la última gota de miedo.

—¡Cormac! —chillo. Mi voz resuena por el hueco de la escalera mientras subo los peldaños. De dos en dos, igual que he bajado. Aferro el abrecartas con la mano derecha pensando que ojalá estuviera tan afilado como mi odio. Pero servirá. Yo me aseguraré de que sirva—. ¡Estoy aquí, cobarde, y voy a por ti!

Soy más rápida que él, lo sé. Llevo todo el fin de semana tomándole la delantera. Llevo toda la vida tomándole la delantera. Estoy en el séptimo piso, el octavo, el noveno. La puerta al décimo piso asoma delante de mí y la empujo con el hombro. Irrumpo en el vestíbulo empuñando el abrecartas como si fuera un cuchillo, preparada para lo que sea que me espera.

Pero no. Me equivoco. No estoy preparada en absoluto.

Resuena un disparo a un volumen tremendo. Alguien grita. Solo cuando caigo al suelo arañándome la mejilla contra la moqueta comprendo que he sido yo.

CAPÍTULO 49
KAT

He llegado tarde. Él la ha encontrado antes que yo.

Es lo único que puedo pensar cuando me fallan las piernas y caigo al suelo con tanta fuerza que el abrecartas sale volando de mi mano. El eco del disparo ya se extingue en mis oídos, remplazado por el aporreo de mi corazón. Un corazón que sigue latiendo, aunque el de mi madre se ha parado.

Mi madre. Jamie. Me ha dejado.

¿Cómo una persona tan llena de vida, con tantos objetivos, determinación y amor puede marcharse sin más? Hace cinco minutos, hace dos, hace uno estaba aquí. Vivía, respiraba y yo me proponía salvarla; íbamos a salir de aquí y emprender una vida distinta. Distinta en infinitos sentidos, exceptuando el único hecho importante que siempre ha sido y será cierto: estaríamos juntas.

Las lágrimas me desbordan los ojos y caen por mi mejilla arañada. Noto el pecho hecho jirones, desgarrado y sangrando mientras vuelca en la moqueta que tengo debajo todo lo que alguna vez ha importado. Donde el suelo lo absorbe y lo hace desaparecer. Siempre pensé que las palabras «corazón roto» eran solo una expresión, pero resulta que son reales a fin de cuentas. Es esto lo que se siente. Y así suena: sollozos ahogados y desesperados que se mezclan con el rugido del pulso en mis oídos.

Y pasos.

Se me corta la respiración. Cormac.

Ahora viene a por mí. Y aunque una parte de mi ser siente que ya estoy muerta, otra parte más profunda, primigenia, grita que me ponga en movimiento.

Me arrodillo vacilante y consigo gatear hasta el abrecartas para aferrar el mango. Suelto otro sollozo estrangulado cuando palpo su fragilidad y comprendo hasta qué punto me engañaba al pensar que podría usarlo para salvar a mi madre. Pero no tengo nada más y no pienso morir con las manos vacías. Ni de rodillas.

Apoyo la palma de la mano contra la pared y la uso como punto de apoyo para levantarme. Los pasos suenan más cerca: justo a la vuelta la esquina. Echo un vistazo a mi espalda: la puerta de la escalera está a una distancia imposible. No podría llegar a tiempo y, de todas formas, no quiero correr. Me niego a dejar a Jamie sola con él, aunque sea demasiado tarde para salvarla.

Así que cuando veo una sombra que dobla la esquina me abalanzo hacia la parte inferior de su cuerpo con la intención de empujarle las rodillas. Quizá el elemento sorpresa sea suficiente para que se tambalee, tire la pistola y yo tenga la oportunidad de apuñalar la parte de su cuerpo que pueda alcanzar.

Me estampo contra él y rodamos por el suelo. Con demasiada facilidad.

—¡Por Dios, Kat!

Comprendo a través de la niebla de adrenalina que inunda mis venas que acabo de derribar a una persona mucho más delgada y ligera que mi padre. Una cara de mujer aparece delante de mí con unos ojos enormes clavados en el abrecartas que se ha detenido a pocos centímetros de su pecho.

—¿Podrías... bajar eso? —jadea.

—¿Morgan? —Me arrastro hacia atrás, aún vibrando de la impresión—. ¿Qué estás...? —Al momento estoy de pie, todavía con mi arma en ristre y los oídos y los ojos aguzados, esperando la aparición de una segunda figura, mucho más letal—. ¿Dónde está él?

—¿Cormac? —pregunta Morgan al mismo tiempo que se sienta.

Lo hace con parsimonia —sin miedo— y eso provoca en mí un nuevo estallido de rabia. Debería estar asustada. Por más que estén compinchados, eso no cambia el hecho de que mi padre sea básicamente un monstruo. Le hará lo mismo que le ha hecho a Jamie. Antes o después.

Cuando haya acabado conmigo.

Pero antes de que yo empiece a despotricar, Morgan dice:

—Está muerto.

—¿Qué? —Mis ojos saltan de Morgan al pasillo vacío que tenemos delante—. ¿Muerto?

—Le he disparado —responde Morgan.

—Que le has… —La miro boquiabierta mientras algo aletea en mi pecho, una hebra minúscula de esperanza que rodea los pedazos, lista para coserlos—. Pero… Pensaba que le había disparado a Jamie…

Morgan frunce el ceño y la tensión se apodera de todas sus facciones.

—Madre mía, espero que no. No la he visto. Es que… he venido a buscarte y antes de que me diera cuenta Cormac me estaba apuntando y yo… le he disparado.

Dobla los dedos de las manos vacías y por primera vez me fijo en el bulto de su cintura. Debe de haber desenfundado cuando me ha oído gritar.

—Pero eso significa… que te ha oído a ti, no a Jamie.

—¿Eh? —pregunta Morgan.

No tengo tiempo de explicarle la conversación telefónica con mi padre. El aleteo de esperanza de antes se inunda de luz y calor y salgo disparada por el pasillo sin decir nada más al mismo tiempo que rebusco en el bolsillo la llave del cuartito. Dejo atrás un bulto sanguinolento en el suelo que me provocaría horror si pudiera pensar en algo más —cualquier cosa— que no sea abrir el cuarto del material. Llego a la puerta llorando a lágrima viva, sollozos intensos y temblorosos que me acompañan cuando tiro el abrecartas para poder introducir la llave en la cerradura. Y luego trastabillo hacia los brazos de Jamie, y ella está ahí, está ahí realmente, cálida y sólida y llena de vida.

Nos quedamos un ratito aferradas en un abrazo tan feroz que podríamos habernos fundido en una sola persona.

—Está muerto —le susurro al oído y noto su asentimiento.

Luego se despega de mí y me sujeta la barbilla con la mano. Mirándome a los ojos, me dice en tono enérgico:

—Nunca vuelvas a hacer algo así. Ya hemos hablado de esto. Yo te protejo a ti, no al revés. ¿Entendido?

—Entendido —le digo tragando saliva justo antes de que me envuelva en otro abrazo inmenso.

Cuando nos separamos por fin, Morgan está de pie a pocos pasos de distancia. Parece agotada e insegura, y veo la preocupación y el sentimiento de culpa bailando por sus facciones.

—Morgan, ¿qué está pasando? —le pregunto.

—Pues... Hum... Te he localizado por el teléfono de Jamie —dice.

«Bravo, Morgan, a eso lo llamo yo empezar por lo menos relevante».

—Sí, lo suponía —digo—. Y mi padre ha hecho lo mismo, ¿verdad?

Morgan no contesta y Jamie entorna los ojos.

—Cormac solo pudo hacerlo si tú lo ayudaste —dice—. ¡Tú te encargas de la tecnología! Me tendiste una trampa y luego... ¿me salvaste? Explícate, Morgan.

Ella traga saliva con dificultad.

—Mira, Jamie, esta situación es imposible. El mero hecho de que yo esté aquí supone una traición inmensa...

—¿A mí? —la corta Jamie.

—No, al complot.

—Al complot para matarme —adivina Jamie en tono apagado.

Morgan aprieta tanto los labios que se convierten en una línea.

—Pensaba que podría vivir con eso, pero resulta que no puedo. Especialmente porque en buena parte es culpa mía.

—¿Buena parte de qué? —pregunta Jamie exasperada.

—Yo... bueno... No hay manera de suavizar esto —dice Morgan.

A Jamie le tiemblan las aletas de las fosas nasales con una impaciencia que apenas puede disimular.

—Pues no lo hagas.

—Mi fracaso en el último golpe fue mucho peor de lo que te dije —empieza Morgan—. Me olvidé el teléfono en casa del objetivo como una maldita principiante. Aunque está todo encriptado, el móvil los condujo hasta Impecable. Nos han estado vigilando de cerca, día y noche. Y no es la clase de investigación de la que te puedes librar mudándote a otro estado.

—¡Madre de Dios! —musita Jamie—. No tenía ni idea. ¿Por qué Gem no me dijo nada?

Morgan se encoge de hombros con el gesto más desolado que he visto en mi vida.

—Venga —responde con tristeza—. Seguro que ya lo sabes.

—No tengo ni idea —dice Jamie con una expresión tan desconcertada como su tono de voz.

Debe de estar en fase de negación, porque de golpe y porrazo —en un instante de claridad absoluta— yo sí lo sé. La realidad se estrella contra mi cuerpo como si me agrediera y tengo que apoyarme en la pared para no caer.

—Porque todo esto es cosa de Gem —digo—. Ella le ha tendido una trampa a Jamie, ¿verdad?

La mandíbula de Jamie se desencaja mientras Morgan se vuelve a mirarla y dice:

—Sí. Ella me pidió que pusiera el anillo de diamantes en tu mochila y hay montones de objetos robados escondidos en el techo de tu apartamento, en Boston. Así, cuando la policía inspeccionara tu casa, te conectarían de inmediato con la investigación de Impecable.

—¿Cuando la policía inspeccionara mi casa? —repite Jamie.

—Después de este fin de semana, porque... —Morgan inspira hondo—. ¿Te acuerdas de mi contacto de la familia Sutherland, el que te acreditó como camarera?

Jamie asiente en silencio.

—Ella también le entregó una tarjeta a Cormac para que pudiera colarse en el conjunto residencial por una de las puertas que no están vigiladas.

Un momento. ¿Ella? ¿Morgan tenía dos contactos entre los Sutherland? ¿La mujer que acaba de mencionar y Parker?

—Cormac fue a casa de Annalise antes de la hora que tú tenías marcada —continúa Morgan—. Entró por la ventana y robó el collar auténtico.

¡Aaah! Por eso Annalise no tenía dos collares cuando le entregaron el falso, que habían encontrado en el bolsillo de Parker: el auténtico ya había desaparecido. Pero nada de lo que ha dicho Morgan hasta ahora tiene relación con Parker. Me preparo para preguntarle por eso, pero antes de que pueda hacerlo, Morgan añade:

—Luego Cormac cortó la celosía para que, cuando tú la escalaras, cayeras de lo más alto. Después salió del conjunto por la puerta auxiliar y esperó en el bosque. Si por casualidad sobrevivías a la caída, te rompería el cuello y remataría la faena.

Ay, Dios mío. Dios mío. Me palpo el cuello y Jamie aspira horrorizada. El cambiazo del collar no era un robo organizado. Era un asesinato. Mi madre tenía que morir. Y si mi plan de sustituirla hubiera salido bien, yo estaría muerta. A consecuencia de la caída o asesinada por mi padre.

Estoy mareada y tengo ganas de vomitar, pero Morgan sigue hablando como si el mundo no hubiera dejado de girar.

—Básicamente, la idea era simular que habías muerto a consecuencia de un golpe que tú habías planeado —dice—. La policía te rastrearía hasta Boston, encontraría el material que escondimos en tu apartamento y ¡bam! Impecable quedaría libre de sospechas. Se sacrifica la manzana podrida y el resto de la operación sigue adelante. Además, la guinda del pastel: la policía le habría dado a Annalise Sutherland el collar falso que tenías en el bolsillo y mamá se habría quedado con el auténtico. Vale mucho más de lo que te dijo. —A Morgan se le crispa la mandíbula—. Pero, por lo que dices, el falso lo robó alguien que pasaba por allí. Una tal... ¿Vicky?

Me mira con una pregunta en los ojos. Me había olvidado completamente de Vicky y, como llevo un tiempo sin hablar con Gem, no llegué a decirle que al final Vicky no se había llevado el collar. Las teorías que fui formulando me parecen absurdas ahora y no puedo hacer nada más que tragar saliva en silencio. Morgan parece interpretarlo como una confirmación y añade:

—No he parado de recibir mensajes de mamá preguntándome por eso durante el fin de semana, pero no sabía qué decirle.

—Dios mío —dice Jamie con un hilo de voz—. Todo esto es tan… cruel…

Es lo más horrible que he oído en mi vida. No me cabe en la cabeza. Y no encaja con nada de lo que sé sobre lo que le pasó a Parker.

—Sí —dice Morgan—. Pero mamá dijo que era la única manera de subsanar mis errores. Así que le seguí la corriente. Hasta que ya no pude hacerlo. —Mira al suelo—. Pensaba que si te dejaba fuera de juego de una manera que se pudiera atribuir a la mala suerte, ganaría tiempo. Este plan requirió muchísima preparación y no sería fácil repetirlo. Tenía la esperanza de que, si el plan fallaba, mamá se rajaría y pensaría otra cosa.

Morgan echa un vistazo al vestíbulo como si ni siquiera ella pudiera creer cómo hemos llegado aquí.

—Como ya sabéis, no fue así —prosigue—. Mientras Cormac estaba esperando en el bosque, se topó con Parker Sutherland. No sé por qué Parker no estaba comiendo pastel con los demás, pero no pudo ser más inoportuno.

—Entonces tú no… —No sé cómo preguntarle esto si no es soltándolo sin ambages—: ¿Tú no trabajabas con Parker?

—¿Con Parker? —pregunta Morgan, que parece perpleja por la pregunta—. Madre mía, no. ¿Por qué piensas que Parker estaba implicado? Cormac se asustó y le disparó y, bueno, ya sabéis lo demás. Mamá no se rajó. Solo actuó más a la desesperada.

—Entonces no sabías… —empiezo, pero cierro la boca de golpe. Estaba a punto de decir: «¿No sabías que Parker Sutherland tenía el collar falso en el bolsillo cuando murió?». Pero ¿por qué se lo iba a decir? Intento reunir información, no darla.

—¿No sabía qué? —pregunta Morgan.

—Quiero decir… ¿entonces Gem decidió que Jamie pagara el pato de tu error? —me corrijo, y rodeo a mi madre con un brazo protector al mismo tiempo que fulmino a Morgan con la mirada—. ¿Decidió que tenía que morir? ¡No es justo!

No me importa que sea una reacción infantil, si yo me siento a punto de estallar de rabia y dolor. ¿Por qué tenían que hacerle pagar a Jamie algo que había hecho Morgan? Morgan es la hija de Gem, claro, pero Gem siempre ha tratado a mi madre como a una segunda hija. Y aunque Gem estuviera buscando un chivo expiatorio al que endilgarle los delitos de Impecable, ¿qué necesidad tenía de asesinarla? La palabra de Jamie no habría servido de mucho contra la de todos los demás y Jamie lo habría comprendido. Habría aceptado su destino y lo habría considerado el precio a pagar por tantos años de relación profesional con Gem.

—Ya lo sé —dice Morgan.

Prácticamente estampo el pie contra el suelo a la vez que estrecho a una Jamie todavía sin voz más cerca de mí y digo:

—¡Jamie ha sido un ejemplo de lealtad! ¿Por qué Gem se lo paga así?

Morgan me mira fijamente a los ojos y dice:

—Por ti.

Ahora soy yo la que se queda sin palabras. No se me ocurre absolutamente nada que decir. Solo puedo mirar a Morgan, tan perpleja que no reacciono al ver asomarse una sombra en la pared que tiene detrás. Y cuando una mano rápida como el rayo golpea la cabeza de Morgan con algo tan contundente que le quita el sentido, no chillo. Y cuando Jamie se arrodilla al lado de Morgan e intenta contener la sangre que le brota de la sien, mi garganta hace movimientos convulsivos, pero se niega a emitir el menor sonido.

—No os preocupéis por ella —dice una voz—. Sobrevivirá.

Tengo la boca seca como el esparto, pero por fin me las arreglo para pronunciar una sola sílaba:

—Gem.

CAPÍTULO 50
KAT

Me da un vuelco el corazón cuando miro a la mujer que tengo delante. Gem se ha dejado suelto el pelo gris, que le cae alrededor de los hombros, y va vestida con las prendas discretas y cómodas que lleva siempre. Lo único que la diferencia de la Gem con la que me crie son los guantes claros que le cubren las dos manos y la pistola que empuña, con la que apunta directamente a Jamie.

Mi mente se niega a considerarla una amenaza. Para mí, Gem siempre ha representado seguridad, y mi parte más obstinada quiere sentir alivio al verla aquí. Quiere creer que la pesadilla ha terminado en lugar de aceptar que un nuevo capítulo acaba de empezar, por más que sepa que no existe la menor posibilidad de que eso sea verdad.

—Levanta, Jamie —le ordena Gem con tranquilidad.

—Hay mucha sangre —dice Jamie sin despegar los ojos de Morgan.

—Ya te lo he dicho, no le pasará nada. No la he golpeado tan fuerte.

Morgan gime con debilidad y Jamie se pone de pie a regañadientes. Se aleja de mí todo lo que puede en el estrecho pasillo y el arma de Gem acompaña su movimiento.

—Así que todo esto es cosa tuya —dice Jamie, que se limpia las manos ensangrentadas en las mallas.

—Menos eso de que Morgan se rebelara —dice Gem. Se toca la oreja y advierto por primera vez que lleva un pequeño dispositivo Bluetooth. Supongo que mi padre llevaba uno también y eso explicaría por qué Gem ha decidido dar la cara. Ha debido de oír la caída y el silencio posterior.

—Necesitabas una cabeza de turco para solventar el fallo de tu hija —dice Jamie—. Eso lo entiendo. —Habla en un tono demasiado tranquilo y me pregunto si será por la conmoción. Es posible que yo también esté conmocionada: tengo todo el cuerpo adormecido—. Pero no hace falta que me mates, Gem. Podemos discurrir otra cosa...

—Morgan ha dicho que lo habías hecho todo por mí.

Las palabras me salen solas y Jamie contrae la cara con un gesto de frustración. Comprendo, una fracción de segundo demasiado tarde, que intentaba que la atención de Gem se concentrara solo en ella. A pesar de todo, no puedo evitar añadir:

—¿Qué he hecho?

La expresión gélida de Gem se suaviza un poquitín y eso me encoge el corazón. Esta es la Gem que yo creía conocer: un corazón de oro bajo una apariencia huraña. Pero debo de haber estado equivocada todos estos años, porque esa Gem nunca haría algo así.

—Nada en absoluto —responde—. Pero tú —vuelve a poner la vista en Jamie y su tono se endurece otra vez— la ibas a alejar de mí. Después de todo lo que he hecho por ti, Jamie. ¡Te traté como a una hija! Te di un empleo y una nueva vida, me aseguré de que tuvierais todo lo que Kat y tú pudierais necesitar. Y a pesar de todo decidiste que lo más parecido a una nieta que tendré jamás no volviera a verme.

—¿Qué?

Jamie y yo decimos la palabra al unísono, pero en tonos completamente distintos. El mío significa: «¿De qué narices estás hablando?».

Y el de Jamie implica: «¿Cómo lo sabes?».

Despego los labios por la sorpresa cuando Gem suelta un bufido.

—Venga ya, Jamie, has visto a mi equipo de inteligencia en acción —dice—. ¿De verdad piensas que no somos igual de concienzudos con mis empleados? En este negocio no se puede dejar nada al azar. Si trabajas para mí, voy a saberlo todo de ti. Controlo todo lo que haces y dices tanto dentro como fuera de la oficina. —Se le tensa la mandíbula cuando añade—: Lo que te estoy diciendo es que nadie tiene una línea telefónica privada.

—Por Dios, Gem —exclama Jamie agrandando los ojos al máximo—. Has escuchado mis…

—Todo —asiente Gem con expresión sombría—. Cada una de las conversaciones con tu amiga Marianne durante estos últimos meses. Sé que piensas utilizarme para volver al buen camino y sé que tan pronto como tengas un currículum legítimo y un poco de experiencia, te marcharás a Nevada.

Parpadeo estupefacta mientras Gem añade:

—Porque piensas que soy una mala influencia para Kat. ¡Hasta pensabas asignarle otra tutora! Su tutora soy yo, Jamie. Lo soy desde que Kat tenía cuatro años.

¿Ah, sí? No lo sabía. Ni siquiera sabía que tenía una tutora hasta que Jamie me dijo después de comer que era Marianne y…

Y parecía sentirse culpable cuando me lo reveló.

—Y ahora, de repente, ¿te crees mejor que yo? —continúa Gem—. ¿Piensas que no soy lo bastante buena para ella? —Sus ojos echan chispas cuando me señala con un movimiento brusco de la cabeza—. ¡Prácticamente crie a esa niña! Que yo sepa, tú no dabas la talla. De no ser por mí, seguiría deambulando por las calles de Las Vegas.

Me retuerzo las manos, que tengo frías como el hielo, mientras busco unas palabras que no soy capaz de articular. ¿Jamie tenía pensado alejarme de Gem? No me lo dijo y me parece que sé por qué lo hizo. Porque yo habría protestado, me habría negado en redondo y lo habría estropeado todo. Nunca me habría imaginado este lado de Gem, pero Jamie —Jamie, que ha pasado toda su vida adulta rebotando de un sociópata a otro— por fin había visto a Gem tal como es.

Que Gem me llevara a hacer un trabajo en Bennington &
Main debió de ser la gota que colmó el vaso. ¿Qué dijo Jamie en-
tonces? «Esta conversación no es nueva. Solo se ha... acelerado».
Yo pensé que estaba hablando de una discusión entre mi madre y
Gem, y estoy segura de que es así. Pero también se refería a la con-
versación secundaria que estaba manteniendo con Marianne.

Y Gem escuchó a hurtadillas hasta la última palabra.

—Yo... —Los ojos de Jamie saltan de un lado a otro como si
fuera un animal atrapado—. Yo solo quería hacer lo mejor para
Kat. Quiero que tenga una vida distinta a la que yo he tenido y...

—¡No tenías derecho a excluirme! —Gem prácticamente le
grita las palabras.

—Tienes razón —dice Jamie—. Fue un error y lo siento.

Mierda. Conozco ese tono de voz. Lo tengo grabado en lo más
profundo del cerebro: el tono apaciguador que empleaba Jamie para
aplacar la ira de mi padre.

«Mi padre». Me vuelvo hacia Gem y la rabia se abre paso entre la pena y la desilusión.

—Tú metiste a Cormac en esto —le digo—. Si tanto sabes de
todo, sabías perfectamente a quién tenías delante. Era un monstruo
y me habría matado a mí también.

—Tú no tenías que estar aquí —me recuerda Gem—. En
cuanto supe que habías venido, le di órdenes estrictas de que no te
hiciera daño.

Casi me entra la risa. ¿De verdad piensa que habría sido capaz
de controlar a una persona como él? Eso parece, porque ahí está
otra vez: ese desquiciante destello de humanidad en sus ojos.
Como si pensara que de verdad se preocupa por mí.

—Pero ¿por qué él?

Gem se encoge de hombros.

—Era una herramienta. Como ya te he dicho, en este negocio
no puedes dejar nada al azar. Si trabajas para mí, lo sé todo de ti.
Conozco tan bien tu pasado que puedo predecir tu futuro. Tengo
controlada a cualquier persona que sea relevante en tu vida, especialmente si son turbios. O delincuentes consumados. —Echa un

vistazo a Jamie—. Llevo vigilando a Luke y a Cormac desde que te conocí. Sabía que Luke te estaba dando la lata con lo del divorcio y sabía que habían soltado a Cormac el año pasado.

—¿El año pasado? —repite Jamie con incredulidad—. ¡Nadie me lo dijo! Se supone que me lo tienen que notificar. Era parte de mi acuerdo con la oficina del fiscal y… Ay, Dios mío. —Una expresión de horror resignado se apodera de su cara—. Tú viste los emails, ¿no?

—Sí —dice Gem—. Y los borré.

Jamie se aprieta las mejillas con las manos.

—Pero ¿por qué? —se desespera—. Si ni siquiera empecé a plantearme lo de Kat hasta…

—Me pareció mejor que no lo supieras —responde Gem—. Te habría distraído.

No puedo evitar que se me escape un bufido ahogado al oírlo. «¿Distraído?». Supongo que no debería sorprenderme nada de lo que hace esta nueva versión de Gem, pero su capacidad de traición alcanza niveles estratosféricos.

—Era evidente que no tenía ni idea de dónde estabas ni en quién te habías convertido —continúa Gem—. Si lo hubiera averiguado, me habría ocupado de él.

—En vez de eso, lo reclutaste —dice Jamie con amargura.

—Le necesitaba —responde Gem encogiéndose de hombros otra vez—. No es fácil encontrar a un estafador que esté dispuesto a aceptar un trabajo en el conjunto residencial de un milmillonario. Pero Cormac todavía te guardaba mucho rencor, así que accedió a ayudarme encantado. Y también accedió encantado a pasar al plan B después de que muriera Parker, aunque era un plan mucho más chapucero de lo que me habría gustado.

Gem mira a Jamie con la cabeza inclinada y los ojos entornados, como si la estuviera evaluando para un papel en una película.

—Te dabas a la fuga y uno de tus peligrosos socios te encontraba y acababa contigo. La historia es más difícil de vender, pero nos las habríamos arreglado para que funcionase. Pero Cormac te puso sobre aviso en los apartamentos del personal y nos costó horrores averiguar dónde te habías metido después de eso. El teléfono decía que estabas en mitad del bosque y tuve que venir en persona para inspeccionar el terreno.

«¿Cuál es tu plan B?».

Llevo días repitiéndome eso mismo y mi estúpido empeño en ser como Gem me provoca náuseas ahora. Tengo la sensación de que la antigua Gem se está disolviendo delante de mí según va apareciendo esta versión nueva y horripilante. Un monstruo calculador que espía a todo aquel que se acerca a ella, habla de los seres humanos como «herramientas» y escarbó en los peores momentos de la vida de mi madre para poder matarla: esa pesadilla que era mi padre y…

—Luke —le espeto—. ¿Él también forma parte de esto?

Si alguna vez salgo de aquí, Liam se morirá por conocer esa información.

—Una parte pequeña —responde Gem—. Necesitaba detalles del collar de rubíes para poder fabricar la réplica. Sabía que Luke estaba saliendo con Annalise y que le estaba pidiendo el divorcio a Jamie. Le dije que me ocuparía del problema si me conseguía un molde del collar y unas cuantas fotos en alta resolución. «Para mi negocio de falsificaciones», le dije, aunque a él le daba igual. Él solo oyó «me ocuparé del problema». Consiguió lo que le pedía y se lo pasó todo a Cormac.

—¿Y él sabía cómo te ibas a ocupar del problema? —le pregunto.

Gem vuelve a encogerse de hombros.

—No preguntó.

—¿Sabía que Jamie estaría en la fiesta?

Los labios de Gem se afinan.

—Yo no sabía que Luke estaría allí —reconoce. Fue una pequeña grieta en un plan urdido a conciencia y está claro que le molesta—. Me pareció que la relación no estaba tan consolidada como para eso. Sea como sea, él no me habría planteado problemas si todo lo demás no hubiera fallado, pero como lo hizo…

Sus ojos duros como piedras se vuelven aún más fríos cuando desplaza la atención a mi madre.

—Resumiendo, Jamie —dice—. Necesito un plan de escape.

CAPÍTULO 51
KAT

Jamie traga saliva con dificultad y pregunta:

—¿Como cuál?

Gem sigue apuntando a mi madre cuando se inclina sobre Morgan y le coge la pistola de la funda que lleva en la cintura. Le quita el cargador con rapidez y se lo guarda en el bolsillo. Luego observo atónita cómo saca del otro bolsillo un collar de rubíes que centellea bajo las luces de la oficina.

A estas alturas me cuesta un montón distinguir lo que es real de lo que no, pero estoy segura de que es el collar auténtico. Morgan ha dicho que Cormac se lo llevó de casa de Annalise antes de disparar a Parker. Gem no consiguió todo lo que quería este fin de semana, pero eso sí.

—Esperaba no tener que sacrificarlo, pero no veo otra alternativa —dice Gem dejando el collar en el suelo—. Es lo único que le dará sentido a todo. Porque te voy a explicar lo que va a deducir la policía, Jamie, con un poco de ayuda por mi parte, tu pobre jefa, una incauta que no tenía la menor idea de que estabas usando Impecable como tapadera. Ese ex tan tóxico que tenías salió de la cárcel y tú, tonta como eres, volviste a caer en sus redes. Es trágico que tantas mujeres vuelvan con sus maltratadores, ¿verdad?

—Yo nunca... —empieza a decir Jamie con vehemencia.

—Chist. ¿No quieres oír el resto de la historia? —pregunta Gem. Su tono engreído me saca de quicio. Destila la confianza de un genio loco que está a punto de conseguir sus retorcidos planes—. Me dijiste que os ibais a pasar un fin de semana romántico en Maine. Sin embargo, lo que hiciste en realidad fue robar el collar de Annalise Sutherland. Por desgracia, Cormac mató a Parker Sutherland durante el robo y tú tuviste que esconderte aquí. Discutisteis (ese hombre tiene la mecha muy corta) y le disparaste. —Le tiende la pistola vacía de Morgan a Jamie, que está paralizada por el horror—. Pero no pudiste soportar el sentimiento de culpa y te suicidaste.

—¡No! —chillo mientras Jamie palidece aún más.

El arma de Gem se vuelve hacia mí, pero sus ojos están puestos en Jamie.

—Vas a dejar tus huellas por toda la pistola de Morgan y luego me la devolverás —dice—. La cargaré, te rodearé la mano con ella y apretaré el gatillo. Si opones resistencia en algún momento, mataré a Kat.

Jamie se humedece los labios.

—Pero tú quieres a Kat —dice. Veo en sus ojos que es consciente de que «querer» no es la palabra adecuada, pero se está agarrando a un clavo ardiendo.

—Es verdad —responde Gem con el tono de afecto hosco que usa conmigo. No da muestras de vergüenza ni de remordimientos: realmente no parece entender que no es normal saltar así de un sentimiento a otro. Supongo que cuando consideras a las personas «herramientas», lo único que te importa es lo que puedes obtener de ellas—. Tú también. Quieres que esté sana y salva, ¿verdad?

—¿Cómo voy a saber que está sana y salva cuando haya muerto? —replica Jamie.

—Me he tomado muchas molestias para poder quedármela —dice Gem—. ¿De verdad crees que voy a renunciar a ella a menos que no me dejes otra opción? —Se vuelve a mirarme y añade—: Sé que tú no quieres esto, Kat, pero también sé que eres una chica práctica. Y, por encima de todo, eres una superviviente. Pues ya sabes lo que tienes que hacer para sobrevivir.

Por Dios. ¿De verdad piensa que me voy a quedar con ella —que la voy a encubrir— después de ver cómo mata a mi madre? ¿Realmente alucina hasta ese punto o yo también me puedo dar por muerta?

En cualquier caso, no me voy a rendir sin luchar. Todavía me queda una carta muy loca por jugar: una parte del puzle que Gem no conoce y no entenderá. Porque nadie lo entiende y eso me incluye a mí. Pero eso no significa que no pueda utilizarla.

A Gem le gusta ser siempre la más lista y odia las sorpresas.

—Tienes razón en una cosa —le digo—: soy práctica. Y como persona práctica que soy te voy a decir que cometiste un error al traer eso aquí. —Señalo con la barbilla el collar, que está en el suelo—. Y es un error que revienta tu plan, pero tú no lo sabías, porque lo único que has hecho desde que has llegado aquí ha sido hablar, hablar y hablar. No has formulado ni una sola pregunta.

—Kat —me dice Jamie con voz queda—. No.

¿No qué? ¿Que no la ponga contra mí? Demasiado tarde: a Gem se le han dilatado las fosas nasales y han aparecido manchas rojas en sus mejillas. «Bien». Siempre me ha dicho que conservar la calma es esencial para el éxito de un golpe y, en este momento, ella no está tranquila. Tengo que seguir sacándola de sus casillas.

Tuerzo la cabeza y le pregunto:

—¿Quieres saber qué pregunta deberías haber formulado?

Gem resopla.

—Por supuesto, dímelo.

—¿No habrá demasiados collares en mi plan?

Gem frunce el ceño.

—¿De qué hablas?

—Verás —confieso—. Resulta que Vicky no se llevó el collar falso.

Estalla una tormenta en su expresión.

—¿Me has mentido?

—No. Solo que no tenía la información correcta. Pero después de pasar algún rato que otro con los Sutherland, la tengo —le digo—. El collar falso está en el vestidor de Annalise, porque la persona que lo robó en realidad fue Parker Sutherland y murió con él en el bolsillo.

Lo he conseguido: por primera vez en toda mi vida, he dejado a Gem en cortocircuito. Me mira con la boca abierta y, solo por un segundo, baja la pistola.

No voy a conseguir nada más, así que aprovecho el momento.

Me abalanzo sobre ella y la empujo con tanta fuerza que cae hacia atrás. Suena un disparo y no tengo ni la más remota idea de qué ha pasado con la bala. No noto dolor, pero no estoy segura de que lo notara ni aunque una bala me hubiera atravesado el cuerpo. No me atrevo a desviar la atención de Gem para mirar si Jamie está bien. «Por favor, que mi madre esté bien», pienso mientras forcejeo para sujetar a Gem contra el suelo aplicando todas mis fuerzas y energías en inmovilizar el brazo que sostiene la pistola. «Nunca me lo perdonaré si le pasa algo».

Gem gruñe como un animal rabioso. Rebota y se zarandea debajo de mí, y entonces el arma vuelve a dispararse. Esta vez sí que sé a dónde ha ido a parar la bala, porque la pared que tenemos detrás se agrieta. Cuando el aire se llena de polvo, se me irritan los pulmones y noto una sensación de asfixia. Todavía estoy presionando el brazo de Gem con toda mi voluntad cuando aparece una mano en mi campo de visión que sujeta el abrecartas de antes. Una mano que conozco bien, la misma que me ha apartado el pelo de la cara cientos de veces.

Mientras Gem se retuerce con tanta intensidad que casi consigue aflojar mis dedos, Jamie le clava el abrecartas en la muñeca, con fuerza. La sangre sale a borbotones, Gem chilla y sacude todo el cuerpo, y sus dedos se relajan. La mano de Jamie le arrebata la pistola y desaparece.

—Coge el cargador de Morgan del bolsillo de Gem, Kat. —La voz de Jamie suena a mi espalda, sorprendentemente tranquila—. Y asegúrate de que no tenga nada más encima.

Hago lo que me dice y luego correteo hacia atrás para alejarme de Gem con el cargador bien aferrado en una mano. Jamie está de pie a pocos pasos de distancia con la pistola apuntada directamente al corazón de Gem y el arma descargada de Morgan embutida en la cintura. Un lejano ulular de sirenas llega a mis oídos, y cuando Jamie se pone tensa comprendo que ella también las oye.

—¿Crees que eso es por nosotras? —pregunto—. ¿Alguien habrá denunciado disparos?

—Espero que sí —dice Jamie—. Así no tendré que llamar yo.

Gem se retuerce de dolor y luego se pone de rodillas con debilidad sujetándose la muñeca herida. Cuando ve a Jamie, sus rasgos adoptan una expresión sombría.

—Pensaba que te había dado —dice con amargura.

Suena un sonoro chasquido cuando Jamie amartilla la pistola antes de decir:

—Lo siento, pero no.

Las sirenas se están acercando y mi móvil vibra en el bolsillo. Lo saco despacio, sin apartar la vista de Jamie y de Gem hasta que tengo la pantalla delante. Hay un montón de mensajes de Liam. No le he contestado desde que me dijo que saliera y el último solo dice: «He llamado a la policía. No sabía qué otra cosa hacer».

—Liam ha llamado a la policía —informo a Jamie.

—Chico listo —dice.

Una mirada atormentada asoma a los ojos de Gem.

—Todavía podemos encontrar una manera de arreglar esto —dice, y me produce una satisfacción morbosa que ahora sea ella la que está desesperada—. Se lo podemos cargar todo a Cormac. Y a Luke.

—Intenta despistarte —le digo a Jamie—. No piques.

—No lo haré —me asegura Jamie.

—No podrás librarte de la cárcel sin mi ayuda. Te van a empapelar —le dice Gem, que se pone de pie despacio con las manos en alto.

—Pues nos pudriremos juntas en la cárcel —replica Jamie—. Vuelve a sentarte.

Gem la mira fijamente un segundo y luego sale disparada hacia la escalera que tenemos detrás.

—¡Jamie, detenla! —chillo.

Pero Jamie no dispara, no hace el menor movimiento, y la fuerza de la costumbre me empuja a perseguir a Gem. Ella cruza la puerta de la escalera a la carrera y yo sujeto la hoja antes de que llegue a cerrarse.

En ese momento oigo gritar a Jamie:

—¡Kat, quédate aquí!

Su tono de voz es tan autoritario que me quedo paralizada en el sitio, sosteniendo la puerta.

Gem se para un instante, se vuelve y me mira a los ojos.

—Obedece a tu madre —me dice antes de seguir subiendo.

«¿Subiendo?». Pensaba que estábamos en el último piso.

Jamie me alcanza entonces y tira de mi brazo para alejarme de la escalera.

—¿Por qué la has dejado marchar? —le pregunto frustrada mientras la puerta se cierra—. Podrías haberla detenido. Dispararle en la pierna o algo.

—No llegará muy lejos —dice—. Escucha las sirenas: estamos rodeadas. Además, Morgan necesita ayuda. Llama a emergencias, ¿vale? Informa de que hay una mujer con una herida en la cabeza en el último piso.

—El penúltimo, querrás decir —la corrijo a la vez que saco el móvil.

Jamie frunce el ceño.

—¿Qué? No, el último. Estamos en el décimo. El ascensor no sube más.

—Vale, puede que el ascensor no, pero Gem acaba de subir por las escaleras.

Jamie tuerce la boca y luego la abre desmesuradamente.

—¡Oooh! —exclama. Antes de que me dé cuenta, está corriendo hacia la escalera—. ¡Llama a emergencias y quédate con Morgan! —chilla antes de empujar la puerta.

Me muero por salir corriendo tras ella, pero hay otras emergencias que me reclaman también. Así que hago lo que me ha dicho Gem y, por una vez…, obedezco a mi madre.

CAPÍTULO 52
LIAM

Los alrededores del edificio de oficinas de Randall son un caos. Hay policía por todas partes, y bomberos, por alguna razón que no entiendo, y mogollón de mirones. Nadie me deja entrar, aunque les recuerdo a los policías apostados en la puerta de abajo que he sido yo quien les ha llamado.

—No se puede entrar —me dice uno.

—¡Pero mi hermana está ahí dentro!

La palabra «hermana» me sale sola y yo confío en que le dé un tono más urgente a mi súplica, pero no. El policía se limita a pestañear.

—Póngase detrás de la barrera, por favor —me dice sin inmutarse.

Estoy a punto de seguir discutiendo cuando alguien grita:

—¡Alguien va a saltar! ¡Hay una persona a punto de saltar!

Todo el mundo mira hacia arriba.

Yo solo veo ladrillo y cristal, así que cruzo la calle a la carrera para unirme a un grupo de gente más reducido. Estiro el cuello y entonces la veo: una figura recortada contra el azul del cielo, casi en el borde del edificio, con el pelo largo azotado por el viento. Se me sube el corazón a la garganta: no parece Kat ni Jamie, pero estoy demasiado lejos para afirmarlo con seguridad. Y aunque no lo sean, la frase «alguien va a saltar» hace que esta imagen sea aterradora.

¿Qué hace ahí esa persona y dónde está Kat? ¿Por qué no ha contestado a mis mensajes? Seguro que ha pasado algo horrible desde que Augustus y yo nos hemos marchado, y solo de pensarlo el sentimiento de culpa me retuerce las tripas. Sabía que era mala idea dejar solas a Kat y a Jamie, pero lo hice de todas formas.

Me voy a odiar por toda la eternidad si Kat no sale de este edificio sana y salva. Además, aunque solo hace una semana que nos hemos reencontrado, ya no sé qué haría sin esa mezcla tan suya de aceptación total y empujarme a salir de mi zona de confort. O su manera de cuidar de mí en todo momento, como nadie más había hecho desde que murió mi madre.

No me fijé en su momento, porque estaban pasando muchas cosas, pero las primeras palabras que le dirigió a Luke fueron para defenderme, cuando él mostró cero preocupación por el cataclismo del camión de mercancías: «Liam está perfectamente. Gracias». Podría haber pasado de mí igual que pasó de él. En vez de eso, nos convirtió en un equipo. Y seguimos siéndolo, aunque yo no entendiera del todo a qué juego estábamos jugando.

Ahora lo entiendo. Sé que es peligroso y que hemos hecho un montón de tonterías. Pero no sé qué voy a hacer si no sale de esta. Ya he perdido a mi madre, mi hogar y a casi todos mis amigos. Durante un tiempo tuve la sensación de que me había perdido a mí mismo.

No puedo perder a esta especie de hermana que me ha ayudado a reencontrarme.

Saco el teléfono del bolsillo y miro si he pasado por alto un nuevo mensaje de Kat. Pero no hay nada: los últimos ocho mensajes son todos míos.

A pesar de todo añado uno más: «Por favor, si estás bien, dímelo».

—¡Se está moviendo! —grita alguien en tono apremiante.

Entorno los ojos para mirar la figura de la azotea. A mí me parece que no se ha movido, pero también… que está más arriba. Ha salido a la cornisa, deduzco: justo al borde del tejado. A pocos pasos de mí alguien empieza a gritar por un megáfono. Le da instrucciones que no oigo bien por culpa del latido de mi corazón en los oídos. Todo el mundo parece estar conteniendo el aliento.

Y entonces ahogamos un grito al unísono cuando la figura sale volando… hacia atrás. Desaparece súbitamente como si una mano invisible la hubiera aferrado y nos quedamos mirando la cornisa vacía.

—¿Dónde está? —pregunta la mujer que tengo al lado.

—Puede que su ángel de la guarda la haya arrastrado hacia atrás —contesta un hombre.

Y justo en ese momento mi teléfono vibra para avisarme de que ha llegado el mensaje que estaba esperando:

«Estamos bien».

CAPÍTULO 53
LIAM

—Nadie está más horrorizado que yo —dice Luke.

Estamos en la casa de invitados con Annalise, horas después del desastre en el edificio de oficinas. He tenido ocasión de hablar con Kat un momento cuando ha salido y me ha contado una versión resumida de lo que ha pasado. Que la jefa de Jamie, Gem, organizó una conjura para incriminar a Jamie por robo, asesinarla antes de que pudiera nombrar a otra tutora legal de Kat y luego —en el giro más enfermizo de un plan increíblemente retorcido— llevarse a Kat, ajena a todo, a vivir con la persona que había planificado la muerte de su madre a sangre fría.

Con la ayuda del padre de Kat y del mío.

El padre de Kat —su padre, joder— es el tío que ha estado acechando a Jamie todo el fin de semana.

Tal como yo pensé, la estaban localizando a través del teléfono. Cormac ha sido el primero en aparecer en el edificio de oficinas, y Kat casi había conseguido convencerlo de que se marchara cuando ha llegado Morgan. Morgan lo ha matado y ha empezado a explicárselo todo a Kat y a Jamie, pero no ha podido terminar, porque entonces ha aparecido Gem y la ha dejado inconsciente. Luego Gem ha salido corriendo hacia el tejado, y Jamie ha comprendido que Gem preferiría saltar a ser capturada por la policía.

Así que Jamie se lo ha impedido justo a tiempo.

Gem está detenida, Morgan se encuentra estable en el hospital y Jamie está colaborando con la policía. A mí también me han interrogado, pero apenas me habían formulado unas cuantas preguntas cuando ha entrado en la habitación una mujer vestida con elegancia y se ha sentado a mi lado.

—Soy Rachelle Chisholm, de Powell y Boggs, y estoy aquí para ofrecer apoyo legal al señor Rooney —se ha presentado con desenvoltura, al mismo tiempo que dejaba un reluciente maletín sobre la mesa mientras yo la miraba con cara de estar flipando. Se ha vuelto hacia mí y ha añadido—: El señor Sutherland me envía.

—¿Ross? —he preguntado estupefacto.

—Augustus.

Después de eso, no he dicho ni una palabra sin su aprobación. Para cuando me he marchado de la comisaría, los polis habían pasado de mirarme fatal a darme las gracias por mi ayuda.

—¿Me acusarán de algo? —le he preguntado a Rachelle mientras volvíamos al coche. Por alguna razón que no entiendo, la posibilidad no se me había ocurrido hasta ese momento.

—Lo dudo. Eres menor y ellos tienen peces más gordos que empapelar. Pero no nos gusta dejar esas cosas al azar.

—¿Y qué pasa con Luke?

Acababa de caer en la cuenta, por fin, del motivo por el que Luke se hubiera marchado asustado al ver la foto de Cormac: debió de reconocer al tipo al que le había pasado los detalles del collar de Annalise. Seguro que Luke intentaba contactar con Gem cuando di con él.

La expresión tranquila de Rachelle no se ha alterado cuando ha dicho:

—Ningún miembro de la familia Sutherland ha contratado a un letrado para tu padre.

Ahora la policía espera en el exterior de la casa de invitados para acompañar a Luke a la comisaría, donde lo van a someter a interrogatorio, y él se ha sumido a tope en el modo de control de daños mientras habla con Annalise.

—¿Quería librarme de un matrimonio precipitado? —dice Luke llevándose una mano al corazón—. Sí. Más que nada en el mundo. Intenté convencer a Jamie, pero ella me guardaba demasiado rencor como para darme la libertad. Sufre problemas emocionales muy arraigados que nunca ha podido superar. Pero ¿tenía yo la más remota idea de lo que estaba pasando en realidad? ¡Por supuesto que no! No podía ni imaginar que Jamie estaba en peligro. Lo único que quería, Annalise, era ser libre para que tú y yo pudiéramos estar juntos.

Sé que todo eso es verdad, gracias a Kat, y supongo que en parte es un alivio. Puede que Luke sea un mentiroso y un ladrón, pero al menos no es cómplice de asesinato.

No adrede.

—Ya —dice Annalise imperturbable.

La miro con desconfianza. ¿Va a acabar autoconvenciéndose, de alguna manera, de que puede llevar a mi padre por el buen camino? Es imposible que eso acabe bien para nadie, en particular para ella.

Pero entonces dice:

—¿Y pensaste que la mejor manera de conseguirlo era proporcionarle a una ladrona de joyas todo lo que necesitaba para replicar mi collar?

—Yo no sabía lo que iba a pasar —alega Luke.

—¿Y qué pensabas que iba a pasar? —pregunta Annalise, que ahora casi está gritando. Nunca la había visto enfadada y me parece que Luke tampoco, porque recula sorprendido—. ¿Eres consciente de la magnitud de lo que has hecho? —continúa—. Ni siquiera me importa el collar. Me importa el hecho de que, si no hubieras contribuido a poner en marcha este plan, Parker seguiría vivo. ¡Tus manos están manchadas de su sangre!

Tiene razón, pero ¿cómo exactamente? Es la parte del misterio que ni Morgan ni Gem han sabido explicar. Si Parker no trabajaba con Morgan ni con nadie de Impecable, ¿cómo acabó la falsificación en sus manos? ¿Sabía siquiera lo que era o la tomó por el collar auténtico?

Sea como sea, supongo que desde el punto de vista de Annalise no tiene importancia. Cormac era un elemento del robo que acabó en asesinato, y fue él quien se cargó a Parker.

Luke adopta una expresión arrepentida.

—Annalise, amor mío... —empieza.

—No me llames así —replica ella. Su voz y sus ojos son fríos como el hielo: resulta que Annalise enfadada da un poco de miedo—. He descubierto muchas cosas sobre ti estas últimas horas y ninguna es buena. Augustus me ha contado lo que les hiciste a esas pobres mujeres que conocías por internet. Por no mencionar tu incapacidad para cuidar como Dios manda de dos niños pequeños, incluido tu propio hijo, después de tu matrimonio relámpago en Las Vegas.

Annalise hunde la mano en su bolsillo, saca el anillo de compromiso que le regaló Luke y se lo tiende.

—Hemos terminado. Mandaré que guarden tus cosas y te las dejen fuera. No quiero volver a hablar contigo, a no ser que tengamos que comunicarnos por cuestiones relativas a Liam.

Luke pestañea desconcertado.

—¿Cuestiones relativas a quién?

—A tu hijo. ¿Te acuerdas de él? —dice Annalise. Alarga el brazo y le mete el anillo en el bolsillo de la camisa antes de rodearme los hombros con el brazo—. Alguien tendrá que cuidar de él mientras rindes cuentas a la justicia. Se puede quedar conmigo un tiempo, hasta que pueda organizar las cosas con su tío.

La miro fijamente y a Luke se le desencaja la mandíbula. No podría hacer nada que le fastidiara más —aunque no haya sido mi intención— que ocupar un lugar en esta familia en la que él tanto se ha esforzado por hacerse hueco.

—Es mi hijo —protesta Luke.

—Me alegro de que te des cuenta —dice Annalise en tono burlón—. Qué tonta soy. No le estabas «dando espacio» todo este tiempo. Sencillamente no te importa.

—Sí que me importa —replica Luke. Pero sin mucha convicción, como si hasta él fuera consciente de que no va a colar.

—Será mejor que te marches —dice Annalise—. La policía te espera.

Luke la mira con ojos apasionados, como tratando de canalizar toda su astucia y encanto en el tipo de mirada ardiente que podría hacerla cambiar de opinión. Al ver que ella reacciona con indiferencia, todo ese fuego se esfuma como una bombilla que se apaga. Su cara se transforma en una máscara inexpresiva y el único matiz de emoción es una mueca despectiva cuando dice:

—Bueno, supongo que esto se ha acabado. Estoy seguro de que pronto encontrarás a otro, porque no soportas estar sola, pero no te engañes pensando que el próximo no estará contigo por tu dinero. Es tu mejor cualidad.

Las mejillas de Annalise se tiñen de un rojo encendido y yo ahogo una exclamación de protesta. Luke se vuelve a mirarme y su mueca despectiva se hace más pronunciada.

—Ahórrate esa falsa indignación, chaval —me dice—. Ya tienes lo que querías. Seguro que te estás divirtiendo.

No es verdad: nada me habría gustado más que haberme equivocado con Luke. Haber descubierto que esos atisbos aislados de una persona mejor eran reales. Pero solo eran medios para conseguir un objetivo, y ahora que se lo han arrebatado no tiene motivos para seguir fingiendo. Mi padre es el mismo que ha sido siempre y lo único que me consuela es saber que por fin tendrá que pagar por algunas de las cosas que ha hecho.

—¡Largo! —chilla Annalise.

Luke se marcha sin pronunciar otra palabra y cierra la puerta al salir con un chasquido suave, anticlimático. Caigo en la cuenta de que esta podría ser la última conversación que mantenga con mi padre en mucho tiempo y, a pesar de todo, siento un poquitín de pena. Como le he dicho a Augustus hace un rato, da igual las veces que Luke demuestre que no le importo, nunca dejaré de desear que lo haga.

Y puede que esté bien así. Porque esa es la parte de mí que menos se parece a él.

Me vuelvo a mirar a Annalise y le digo:

—Siento muchísimo… esto.

—No lo sientas. Tú no eres responsable de él. —Aún tiene la cara roja, pero consigue sonreír cuando me da unas palmaditas cariñosas en el brazo y dice—: ¿Estás bien?

—Lo estaré —respondo. Luego carraspeo para aclararme la voz y añado—: Eres muy amable por dejar que me quede, pero no quiero ser una molestia. Ya te he causado bastantes problemas...

—Tú no me has causado ningún problema en absoluto —me asegura Annalise.

Eso es discutible a muchos niveles distintos.

—Debería haberte contado lo de Luke.

Ella suspira.

—Créeme, si alguien entiende lo que es empeñarse en conceder a la familia el beneficio de la duda soy yo —dice—. Y no quiero que hagas nada con lo que no te sientas cómodo, pero me encantaría que te quedaras hasta que hayamos arreglado tu situación. Todo el tiempo que sea necesario. Bien sabe Dios que tenemos sitio de sobra.

Desplazo el peso de una pierna a la otra, incómodo, y ella dice:

—No hace falta que lo decidas ahora. ¿Por qué no descansas mientras hago unas llamadas?

Debería. Estoy agotado, pero...

—¿Te parece bien que vaya a casa de Griffin? —le pregunto. No he hablado con Augustus desde que todo estalló en el edificio de oficinas, aparte de los mensajes.

Annalise sonríe.

—Claro.

Tengo la cabeza hecha un lío mientras camino hacia allí. No sé qué va a ser de la madre de Kat ahora que la operación de Gem ha salido a la luz. Jamie parece dispuesta a aceptar lo que venga a continuación, a juzgar por el poco rato que he pasado con ella en comisaría, pero puede que solo esté aturdida. Kat también parecía serena, aunque todo su futuro está pendiente de un hilo. Casi no hemos podido hablar a solas, pero me he disculpado por haber llamado a la policía.

«Era lo que tenías que hacer —me ha dicho—. Estábamos sobrepasados. Además, Jamie ya tenía pensado entregarse. Quiere que se sepa todo. Supongo que tiene que hacerlo si queremos pasar página. —Ha suspirado y añadido—: Estoy intentando acostumbrarme a obedecer a mi madre».

Espero que tenga la oportunidad de seguir haciéndolo.

Cuando llamo al timbre, suena un potente zumbido que desbloquea la puerta. La empujo y lo llamo:

—¿Augustus?

Su voz me llega flotando de arriba.

—Sube —dice.

La última vez que subí esta escalera, llevaba a Jamie en brazos. Cuando paso por la habitación de invitados donde la dejé, descubro que está ordenada otra vez, como si nadie la hubiera ocupado. Enfrente hay una habitación más grande y, cuando me asomo a mirar, estallo en carcajadas.

—¿Qué pasa? —pregunta Augustus acercándose a la puerta. Otra vez lleva un conjunto blanco de la cabeza a los pies, además de un ostentoso reloj de oro colgando de un dedo, y dudo mucho que nunca en toda mi vida me haya alegrado tanto de ver a alguien.

Señalo el cuadro que hay encima de su cama y digo:

—Lo dijiste en serio. Lo has colgado.

Se vuelve a mirar mi pintura del sol navideño.

—Ya te lo dije.

—Pero es una bobada —digo, todavía sonriendo.

Casi me había olvidado de esa pintura y la hora que pasé pintando con Luke. Si me concediera permiso, entraría en una vorágine de tristeza por todo el potencial que Luke ha desperdiciado. Pero escojo el lado alegre: es divertido que Augustus lo guardara. Y un poco conmovedor.

—Es lo más chulo que tengo —dice Augustus.

«Tú eres lo más chulo que yo tengo», pienso. Pero solo digo:

—Bonito reloj. ¿Te lo vas a poner o prefieres llevarlo colgando de un dedo?

—Todavía lo estoy decidiendo —dice Augustus, que lo deja caer en la palma de la mano—. Me lo ha dado mi padre. Era del tío Parker y ha pensado que me gustaría quedármelo. Es un Rolex, pero

seguro que es falso o lo habría vendido. A mí me da igual, pero…
no tengo claro si quiero recordarlo con una joya.

—Es comprensible —le digo.

Augustus adopta una expresión pensativa cuando dice:

—Todavía dudo de si el tío Parker quiso robar el collar de
Annalise. Puede que esa tal Vicky se llevara el collar falso y el tío
Parker la pillara. A lo mejor se disponía a devolverlo.

Lo dudo, sobre todo porque Griffin nos contó que Parker había estado presumiendo de todo el dinero que iba a tener después
de ese fin de semana. Pero no le voy a decir eso a Augustus.

—Puede —asiento—. Habría sido un gesto bonito.

—Sí. Y, por lo que sabemos, Parker era muy majo —dice
Augustus con una mueca—. Yo qué sé. Estoy harto de hacer con-
jeturas. —Guarda con cuidado el reloj en la cómoda y encorva los
hombros—. Estoy harto de este rollo.

«De este rollo». ¿Eso me incluye a mí? Lo entiendo. Mi padre
contribuyó a lanzar la granada que hizo saltar a su familia por los
aires y no tengo claro si nos podremos recuperar de eso.

—Oh, oh —dice Augustus.

Me pongo en guardia al instante. Doy media vuelta y miro el
pasillo con los hombros tensos, preparado para una nueva amenaza.

—¿Qué pasa? —le pregunto.

—Relájate —me dice con una carcajada fresca—. Lo decía por
tu cara. De repente parecías hundido en un pozo de miseria.

No sé qué me da más vergüenza, si estar aún más alterado que
después de mi trauma de infancia en Las Vegas o que mi cuel-
gue por un chico que conocí hace tres días sea tan evidente.

—Solo estaba pensando que tú y yo nos hemos conocido en
una situación de mierda —le confieso—. No sé qué va a pasar
ahora.

—Yo tampoco —confiesa Augustus—, pero tengo una pro-
puesta.

—¿Qué? —le pregunto. Medio ilusionado y medio preocupado, porque, a diferencia de mí, Augustus no es como un libro

abierto. No tengo la menor idea de lo que está pensando: podría estar a punto de decir cualquier cosa, desde «bésame» hasta «lárgate de aquí».

Me coge la mano y no puedo evitar que una sonrisa se extienda por mi cara antes incluso de que diga:

—Cena y peli. Vamos a hacer algo normal por una vez.

CAPÍTULO 54
KAT

—Pensaba que tendrías mejor puntería, Caos —dice Augustus cuando mi dardo rebota en la pared, lejos de la diana.

—De todas formas no se iba a clavar —gruño.

—Esa es la gracia del juego —contesta Augustus—. Hacer que los dardos caigan al suelo. Lo he inventado yo.

Liam sonríe.

—Podrías comprar dardos nuevos.

—Sí, hombre, ¿y estropear la diversión? —dice Augustus.

Lo miro lanzar, dando gracias por este momento de normalidad. No tenía claro que Augustus quisiera volver a dirigirme la palabra, pero debe de haber comprendido que Liam y yo vamos en lote. O puede que el vínculo del trauma compartido se haya convertido en un vínculo real y que me haya cogido cariño. Sea como sea, me han invitado al conjunto residencial de los Sutherland esta mañana, una semana después de la muerte de Parker, y no he tenido que agacharme cuando hemos cruzado en el coche de Liam los portalones de la entrada.

Liam tira un dardo y se encoge cuando rebota en el borde metálico de la diana.

—Pensaba que esta vez le daba —musita antes de ir a buscarlo.

—Ni de coña —dice Augustus—. No sabes tirar. Ven, te enseñaré.

Me alejo de la diana y hago girar el globo terráqueo del escritorio, porque hay muchas probabilidades de que la lección incluya besos. Así son las cosas entre esos dos últimamente y me alegro por ellos. Es agradable saber, cuando el mundo está patas arriba, que aún les pueden pasar cosas buenas a las buenas personas.

«Allí donde apunte mi dedo será donde mamá y yo nos instalaremos cuando todo esto haya terminado», digo para mis adentros y cierro los ojos mientras el globo terráqueo gira. Mi madre y yo salimos abrazadas del edificio de oficinas de Randall y, cuando le apoyé la cabeza en el hombro y la llamé «mamá», soltó una exclamación de sorpresa tan llena de felicidad que por poco se me para el corazón. Debería haberla llamado así desde el principio y lo habría hecho, seguramente, si no hubiera tratado a Gem como una segunda madre toda mi vida. «Nunca más», decidí en ese momento.

Menos de una semana después, me cuesta recordar que alguna vez haya llamado a mi madre de algún modo que no fuera «mamá».

Mi madre no lo va a tener fácil. De momento la han dejado en libertad y los investigadores le han dado permiso para llevarme mañana a Boston a condición de que siga colaborando desde el cuartel general de Impecable. Impedir que Gem saltara desde la azotea fue seguramente lo mejor que pudo hacer por su futuro, aunque no lo hizo con esa intención. Solo quería impedir otra muerte. Pero estando viva Gem, la fiscalía tiene un objetivo más suculento que mi madre. A pesar de todo, me temo que eso no la va a librar de la cárcel.

Pero intento no adelantarme a los acontecimientos. Gem sigue siendo mi tutora legal, aunque hemos acelerado los trámites para cambiarlo. Marianne se ha puesto en contacto conmigo y es una persona genial. Me dijo que podía quedarme con ella en cualquier momento, pero yo no quiero vivir tan lejos.

—¿Qué haces, Kat? —pregunta Liam.

—Dejando en manos del destino dónde viviré a partir de ahora —digo cuando el globo se para debajo de mi dedo.

—¿Ah, sí? ¿Y a dónde ha ido a parar tu dedo?

Diría que Liam está justo a mi lado, pero no estoy segura, porque todavía tengo los ojos cerrados.

—No lo sé —digo—. No me atrevo a mirar.

Noto que alguien me levanta el dedo con suavidad y luego Liam se parte de risa.

—¿Qué pasa? —pregunto abriendo los ojos.

—A ver, es difícil estar seguro a esta escala, pero… Estoy casi seguro de que vas a vivir aquí mismo, en Bixby —dice Liam.

Suelto una carcajada reacia cuando miro la zona que Liam señala en el globo. Tiene razón: mi dedo está señalando Nueva Inglaterra. Supongo que lo podría interpretar como una señal de que mi madre no va a ir a ninguna parte, pero prefiero pensar que se debe a que esta región reúne las condiciones ideales para echar raíces: esas playas que le encantan a mi madre, un casi hermano cerca y amigos de verdad.

No sé qué más buscar en un hogar. No he tenido uno en años o puede que nunca lo tuviera. Desde luego no durante los primeros años de mi vida, cuando me llamaba Kylie Burke y tenía que vivir con un padre tóxico cuya muerte no consigo lamentar ni una pizca. Ni la breve temporada que pasamos en Nevada con Marianne, mi tutora en un futuro próximo, a la que casi no recuerdo. Ni las cuarenta y ocho horas en Las Vegas que cambiaron por completo el rumbo de mi vida. Y tampoco durante la década larga que ha pasado desde entonces, mientras me mudaba de un lado a otro cada vez que Gem decidía que Impecable tenía que volver a empezar.

Lo único que sé sobre un hogar, en realidad, es que está allí donde esté mi madre.

Augustus se acerca por detrás de Liam y le apoya la barbilla en el hombro.

—Fantástico —dice—. Puedes pasar el verano en el conjunto residencial con los demás semihuérfanos.

«No, gracias», pienso. A mí no me va tanto lujo y, además, no quiero ser una niña más de la colección de Annalise Sutherland. Me pareció un poco rara su manera de reclamar a Liam en cuanto Luke desapareció de la foto y, aunque sé que tiene buena intención y que es algo temporal, casi tengo la sensación de que lo considera otra joya más.

Aunque seguramente estoy exagerando. No me puedo quitar de la cabeza lo que Gem dijo de mí: «Me he tomado muchas molestias para poder quedármela». Como si yo fuera un premio o una mascota. Nunca he querido que me trataran así y tampoco me gusta que se lo hagan a Liam, por muy precioso que sea el envoltorio. Pero al menos su tío Jack volverá pronto al país y tiene pensado instalarse en Portland, para que Liam no tenga que cambiar de instituto otra vez.

A lo mejor, si las cosas se tuercen, Jack me adopta a mí también.

—Todo saldrá bien, ya lo verás —me dice Liam, que nota mi estado de ánimo sombrío—. Jamie les ayudó a capturar a Gem, ¿no? Seguro que eso ayuda.

—Sí, pero la policía ya está investigando Impecable —le digo—. Y el policía a cargo de la investigación se ha puesto en plan: «¿No tienes nada más que darme?».

Liam resopla.

—¿No tienen bastante con Luke?

—Por lo que parece, no —suspiro.

Suena un portazo en la casa y los tres nos ponemos rígidos. No tengo claro cuándo dejaremos de esperar que una figura fornida se abalance sobre nosotros, aunque Cormac haya muerto. Una voz irritada grita:

—¿Annalise? ¿Estás aquí?

—No está —responde Augustus también a gritos.

Oigo un taconeo y al poco Larissa Sutherland se asoma enfurruñada. Lleva un vestido ajustado de lino blanco y un gran archivador en las manos.

—Teníamos que mirar las muestras de papel pintado para la casa de Gull Cove —dice—. Pero no está en su cabaña. Pensaba que a lo mejor estaba contigo y tus… amigos.

La última palabra rezuma desdén. Me fulmina con la mirada al pronunciarla y no se lo puedo reprochar. Aunque mi madre y yo no teníamos ni idea de que Gem tenía pensado cometer un asesinato el

349

fin de semana pasado, lo cierto es que Parker Sutherland murió en lugar de mi madre. Y seguimos sin conocer el motivo. Es el único hueco que queda en la historia —¿cómo llegó el collar falso a manos de Parker?— y me vuelve loca no saber cómo llenarlo.

—No —responde Augustus—. Se habrá olvidado de que había quedado contigo, porque ha salido a comer.

Larissa frunce el ceño.

—¿Con quién?

—No lo sé —dice Augustus frunciendo el ceño—. Con un tío.

—¿Me tomas el pelo? —pregunta Larissa.

Augustus se encoge de hombros otra vez y ella pone los ojos en blanco.

—¿Ya está saliendo con hombres? ¿Otra vez? Espero que sea lo bastante sensata como para investigar al próximo.

Liam se ruboriza.

—La mayoría de la gente no es como Luke… —empieza a decir.

—Oh, por favor —resopla Larissa—. No seas ingenuo. El dinero atrae a los peores tiburones del caladero y, cuando eres rica, toda precaución es poca. Annalise suele hacer las pesquisas pertinentes y no acabo de entender por qué hizo la vista gorda con tu padre.

—¿Las pesquisas pertinentes? —pregunta Augustus.

Larissa le lanza una mirada ladina.

—Supongo que es mejor que lo sepas. En pocos años, la gente también querrá casarse contigo por tu dinero. —Se quita una pelusa del vestido y dice—: Annalise pone a trabajar a su equipo de detectives privados cada vez que empieza a salir con alguien, y son muy concienzudos. Tiene un mueble archivador lleno de toda la mugre que ha recogido entre los solteros presuntamente idóneos de la costa este. Si hubiera cumplido el protocolo, nos habría ahorrado un montón de problemas. Hay lecciones que solo se aprenden por las malas, supongo. —Se encaja la carpeta de muestras debajo del brazo y añade—: Dile que estoy en mi cabaña, cuando se digne recordar que existo.

Se marcha y los tres intercambiamos miradas desconcertadas. Yo soy la primera en hablar y las palabras de Larissa todavía vibran en mis oídos cuando digo:

—Qué raro. Si Annalise investiga a todos los hombres con los que sale, ¿por qué no haría lo mismo con Luke?

—A lo mejor pensó que esta vez estaba realmente enamorada —sugiere Liam.

—Siempre piensa que está enamorada —dice Augustus.

Liam tuerce la boca.

—En el caso de Luke, había señales para dar y tomar —dice—. O sea, yo descubrí que estaba embaucando a sus ligues y ni siquiera estaba buscando nada.

Nos quedamos tan callados que se oiría el vuelo de una mosca, hasta que Augustus dice por fin:

—Es una coincidencia muy rara que hiciera la vista gorda con Luke precisamente y que luego… todo se viniera abajo.

Vuelve hacia mí su mirada preocupada, como si esperara que mi retorcido cerebro se lo explique.

Y, sí, un principio de idea empieza a cobrar forma muy despacio. Pero no le va a gustar.

—Puede que no fuera así —digo—. Que no hiciera la vista gorda.

—Es imposible que supiera cómo era mi padre y no lo dejara —protesta Liam.

Eso podría ser verdad. Sin embargo…

—¿Sabéis lo que sería interesante revisar? —pregunto.

—¿Qué? —quiere saber Augustus.

—Un mueble archivador lleno de toda la mugre que ha recogido entre los solteros presuntamente idóneos de la costa este.

Augustus enarca las cejas a tope.

—¿Estás sugiriendo que…?

—¿Puedes entrar en casa de tu tía? —le pregunto.

—No —dice—. No tengo llave. —Me aparta un mechón de pelo, que hoy llevo suelto sobre los hombros—. Y tú no llevas horquillas.

—¿Tienes una tarjeta de crédito? —le pregunto.

CAPÍTULO 55
KAT

—Da un poco de miedo lo bien que se te da esto —dice Augustus cuando la puerta principal de Annalise se abre con un chasquido.

—Tu abuelo debería invertir en cerrojos mejores —replico a la vez que le devuelvo la tarjeta y entro en la casa—. Cualquiera diría que no se lo puede permitir. ¿Dónde está el despacho?

—Al final del pasillo a la derecha.

El despacho de Annalise es un espacio luminoso y bien ventilado, con mobiliario de madera clara y paredes azul pálido. En todas las superficies hay desmesurados ramos de flores que llenan el ambiente de un aroma dulce y fresco. Solo hay un armarito archivador a la vista, un mueble de cuatro cajones junto a una puerta cerrada.

—No deberíamos estar aquí —dice Augustus. Merodea por la entrada con expresión agobiada—. ¿Se puede saber qué estás buscando?

—Mugre —respondo a la vez que me encamino al mueble. No sé qué clase de mugre exactamente, pero sé que las personas como Annalise Sutherland no hacen excepciones. No tienen motivos.

Tiro del cajón del fondo y se abre sin resistencia. Echo un vistazo a las pocas carpetas que contiene antes de decir:

—Todo esto son papeles de impuestos.

El penúltimo cajón contiene el mismo tipo de documentos financieros. El siguiente parece más interesante: veo lengüetas en las que se lee TESTAMENTO, SEGUROS y VIAJES, y a mi curiosidad no le importaría revisar esos también. Pero no hemos venido a eso, así que paso al primer cajón.

Tiro del asa e informo:

—Está cerrado.

—¿Lo puedes abrir con una tarjeta de crédito? —pregunta Liam.

—No, pero… —Me acerco al escritorio de Annalise y rebusco por los cajones hasta que encuentro lo que estoy buscando—. Esto servirá —digo a la vez que les enseño un par de clips.

—¿Hay algo con lo que no puedas forzar una cerradura? —pregunta Liam con una expresión de asombro.

—Para algo tenía que servir Gem —musito mientras me pongo manos a la obra.

Al cabo de un rato estoy abriendo el cajón con una pequeña exclamación victoriosa…, pero al momento aparece una mano que lo cierra de golpe.

—Esto es muy loco —dice Augustus—. No podemos registrar los archivos personales de mi tía. Tiene derecho a investigar a quien le dé la gana o… a no investigar. No significa nada.

—¿Pero no te quedarías más tranquilo —sugiero— si miráramos ahí dentro y no encontráramos nada de Luke?

Augustus maldice entre dientes y gruñe:

—A veces te odio un poco, Caos.

Pero aparta la mano y me deja abrir el cajón.

Annalise es organizada: ha marcado cada carpeta con el apellido y están clasificadas por orden alfabético. Augustus se arrima y las va examinando hasta que suelta un suspiro de alivio.

—No hay ninguna de Rooney —dice a la vez que saca una carpeta marcada como SHALCROSS—. Me acuerdo de ese tío. Resulta que tenía mujer y tres hijos en Australia. —Hojea el contenido de la carpeta y añade—: Siempre me he preguntado cómo lo averiguó la tía Annalise.

Empujo todas las carpetas a la parte delantera del cajón y deslizo la mano por el fondo.

—¿Qué haces? —pregunta Liam.

—Si yo fuera Annalise y tuviera un archivo de Luke Rooney, sería supercuidadosa con él —le digo mientras deslizo los dedos por el borde de la madera—. Sobre todo después del fin de semana pasado.

—Oh, venga ya —dice Liam, que parece exasperado—. El mueble está cerrado y no creo que te tuviera a ti en la cabeza.

Mis dedos palpan una juntura un poco elevada y clavo las uñas. Noto un resquicio. Al principio es pequeño, pero cuando tiro se agranda.

—Ya lo sé —le digo, tirando con más fuerza—. Pero…

¡Pop! El resquicio cede y levanto una pieza de madera como un mago en un escenario.

—Es un panel falso —digo a la vez que se lo tiendo a Liam, que está flipando. Luego busco en el espacio que antes cubría el panel y extraigo una única carpeta de cartulina.

En la etiqueta de la solapa, tan pulcra como las demás, se lee ROONEY.

—Mierda —suelta Augustus por lo bajo.

Echo un vistazo al interior y… vaya, es peor de lo que esperaba. Ahí está todo. El historial de Luke en Amor Ante Todo. Fotos del molde que creó Luke del collar de rubíes de Annalise. Incluso una foto de la que debió de ser la entrega del molde entre Luke y Cormac, porque en la foto aparece una pequeña bolsa de la compra que pasa de uno a otro. Y luego…

—Esto es Impecable —digo mirando una fotografía del despacho de Gem. Miro más fotos, hasta que llego a una que me arranca una exclamación ahogada. Levanto la instantánea de una persona que conozco bien sin pronunciar una palabra. No hace falta que diga nada: todos estamos muy familiarizados con esa cara.

Es mi madre. Mi pobre e incauta madre, cargada con una bolsa de la compra, sin tener ni idea de que se acaba de convertir en un anexo del informe de un detective privado.

Augustus me coge la carpeta.

—La tía Annalise lo sabía —dice en tono aturdido mientras pasa las páginas despacio—. Lo sabía todo y no hizo... nada.

Estoy esperando sentir algo —rabia, seguramente—, porque Annalise podría haber impedido lo que pasó el fin de semana. Podría haber metido a Gem en la cárcel antes de que mi madre corriera peligro siquiera. Pero lo único que siento es un desconcierto plano y vacío. Como si fuera el personaje en una obra de teatro que ha olvidado el papel y se queda en silencio delante de un público expectante.

El crujido de una puerta rompe el hechizo. Oigo una voz de mujer que canturrea y un taconeo sobre la tarima. Cerca, cada vez más cerca de donde estamos.

—Annalise ha llegado a casa —susurro mientras mis ojos saltan de un lado a otro—. Tenemos que escondernos. Augustus, ¿eso es un armario?

No espero respuesta. Cierro el cajón del mueble archivador y abro la puerta que hay al lado. Me asomo a un espacio oscuro, sin ventanas, que es mucho más grande que un armario. Parece más bien un trastero y está casi vacío excepto por unas cuantas cajas amontonadas a un lado.

—Vamos —susurro cogiendo a Liam del brazo y arrastrándolo conmigo al cuarto—. Esto servirá.

Pero Augustus no se mueve. Aunque los pasos se acercan, él sigue plantado en medio del despacho con la carpeta colgando de una mano. Le pido que venga con gestos frenéticos que él ignora, hasta que al final, desesperada, cierro la puerta.

La oscuridad nos envuelve.

—Mierda —musita Liam revolviéndose a mi lado.

—Chist —le pido con un susurro casi inaudible.

—Cariño —exclama en tono de sorpresa Annalise—. Pensaba que estabas... —El silencio se alarga durante unos segundos interminables hasta que pregunta—: ¿Qué es eso?

—Es tu informe —responde Augustus—. De Luke Rooney.

—¿Cómo...?

Se dejan oír unos roces, como si Annalise le hubiera arrancado la carpeta a su sobrino de la mano. Cuando vuelve a hablar, hay reproche en su voz, pero todavía se dirige a él en tono cálido y tirando a apaciguador.

—Augustus, por favor, ten presente que mi vida personal es precisamente eso, personal —dice—. No te concierne.

«Se está marcando un farol —pienso—. No sabe cuánto ha visto».

Pero Augustus va directo al grano.

—Lo sabías —la acusa—. Sabías que Gem planeaba robar tu collar y dejaste que lo hiciera. —Habla tan bajo que tengo que aguzar los oídos para oírle—. ¿Por qué lo permitiste? ¿Por qué no rompiste con Luke? ¿Por qué no llamaste a la policía e hiciste que los detuvieran a todos? Si tú... Por Dios, tía Annalise, si hubieras hecho cualquiera de esas cosas, el tío Parker seguiría vivo.

—¿Y tú querías eso? —pregunta Annalise, que ahora levanta la voz como si de repente estuviera enfadada—. Eres consciente de que Parker te odiaba, ¿verdad? ¿De que nos hizo la vida imposible a tu padre y a mí? ¿De que lo único que hacía era coger y nunca dar a los demás, hacer daño y matar?

Mi corazón empieza a latir con furia e instintivamente busco el cuerpo de Liam para aferrarle la manga y luego la mano. Él estrecha la mía en un silencio absoluto.

—Lo de la abuela fue... Eso fue un accidente —protesta Augustus.

—Que se podría haber evitado. Parker estaba borracho —replica Annalise—. Madre le suplicó que no sacara el barco esa noche. La hizo sentir culpable, le dijo que nos parecía mal todo lo que hacía. Que madre tenía que demostrarle que confiaba en él. Y mira cómo acabó la pobre. Y cómo acabamos nosotros. Esta familia no ha vuelto a ser la misma. —Se filtra un temblor en su voz—. ¿Recuerdas la ceremonia en homenaje a madre que celebramos a principios del verano?

—¿Cuando el tío Parker se olvidó de encargar las flores? —pregunta Augustus.

—Sí. Me disgusté tanto que fui a buscarlo después del servicio y le recordé que ni siquiera se había disculpado por estrellar el barco. ¿Sabes lo que me dijo? —No espera la respuesta de Augustus—. Me dijo: «Tienes que empezar a superar las cosas». ¡Las cosas! Como si le estuviera hablando de alguna rencilla de infancia y no de la muerte de nuestra madre. Me quedé pensando que Parker se había convertido en el cáncer de la familia y que, si no podíamos curarlo, teníamos que extirparlo.

Augustus no responde de inmediato y el silencio es tan profundo que oigo la respiración de Liam. Cuando habla por fin, lo hace con voz ronca.

—Tía Annalise, ¿qué me estás diciendo? —le pregunta—. Tú... ¿Tú le dijiste a Cormac que le disparase al tío Parker?

—Pues claro que no —responde Annalise en un tono horrorizado que parece sincero—. ¿Crees que yo me relacionaría con un tipo como ese? No. Lo que hice fue plantearle una elección a Parker.

—¿Una elección? —repite Augustus—. ¿En relación con qué?

—En relación con el robo —responde Annalise—. Me aseguré de que Parker se enterase del golpe que se estaba fraguando (esa chusma con la que juega viene bien para sembrar información) y luego esperé a ver qué hacía al respecto.

—¿Qué quieres decir con «qué hacía al respecto»?

—Quiero decir lo que he dicho. Parker tenía elección. Podía haberme dicho que alguien iba detrás de mi collar o podía optar por adelantarse y dar el cambiazo él mismo. Escogió la última opción. Dudo que se lo pensara dos veces.

«Qué fuerte».

Desde que Larissa se marchó de la habitación de los dardos, supe que algo iba mal. Que Annalise Sutherland tenía que saber más sobre Luke de lo que había dado a entender y que tenía sus propias razones para mantenerlo en secreto. Pero nunca habría imaginado que fueran unas razones tan chungas. Suelto un suspiro quedo y tembloroso, y Liam me aprieta la mano con tanta fuerza que me hace daño.

—Pero que diera el cambiazo implicaba… Se suponía que la persona que robara tu collar iba a morir —dice Augustus—. Cortaron la celosía y el tío Parker… Él no tenía llave de tu casa. Habría tenido que escalar, igual que habría hecho Jamie si se hubiera encontrado bien. ¿Tú lo sabías?

Annalise no contesta y la voz de Augustus suena cada vez más rota.

—Lo sabías —dice—. Y contabas con eso, ¿verdad?

—Parker lo eligió —insiste Annalise con firmeza—. No le habría pasado nada si hubiera hecho lo correcto y me hubiera contado lo que planeaba Gem. Y yo le habría perdonado lo de madre, porque habría sabido que era capaz de cambiar. Fue una prueba, Augustus, y él fracasó rotundamente. Parker siempre escogía la peor opción, en todas las circunstancias.

Annalise le dijo eso mismo en la fiesta de Ross, ¿verdad? Cuando yo estaba escondida detrás de la escultura del caballo, espiando a Parker y a Annalise, la oí decir: «¿Por qué cada vez que puedes elegir entre comportarte como un ser humano decente o una persona horrible escoges ser una persona horrible?». En aquel momento, yo no tenía ni la más remota idea de que estaba haciendo algo más que expresar su frustración.

Le estaba advirtiendo. Y luego se despidió de él.

—El egoísmo de Parker acabó con la vida de madre —continúa Annalise—, y me parece apropiado que al final acabara con su vida también.

A mi lado, Liam coge aire tan bruscamente que temo que Annalise lo haya oído. Pero entonces Augustus le responde con una voz temblorosa de rabia.

—¡No, tú le mataste! —dice—. ¿Has perdido la cabeza? ¿Cómo pudiste hacer algo así?

—Sinceramente, Augustus, pensaba que tú más que nadie lo entenderías —responde ella—. Tu pobre padre es una sombra de lo que era por culpa de Parker. Es posible que ahora pueda mejorar.

—¡Papá quería al tío Parker! Él nunca habría querido esto.

—Estás disgustado —le dice Annalise—. Y lo entiendo. —Una nota de acero se filtra en su voz—. Pero tienes que entender una cosa, cariño. En lo que concierne al resto del mundo, yo nunca he tenido conocimiento de nada de esto.

Oigo el leve susurro del papel contra la cartulina e imagino a Annalise blandiendo la carpeta de Rooney como si fuera un arma.

—No tendría que haber guardado este informe —dice—. Una vez que me haya deshecho de él, espero que hagas lo que nuestra familia ha hecho siempre.

—¿Mentir? —pregunta Augustus.

—Protegernos mutuamente.

Él suelta un bufido.

—¿Igual que tú protegiste al tío Parker?

Annalise suspira.

—Entrarás en razón en cuanto veas que tu padre está mucho mejor sin la presencia tóxica de Parker en su vida. Pero, hasta que lo hagas, permíteme que te recuerde que tu novio y su hermanastra, la pequeña estafadora, fueron colaboradores necesarios de buena parte de lo sucedido el fin de semana pasado. Se han ido de rositas porque ordené a Powell y Boggs que no repararan en gastos para su defensa. Si cambio de idea y decido ir por las malas, no se van a librar por el hecho de ser menores. Para eso están los centros de internamiento. —Su tono de voz se suaviza cuando añade—: Espero que no tengamos que llegar tan lejos, naturalmente. Sé lo mucho que te importan.

Sus tacones golpetean la tarima del despacho y luego del pasillo, hasta que el ruido se desvanece por completo. Después de un momento de silencio, Augustus dice:

—Ya podéis salir. Se ha marchado… A casa del abuelo, seguramente. Allí hay chimenea.

Liam sale disparado del trastero y abraza a Augustus con todas sus fuerzas. Augustus le apoya la cabeza en el hombro mientras yo espero detrás de ellos con el corazón latiendo a lo loco. Me cuesta creer lo que acabo de oír y no se me ocurre qué podemos hacer. Annalise tiene razón: nos podría destrozar la vida a Liam y a mí, además de ponérselo muy difícil a mi madre. La tía de Liam no la ha denunciado, pero podría hacerlo.

Podría hacer un montón de cosas.

Cuando Augustus deshace el abrazo, Liam le pregunta:

—¿Qué quieres hacer?

—¿Hacer? —Augustus suelta una carcajada temblorosa—. No puedo hacer nada. Ya la has oído. Os enviará a los dos a la cárcel si lo intento y ¿quién me va a creer a mí? Todo esto suena como la teoría de la conspiración más loca del mundo.

—Nosotros corroboraremos tu versión —digo.

Augustus suspira.

—Caos, te lo digo con cariño, pero tú no eres un testigo fiable. Y tampoco Liam. No es culpa tuya —añade con una sonrisa compungida—, pero siendo Luke Rooney tu padre...

—Ya lo sé —dice Liam—. Pero ¿y si no tuvieras que preocuparte por eso?

—¿Eh?

—Si supieras que te van a creer, ¿querrías que se supiera lo que ha hecho Annalise? —le pregunta Liam—. ¿Querrías que pagara por lo que le pasó a Parker?

Augustus frunce el ceño.

—Bueno, sí, pero...

Liam saca el teléfono del bolsillo y toca la pantalla. «Cariño —oímos decir a Annalise, y yo ahogo un grito—. Pensaba que estabas... ¿Qué es eso?». Liam toca la pantalla otra vez y la voz se calla. Durante un ratito, el silencio en el despacho es total.

—La he grabado —dice.

—¡Hala, qué fuerte! —musito mientras Augustus agranda los ojos al máximo—. ¡Liam Rooney! Después de tanto tiempo, por fin has aprendido a maquinar.

—Has sido una buena maestra —me dice Liam con una sonrisa cansada antes de devolverle la atención a Augustus—. ¿Quieres que lo usemos?

—¿Puedo usarlo? —pregunta él—. ¿No está prohibido por ley?

—En Maine, no —aporto—. En este estado están autorizadas las escuchas sin consentimiento. —Los chicos me miran fijamente y yo me encojo de hombros—. ¿Qué pasa? ¿No comprobáis las leyes de vigilancia cuando cambiáis de estado?

—No —dicen perplejos Augustus y Liam, al unísono.

—Pues deberíais —contesto.

Liam niega con la cabeza antes de volverse hacia Augustus.

—Necesitarás tiempo para pensarlo —dice—. Si les entregamos la grabación, será el escándalo del siglo y...

—¿Lo tienes todo? —lo interrumpe Augustus—. ¿La conversación entera?

Liam desliza el dedo por la pantalla y toca otra vez. «Espero que no tengamos que llegar tan lejos, naturalmente —dice la voz de Annalise—. Sé lo mucho que te importan».

—Sí —confirma Liam—. Lo tengo todo.

La mandíbula de Augustus se tensa.

—Entonces no necesito tiempo para pensarlo. Vamos. Salgamos de aquí y démosle a la policía la sorpresa de su vida.

Arrastra a Liam hacia la puerta y yo correteo para alcanzarlos. Una pequeña chispa de algo muy parecido a la esperanza prende dentro de mí cuando recuerdo lo que el encargado de la investigación de Impecable le dijo a mi madre: «¿No tienes nada más que darme?».

Se lo dijo a mi madre, pero igual me lo podría haber dicho a mí. Al fin y al cabo, somos un equipo.

AGRADECIMIENTOS

Siempre había querido escribir un libro sobre un robo organizado, pero no sabía cómo adaptarlo al tipo de thriller realista que escribo, ambientado en el mundo contemporáneo. Cuando se me ocurrió la idea de *Mentirosas y encantadoras* pensé que había encontrado un punto de partida, pero la trama era tan complicada que no creo que hubiera funcionado sin el apoyo del brillante equipo que me ha ayudado a crear ocho libros.

A mis agentes Rosemary Stimola y Allison Remcheck, gracias por ser las mejores compañeras de lluvias de ideas (e increíblemente pacientes: perdón por todas las veces que os he enviado un nuevo borrador diciendo «leed este en vez del otro») y por vuestro apoyo a mi carrera de escritora. Mi agradecimiento a todo el equipo de Stimola Literary Studio, incluidos Alli Hellegers, Adriana Stimola, Erica Rand Silverman, Pete Ryan y Nick Croce.

A mi editora técnica, Krista Marino, muchas gracias por hacer que este libro brillara con luz propia y también por ayudarme a ser mejor escritora. No te imaginas la cantidad de fallos que encontrarías en mis primeros borradores si no tuviera tu voz en mi cabeza corrigiendo errores antes de que los veas. Gracias por tu perspicacia, tu paciencia y tu predisposición a luchar por cada uno de mis libros.

Doy gracias a mis editoras, Beberly Horowitz, Judith Haut y Barbara Marcus por todo su apoyo, así como al increíble equipo de Delacorte Press y Random House Children's Books, incluidos Kathy Dunn, Lydia Gregovic, Dominique Cimina, John Adamo, Kate Keating, Elizabeth Ward, Jules Kelly, Kelly McGauley, Jenn Inzetta, Tricia Ryzner, Meredith Wagner, Megan Mitchell, Shannon Pender, Elena Meuse, Madison Furr, Adrienne Wintraub, Keri Horan, Katie Halata, Amanda Close, Becky Green, Enid Chaban, Kimberly Langus, Kerry Milliron, Colleen Fellingham, Elizabeth Johnson, Kenneth Crossland, Martha Rago, Tracy Heydweiller, Linda Palladino y Denise DeGennaro.

Gracias a mis excepcionales colegas de derechos internacionales de Intercontinental Literary Agency, Thomas Schlueck Agency y Rights People por llevar *Mentirosas y encantadoras* a los hogares de todo el planeta. Agradezco el apoyo de mis editores técnicos y editores internacionales y me siento muy afortunada de haber podido conocer a muchos de vosotros en persona estos últimos años.

A mis lectores: gracias por acompañarme a lo largo de tantos libros, tanto sagas como novelas aisladas, y por querer a mis personajes tanto como yo. Mi agradecimiento también a los maravillosos libreros, bibliotecarios, maestros y críticos que constituyen el corazón de la comunidad lectora, y a mis colegas de literatura juvenil por su constante inspiración.

Gracias a mis amigos y a mi familia por estar ahí durante los más y los menos del proceso de publicación, incluidos mis jóvenes sobrinos y sobrinas, que se han convertido en mi equipo de asesores personales: Zachary, Shalyn, Aidan, Gabriela, Carolina y Erik. Un agradecimiento especial a mi madre y a mi padre por ofrecerme la clase de infancia que te permite soñar y por leer todos y cada uno de los libros manuscritos que ponía en vuestras manos. Y a mi hijo, Jack: tenías diez años cuando publiqué el primer libro y ahora tienes la misma edad que mis protagonistas. Te quiero un montón y estoy orgullosísima del joven en el que te has convertido.

SOBRE LA AUTORA

Karen M. McManus es autora número 1 del New York Times y escritora de novelas de misterio para jóvenes adultos que han sido superventas en todo el mundo. Sus libros incluyen la serie *Alguien está mintiendo,* que el servicio de streaming Peacock ha adaptado a la televisión, así como las novelas *Alguien tiene un secreto, Lazos de sangre, Tú serás mi muerte, Dime qué escondes* y *Mentirosas y encantadoras.* La obra de Karen, aclamada por la crítica y ganadora de varios premios, se ha traducido a más de cuarenta idiomas.